ROMAN KLEMENTOVIC

TRÄNEN GRAB

ROMAN KLEMENTOVIC

TRÄNEN GRAB

THRILLER

Personen und Handlung sind frei erfunden.
Ähnlichkeiten mit lebenden oder toten Personen
sind rein zufällig und nicht beabsichtigt.

Die automatisierte Analyse des Werkes, um daraus Informationen
insbesondere über Muster, Trends und Korrelationen gemäß § 44b UrhG
(»Text und Data Mining«) zu gewinnen, ist untersagt.

Immer informiert

Spannung pur – mit unserem Newsletter informieren wir Sie
regelmäßig über Wissenswertes aus unserer Bücherwelt.

Gefällt mir!

Facebook: @Gmeiner.Verlag
Instagram: @gmeinerverlag

Besuchen Sie uns im Internet:
www.gmeiner-verlag.de

© 2024 – Gmeiner-Verlag GmbH
Im Ehnried 5, 88605 Meßkirch
Telefon 0 75 75 / 20 95 - 0
info@gmeiner-verlag.de
Alle Rechte vorbehalten
1. Auflage 2024

Lektorat: Claudia Senghaas, Kirchardt
Herstellung: Mirjam Hecht
Umschlaggestaltung: U.O.R.G. Lutz Eberle, Stuttgart
unter Verwendung eines Fotos von: © Fotoline / photocase.de
Druck: GGP Media GmbH, Pößneck
Printed in Germany
ISBN 978-3-8392-0737-6

Für Emilia

Wieviel mehr?
Wieviel mehr noch?
Schon von Beginn an war es mehr als zu viel.

Aus »Leidspanne« von Aclys

PROLOG

Freitag, 5. Mai, 19:52 Uhr

Langsam, aber sicher bekam Svenja es mit der Angst zu tun. Ein flaues Gefühl machte sich in ihrem Magen breit. Die feinen Härchen in ihrem Nacken regten sich. Ihr Puls zog an. Irgendetwas stimmte nicht. Auch wenn sie sich das Gegenteil einzureden versuchte.

Dabei war ihr völlig klar, wie lächerlich ihre Furcht war – einsetzende Dunkelheit hin oder her. Wie oft war sie diese Abkürzung in ihrem knapp 16-jährigen Leben schon gegangen? Hunderte Male sicher, fast täglich jedenfalls, zumindest in den letzten Jahren. Auch spät nachts und bloß mit ihrer Handy-Taschenlampe ausgestattet. Das hier war ihr Schulweg. Die schnellste Möglichkeit, um in die Stadt zu kommen. Oder so wie jetzt: wieder nach Hause. Wäre der Weg nicht sicher, hätten ihre Eltern ihr doch verboten, hier durchzulaufen. Außerdem waren es doch bloß an die 500 Meter diesen unbefestigten Forstweg entlang durch den Waldausläufer. Würde sie die Strecke durchlaufen, bräuchte sie keine drei Minuten dafür. Und dennoch kam sie ihr heute endlos vor.

Svenja hatte gerade die Stelle erreicht, an der man den weiteren Weg nur noch wenige Meter weit einsehen konnte, weil er leicht nach rechts abbog. Das hieß, sie hatte noch ziemlich genau die Hälfte vor sich. Dann würde sie endlich aus dem Wald raus sein. Sie würde dort den Weg verlassen und das angrenzende Weizenfeld den von ihr bereits abgetretenen Pfad entlang zur Rechten durchqueren. Und so auf dem schnellsten Weg zurück zur Straße gelangen. Von dort aus würde sie in weniger als fünf Minuten zu Hause sein. In Sicherheit.

Also komm schon, mach dich nicht verrückt! Alles ist gut!, versuchte sie, sich Mut zuzusprechen. Aber aus irgendeinem Grund wollte sie sich selbst nicht glauben. Sie konnte nicht sagen, was es war, das sie störte. Doch sie fühlte es in ihrem tiefsten Inneren: Irgendetwas stimmte hier nicht.

Ihr wurde erst jetzt klar, dass sie stehen geblieben war. Sie kam sich deshalb blöd vor. Wollte weitergehen. Wäre am liebsten sogar losgelaufen – denn das war doch ihre größte Stärke: das Laufen. Sie hatte es erst letzte Woche in der Schule bewiesen, als sie den ersten Platz bei dem Wettbewerb im Rahmen des Frühlingsfests belegt hatte. Sie war mit Abstand die Schnellste gewesen. Nicht nur in ihrer Altersgruppe – nein, auch unter den älteren Mädchen hatte es niemanden gegeben, der an ihre Zeit herangekommen war. Sie würde auch jetzt jedem davonlaufen können, trotz ihrer weichen Knie. Sie musste sich bloß endlich in Bewegung setzen.

Doch sie wagte es nicht.

Stattdessen hielt sie jetzt auch noch den Atem an. Starrte ins Leere. Und lauschte ihrer Umgebung.

Da war ein leichter Wind, der durch die Äste und Zweige strich und die Tausenden und Abertausenden Blätter um sie herum sanft zum Rascheln brachte. Da war kaum wahrnehmbares Vogelgezwitscher und das leise Brummen eines Flugzeugs in weiter Ferne. Aber sonst nichts. Kein Tier, das durch das Unterholz brach. Kein Knarren von Ästen oder Baumstämmen. Und vor allem: auch kein Knirschen von Kies auf dem nicht einsehbaren Weg vor ihr.

Da hast du's! Hier ist niemand, du bist bloß paranoid!, sagte sie sich in Gedanken und holte Luft.

Aber ihre Zweifel wollten einfach nicht verschwinden. Ganz im Gegenteil: Ihr Herz schlug immer schneller. Ihr wurde ganz heiß. Und das flaue Gefühl in ihrem Magen war auf dem besten Weg, zu einem Krampf zu werden.

Sie ließ ihren Blick durch die angrenzenden Baumreihen streifen. Erst durch die zu ihrer Rechten, dann auf der linken Seite. Doch das Licht war schon zu düster. Sie konnte kaum etwas erkennen. Also kniff sie die Augen zu schmalen Schlitzen zusammen. Sie suchte nach einem Schatten, der da nicht hingehörte. Nach einem Farbklecks. Einer Bewegung. Nach irgendetwas. Aber so hatte das keinen Sinn. Sie holte ihr Handy aus der Tasche, aktivierte die Taschenlampenapp und leuchtete damit ihre Umgebung aus. Doch auch jetzt konnte sie nichts Auffälliges entdecken. Und vor allem niemanden!

Natürlich! Wer sollte da auch sein, du Memme?
Jetzt mach schon, und geh endlich weiter!
Doch Svenja schaffte es nicht.

Warum konnte sie nicht akzeptieren, dass alles in Ordnung war? Und sie gerade dabei war, sich lächerlich zu machen?

Svenja wollte es nicht wahrhaben und sich ihre Angst nicht eingestehen. Doch insgeheim glaubte sie, die Antwort darauf zu kennen. Der Spanner, der seit einigen Tagen das große Gesprächsthema in der Schule war. Er machte ihr offenbar mehr zu schaffen, als ihr lieb war.

Diese Maria aus der Achten hatte den Perversen am Badfenster entdeckt, als sie gerade unter der Dusche gewesen war. Angeblich hatte sie so laut geschrien, dass ihr Vater sofort ins Badezimmer und dann, als er erfuhr, was los war, gleich nach draußen vors Haus gestürmt war. Doch er hatte niemanden in der Dunkelheit hören oder sehen können. Der Spanner war längst über alle Berge verschwunden gewesen.

Svenja fröstelte es. Nicht auszudenken, wenn ihr so etwas passieren würde. Sie bekäme wohl den Schock ihres Lebens.

Andererseits: Was hatte sie schon mit dieser Maria gemein? Die war bildhübsch, selbstbewusst und bei allen beliebt.

Außerdem zwei Jahre älter und somit viel reifer als sie. Sie hatte große Brüste, wahrscheinlich die größten an der ganzen Schule, und auch sonst einen super Körper. Sie trug ständig neue teure Klamotten und kleidete sich sexy. Die Jungs scharten sich um sie. Nicht erst einmal hatte Svenja sie vor oder nach der Schule mit einem von ihnen herumknutschen gesehen. Laufend hatte sie einen neuen Freund.

Svenja hingegen hatte noch nie einen Jungen geküsst – so sehr sie sich das auch wünschte. Sie war eine ausgezeichnete Läuferin und Sportlerin, ja. Außerdem hatte sie stets die besten Noten – kaum einmal, dass sie nicht eine Eins schrieb. Aber sie war immer schon eine Außenseiterin gewesen. Freunde hatte sie kaum. Teure Kleider besaß sie nicht. Ihr Vater würde ihr ohnehin niemals erlauben, sich so sexy wie Maria zu kleiden. Und selbst wenn: Sie hatte keine Brüste, die sie hätte betonen können. Als »Bienenstiche« hatten die Jungs und sogar einige der Mädchen in ihrer Klasse sie bezeichnet, als sie es mal gewagt hatte, ein enges Top anzuziehen. Und »Ameisenhügel«. Sogar Lena, ihre Cousine, hatte mitgemacht. Das hatte sie am schwersten getroffen. Damals wäre sie am liebsten im Erdboden versunken. Das Top hatte sie gleich, als sie daheim gewesen war, in den Mülleimer geworfen.

Gemeinsamkeiten mit Maria hatte sie also kaum.

So schmerzhaft diese Tatsache für sie im Normalfall auch war, so beruhigend war sie in den letzten Tagen für sie gewesen. Dieser Stalker oder Spanner oder was auch immer er war, würde ganz bestimmt nichts von ihr wollen. Da gab es viele weit hübschere und beliebtere Mädchen in der Gegend.

So hatte Svenja bisher gedacht. Doch jetzt, alleine bei fortschreitender Dunkelheit in diesem Waldstück, fühlte sich die Gefahr auf einmal ganz real an. Sie war sich fast schon sicher, einen fremden Blick auf ihrer Haut zu spüren.

Oder konnte er sie noch gar nicht sehen? Sondern nur hören? Weil er nach der Biegung lauerte? Wusste er, dass sie hier vorbeikommen würde? Weil er sie schon längere Zeit beobachtet hatte und ihre Routinen kannte? Und wartete er in seinem Versteck darauf, sie endlich anspringen zu können?

Sollte sie also besser kehrtmachen? Aus dem Wald laufen? Und den Umweg in Kauf nehmen? Aber was, wenn er gar nicht vor ihr wartete? Was, wenn er ihr gefolgt war und irgendwo hinter ihr lauerte? Dann würde sie ihm doch direkt in die Arme laufen.

Drehte sie gerade durch?

Sie wusste nicht weiter. Wandte sich um. Blickte den scheinbar menschenleeren Weg zurück. Kaute an ihrer Unterlippe. Und versuchte mit aller Macht, ihre Angst als lächerlich abzutun. Dabei konnte sie fast schon fühlen, wie sie ihr in jeden einzelnen Knochen kroch und sich darin breitmachte.

Bienenstiche! Du hast Bienenstiche! Er interessiert sich nicht für dich!

Sekunden verstrichen.

Da kam ihr ein Gedanke. Vielleicht sollte sie ja ...

Knack.

Hinter ihr.

Svenja schrie auf vor Schreck. Und wirbelte herum. Weil sie sich sicher war, dass da jemand hinter ihr stand. Sie riss die Arme zur Verteidigung hoch. Aber als sie die Drehung vollendet hatte, war da niemand. Ungläubig und mit erhobenen Armen hetzte ihr Blick hin und her. Sie versuchte herauszufinden, woher das Geräusch gekommen war. Doch auch im Wald war nichts zu entdecken.

Ihr Herz hämmerte jetzt hart gegen die Innenseite ihres Brustkorbs. Ihre Gedanken rasten.

Wie konnte das sein? War es etwa ein Tier gewesen, das auf einen Zweig auf dem Boden getreten war und ihn zum Brechen gebracht hatte? Wenn ja, wo war es so schnell und ohne ein weiteres Geräusch hin? Hatte es sie womöglich entdeckt und war jetzt vor Schreck erstarrt? So wie sie selbst gerade? Nein, ihre Angst sagte Svenja, dass es kein Tier gewesen war. Sie zögerte noch einen Augenblick lang. Dann rief sie: »Hallo?« Zumindest wollte sie das. Tatsächlich aber hatte sie kaum mehr als ein ängstliches Flüstern über die Lippen gebracht.

Sie horchte konzentriert.

Doch nichts als Stille schrie ihr entgegen. Das Flugzeug war längst verschwunden und selbst die Blätter regten sich nicht mehr. Nur in ihrem Kopf trommelte es wild.

MAMA!, hätte sie am liebsten aus voller Kehle gerufen. MAMA, bitte hilf mir! Die Furcht machte sie wieder zu einem Kind. Sie sehnte sich in die Zeit zurück, in der ein einfaches MAMA! genügt hatte, um alle Probleme zu lösen. Doch diese Zeit war längst vorbei. Und sie war hier alleine.

»Ist ...« Sie räusperte sich. Aber ihre Stimme war kaum lauter als zuvor: »Ist da jemand?«

Niemand antwortete.

Sie schluckte. Wartete noch einen Moment.

Dann setzte sie an: »Ha...?«

Ein Angstschrei entfuhr ihr. Weil da ein Stein auf dem Kies direkt hinter ihr aufgeschlagen war.

Sie wirbelte herum. Riss wieder die Arme hoch. Spannte den Nacken an. War auf einen Angriff gefasst.

Doch wieder war da niemand.

Verflucht, was soll das?

Dabei ahnte sie es. Trotz der eiskalten Panik, die sie gepackt hatte und in wellenartigen Stößen beutelte. Jemand musste einen Stein geworfen haben. Ganz klar. Nur warum? Um sie abzulenken? Oder gar, um sie zu treffen? Sollte das ein schlechter Scherz sein?

Egal, lauf endlich! Lauf!
Svenja wollte gerade los. Einfach den Weg zurück. Da spürte sie einen schmerzhaften Schlag am rechten Oberschenkel. Sie zuckte zurück. Ihr wurde klar: Noch ein Stein, sicher faustgroß, war in ihre Richtung geflogen und hatte sie mit voller Wucht getroffen. Und kaum, dass sie das begriffen hatte, spürte sie einen Luftzug an ihrem Gesicht. Ein weiterer Stein hatte sie nur ganz knapp verfehlt. Gleich darauf knallte der nächste unmittelbar neben ihr auf dem Kiesweg auf. Und noch einer. Sie wurde regelrecht bombardiert. Nur konnte sie im Halbdunkel und in ihrer Angst nicht erkennen, aus welcher Richtung.
Weg hier!
Da traf sie ein Stein an der Stirn und eine Schmerzexplosion raubte ihr den Atem. Augenblicklich spürte sie das warme Blut übers Gesicht laufen. Die Tränen schossen ihr in die Augen. Sie stolperte vor und zurück, dann zur Seite. Sie konnte nichts mehr sehen. Hatte völlig die Orientierung verloren. Ihr schmerzendes Bein sackte ihr weg. Sie hatte alle Mühe, nicht zu Boden zu gehen.
Knack.
Direkt hinter ihr.
Sie fuhr herum.
Scheiße!
Plötzlich ging alles ganz schnell. Es waren bloß Sekundenbruchteile, in denen sie ihren Körper noch nicht ganz herumgerissen hatte. In denen sie verschwommen die dunkle Gestalt unmittelbar hinter sich erblickte. Und in denen sie etwas auf sich zurasen sah. Direkt auf ihr Gesicht zu. Sie schrie auf. Wollte zurückweichen. Sich ducken und gleichzeitig die Arme zur Verteidigung hochreißen. Doch sie war zu langsam. Schon im nächsten Augenblick traf sie der Schlag. Mit einer solchen Wucht, dass ihr Schrei erstickte. Eine wei-

tere gewaltige Schmerzgranate in ihrem Kopf explodierte. Und es ihr den Boden unter den Füßen wegzog. Im Fallen suchte sie vergeblich nach Halt. Aber ihre Hände griffen ins Leere. Sie verlor an Körperspannung. Kippte nach hinten. Lichtblitze zuckten vor ihren Augen auf. Und die bittere Erkenntnis traf sie: Sie hatte es geahnt. So lange schon. Sie hätte etwas sagen müssen. Jetzt war es zu spät. Ihr Kopf schlug hart auf dem Boden auf. Der Schmerz raubte ihr den Atem. Die Gestalt stürzte sich auf sie. Fiel über sie her. Drückte ihr eine Hand aufs Gesicht und würgte sie mit der zweiten. Immer fester.

»Bereit zu sterben?«

Sie wollte sich wehren. Alleine schon ihren Eltern zuliebe. Ihnen würde das Herz brechen. Doch sie schaffte es nicht, sie war ohne jede Kraft. Alles wurde dumpf. Dunkel. Kalt. Ihr Bewusstsein schwand. Sie bekam nur noch das Lachen mit. Und verschwommen die Messerklinge direkt vor ihren Augen.

Mama!

Dann spürte Svenja, wie etwas in ihrem Hals brach. Und kurz darauf wurde es schwarz um sie herum. Für immer.

SECHS WOCHEN SPÄTER

»Scheiße, du wachst jetzt aber nicht wirklich noch einmal auf ...«, drang die vertraute Stimme zu ihr durch, dumpf und von irgendwo weit entfernt.

Da hatte Evelyn noch nicht begriffen, wo sie war. Warum sich die Dunkelheit um sie herum drehte. Und was gerade passierte. Weil die Benommenheit noch an ihr klebte. Und ihr ein heftiges Dröhnen durch den Schädel jagte.

Was zum ...?

Sie hörte sich selbst stöhnen.

»Du kannst wirklich keine Ruhe geben, was? Ich habe es schon befürchtet.«

Evelyn wurde langsam klarer im Kopf.

Sie schmeckte Blut. Wollte es ausspucken. Brachte aber ihre Lippen nicht auseinander. Vor Schreck riss sie die Augen auf und bekam dabei irgendetwas hinein, das an ihren Augäpfeln kratzte und brannte. Sie versuchte, es wegzublinzeln, doch das machte alles nur noch schlimmer. Gleichzeitig wollte sie danach greifen, bekam aber ihre Arme nicht frei, weil die sich hinter ihrem Rücken, unter ihr, in etwas verheddert zu haben schienen. Sie zerrte daran, doch vergeblich. Sie wollte ...

Da schoss ihr die Erinnerung ein.

Und ihre Benommenheit war wie weggeblasen.

Panik ergriff sie. Und schnürte ihr die Kehle zu.

Nein! Nein! Nein! Bitte nicht!

Sie riss noch fester an ihren Fesseln, doch die gaben keinen Millimeter nach. Sie versuchte, sich zu winden, aber jetzt wurde ihr auch noch bewusst, dass sie auf dem Rücken lag und eine schwere Last auf sie drückte. Der Druck war zu groß, sie konnte sich kaum bewegen. Ihr ganzer Körper schmerzte. Ihre Augen brannten wie die Hölle. Ihr Schädel drohte, jeden Moment zu platzen. Sie würgte das Blut hinunter. Musste sich dabei fast übergeben. Sie wollte um Hilfe schreien, bekam aber nur unverständliche Laute zwischen ihre zugeklebten Lippen hindurchgepresst.

Ein grässliches Lachen erklang.

Evelyn erstarrte.

»Eigentlich umso schöner, dass du alles ganz bewusst mitbekommst.«

Erneutes Lachen.

Evelyn verstand immer noch nicht, wo sie war und was gerade passierte. Ihr war nur klar, dass die Stimme von irgendwo über ihr kam.

Was soll das, verflucht?, wollte sie schreien. Wie konntest du nur? Und noch so viel mehr. Doch das war ihr nicht möglich.

Ihr Herz raste. Ihre Atmung geriet immer mehr außer Kontrolle. Wegen ihrer Angst, aber vor allem auch, weil sie nur noch schwer Luft durch ihre verstopfte Nase bekam. Das Brennen ihrer Augen war kaum noch zu ertragen. Sie versuchte, noch mehr Kräfte zu mobilisieren. Sich irgendwie zu befreien. Oder zumindest auf sich aufmerksam zu machen.

»Also ich möchte dir ja wirklich nicht den Spaß verderben. Aber ich glaube nicht, dass das irgendetwas bringt.«

Das wirst du schon sehen!

Evelyn wollte das nicht akzeptieren. Sie schluckte abermals ihr Blut hinunter. Würgte den Mageninhalt, der ihr daraufhin nach oben drängte, zurück. Und brüllte aus voller Kehle durch den Klebestreifen hindurch. Sie würde nicht aufgeben. Auf keinen Fall.

Doch plötzlich hielt sie erneut inne.

Und horchte auf.

Weil da neben ihrem schweren Schnaufen und dem wilden Rauschen hinter ihren Ohren noch etwas zu hören war. Ein Scharren, irgendwo über ihr. Ein Schleifen. Gefolgt von einem angestrengten Stöhnen. Und einer Art Knirschen.

Ihre Gedanken überschlugen sich.

»Weißt du, was ich nicht verstehe?«

Was ging hier vor?

»Warum konntest du es nicht einfach sein lassen?«

Weil niemand mehr sterben soll!, hätte sie gerne gebrüllt. Aber das ging nicht. Und hätte auch nichts mehr geändert.

»Du hättest heimfahren und nie mehr zurückkommen sollen. Im Grunde bist du selber schuld.«

Du geistesgestörtes Monster!

Da hörte sie ein erneutes Stöhnen und im nächsten Moment prasselte etwas auf sie herab. Hart. Erbarmungslos.

Erde und Schutt, begriff sie.

Und da traf sie noch etwas: die Erkenntnis.

Sie lag in einem Erdloch. Und wurde gerade bei lebendigem Leib begraben. Niemand wusste, dass sie hier war. Kein Mensch würde je auf den Gedanken kommen, hier nach ihr zu suchen.

Die Wucht dieser Einsicht lähmte sie.

»Bereit zu sterben?«

Eine weitere Ladung Erde regnete auf sie herab.

Und noch eine.

Sie war verloren.

VIER ABENDE ZUVOR
FREITAG

KAPITEL 1

17:52 Uhr

Evelyn riss die Augen auf. Schnappte nach Luft.
Was ...?
Sie brauchte eine Sekunde, vielleicht zwei.
Dann war ihr wieder klar, wo sie war. Dass nichts mehr von Bedeutung war. Dass der Zug abbremste. Und scheinbar gleich an einem Bahnhof haltmachen würde. Das Metall der Bremsen kreischte. Ihr Oberkörper wurde sanft in den Sitz gedrückt.
Sie gähnte, rieb sich die Augen. Merkte, dass sie klebrig und feucht waren. Und ahnte, dass sie wohl wieder einmal im Schlaf geweint hatte. Beschämt sah sie sich um. Aber die Plätze in ihrer unmittelbaren Umgebung waren leer. Niemand, der es mitbekommen haben konnte.
Aus Gewohnheit schob sie den Ärmel ihrer Bluse zurück, um einen Blick auf ihre Uhr zu werfen. Doch sie tat dies so geistesabwesend, dass sie die Zeit gar nicht wahrnahm. Weil die Uhr ein Geschenk von Hans gewesen war. Zu ihrem 45. Hochzeitstag. Genau drei Tage vor der Diagnose. Drei Tage bevor ihr Leben, so wie sie es bis dahin gekannt und geliebt hatte, nicht mehr existierte.
»Es tut mir leid ...«, hatte der blutjunge Arzt damals gemurmelt und sich seine geröteten Wangen gekratzt, als sie ihn im Krankenhausflur abgefangen und zur Rede gestellt hatte, »... aber ich fürchte, dass wir nichts mehr für Ihren Mann tun können, außer seine Schmerzen zu lindern.« Er hatte ihr dabei nicht einmal ins Gesicht sehen können.

Ein eiskaltes Zittern war in diesem Moment dem Innersten ihres Herzens entsprungen und hatte sie am ganzen Körper erfasst. Sie hatte fühlen können, wie ihre Augen schmolzen. Wie ihr Mund nach innen sank. Und sich vollkommene Verzweiflung in ihrem Gesicht ausbreitete. Alle Gedanken, die sie bis dahin noch für wichtig gehalten hatte, waren wie ausgelöscht.

»Was?«, hatte sie gerade so herausgebracht und sich an die Kehle gegriffen. Weil in diesem Moment auch der Kloß in ihrem Hals entstanden war. Jener Kloß, der seitdem nicht mehr verschwunden war und der auch jetzt wieder, bei der Erinnerung an damals, so heftig anschwoll, dass ihr das Atmen schwerfiel.

Der Arzt hatte noch etwas gestammelt, das ihren Verstand nicht mehr erreicht hatte. Dann hatte er ihre Fassungslosigkeit ausgenutzt, ihr an die Schulter gegriffen, und sich mit den Worten »Ich muss jetzt leider dringend weiter. Aber bitte melden Sie sich gerne, wenn Sie Fragen haben sollten!« aus dem Staub gemacht.

Evelyn war alleine in dem viel zu grell erleuchteten Flur zurückgeblieben. Und hatte sich die Hand so fest sie nur konnte auf den Mund gepresst, weil niemand hören sollte, dass sie aus ihrem tiefsten Inneren schluchzte.

Die Uhr tat ihr nicht gut.

Sie fühlte sich zentnerschwer an ihrem Handgelenk an. Ihr Anblick brachte jedes Mal aufs Neue den Schmerz zurück. Die Verzweiflung und das Gefühl der Ohnmacht. Weil sie jeden Tag und jede Nacht alles gegeben hatte. Sich aufgeopfert hatte. Bis zur völligen Erschöpfung und darüber hinaus.

Höchstens ein halbes Jahr hatten die Ärzte Hans noch gegeben. Sein Kämpferherz hatte ihm noch eineinhalb beschert. Doch schließlich hatte er den Kampf gegen die verfluchten Metastasen verloren.

Vor 21 Tagen.

Seitdem war nichts mehr von Bedeutung. Schon gar nicht die Zeit.

Evelyn wusste, dass sie die Uhr besser verkaufen sollte. Oder zumindest wegsperren. Am besten irgendwo im Keller, wo sie nicht täglich daran würde vorbeilaufen müssen. Gleichzeitig war ihr klar, dass sie das wohl nie übers Herz bringen würde. In besonders dunklen Momenten fühlte es sich an, als wäre die Uhr alles, was sie noch von Hans hatte.

Der Zug bremste weiter ab.

Evelyn entkam ein tiefer Seufzer.

Sie rieb sich noch einmal die Augen, fester als zuvor, in der Hoffnung, so den Nebel in ihrem Kopf loszuwerden. Doch es half kaum. Das monotone Rattern der Gleise hatte sie offenbar in einen tiefen Schlaf fallen lassen. Wäre sie zu Hause in ihrem Bett, dann hätte sie sich wohl umgedreht und einfach weitergeschlafen. Aber das war sie eben nicht.

Sie streckte ihren Kopf in den Mittelgang hinaus und sah den Waggon nach beiden Seiten entlang. Der dürre Kerl mit Glatze und Vollbart, der ihr zuvor schräg gegenübergesessen und in seiner Tageszeitung gelesen hatte, war nicht mehr da. Nur sein Schweißgeruch hing noch schwach in der Luft. Auch die beiden Teenager-Mädchen, die zwar zusammen eingestiegen waren und gegenüber voneinander Platz genommen, jedoch kein Wort miteinander gesprochen und nicht ein einziges Mal von ihren Smartphones aufgeschaut hatten, waren verschwunden. Selbst das Kleinkind schrie nicht mehr. Und auch sonst war von Evelyns Position aus niemand mehr zu sehen oder zu hören. Sie musste also mindestens eine Station verschlafen haben.

Sie streckte sich, bis einige Knochen knackten. Musste wieder gähnen.

Mein Gott, sie bekam sich ja gar nicht ein!

Sie schüttelte sich, schaute aus dem Fenster.

Es war nicht das erste Mal, dass sie die Strecke fuhr. Die Gegend war ihr nicht unbekannt, jedoch nicht so vertraut, als dass sie hätte einschätzen können, wo sich der Zug gerade befand. Und ob sie ein oder vielleicht sogar zwei oder mehr Stationen verschlafen hatte. Schon gar nicht jetzt, da der Tag bereits im Begriff war, sich zu verflüchtigen und der drängenden Abenddämmerung Platz zu machen. Hinter der Spiegelung der Innenbeleuchtung des Waggons waren erste zarte Rosa- und Orangetöne am Himmel zu erahnen. Die Schatten wurden länger, Kontraste verblassten.

Der Zug hatte nun die Ausläufer eines größeren Bahnhofs erreicht. Spärlich gesäte Lichtmasten beleuchteten Nebengleise, die sich in immer weitere aufteilten. Die meisten Schienenstränge waren von ausgedörrtem Unkraut, das zum Teil zu kniehohen Büschen herangewachsen war, durchsetzt. Ein paar mit Graffitis beschmierte Waggons rosteten vor sich hin.

Ein schlechtes Gefühl regte sich in Evelyn, schaffte es jedoch nicht aus ihrem Unterbewusstsein heraus.

Sie hatte nicht sonderlich viel Lust auf den Aufenthalt bei der Familie ihrer Tochter. Sie hätte lieber alleine getrauert. Einmal den ganzen Tag über einfach nur auf der Couch gehockt und sich vom Fernseher berieseln lassen. Und endlich etwas gegen ihr Rheuma unternommen. Die Schmerzen in ihren Schultern und den Knien waren die schlimmsten. Aber auch ihre Hüften und das Kreuz machten ihr zunehmend zu schaffen. Die dringend notwendige Kur hatte sie Hans zuliebe schon viel zu lange aufgeschoben. Aber Manuela hatte sie gedrängt und nicht lockergelassen. Sie wollte, dass Evelyn zumindest ein paar Tage bei ihnen verbrachte. Weil sie glaubte, ihrer Mutter damit etwas Gutes zu tun.

Manuela war in den letzten eineinhalb Jahren oft bei ihnen gewesen, um Evelyn bei der Pflege von Hans zu unterstützen. Meist gleich zwei Wochen am Stück. Ohne Manuela hätte Evelyn es wohl nicht geschafft – weder körperlich noch emotional. Dabei war es auch für die Tochter eine furchtbare Zeit gewesen. Sie hatte ihren Vater verloren – schleichend und trotz all der Mühen. Jetzt verspürte Manuela vermutlich den Drang, zumindest für ihre Mutter da sein zu müssen. Deshalb hatte Evelyn auch nachgegeben. Seitdem versuchte sie, sich vergeblich einzureden, dass die paar Tage ihr guttun würden. Immerhin auf das Wiedersehen mit ihrer Enkelin Anja freute sie sich von Herzen.

Die Abstände der Lichtmasten wurden nun enger. Erste Ausläufer des Bahnhofsgebäudes tauchten auf. Dahinter ein von ausgedörrten Bäumen und Sträuchern umgebener Parkplatz, auf dem kaum Fahrzeuge abgestellt waren. Ein Schwarm schwarzer Vögel zog darüber seine Schleifen. In der Ferne waren die Dächer einer angrenzenden Siedlung auszumachen. Ansonsten konnte Evelyn wegen der tief stehenden Sonne kaum etwas erkennen.

Der Zug fuhr in einen überdachten Bahnsteig ein.

Ein weiterer flüchtiger Blick auf die Uhr.

Ein weiteres Anschwellen des Kloßes.

Evelyn kam der Gedanke, nach ihrem Mobiltelefon zu sehen.

Vielleicht hatte Manuela oder Hendrik sie ja zu erreichen versucht. Die beiden hatten versprochen, sie vom Bahnhof abzuholen, hatten aber nicht einschätzen können, ob sie gemeinsam kommen würden oder ob Manuela wieder einmal würde länger arbeiten müssen. In den letzten Monaten hatte sie oft in der Arbeit gefehlt. Manchmal auch sehr kurzfristig. Ihr Arbeitgeber hatte lange Verständnis für ihre schwierige Situation geheuchelt, ihr schließlich aber trotzdem gekündigt. Manuela hatte sich daraufhin trotz der Sorgen um ihren Vater auch noch auf Jobsuche begeben müssen. Und aus der Not heraus eine deutlich schlechter bezahlte Stelle in einem weiter entfernten Unternehmen annehmen müssen. Doch damit nicht genug. Ihr neuer Chef war ein Workaholic, der von seinen Angestellten das gleiche Engagement erwartete – miese Bezahlung hin oder her. Und ein Choleriker, der immer wieder wegen Belanglosigkeiten die Beherrschung verlor und dabei Grenzen überschritt.

Jetzt, da Evelyn daran dachte, beschlich sie wieder einmal ein schlechtes Gewissen. Auch wenn sie ganz genau wusste, dass sie nichts für Hans' Krankheit konnte. Dennoch nahm sie sich vor, Manuela ins Gewissen zu reden. Sie durfte sich so etwas nicht gefallen lassen. Von niemandem. Manuela musste dort weg – und das rasch. Evelyn würde ihr den Haushalt so weit wie möglich abnehmen, damit sie sich nach einem neuen Job umsehen konnte. Vielleicht waren die Aussichten ja gar nicht so schlecht, wie Manuela das glaubte.

Der Zug fuhr jetzt kaum noch schneller als Schrittgeschwindigkeit.

Mit einem erneuten Gähnen, so herzhaft, dass es ihre Augen zum Tränen brachte, zog Evelyn ihre Handtasche auf den Schoß, öffnete den Reißverschluss, kramte darin und holte das Telefon hervor.

Vor dem Fenster zog wie in Zeitlupe der Bahnsteig vorüber. Eine vollgekritzelte Holzbank. Ein verbeulter Snackautomat. Und ein Fahrplanaushang, über dem eine defekte Leuchtstoffröhre zuckte. An einer rostigen Metallsäule hing ein überquellender Mülleimer. Darüber klebte ein weißer Zettel, auf dem fett VERMISST stand und der das schwarz-weiße Bild eines Teenager-Mädchens zeigte. Unter dem Foto stand etwas geschrieben, das Evelyn aus der Entfernung ohne ihre Brille nicht lesen konnte. Sie kniff die Augen zusammen, aber im nächsten Augenblick war die Säule aus ihrem Blickfeld verschwunden.

Der Zug war jetzt fast zum Stehen gekommen.

Evelyn drückte ihr Gesicht ans Fenster, um den Bahnsteig besser einsehen zu können. Da war bloß ein junger Kerl mit dunklen Haaren, schwarzer Sonnenbrille und tätowierten Unterarmen. Er hatte sich gerade umgedreht, und Evelyn konnte ihn nur von hinten sehen. Er wirkte, als würde er nach jemandem Ausschau halten.

Der Zug kam zum Stehen.

Ihr mieses Gefühl schwoll an.

Erst jetzt aktivierte Evelyn das Display ihres Handys.

Da stach ihr sofort die Uhrzeit ins Auge. Und mit einem Schlag war sie hellwach.

Um Himmels willen!

Sie hatte nicht bloß eine oder zwei Stationen verschlafen, sondern fast zwei Stunden. Sie würde jeden Moment ...

Nein!

Halt!

Sie sollte doch um 17:52 Uhr ankommen!

Ihr Puls schnellte in die Höhe.

Der Kerl auf dem Bahnsteig hatte sich etwas von ihr entfernt. Durch das verlaufene Glas der Fensterscheibe konnte sie ihn nur verzerrt sehen. Doch nun, da er sich umdrehte, die Sonnenbrille abnahm und den Zug entlang genau in ihre Richtung blickte, erkannte Evelyn ihn endlich.

Ihr sackte das Herz in die Hose!

Das war kein junger Kerl, wie sie wohl wegen der tätowierten Unterarme fälschlicherweise angenommen hatte. Verdammt, das war Hendrik!

Ach du meine Güte!

Sie musste hier raus! Schnell!

Sie sprang hoch. Rief: »Halten Sie den Zug auf!«

Aber da war niemand, der sie hören konnte.

Sie schlug gegen die Fensterscheibe. Hoffte, dass Hendrik es hören und auf sie aufmerksam werden würde. Doch dafür war er zu weit weg. Sie warf sich ihre Tasche über die Schulter. Weil der Reißverschluss noch offenstand, fiel etwas heraus. Evelyn sah gerade noch, dass es ihr Lippenstift war. Aber schon im nächsten Moment kullerte er unter die gegenüberliegende Bank und verschwand aus ihrem Sichtfeld. Er war verloren, denn es blieb keine Zeit, ihn von da unten herauszufischen. Sie krallte sich ihre Weste und dann den Trolley, den sie gleich hinter ihrem Sitz auf der Gepäckladefläche abgestellt hatte. Warf einen letzten flüchtigen Blick zurück, ohne wirklich etwas wahrzunehmen.

Dann stürmte sie los.

»Halt!«

Der Gang war eng, der Koffer sperrig. Immer wieder streifte er an einer der beiden Sitzreihen und bremste sie aus. Die Schlaufe der Handtasche rutschte ihr von der Schulter, Evelyn hielt sie nur noch mit der Hand fest. Das Abteil schien immer länger zu werden. Der Ausgang auf einmal unerreichbar.

»Bitte ha…!«

Etwas riss sie zurück. Ein Schmerzblitz jagte ihr durch die Schulter. Sie fuhr herum. Und begriff: In der Hektik hatte sich die Schlaufe der Tasche in einer Armlehne verfangen.

Das darf doch alles nicht wahr sein!

Sie machte sie los. Rannte weiter wie eine Verrückte. Blickte dabei immer wieder nach links aus den Fenstern, um sich zu vergewissern, dass der Zug noch nicht wieder angefahren war.

Ein weiterer Fahrgast war doch noch da, wie sie jetzt sah. Ein Typ, der ihr nicht half, sondern bloß kurz von seinem Handy aufblickte und sie blöd angrinste.

»Nicht losfahren!«

Evelyn hatte endlich das Ende des Abteils erreicht. Sie

riss die Schiebetür auf und preschte hinaus in den Eingangsbereich. Gerade in dem Moment, in dem sich die automatische Waggontür mit einem Zischen zu schließen begann. Sie machte einen gewaltigen Satz. Streckte den Arm voraus. Verlor dabei das Gleichgewicht. Schaffte es aber gerade noch so, sich auf den Beinen zu halten. Und die Hand in den offenen Spalt zu schieben.

Die Tür hielt augenblicklich inne.

Machte einen Moment lang nichts.

Und öffnete sich schließlich wieder.

Gott sei Dank!

Evelyn fiel ein Stein vom Herzen. Ihr entkam ein unkontrolliertes Lachen. Doch ihr Herz schlug immer noch ganz wild, und ihre Knie waren noch weich, als sie den Koffer nachzog und aus dem Zug kletterte.

Auf dem Bahnsteig konnte sie ihr Glück kaum fassen.

Weil sie keine Vorstellung davon hatte, was sie in den nächsten Tagen hier erwartete. Weil sie nicht ahnte, dass ihr Aufenthalt ganz anders verlaufen würde, als sie sich das vorgestellt hatte. Und dass schon bald die Hölle über sie hereinbrechen würde.

Wie sollte sie auch?

Die erste böse Überraschung war nur noch Sekunden entfernt.

KAPITEL 2

17:54 Uhr

Auf dem Bahnsteig brauchte Evelyn erst einmal einen Moment, um sich zu sammeln. Sie stemmte die Hände in die Seiten und versuchte, wieder zu Atem zu kommen. Ihr Puls flatterte immer noch ein wenig. Die drückende Sommerhitze trieb ihr den Schweiß aus den von der Klimaanlage des Zugs verwöhnten Poren. Das Adrenalin, das ihr immer noch durch den Körper jagte, trug den Rest dazu bei.

Was für eine unnötige Aufregung!

Die Sonne stand so tief, dass sie bald hinter dem Bahnhofsgebäude verschwinden würde. Dennoch war es immer noch sehr hell und hatte bestimmt noch über 30 Grad – ein typischer Hochsommerabend eben. Es wehte nicht die leiseste Brise, die Abkühlung verschafft hätte. Ihr 67 Jahre alter Kreislauf machte solche Temperaturen nur noch schwer mit. Zudem überkam sie ein leichtes Schwindelgefühl. Sie musste kurz die Augen schließen.

Evelyn schämte sich für ihr Malheur. Früher wäre ihr so etwas nicht passiert. Ihr Leben lang war sie organisiert und strukturiert gewesen. Sie hatte stets den Überblick über anstehende Termine und nötige Erledigungen behalten. Nicht einen Arzttermin, den sie jemals versäumt hätte. Und schon gar keinen Geburtstag von Freunden, Bekannten oder Verwandten. Sie hatte die Rechnungen immer zeitgerecht bezahlt und laufend nach günstigen Tarifen für Gas, Wasser, Strom, Versicherungen und so vielem mehr Ausschau gehalten. Sie hatte Besorgungslisten erstellt und die Einkäufe erledigt. Sie hatte

Handwerkertermine vereinbart. Und Hans rechtzeitig an die Vorbereitungen dafür erinnert. Einmal, zweimal und wenn es notwendig war, auch noch ein drittes Mal. Nichts, das ihr je entgangen wäre.

Aber seit Hans' Tod stand sie einfach neben der Spur.

Vor zwei Wochen hatte sie doch glatt den Geburtstag von Hannelore, ihrer Nachbarin, vergessen. Vier Tage später hatte sie ihren Augenarzttermin versäumt. Und jetzt das. So konnte das nicht weitergehen!

Sie atmete noch einmal tief durch und wischte sich mit dem Ärmel ihrer Bluse den Schweiß von der Stirn.

In ihrem Rücken erklang ein Zischen, woraufhin sich die Zugtür schloss. Von irgendwo war ein schrilles Pfeifen zu hören.

Hendrik war inzwischen ans Ende des Bahnsteigs gelaufen. Er hatte sie noch nicht entdeckt.

Evelyn wollte ihm gerade zurufen.

Da brüllte er plötzlich auf. »Hey, was machst du da?« Sein Blick ging in Richtung Parkplatz. »Hau bloß ab!«

Evelyn konnte nicht erkennen, was das Problem war und wem er da zurief. Der Parkplatz war von ihrem Blickwinkel aus zum größten Teil vom Bahnhofsgebäude und von Büschen und Bäumen verdeckt.

»Hörst du schlecht?«

Der Zug setzte sich in Bewegung.

Hendrik schrie erneut etwas, das Evelyn aufgrund des Zuglärms jedoch nicht verstehen konnte. Sie riss beide Arme hoch, winkte und rief nach ihm. Doch er bekam es nicht mit. Stattdessen sah er sich plötzlich nach beiden Seiten um, sprang vom Bahnsteig und sprintete los. Direkt über die Geleise.

Was zum ...?

Evelyn hatte immer noch keine Ahnung, was gerade vor sich ging. Nur, dass es nichts Gutes sein konnte, war ihr klar. Ihre Alarmglocken schrillten. Sie packte ihren Trolley und hetzte ebenfalls ans Ende des Bahnsteigs. Einen Augenblick lang spielte sie mit dem Gedanken, es Hendrik gleichzutun, ebenso auf die Geleise zu springen und sie einfach zu überqueren. Immerhin war weit und breit kein ankommender Zug zu sehen. Und ob es hier noch Bahnhofsangestellte gab, bezweifelte sie. Doch sie verwarf die Idee gleich wieder. Selbst ohne Koffer im Schlepptau wäre es mit ihrem kaputten Rücken eine zu große Herausforderung gewesen.

»Verschwinde von meinem Wagen!«, schrie Hendrik und kam etwas ins Straucheln.

Er hatte den Parkplatz erreicht.

Und Evelyn das Ende des Bahnsteigs. Von dort aus konnte sie eine junge Frau mit roter Mähne sehen, die an der Fahrerseite eines schwarzen SUV herumhantierte.

Hendrik stürmte geradewegs auf sie zu. Er war höchstens noch 20 Meter von ihr entfernt.

Da schwang die Frau sich auf ein Fahrrad, das neben ihr auf dem Asphalt gelegen hatte, trat stehend in die Pedale, blickte zurück und kreischte: »Fick dich!«

Hendrik hatte den Wagen erreicht. Betrachtete ihn. Raufte sich die Haare. Und brüllte: »Spinnst du?«

Sie streckte ihm den Mittelfinger entgegen. »Du spinnst, Arschloch!«

»Das wird dir noch leidtun, das schwöre ich dir!«

»Dir wird es leidtun! Ich mach dich fertig!«

Im nächsten Moment war sie aus Evelyns Sichtfeld verschwunden.

Sie konnte nur noch Hendrik sehen, der erneut die Fahrertür des SUV betrachtete. Unverständliches vor sich hin fluchte und dann seine Drohung bestärkte: »Ich schwöre dir, das wirst du noch bereuen!«

Erst jetzt, da er sich verzweifelt umsah, entdeckte er Evelyn. Seine Augen wurden ganz groß.

KAPITEL 3

18:01 Uhr

Im Wagen herrschte betretenes Schweigen. Die Fahrt dauerte noch keine zwei Minuten, kam Evelyn aber schon wie eine halbe Ewigkeit vor. Ihre Bluse war noch leicht verschwitzt. Die eiskalte Luft aus der Klimaanlage ließ sie frieren. Sie schob den Regler zur Seite, um den Luftstrom von ihr weg auf das Seitenfenster zu lenken. Doch das machte es kaum besser. Sie rieb sich die Unterarme.

»Zu kalt?«, fragte Hendrik, ohne sie dabei anzusehen.

»Ein bisschen.«

Er reduzierte das Gebläse um eine Stufe. »Besser?«

»Ja, danke«, log sie.

Dann drängte sich das Schweigen zurück zwischen sie.

Evelyn graute vor der weiteren Fahrt. Das Haus ihrer Tochter lag am anderen Ende der Stadt, ein Stück weit außerhalb am Waldrand. Dort, wo die Straßen enger wurden und die Häuser nur noch spärlich gesät, dafür aber eine Spur größer waren. Zu Fuß konnte man von der Stadt aus eine Abkürzung durch einen der Waldausläufer nehmen. Mit dem Auto musste man allerdings einen weiten Bogen darum fahren. Sie würden also sicher noch zehn Minuten unterwegs sein.

Evelyn rang nach Worten, fand aber keine. Nicht einmal über das Wetter wollte ihr etwas Brauchbares einfallen.

Also starrte sie aus dem Fenster. Die Kleinstadt, die an ihnen vorüberzog, nahm sie dabei kaum wahr. Von früheren Besuchen wusste sie aber, dass sie ihre besten Jahre schon lange hinter sich hatte.

Einst, noch bevor Manuela Hendrik zuliebe hierhergezogen war, war es eine florierende Kleinstadt gewesen. An die 10.000 Menschen hatten hier gelebt. Der angrenzende Badesee und der riesige Wasserpark mit seinen vielen Rutschen, Themenbecken, Restaurants und dem eigenen Hotel hatten über Jahrzehnte hinweg Touristenscharen angelockt. Und diesen das Geld aus der Tasche gezogen.

Doch der Glanz von früher war längst verblasst. Der See war inzwischen weitgehend ausgetrocknet und zu wenigen kleinen Tümpeln verkommen. Der tiefste war gerade mal einen Meter tief. Der Wasserpark war vor gut zehn Jahren pleitegegangen und rostete seitdem vor sich hin. Die Stadtführung hatte dem drohenden Desaster mit einem Wellnesshotel entgegenzuwirken versucht. Doch im Zuge des Rohbaus waren schwerwiegende architektonische Mängel festgestellt worden. Zudem war der Bürgermeister unter Korruptionsverdacht geraten und hatte von seinem Amt zurücktreten müssen. Der darauffolgende Rechtsstreit hatte sich über viele Jahre gezogen. Wer ihn letztendlich gewonnen hatte, war Evelyn nicht bekannt. Nur, dass das Hotel niemals fertiggestellt worden war, wusste sie. Wie eine Verhöhnung thronte es seitdem nahe dem Stadtzentrum, das seit vielen Jahren keinen Touristen mehr gesehen hatte. Restaurants, Cafés und viele kleine Läden verschwanden. Der einst prächtige Blumenschmuck, der die wichtigsten Straßen gesäumt hatte, war für unnötig und zu teuer befunden worden. Der Brunnen vor dem Rathaus war trockengelegt worden. Die Bevölkerungszahl war um rund die Hälfte geschrumpft.

Hendrik setzte den Blinker und bog nach links ab. Er räusperte sich und kratzte sich das Kinn, sagte und fragte aber weiterhin nichts. Kein »Wie geht's dir?«, kein »Wie war die Reise?«, und auch kein »Warum bist du erst so spät aus dem Zug gestiegen?«.

Und schon gar keine Erklärung für diesen seltsamen Vorfall eben.

Aber auch Evelyn wusste immer noch nicht so recht, wie sie ein Gespräch starten sollte. Ihre Ankunft war ganz und gar nicht so verlaufen, wie sie sich das vorgestellt hatte. Sie musste die letzten Minuten erst noch verarbeiten. Hatte alle Mühe dabei, das Wippen ihrer Beine zu unterdrücken. Stattdessen knetete sie ihre Hände vor Unwohlsein. Und weil es keine Linderung brachte, ging sie dazu über, mit ihren Zeigefingern die Daumennägel zu kratzen. Dabei schwirrten ihr so viele Fragen durch den Kopf – wie ein Schwarm aufgescheuchter Insekten. Wer war diese Frau gewesen? Warum hatte sie Hendrik so derb beschimpft? Und hatte tatsächlich sie die tiefen Kratzer im Lack seines Wagens verursacht? Kannten die beiden sich? Falls ja, woher? Und warum zur Hölle klärte er sie nicht endlich auf?

Hendrik und Manuela waren mittlerweile schon seit 19 Jahren verheiratet. Es war eine gute Ehe, soweit Evelyn das einschätzen konnte. Hendrik war ein fürsorglicher Ehemann und Vater. Und Anja, ihre gemeinsame Tochter, war ein liebes, wohlerzogenes Mädchen. Sie schrieb stets gute Noten und hatte ein großes Interesse an der Natur. Sie war tierlieb und hatte sich immer schon sehnlichst einen eigenen Hund gewünscht – aufgrund von Manuelas Tierhaarallergie jedoch vergeblich. Das änderte aber nichts daran, dass sie schon seit Jahren jedem erzählte, einmal Tierärztin werden zu wollen. Ihre Schüchternheit hatte sie inzwischen bestimmt schon abgelegt. Wer weiß, womöglich hatte sie mit ihren bald 17 Jahren bereits ihren ersten Freund.

Evelyn konnte es kaum erwarten, sie endlich wiederzusehen. Sie musste sich eingestehen, dass sie in den letzten eineinhalb Jahren nur Gedanken für Hans gehabt hatte. Alles andere – vor allem Anja – hatte sie völlig aus den Augen verloren. Sie fühlte sich schäbig deswegen. Und konnte nur hoffen, dass ihre Enkelin das verstehen und ihr verzeihen würde. Evelyn wünschte sich aus tiefstem Herzen, dass ihre Beziehung rasch wieder wie früher werden würde.

Aber erst mal sollte sie das mit Hendrik klären.

Nur wie?

Er war immer höflich und hilfsbereit gewesen. Nicht einmal, dass sie einen Ausbruch wie eben bei ihm bemerkt hätte. Evelyn kannte ihn vielmehr als ruhig und zurückhaltend. Bei Familienfeiern und in größeren Gruppen hatte er sich immer schon gerne aus den Gesprächen rausgehalten oder sich gleich ganz zurückgezogen. Bei Familienfotos war er gerne der, der sich opferte, um den Auslöser zu drücken, anstatt selbst abgelichtet zu werden. Hendrik war niemand, der die große Bühne suchte. Auch nicht in seinem Beruf als Programmierer, in dem er weitgehend alleine und im Hintergrund arbeitete. Evelyn hatte ihn immer gemocht.

Und auch Hans hatte stets große Stücke auf ihn gehalten. »Manuela ist bei ihm in guten Händen«, hatte er damals nach dem ersten Kennenlernen gesagt. Und an dieser Meinung hatte sich bis zuletzt nichts geändert.

Evelyns Erfahrungswerte beruhten jedoch auf der Zeit vor Hans' Krankheit. In den letzten beiden Jahren hatte sie ihn nur zweimal gesehen. Anja überhaupt nur einmal. Auch zur Beerdigung hatten die beiden es nicht geschafft. Anja wegen einer Schularbeit und Hendrik, weil er einen wichtigen Abgabetermin hatte einhalten und sich natürlich auch um Anja hatte kümmern müssen. Im Grunde, so ehrlich musste Evelyn zu sich selbst sein, basierte alles, was sie über die beiden aus den letzten beiden Jahren wusste, auf Manuelas Erzählungen. Dass sie dabei einiges ausgelassen hatte, war schon alleine an Hendriks Äußerem zu erkennen. Evelyn fragte sich bloß, warum Manuela ihr das verschwiegen hatte.

»Was zum …«, schimpfte Hendrik, bremste abrupt ab und riss Evelyn damit aus ihren Gedanken. Er murmelte noch einen unverständlichen Fluch. Und das alles nur, weil der Wagen vor ihnen nicht mehr bei Gelb über die Kreuzung gefahren war. Jetzt hupte er sogar noch. Der Fahrer im Wagen vor ihnen gestikulierte etwas durch die Heckscheibe, das wohl in etwa so viel wie »Hast du sie noch alle?« bedeuten sollte.

»Wohl ein Sonntagsfahrer, was?«, sagte Evelyn. Nicht, weil sie das tatsächlich so empfand. Sondern, weil sie heilfroh darüber war, endlich wieder etwas sagen zu können. Und auch, weil sie hoffte, damit Hendrik etwas von seiner Anspannung zu nehmen.

»Hm«, machte er nur und kaute an seiner Unterlippe. Keine Frage, dass er selbst nach diesem unnötigen Aufreger tief in Gedanken war.

Evelyn kratze sich ein Stückchen Haut ihres linken Daumens ab und merkte, dass ihre Beine erst recht auf und ab wippten. Sie zwang sich dazu, sie zum Stillstand zu bringen, und betrachtete Hendrik aus dem Augenwinkel heraus. Viel konnte sie wegen der schwarzen Sonnenbrille nicht erkennen. Doch zwei Veränderungen waren unübersehbar:

Zum einen schien er sich einer Haartransplantation unterzogen zu haben. Denn als sie ihn zum letzten Mal gesehen hatte, war sein Haar schütter und kurz geschoren gewesen – wie schon in den Jahren zuvor. Jetzt hatte er allerdings eine dichte dunkelbraune Mähne und einen jugendlichen struppigen Haarschnitt. Die neue Haarpracht ließ ihn wie einen anderen Menschen erscheinen. Gar kein Wunder also, dass Evelyn ihn vom Zug aus nicht gleich erkannt hatte.

Die zweite auffällige Veränderung an ihm waren die sonnengebräunten Unterarme, die nun großflächig mit Tattoos überzogen waren. Es waren viele verschiedene Motive, die auf kunstvolle Weise miteinander verwoben waren. Einen

Kompass konnte Evelyn auf seinem rechten Arm erkennen. Darunter einen Leuchtturm und den Teil eines alten Segelschiffs. Dazwischen viele Wellen und Sonnenstrahlen, wenn sie das richtig interpretierte. Auf seinem linken Unterarm sah sie eine Sanduhr und einige Sterne.

Das Ganze war nicht unschön, fand Evelyn. Sie war solchen Dingen gegenüber immer offen gewesen. Wenn jemand Lust hatte, sich tätowieren zu lassen oder sich einen Silberring durch die Nase zu schießen – warum nicht. Bei Hendrik roch es jedoch verdächtig nach einer Art Lebenskrise. Warum sonst sollte ein 47-jähriger Familienvater sich derartigen Veränderungen unterziehen? Andererseits: Was wusste sie schon? Womöglich war sie gar nicht so offen, wie sie dachte. Und ihre Vorstellungen waren antiquiert.

Die Ampel sprang auf Grün. Doch Hendrik bekam es nicht mit. Erst als hinter ihnen eine Hupe ertönte, wurde er aus seinen Gedanken gerissen.

»Jaja«, murmelte er, legte den Gang ein und fuhr weiter.

Evelyn hielt diese drückende Stille zwischen ihnen nicht länger aus. Sie nutzte den Schwung der Anfahrt. »Wer war denn das eben?« Sie hatte versucht, möglichst beiläufig zu klingen, war sich jedoch sicher, dass Hendrik ihr die Neugierde hatte anhören können.

Er blinzelte mehrmals. Antwortete aber nicht. Und tat so, als wäre er gerade voll und ganz mit dem kaum vorhandenen Verkehr beschäftigt.

Die Sekunden verstrichen.

Evelyn wusste: Würde sie nicht jetzt sofort nachhaken, wäre die Gelegenheit vorüber.

»Kanntest du sie?«, setzte sie nach.

Er antwortete immer noch nicht. Erst als Evelyn schon gar nicht mehr damit rechnete, sagte er schließlich: »Wen meinst du?«

Also, mit dieser dummen Gegenfrage hatte sie nun wirklich nicht gerechnet. Ein, zwei Sekunden lang hatte er sie damit aus dem Konzept gebracht. »Na wen wohl? Die Frau am Bahnhof.«

Wieder schwieg er für Evelyns Geschmack einen Tick zu lange. »Ach die, vergiss es.«

Sie betrachtete ihn von der Seite, was er mitbekam und ihm letztlich doch noch einen Nachsatz entlockte.

»Das war bloß eine Verrückte aus der Stadt. Die liefert ständig solche Aktionen«, sagte er.

»Was für Aktionen?«

»Ach, dumme eben.«

»Hat sie den Lack so zerkratzt?«

»Das ist doch nicht der Rede wert«, sagte er und stieß ein gekünsteltes Lachen aus, das so gar nicht zum Rest seiner Körpersprache passen wollte. Seine Kiefermuskeln schienen nämlich angespannt. Und er umklammerte das Lenkrad so fest, dass seine Fingerknöchel weiß hervortraten.

Das war für Evelyn Antwort genug. »Du solltest sie anzeigen!«

»Ach, ich bitte dich. Das ist doch die Mühe nicht wert.«

»Das ist eine Sachbeschädigung.«

»Den kleinen Kratzer kann ich auch selbst wegpolieren.«

Evelyn hatte keine Ahnung von solchen Dingen. Sie wusste nur, dass es nicht bloß ein kleiner Kratzer, sondern eine tiefe, fette Schramme quer über die gesamte Fahrertür war und diese sich bestimmt nicht einfach so würde wegpolieren lassen.

»Ich könnte als Zeugin aussagen.«

»Unsinn.«

»Ich bin mir sicher, dass …«

»Bitte, Evelyn, vergiss es einfach!«

»Also tut mir leid, aber das verstehe ich nicht.«

»Bitte lass das meine Sorge sein«, sagte er und tat wieder

so, als würde ihm der Verkehr seine volle Aufmerksamkeit abverlangen.

Evelyn gab sich geschlagen. Zumindest vorerst.

Hendrik räusperte sich. »Und noch etwas: Bitte erwähne Manuela gegenüber nichts davon!«

Evelyn sah ihn aus großen Augen an.

»Es würde sie nur unnötig aufregen.«

Okay … Das musste sie erst mal verdauen. Sie wartete auf eine weitere Erklärung, aber die kam nicht. Warum zur Hölle verlangte er das von ihr?

Hendrik nutzte Evelyns Irritation, drehte die Lüftung wieder stärker und machte das Radio an. Ein Nachrichtensprecher verkündete gerade, dass auch in den nächsten Tagen kein Regen zu erwarten wäre und die Höchsttemperaturen auf bis zu 35 Grad klettern würden. Aufgrund der extremen Trockenheit würde vonseiten der Politik zum Wassersparen aufgefordert. Auf keinen Fall sollte mit offenem Feuer hantiert werden. Bis auf Widerruf gelte ein absolutes Grill-Verbot im gesamten Land. Darüber hinaus würden Experten vorschlagen, dass …

Evelyns Aufmerksamkeit schwand.

Sie hatten wieder an einer roten Ampel gehalten.

In der Ferne vor ihnen entdeckte Evelyn den riesigen Rohbau des Wellnesshotels. Soweit sie das erkennen konnte, war auch in den letzten beiden Jahren nicht weiter daran gearbeitet worden. Unweit davon lag die Polizeistation. Davor parkten besonders viele Streifenwagen, aber auch eine Menge ziviler Fahrzeuge. Außerdem zwei weiße Busse.

Doch es war nicht das unfertige Gebäude, das Evelyns volle Aufmerksamkeit plötzlich auf sich zog. Auch nicht die vielen Polizeiwagen. Sondern das Vermissten-Plakat, das an einer Säule auf dem Bürgersteig neben ihnen klebte. Der weiße Zettel war noch nicht von Wind und Wetter zerfleddert worden. Er konnte also noch nicht lange hier kleben. Das Schwarz-

Weiß-Bild unter der fetten VERMISST-Überschrift zeigte ein Mädchen um die 14 oder 15 Jahre, vielleicht auch schon 16. Sie hatte schwarze Haare, dunkel geschminkte Augen und vermutlich ein blasses Gesicht. Ihr Lächeln wirkte leer, wie das auf solchen Studio-Fotografien oft der Fall ist. Bestimmt war es in der Schule aufgenommen worden, und es hatte zum guten Ton unter den Teenagern gehört, sich besonders lustlos und gelangweilt zu präsentieren.

Jetzt konnte Evelyn etwas mehr erkennen als zuvor am Bahnhof. Wer hat Lena gesehen?, stand darunter und eine Telefonnummer. Doch viel mehr war auch jetzt nicht für sie zu entziffern, denn alles Weitere war so klein gedruckt, dass Evelyn es, selbst wenn sie ihre Brille aufgehabt hätte, wohl nicht hätte lesen können.

»Wer ist sie?«, wollte sie von Hendrik wissen.

»Hm?«

Er schien schon wieder tief in Gedanken versunken.

»Wer ist das Mädchen?«

»Welches Mädchen?«

»Die Vermisste.«

»Ach die ...«, murmelte er in sich hinein und ließ den Rest des Satzes in der Luft hängen.

Auch darüber wollte er ganz offensichtlich nicht sprechen. Evelyn wartete darauf, dass er noch etwas sagte, doch er blieb stumm.

Die Ampel schaltete auf Grün. Er fuhr weiter.

»Kennt ihr sie?«

»Um die brauchst du dir keine Sorgen zu machen.«

»Wird sie noch immer vermisst?«

»Die taucht schon wieder auf.«

Mein Gott, was war denn das jetzt schon wieder für eine blöde Antwort gewesen? Was war bloß los mit ihm? Es konnte doch nicht so schwer sein, ihr eine normale Antwort auf ...

»Pass auf!«, schrie Evelyn.
Hendrik sprang auf die Bremse.
Die Reifen quietschten.
Der Gurt schnitt Evelyn in die Brust.
Und der Wagen kam unmittelbar vor einem Mann zum Stehen, der sich zwischen parkenden Autos hindurchgezwängt hatte und, offenbar ohne auf den Verkehr zu achten, die Straße überqueren wollte. Er stand wie erstarrt da, mitten auf der Straße. Und sah Hendrik aus weit aufgerissenen Augen an. Der Schock stand ihm ins Gesicht geschrieben.

Trotz ihres Schrecks regte sich bei seinem Anblick etwas in Evelyn. Doch sie war zu aufgewühlt, um es zu verstehen.

»Scheiße«, murmelte Hendrik. »Ausgerechnet …«

Der beißende Geruch von verbranntem Gummi schaffte es ins Wageninnere.

»Ist da ein Zebrastreifen?«, wollte Evelyn wissen, auch wenn ihr klar war, dass es keine Bedeutung hatte. Sie waren nur ganz knapp einem Unglück entgangen. Sie stemmte sich dennoch so weit, wie es der Gurt zuließ, von ihrem Sitz hoch und streckte sich, um über die Motorhaube hinweg einen Blick auf den Asphalt zu erhaschen. Sie konnte keine weißen Striche entdecken.

Hendrik sagte nichts. Er starrte den Mann bloß an.

Der Mann starrte noch einen Moment lang regungslos zurück. Dann fand er offensichtlich seine Fassung wieder, wandte sich ab. Und hetzte über die Straße davon. Dabei beging er schon wieder den Fehler, nicht auf den Verkehr zu achten, und lief beinahe vor einen weiteren Wagen. Auch dieser Fahrer musste eine harte Bremsung hinlegen. Nach einer Schrecksekunde hupte er zweimal und gestikulierte aufgebracht hinter dem Lenkrad. Der Mann hob entschuldigend die Hand, hetzte weiter auf den Bürgersteig, bog nach links ab und verschwand aus Evelyns Blickfeld.

Da begriff sie endlich. Und gleichzeitig wieder auch nicht.
»War das nicht dein Bruder?«, fragte sie Hendrik.
»Was?«
»Das war doch Viktor, oder?«
»Kann sein.«
»Was heißt …?« Evelyn konnte diese dumme Antwort nicht verstehen. Sie wurde lauter als beabsichtigt. »Das war er doch!«
»Ja.«
Wusste sie es doch!
Sie hatte Viktor zwar erst zwei- oder dreimal auf Familienfeiern getroffen. Aber sein kantiges Gesicht, die eingefallenen Wangen, der zerzauste Haarkranz und vor allem seine leicht abstehenden Ohren waren ihr in Erinnerung geblieben. Viktor war Hendriks jüngerer Bruder, doch er sah deutlich älter aus. Soweit sie das einschätzen konnte, war er ein verschlossener und schüchterner Kerl, eine Frau hatte sie nie an seiner Seite gesehen. Evelyn hatte bisher nur wenige Worte mit ihm gewechselt. Fragen hatte er meist mit Ja oder Nein beantwortet. Gegenfragen waren so gut wie nie gekommen. Augenkontakt schien ihm dabei unangenehm gewesen zu sein.

Hendrik startete den Motor wieder, weil er durch die Vollbremsung abgestorben war. Er legte den Gang ein und fuhr weiter.

Evelyn versuchte, diese Situation eben zu verstehen. Doch es wollte ihr nicht gelingen. Was war denn das für ein seltsames Verhalten zwischen den beiden gewesen? Schreck hin oder her, so reagierte man doch nicht unter Brüdern, oder? Selbst dann nicht, wenn man beinahe über den Haufen gefahren wurde. Viktor musste Hendrik und seinen Wagen doch erkannt haben. Aber selbst wenn nicht: Hendrik hatte Viktor erkannt.

Es musste etwas zwischen den beiden vorgefallen sein!

Evelyn suchte nach den richtigen Worten. Wie konnte sie Hendrik danach fragen, ohne neugierig, sondern möglichst beiläufig zu klingen? Sollte sie vielleicht …?

Er kam ihr zuvor und unterbrach ihre Gedanken: »Ach, was ich noch gar nicht gefragt habe …«, setzte er an, räusperte sich und zwang sich zu einem Lächeln, vergaß dabei aber seine Augen, »wie war eigentlich deine Reise?«

KAPITEL 4

18:06 Uhr

Scheiße!
Viktor stand da wie versteinert. Mitten auf der Straße. Er konnte es nicht fassen.
Wie viel Pech konnte man eigentlich haben?
Die ganzen letzten Tage hatte er alles daran gesetzt, Hendrik auf keinen Fall zu begegnen. Er hatte sich seine Wege gut überlegt. Hatte sich im Schatten und im Dunkeln gehalten. Und fern von den unzähligen Polizisten in der Stadt. Wann immer ein Streifenwagen an ihm vorübergefahren war, hatte er die Luft angehalten und zu Boden geblickt. Sein Herz hatte dabei gerast. Jedes Mal aufs Neue hatte er sich in Gedanken gesagt: Aus. Schluss. Jetzt ist es so weit! Sie werden halten. Aussteigen und dich in die Mangel nehmen! Und es aus dir herausquetschen. Weil sie Bescheid wissen!
Dabei war er Realist genug, um zu wissen, wie absurd seine Angst war. Wie unnötig. Und jedes Mal war es ja auch so, dass die Polizisten einfach weitergefahren waren. Sie hatten ihn nicht gesehen. Hatten durch ihn hindurchgeschaut. Wie so viele andere auch. Und auch Hendrik war er erfolgreich aus dem Weg gegangen.
Bisher.
Doch jetzt das!
Hendriks Blick sprach Bände. Er paralysierte Viktor regelrecht.
Geh weiter, verdammt! Los!
Er schaffte es endlich, sich von Hendriks Blick loszurei-

ßen, und sich trotz seiner weichen Knie wieder in Bewegung zu setzen. Er zwang sich, nicht loszulaufen. Starrte stur auf den aufgeheizten Asphalt. Versuchte, das Brennen ihrer Blicke im Nacken zu ignorieren. Und sich nicht mehr nach ihnen umzudrehen. Dabei schallte ein und dieselbe Frage immer wieder durch seinen Schädel – wie von einer hängen gebliebenen Schallplatte: Wer zum Teufel war die Frau bei ihm im Wagen gewesen? Bei ihrem Anblick war sofort eine Erinnerung in ihm aufgeblitzt. Allerdings zu kurz, als dass er sie in seinem Schock hätte greifen können. Doch er war sich sicher: Von irgendwoher kannte er sie. Er hatte sie schon mal gesehen, ganz bestimmt sogar. Nur wo? Und wann? Konnte es vielleicht sein, dass sie …?

Plötzlich wieder Reifenquietschen. Dieses Mal von rechts.

Fuck!

Viktor schrie auf vor Schreck. Zuckte zurück. Und schaute, wie Sekunden zuvor Hendrik, den Fahrer aus weit aufgerissenen Augen an. Der hupte und gestikulierte wild hinter dem Lenkrad.

Viktor kannte ihn nicht, was gut war. Doch ansonsten war an all dem hier ganz und gar nichts gut! Wie, zum Teufel noch mal, konnte man so blöd sein und binnen weniger Sekunden gleich zweimal fast überfahren werden? Und das in seiner Situation!

Er musste hier weg! Und zwar schleunigst!

Er blickte sich um. Keine Polizei in der Nähe. Das war gut!

Er hob entschuldigend die Hand, machte noch drei schnelle Schritte, dann war er auf dem Bürgersteig. Dort bog er nach links ab und beschleunigte seine Schritte weiter. Er hatte auf einmal das Gefühl, Hunderte Blicke auf sich zu spüren. Zwei Kreuzungen später war er immer noch niemandem begegnet. Und er war fast zu Hause. Da passierte es. Er konnte nicht sagen, was es in ihm ausgelöst hatte. Doch mit einem Mal war da die Erkenntnis.

Natürlich!
Das war Manuelas Mutter gewesen! Evelyn, wenn er sich richtig erinnerte. Sie hatte etwas abgemagert ausgesehen. Aber das konnte auch bloß in der Eile so gewirkt haben. Da fiel ihm noch etwas ein: Lag ihr Mann nicht im Sterben? Klar doch, deswegen war Manuela ja immer wieder so lange weg, oder? Krebs im Endstadium, was für ein Jammer. Dass Evelyn jetzt alleine hier war, konnte doch nur bedeuten, dass er inzwischen verstorben war. Oder? Wie hatte er noch mal geheißen? An seinen Namen konnte er sich gerade beim besten Willen nicht erinnern. Jedoch daran, dass er ein netter Kerl gewesen war, witzig und aufgeschlossen. Er war nett zu ihm gewesen. Hatte immer wieder das Gespräch mit ihm gesucht. Dabei war Viktor selbstreflektiert genug, um zu wissen, dass er nicht gerade der einfachste Gesprächspartner war.

Egal, so oder so: Viktor hatte die Frau erst zwei- oder dreimal gesehen. Doch das reichte, um zu wissen: Sie war nicht blöd, nein, ganz und gar nicht. Sie würde Fragen stellen, garantiert. Jeder, der klar bei Verstand war und die Situation eben miterlebt hatte, würde das tun. Denn so verhielten sich keine Brüder, zwischen denen alles in Ordnung war.

Nein, der Graben zwischen ihnen war unübersehbar. Nur das dunkle Geheimnis, das diesen Schlund aufgerissen hatte, lauerte darin gut verborgen.

KAPITEL 5

19:48 Uhr

Evelyn war tief in Gedanken. Sie versuchte, Hendriks seltsames Verhalten zu begreifen. Schaffte es aber nicht. Gleichzeitig musste sie immer wieder auf das Familienfoto an der Wand neben dem Kühlschrank schauen. Es hing leicht schräg. Sie wollte es ignorieren. Aber sie schaffte es einfach nicht. Solche Dinge störten sie eben. So sehr sie sich auch bemühte, sie konnte nichts dagegen tun. Außer, es später, in einem unbeobachteten Moment, geradezurücken und sich dabei vorzustellen, wie Hans ihr aus einer Parallelwelt dabei zusah, sich mit der flachen Hand an die Stirn schlug und den Kopf schüttelte.

Du bist wirklich unverbesserlich, meine Liebe.

»Ist sie halbwegs okay?«, wollte Manuela wissen und riss Evelyn aus ihren absurden Gedanken.

»Aber klar doch«, log sie, nachdem sie hinuntergeschluckt hatte.

Sie mochte keine Tiefkühlpizza. Vor allem abends nicht, wenn sie ihr noch lange im Magen lag und sie deshalb nur schwer einschlafen konnte. Und dennoch hatte sie sich in den letzten eineinhalb Jahren selber viel zu oft eine ins Backrohr geschoben, wenn ihr die Pflege von Hans wieder einmal alles abverlangt hatte, und sie schlichtweg keine Zeit und schon gar keine Energie mehr zum Kochen gehabt hatte. Nicht nur einmal war sie dabei so geistesabwesend gewesen, dass sie darauf zu achten vergessen hatte und ihr die Pizza im Backrohr verbrannt war.

»Tut mir wirklich leid!«, sagte Manuela.

»Was denn?«

»Ich hatte ja vor, noch was zu kochen. Aber gestern war alles so stressig. Und heute musste ich früh los und …«

»Bitte hör auf, dir darüber Gedanken zu machen!«

Manuela seufzte, nickte. Schob den Teller, auf dem noch gut ein Drittel der Spinatpizza und ein paar übrig gelassene Ränder lagen, von sich.

Evelyn war sich sicher, dass Manuela etwas betrübte. Und zwar nicht bloß die Tatsache, dass ihr das Abendessen nicht schmeckte und es ihr unangenehm war, nicht zum Kochen gekommen zu sein. Womöglich war es der Tod ihres Vaters, an den sie sich durch Evelyns Anwesenheit besonders intensiv erinnert fühlte. Vielleicht war aber auch in der Arbeit etwas passiert. Womöglich hatte ihr Chef wieder einen seiner cholerischen Anfälle bekommen und seinen Frust an ihr ausgelassen. Aber auch ein Streit mit Hendrik hätte Evelyn nicht überrascht. Die Stimmung zwischen den beiden schien angespannt. Soweit Evelyn das mitbekommen hatte, hatten die beiden sich weder umarmt noch geküsst, nachdem Manuela von der Arbeit heimgekommen war. Außerdem sprachen die beiden so gut wir gar nicht miteinander. Seit sie sich zu ihr an den Esstisch gesetzt hatten, schwieg Hendrik überhaupt ganz.

Evelyn nahm sich vor, Manuela später noch darauf anzusprechen.

»Was hältst du davon, wenn du dir morgen einfach ein, zwei schöne Stunden gönnst, und ich das Kochen übernehme?«, schlug Evelyn vor.

»Das ist lieb, Mama. Aber die Auszeit solltest du dir endlich mal gönnen!«

»Unsinn, mir geht's gut.«

»Das höre ich ständig von dir.«

»Dann glaube es mir doch einfach.«

»Ich habe dich nicht zu uns eingeladen, damit du uns bekochst und bedienst. Du hast in den letzten Monaten genug geleistet.«

»Genauso wie du.«

Manuela wollte sichtlich etwas erwidern, ließ es dann aber doch.

»Du könntest die Zeit ja auch dazu nutzen, dich nach einem neuen Job umzusehen«, schlug Evelyn vor. »Du darfst dir das nicht länger gefallen lassen, wie dein Chef mit dir umspringt.«

»Es ist doch alles halb so schlimm«, versuchte sie zu beschwichtigen.

Nun war es Hendrik, der etwas einwerfen wollte, sich aber dann doch zurückhielt.

»Du arbeitest viel zu viel. Du musst mehr auf dich achten!«

»Mama, bitte …«

Manuela hielt inne. Weil zu hören war, dass die Eingangstür aufgesperrt, geöffnet und schwungvoll zugeschmissen wurde. Auch Hendrik lauschte gespannt. Er kaute nur noch in Zeitlupe.

»Hey!«, rief Manuela hinaus in den Flur.

Es kam keine Antwort.

»Anja?«

Kaum hörbar: »Ja?«

»Kannst du mir erklären, was das soll?«

Schweigen.

»Hallo?«

Seufzen. »Was ist denn?«

»Du weißt, was abgemacht war!«

Keine Reaktion.

»Ich rede mit dir!«

»Was ist denn los?«

»Wo warst du? Die Schule ist doch schon längst aus!«

»Unterwegs.«

»Wo?«

»Weiß nicht.«

»Du weißt nicht, wo du warst?«

»Irgendwo halt.«
»Mit Valerie?«
»Ja.«
»Soll ich sie vielleicht anrufen und fragen, wo ihr wart, um deinem Gedächtnis auf die Sprünge zu helfen?«
»Mama, du nervst!«
Es war zu hören, dass sie bereits die ersten Stufen hochstapfte.
»Darf ich fragen, wohin du willst?«
»Na, wohin wohl? In mein Zimmer.«
»Warte!«
»Warum?«
»Deine Oma ist da.«
»Und?«
»Kommst du bitte her und sagst Hallo.«
»Gleich.«
»Nicht gleich, jetzt!«
Ein Seufzen war zu hören. Dann unverständliches Gemurmel. Und schließlich schleifende Schritte.

Manuela warf Evelyn einen Blick zu, der in etwa so viel wie: »Es tut mir leid, aber was soll ich machen?«, ausdrücken sollte.

Hendrik aß schweigend seine Pizza. Seine gesamte Körpersprache wirkte verschlossen. Als fürchtete er sich davor, dass dieses Gespräch eine Richtung einschlug, die ihm zum Verhängnis werden könnte. Womöglich war er in Gedanken immer noch bei der Situation am Bahnhof. Aber vielleicht bildete sich Evelyn das auch bloß ein.

Anja erschien im Türrahmen, schaute jedoch nicht von ihrem Smartphone auf und tippte einfach weiter.

Evelyn hatte ihre Enkelin gut eineinhalb Jahre nicht mehr gesehen. Das schlechte Gewissen darüber würde wohl noch lange an ihr nagen – auch wenn ihr klar war, dass sie im Grunde gar keine andere Wahl gehabt hatte. Hans war auf ihre Hilfe angewiesen gewesen. Die Pflege hatte ihr alle Zeit und Energie abverlangt. Und dennoch schämte sie sich dafür. Sie hatte einen besonders prägenden Teil von Anjas Leben verpasst. Und das würde sich nicht mehr nachholen lassen.

Vor eineinhalb Jahren noch war Anja ein Kind gewesen. Blond, mit strahlend blauen Augen und stets mit einem Lächeln und einem Ausdruck von Neugierde im Gesicht. Sie hatte bunte Kleidung getragen, rosa und lila vor allem. Hauptsache, es hatte geglitzert – zugegeben, das war dann doch schon etwas länger her. Jedenfalls hatte das Mädchen immer eine ansteckende Freundlichkeit ausgestrahlt.

Doch davon war wenig übrig.

Der Anblick schockierte Evelyn.

Jetzt stand da kein Kind mehr vor ihr, sondern eine Teenagerin. Anja strahlte keine Freundlichkeit aus wie früher. Bloß Langeweile und Desinteresse. Obwohl es draußen immer noch eine Affenhitze hatte, trug sie schwarze Jeans, ein langärmeliges schwarzes Shirt und eine schwarze Beanie-Mütze, unter der ihre schwarz gefärbten kurz geschnittenen Haare hervorragten. Überhaupt war so gut wie alles an ihr schwarz. Auch ihre Fingernägel, die Socken und der Lidschatten. Nur ihr Nietenarmband, der locker von den Hüften hängende Nietengürtel und der mitternachtsblaue Lippenstift tanzten aus der Reihe. Die Haut in ihrem Gesicht war bleich. Wo auch immer sie sich heute oder in den letzten Monaten herumgetrieben hatte, es durften keine Sonnenstrahlen dorthin gelangt sein.

»Also?«, hakte Manuela nach.

»Was?«

»Mein Gott, du sollst Oma begrüßen!«

Sie seufzte. »Hallo.«

Evelyn konnte kaum glauben, wie viel Gleichgültigkeit und Genervtheit man in ein einziges so kurzes Wort packen konnte. Aber immerhin hatte Anja zumindest einen Augenblick lang von ihrem Smartphone aufgeblickt und sie direkt angesehen.

Das Auftauchen ihrer Enkelin und die explosive Stimmung zwischen ihr und Manuela hatten Evelyn irritiert. Jetzt hatte sie sich wieder soweit gesammelt, um zu begreifen, dass es an ihr lag, diese angespannte Situation aufzulösen. Sie sprang von ihrem Stuhl hoch, um Anja in den Arm zu nehmen.

»Hallo, Kleine«, sagte sie, weil ihr auf die Schnelle und in ihrer Verblüffung nichts Besseres einfallen wollte. Ehe sie sich versah, rutschte ihr etwas noch Bescheuerteres heraus: »Du bist ja vielleicht gewachsen!«

Anja ließ es über sich ergehen. Sie machte aber keine Anstalten, die Umarmung zu erwidern, was Evelyn nur noch mehr verunsicherte.

»Ich habe dir eine kleine Überraschung mitgebracht«, sagte sie in der Hoffnung, damit das Eis zu brechen. Dabei war sie sich nach Anjas Anblick sicher, dass sie bei der Auswahl völlig danebengegriffen hatte. Aber Anja zeigte ohnehin keinerlei Begeisterung oder Freude darüber, weshalb Evelyn noch hinzufügte: »Aber die ist noch oben in meinem Koffer. Ich gebe sie dir dann später, gut?«

»Okay.«

Das »Okay« hatte den Klang von einem »Wenn es sein muss« gehabt.

»Setz dich doch zu uns an den Tisch«, forderte Manuela sie auf.

»Warum?«

»Einfach so.«

»Ich will aber lieber in mein Zimmer.«

»Du bleibst jetzt ein wenig hier!«

»Warum?«

»Ich drehe noch durch mit ihr«, murmelte Manuela.

»Du kommst jetzt her und setzt dich!«, brachte Hendrik sich scharf ein, obwohl er den Mund voll hatte.

Anja blieb im Türrahmen stehen.

»Also, was ist jetzt?«, sagte Hendrik. Sein Ton hatte schon wieder jede Schärfe verloren, weshalb Anja ihn auch nicht mehr ernst zu nehmen schien. »Komm her!«

»Ich treffe mich aber gleich mit Vali im Chat.«

»Die kann doch wohl ein wenig warten«, sagte Manuela. »Du hast doch eben gesagt, dass ihr ohnehin gerade zusammen wart.«

»Das ist ja wohl unsere Sache.«

Manuela atmete tief durch. »Iss wenigstens ein Stück Pizza!«

»Ich habe keinen Hunger.«

»Hast du denn heute schon was gegessen?«

»Ja.«

»Was denn?«

»Weiß nicht.«

»Ich halte das nicht aus.« Manuela schnaufte. »Du weißt nicht, was du heute gegessen hast?«

»Lasst mich doch in Ruhe!«

»Schluss jetzt!«, wurde Hendrik laut. »So redest du nicht mit uns, hast du verstanden?«

Keine Antwort.

»Ob du verstanden hast, will ich wissen.«

»Ja.«

Evelyn konnte sich nicht daran erinnern, jemals ein genervteres »Ja ...« in ihrem Leben gehört zu haben.

»Also, was sollte das?«

»Was meinst du?«

»Wir haben dir gesagt, dass wir immer wissen wollen, wo du bist!«, versuchte Manuela es in einem versöhnlicheren Tonfall.

»Sind wir etwa in China?«
»Wo hast du denn das jetzt wieder her?«
»Weiß nicht.«
Manuela massierte sich die Schläfen.
»Zum 100. Mal: Solange dieser verdammte Psychopath nicht gefasst ist, wollen wir immer wissen, wo du dich rumtreibst.«
»Ich war doch mit Vali zusammen.«
»Das ist uns egal. Gegen diesen Psycho seid ihr auch zu zweit chancenlos, verstehst du das nicht?«
»Ich weiß doch nicht immer im Vorhinein, wohin wir gehen.«
»Dann schreib uns! Oder geh wenigstens bei unseren Anrufen ran! Wir haben dich in den letzten drei Stunden sicher fünfmal zu erreichen versucht. Außerdem habe ich dir zwei Nachrichten geschickt.«
»Die hab ich nicht gesehen.«
»Hör auf, uns für blöd zu verkaufen. Du hast ständig dein Handy in der Hand. Außerdem hatten sie sofort zwei blaue Häkchen, also hast du sie sehr wohl gesehen.«
»Okay.«
»Nicht ›okay‹. Das gleiche Thema hatten wir doch gestern erst.«
»Ja.«
»Wenn das noch einmal vorkommt, gehst du gar nicht mehr aus dem Haus! Hast du verstanden?«
»Das ist unfair!«
»So ist das Leben!«
»Aber was soll ich ...?«
»Es liegt ganz an dir!«
Unverständliches Gemurmel.
Manuela seufzte resignierend.
Evelyn fragte sich, von welchem Psychopathen die Rede

war. Doch sie kam nicht dazu nachzufragen, weil Hendrik schon das Thema wechselte.

»Wie war die Matheschularbeit?«

»Weiß nicht.«

Manuela schnaufte. »Wenn ich noch einmal ›Weiß nicht‹ höre, dann ...«

»Eher gut oder eher schlecht?«, hakte Hendrik nach.

»Glaube schlecht.«

»Und warum?«

»Weil der Kramer ein Arschloch ist.«

»Was kann euer Lehrer dafür?«

»Der hat uns Aufgaben zur Schularbeit gegeben, die wir vorher nie durchgemacht haben.«

»Das kann ich mir nicht vorstellen.«

»Ist aber so!«

»Warum sind immer die anderen schuld?«

»Sind sie nicht, aber der Kramer ist ein mieser Arsch.«

»Und selbst wenn: Er sitzt auf dem längeren Ast.«

»Ihr habt keine Ahnung, wie der wirklich ist!«

»Was sagt Vali?«

»Über Kramer? Genau das Gleiche wie ich: dass er ein Arschloch ist!«

»Nein, über die Schularbeit.«

»Weiß nicht.«

Manuela schloss die Augen, rieb sie sich mit Daumen und Zeigefinger, und atmete schwer durch, als wollte sie so ihre Energiereserven neu aufladen. »Ihr zwei seid nach der Schule die ganze Zeit zusammen und redet nicht über die Schularbeit.«

»Wozu auch?«

Manuela beließ es dabei. Sie versuchte, einen versöhnlicheren Ton anzuschlagen. Doch es wollte ihr nicht so recht gelingen. »Habt ihr über Lena gesprochen?«

Evelyn horchte bei dem Namen auf.

»Natürlich.«

»Und? Gibt es etwas Neues?«

»Glaube nicht.«

»Du musst doch wissen, ob …«

»Mann, es wird eine Suche geben oder so.«

»Und wird eure Klasse wieder mitmachen?«

»Ja, morgen suchen wir den Wald bei den alten Tennisplätzen ab.«

»Die hinter dem Wasserpark?«

»Ja.«

»Da wart ihr doch schon mal.«

»Was weiß ich.«

»Was soll das bringen?«, fragte Manuela und wandte sich an Hendrik.

Doch der zuckte bloß mit den Schultern und aß weiter. Evelyn sah ihm an, dass er angespannt war.

»Ich hab sowieso keinen Bock, mit der Klasse dort hinzugehen. Ich gehe wenn dann alleine. Morgen ist Samstag. Da können mir die nichts vorschreiben.«

»Aber darum geht es doch gar nicht. Es geht hier um Lena und darum, dass …!«

»Jaja. Kann ich jetzt gehen?«, wollte Anja wissen und unterbrach Manuela damit. Sie wartete die Antwort gar nicht erst ab und verschwand einfach aus dem Türrahmen.

Manuela wirkte ein wenig resigniert. Sie brauchte einige Sekunden, um sich zu fangen. Erst als das Hochstapfen auf der Treppe verklungen war und Anja ihre Zimmertür zuknallte, atmete sie tief durch. Und zwang sich zu einem optimistischen Lächeln. Hendrik hatte sich in der Zwischenzeit kommentarlos ihre übrig gelassene Pizza geschnappt und befreite diese vom Blattspinat.

»Anja hat es gerade nicht einfach, weißt du«, versuchte sich Manuela in einer Erklärung.

Evelyn vermutete, dass sie damit die Pubertät meinte. »Ist sie immer so angezogen?«

»So gut wie, ja.«

»Ist das gerade modern? Ich meine all das Schwarz und ...« Sie wusste nicht, wie sie den Satz beenden sollte. Also ließ sie ihn einfach unvollendet in der Luft hängen.

»Sie kleidet sich wie ihre Lieblingsmanga-Figur.«

»Wie was?«

»Eine *Manga*-Figur.«

»Was um Himmels willen ist denn das?«

»*Mangas* sind so eine Art japanische Comics.«

»Aha. Und so etwas liest sie?«

»Ja, sie verschlingt sie geradezu.«

»Hm.«

»Normalerweise ist sie nicht so mürrisch, musst du wissen. Zumindest nicht so extrem. Aber na ja ... das ist wohl ihre Art, mit der Situation gerade umzugehen.«

»Was ist denn los? Ist diese Lena, von der ihr gesprochen habt, das Mädchen, das vermisst wird? Ich habe Plakate gesehen.«

»Ja, sie ist die Nachbarstochter und geht mit Anja in dieselbe Klasse. Da gibt es noch Valerie, wie du gerade gehört hast. Sie wohnt auch ganz in der Nähe. Die drei sind quasi unzertrennlich, ganz besonders Anja und Valerie.«

Wumms.

Das musste erst mal sickern.

Evelyn spürte, dass ihre Augen ganz groß wurden. Doch sie konnte nichts dagegen machen. Warum zur Hölle hatte Hendrik ihr das nicht gleich gesagt, als sie ihn vorhin im Auto danach gefragt hatte?

Sie sah ihn an. Doch der blickte stur auf seine Pizza und suchte nach nicht mehr vorhandenem Blattspinat.

»Das ist ja furchtbar!«, brachte Evelyn gerade so heraus,

während sie immer noch nach einem plausiblen Grund für Hendriks seltsames Verhalten suchte.

»Ja, sie ist seit drei Tagen verschwunden.«

»Was ist passiert?«

»Keine Ahnung, das Ganze ist ziemlich mysteriös.«

»Weil?«

»Weil sie in den Tagen vor ihrem Verschwinden offenbar das Gefühl hatte, verfolgt oder beobachtet zu werden. Das haben zumindest ihre Eltern gesagt, denen sie sich anvertraut hat. Anja und Valerie gegenüber hat sie auch so etwas in der Art angedeutet. Vor drei Tagen dann hat sie am Morgen das Haus verlassen, um in die Schule zu gehen. Aber dort ist sie niemals angekommen. Und das Seltsame ist, dass sie normalerweise vorne an der Kreuzung auf Anja wartet und die beiden dann gemeinsam gehen. Aber als Anja an diesem Morgen an der Kreuzung war, war Lena nicht da. Nur ihr Mobiltelefon lag zertrümmert auf dem Schotterboden. Ihr musste also in den wenigen Minuten, die Anja sich verspätet hatte, etwas passiert sein. Und das nur wenige Minuten von ihrem Elternhaus entfernt.«

»Das ist ja mysteriös«, entkam es Evelyn, die versuchte, das alles einzuordnen.

Das Verschwinden der Nachbarstochter erklärte natürlich Anjas Verschlossenheit. Umso weniger hingegen Hendriks Schweigen. Hatte es wirklich nur an dem Konflikt mit der Rothaarigen gelegen? Und damit, dass er deswegen im Wagen einfach keine Lust zu quatschen gehabt hatte? Alles in ihr drängte Evelyn, Manuela reinen Wein einzuschenken. Sie wollte Antworten. Hier und jetzt. Und konnte sich selbst nicht erklären, weshalb sie Hendriks Bitte zu schweigen, immer noch nachkam.

Während Manuela sich erhob und den Tisch abzuräumen begann, beobachtete Evelyn Hendrik aus dem Augenwinkel heraus. Er widmete sich gerade dem letzten Pizzastück und versuchte, sich dabei gelassen zu geben. Doch sie glaubte, ihn zu durchschauen. Er hatte Manuelas Erzählung ganz aufmerksam verfolgt. Und sicher bekam er auch jetzt mit, dass Evelyn ihn musterte. Sie wünschte sich, seine Gedanken lesen zu können.

»Alle hier sind aufrichtig besorgt, vor allem, weil ...«, sagte Manuela und öffnete den Geschirrspüler, »... weil ...« Sie hielt erneut inne, holte tief Luft, und setzte noch einmal an. »Vor sechs Wochen wurde Svenja, ein Mädchen aus Anjas Parallelklasse ... sie wurde ermordet.«

»Was?« Evelyns Stimme war ganz schrill geworden. »Wieso hast du mir nichts davon erzählt?«

»Keine Ahnung.«

»Keine Ahnung?«

»Mama, du hattest doch auch so schon genügend Sorgen.«

»Was ist passiert?«

»Sie war auch tagelang verschwunden.« Manuela schluckte. »Als man sie fand, war sie nackt, und ihre Augen ...«

»Also bitte, Manuela, muss das jetzt beim Essen sein?«, beschwerte Hendrik sich.

Es klang künstlich, fand Evelyn. So, als fühlte er sich bloß verpflichtet, etwas zu sagen.

»Was war damit?«, wollte Evelyn wissen.

»Der Mörder hatte dem armen Mädchen die Augen ausgestochen.«

KAPITEL 6

23:28 Uhr

Als Evelyn sich gegen 21.30 Uhr in das kleine Gästezimmer zurückgezogen hatte, war sie hundemüde und davon überzeugt gewesen, binnen weniger Minuten einzuschlafen. Jetzt, knapp zwei Stunden später, wusste sie es besser. Sie lag immer noch wach, starrte an die finstere Decke und lauschte dem aufgeregten Grillengezirpe, das durch das offenstehende Fenster zu ihr hereindrang. An Schlafen war nicht zu denken: Weil ihr die Holzbalken der ausgezogenen Couch durch die hauchdünne Matratze hindurch ins Kreuz drückten; weil die Wanduhr viel zu laut tickte; und weil die aufgeheizte Luft ihr einen permanenten Schweißfilm an die Hautoberfläche trieb und das Bettlaken unangenehm daran kleben ließ. Vor allem aber, weil da so viele Gedanken und Fragen waren, die ihr laut durch den Kopf dröhnten und sie einfach nicht zur Ruhe kommen ließen.

Was war das bloß für eine seltsame Veränderung, die Hendrik in der letzten Zeit durchgemacht hatte? Und warum verhielt er sich so merkwürdig? Wieso hatte er nicht gleich gesagt, dass das verschwundene Mädchen ihre Nachbarstochter und eine von Anjas besten Freundinnen war? Was hatte es mit Viktor auf sich? Warum hatten die beiden so seltsam aufeinander reagiert und einander nicht einmal gegrüßt? Hatte es einen Streit zwischen den Brüdern gegeben? Und was, um Himmels willen, war das bloß für ein seltsamer Konflikt am Bahnhof gewesen? Der Gedanke, dass das Ganze wie eine Art Eifersuchtsdrama gewirkt hatte, kam ihr nicht zum ersten

Mal. Bisher hatte sie ihn mit aller Macht beiseitezuschieben versucht. Aber seit sie zu Bett gegangen war, fragte sie sich immer und immer wieder: Hatte Hendrik Manuela betrogen? Oder tat er es gar immer noch? Wusste Manuela davon? Und war sie deshalb so betrübt gewesen? Oder war es tatsächlich nur die Sorge um Anja gewesen, weil diese, obwohl ein geisteskranker Mörder in der Gegend sein Unwesen trieb, den Ernst der Lage nicht zu erkennen schien und ihre Eltern im Ungewissen gelassen hatte? Vielleicht war es ja das Zusammenspiel aus all dem.

Evelyn machte sich große Sorgen. Sie hätte nach dem Essen noch gerne mit Manuela gesprochen und versucht, ihr ein paar Antworten zu entlocken. Doch Hendrik hatte sie nicht alleine gelassen und Manuela hatte sich schon bald nach dem Abendessen wegen ihrer Kopfschmerzen zurückgezogen und sich schlafen gelegt. Nicht einmal nach Viktor hatte sie fragen können. So blieben all die vielen Fragen weiter unbeantwortet.

Aber auch Anjas Entwicklung machte Evelyn zu schaffen. Wieso nur kleidete sich ihre Enkelin derart düster? Noch dazu im Hochsommer! Es musste doch unerträglich sein, bei so einer Hitze mit einer Mütze und in langen Jeans herumzulaufen. Und warum war sie so verschlossen und mürrisch geworden? Konnte es wirklich bloß an der Pubertät und den damit verbundenen hormonellen Veränderungen liegen? Die Spannungen zwischen ihr und ihren Eltern waren nicht zu übersehen gewesen. Die konnten nicht einfach von heute auf morgen entstanden sein. Klar, dass Manuela und Hendrik besorgt waren. Aber Evelyn hatte das dumpfe Gefühl, dass da noch mehr war. Sicher brauchte das Mädchen dringend jemanden, mit dem es reden konnte – worüber auch immer. Evelyns Schuldgefühle darüber, sie in den letzten eineinhalb Jahren völlig vernachlässigt zu haben, schwollen weiter an. Sie fühlte sich schäbig und nahm sich vor, am kommenden Tag auf Anja zuzugehen. Vielleicht würde sie ja etwas gemeinsam unternehmen wollen. Vielleicht würde sie sich ihr gegenüber öffnen. Und ihr verzeihen.

Sie musste an Hans denken. Daran, dass sie sich, wäre er noch bei ihr, jetzt einfach an ihn rangekuschelt hätte. Ihn um seinen Rat gefragt hätte. Er ihr über den Kopf gestreichelt und gut zugeredet hätte. Sie seinen warmen, rauen Atem gespürt hätte. Seinen Herzschlag. Und sie mit der Gewissheit, dass alles gut werden würde, eingeschlafen wäre.

Doch jetzt war gar nichts gut.

Und das würde es auch niemals wieder sein.

Sie spürte, wie der Kloß in ihrem Hals wieder einmal anschwoll. Und der Druck hinter ihren Augen anstieg.

Um sich davon abzulenken, tastete sie nach ihrem Mobiltelefon, ergriff es und deaktivierte den Flugmodus. Bei der Vorstellung, dass dem armen Mädchen auch noch die Augen ausgestochen worden waren, hatte sie alle Mühe, die halb verdaute Pizza im Magen zu behalten. Dennoch verspürte sie den Drang, nach Berichten darüber zu suchen.

Es brauchte nicht lange, bis sie fündig wurde. Sie begriff, dass der Mordfall auch in den landesweiten Medien und teilweise sogar darüber hinaus eine große Sache gewesen war. Normalerweise wäre es wohl unmöglich gewesen, nichts davon mitzubekommen. Aber die Schreckenstat hatte sich ausgerechnet kurz vor Hans' Tod ereignet. Also in einer Zeit, in der sie wie in Trance gewesen war, von Stunde zu Stunde gedacht hatte und für absolut nichts anderes einen Kopf gehabt hatte als für die Frage, wie sie ihre gemeinsame Zeit zumindest noch ein wenig verlängern konnte.

Die Schlagzeilen, die ihr nun fett und grell entgegenschrien, trieben ihren Puls in die Höhe.

TEENAGERIN ERSTOCHEN AUFGEFUNDEN! POLIZEI VERÖFFENTLICHT GRAUSAME DETAILS: ERMORDETER SVENJA (16) WURDEN AUGEN AUSGESTOCHEN!
KLEINSTADT STEHT UNTER SCHOCK!
KANNTE SVENJA IHREN MÖRDER?

Evelyn konnte es nicht fassen. Es musste furchtbar für Manuela gewesen sein, sich um ihren todkranken Vater kümmern zu müssen, während zur gleichen Zeit in ihrer Heimatstadt ein krankes Arschloch ein Mädchen, fast so alt wie Anja, brutal ermordet hatte. Sie musste krank vor Sorge gewesen sein. Und dennoch hatte sie ihr aus Rücksicht nichts davon erzählt.

Evelyn wusste, dass ihr nicht guttat, was sie gerade machte. Ihr war klar, dass sie das Handy besser hätte weglegen sollen. Jetzt würde sie erst recht nicht einschlafen können. Trotzdem scrollte sie weiter.

SVENJA IN IHRER HEIMATSTADT BEIGESETZT – VERSTECKTE SICH IHR MÖRDER UNTER DEN TRAUERGÄSTEN?
WEITER KEINE SPUR VOM AUGEN-KILLER!
PSYCHOLOGIN SICHER: AUGEN-KILLER WIRD WIEDER ZUSCHLAGEN!

Mein Gott, jetzt verstand sie auch Manuelas und Hendriks Sorgen. Wie hätte sie damals reagiert, als Manuela in Anjas Alter gewesen war? Unvorstellbar, diese Angst! Vermutlich hätte sie Manuela nicht mehr alleine aus dem Haus gelassen, bis der Täter gefasst war.

Und wie musste es erst den Eltern der vermissten Nachbarstochter gehen! Die Armen mussten ja gerade die Hölle auf Erden durchmachen! Garantiert bekamen auch sie seitdem kaum Schlaf ab.

Mittlerweile war es 0:17 Uhr. Evelyn war fix und fertig.

Und gleichzeitig so aufgewühlt, dass an Schlafen nicht zu denken war.

Es hatte keinen Sinn. Entnervt schlug sie den dünnen Baumwollbezug, der ihr als Decke diente, zurück, kämpfte sich von der Couch hoch, streckte ihr schmerzendes Kreuz durch und schlich zum offenstehenden Fenster. In der Hoffnung auf ein wenig Abkühlung streckte sie ihren Kopf ein Stück weit hinaus, wich aber gleich wieder zurück, weil die Luft draußen noch aufgeheizter als im Zimmer war. Selten hatte sie aufgeregteres Grillengezirpe gehört.

Das würde eine lange Nacht werden.

Viel konnte sie von ihrer Position aus nicht erkennen. Das Haus ihrer Tochter lag ein Stück außerhalb des Stadtgebiets – in einer Gegend, die von Waldausläufern, unzähligen Weizen- und Maisfeldern und nur spärlich gesäten weiteren Häusern geprägt war. Das Grundstück der Nachbarn lag gut 500 Meter entfernt und war nur zum Teil einsehbar, weil eine Baumgruppe ihr die weitere Sicht darauf versperrte. Zumindest aber ein hell erleuchtetes Fenster konnte sie am Haus ausmachen.

Evelyn versuchte, sich daran zu erinnern, ob sie die vermisste Lena oder deren Eltern je persönlich gesehen oder gar kennengelernt hatte. Vor ihrem geistigen Auge blitzten einige Gesichter und Szenen auf. Ob auch sie dabei gewesen waren, konnte sie nicht sagen. Das änderte aber ohnehin nichts daran, dass ihr die Sache naheging. Wie sollte es auch anders sein. Hier ging es um abgrundtiefe Ängste einer jeden Mutter.

Sie lehnte sich wieder ein Stück weiter aus dem Fenster. Aber die Kreuzung, an der Lenas zertrümmertes Telefon auf dem Schotterboden gelegen hatte, war in der Dunkelheit nicht zu sehen. Evelyn nahm sich vor, sich die Stelle am nächsten Morgen genauer anzusehen. Sie wusste selbst nicht, was sie sich davon versprach. Doch sie verspürte den dringenden Drang, etwas zu unternehmen. Und zu helfen.

Wenn auch nur, um sich von der Leere in ihrem eigenen Leben abzulenken.

Eine Schlagzeile, die sie eben gelesen hatte, machte Evelyn besonders zu schaffen. Sie konnte nicht anders. Sie musste sie noch einmal sehen. Als hoffte sie, darin eine Antwort auf zumindest eine ihrer vielen Fragen zu finden. Also schlich sie zurück zur Couch, aktivierte ihr Smartphone und klickte sich zu dem Artikel zurück.

PSYCHOLOGIN SICHER: AUGEN-KILLER WIRD WIEDER ZUSCHLAGEN!

Sie las sie immer und immer wieder. Ungläubig darüber, dass sie nicht einem schlechten Film entsprang. Und dass sich dieser Horror wirklich gerade in ihrer Nähe abspielte. Es schüttelte sie beim Gedanken daran, dass die Nachbarstochter womöglich tatsächlich gerade in den Fängen dieses Psychopathen war. Aber noch mehr machte ihr eine ganz bestimmte Frage zu schaffen: Was, wenn Anja vor drei Tagen am Morgen die Erste an dieser Kreuzung gewesen wäre? Ein eiskalter Schauer kroch ihr den Nacken hoch.

Sie legte ihr Handy zur Seite. Doch die Vorstellung wollte damit nicht verschwinden. Sie wusste nicht, wie sie mit dieser ganzen Situation umgehen oder gar schlafen sollte. Also saß sie einfach nur da. Starrte vor sich hin ins Leere. Kratzte sich die Daumennägel. Und nagte die Innenseiten ihrer Wangen wund.

So lange, bis ein lautes Grummeln sie aus ihren trüben Gedanken riss. In ihrem Bauch rumorte und zog es immer heftiger. Die Tiefkühlpizza lag ihr bleischwer im Magen und hatte sie durstig gemacht. Das Glas Wasser, das sie sich für die Nacht mitgenommen hatte, war schon lange leer getrunken. Bis jetzt hatte sie sich eingeredet, dass sie schon bis zum Morgen durchhalten würde. Immerhin war es ja schon spät, und sie wollte niemanden wecken. Aber jetzt war der Wunsch nach einem Schluck Wasser schlagartig nicht mehr im Zaum zu halten.

Deshalb nahm sie das Glas vom Beistelltischchen, das ihr als Nachtkästchen diente, und schlich zur Tür. Dort hielt sie einen Augenblick lang inne. Presste ihr Ohr gegen das warme Holz. Und lauschte.

Von draußen war nichts zu hören. Sicher schliefen alle bereits tief und fest.

Also legte sie die freie Hand ganz behutsam auf die Klinke, drückte sie sachte und wie in Zeitlupe nach unten, öffnete die Tür und streckte ihren Kopf hinaus in den finsteren Flur. Anjas Zimmer lag schräg gegenüber. Ein flimmernder Lichthauch, wie von einem Fernseher oder einem Computerbildschirm, drang durch den unteren Türspalt zu ihr in die Dunkelheit. Aber es war absolut nichts zu hören. Womöglich brauchte Anja die stummen Bilder, um besser einschlafen zu können. Auch Evelyn hatte vor vielen Jahren so eine Phase gehabt, in der sie am besten vor dem lautlos laufenden Fernseher auf der Couch eingeschlafen war. Hans hatte sie meist gegen Mitternacht geweckt und ins Schlafzimmer geholt.

»Nur noch fünf Minuten«, hatte sie dann oft schlaftrunken gemurmelt.

»Bitte komm jetzt mit. Ich kann nicht schlafen ohne dich«, hatte Hans dann geantwortet.

Er hatte ihre Hand gegriffen, ihr von der Couch hochgeholfen.

Und sie war ihm gefolgt.

In besonders dunklen Momenten dachte sie daran, dass sie das auch jetzt einfach tun sollte. Ihm folgen.

Spinnst du!, hörte sie dann Hans' Stimme in Gedanken. Den Teufel wirst du, hörst du! Du bleibst schön, wo du bist, und kümmerst dich um Manuela und Anja und all die anderen!

Hans hatte völlig recht.

Evelyn spielte mit dem Gedanken, an Anjas Zimmertür zu klopfen. Vielleicht war sie ja noch gar nicht eingeschlafen. Gut vorstellbar, dass auch sie voller Sorgen war und nicht schlafen konnte. Vielleicht brauchte sie ja jemanden zum Reden.

Aber Evelyn verwarf den Gedanken wieder. So sehr sie es auch wollte – sie wagte es nicht.

Und so tapste sie einfach los und achtete bei jedem ihrer Schritte darauf, kein unnötiges Geräusch zu machen und bloß niemanden zu wecken. Bis hinunter zur Küche musste sie das halbe Haus durchqueren. Aber die mit Teppichen ausgelegten Böden und die gefliese Treppe kamen ihr dabei zugute. Ein knarrender Parkettboden wäre da schon ein größeres Hindernis gewesen.

So schaffte sie es jedoch unbemerkt in die Küche, wo sie allerdings noch leiser sein musste, weil Manuelas und Hendriks Schlafzimmer angrenzte. Ganz sachte ließ sie das Glas unter dem Wasserhahn volllaufen, lehnte sich gegen die Kücheninsel, trank und aktivierte ihr Mobiltelefon, das sie völlig unbewusst mitgenommen hatte. Sie machte dort weiter, wo sie aufgehört hatte. Und scrollte sich weiter durch die Ergebnisse ihrer Google-Suche. Ihr Puls zog dabei sofort wieder an.

Mach das verdammte Telefon aus und geh schlafen!

Sie ignorierte ihre innere Stimme. Und klickte sich weiter. Bis eine neue Überschrift plötzlich ihre volle Aufmerksamkeit erregte:

MEHRERE FRAUEN BERICHTEN: AUGEN-KILLER HAT UNS BEOBACHTET!

Sie klickte auf den Artikel und überflog den Text. Dabei erfasste sie ein leichtes Frösteln.

Offenbar waren bereits fünf Frauen aus der Gegend davon überzeugt, in den letzten Wochen und Monaten beobachtet oder gar verfolgt worden zu sein.

Die 27-jährige Sarah M. war sich sicher, dass ihr der Killer bei ihrer allwöchentlichen Yoga-Einheit im Wald aufgelauert hatte. Eindeutig hatte sie einen vermummten Mann in Tarnkleidung keine zehn Meter entfernt hinter einem Gestrüpp entdeckt. Sie war sofort in Panik ausgebrochen. Hatte um ihr Leben geschrien. Und die Flucht ergriffen.

Die 18-jährige Maria F. war spätabends nach dem Volleyballtraining gerade zu Hause unter der Dusche gestanden, als ihr Blick zufällig hoch zu dem gekippten Fenster gegangen war. Da hatte sie vor Schreck aufgeschrien. Weil sie offenbar denselben vermummten Mann wie Sarah M. nur fünf Tage zuvor entdeckt hatte. Die junge Frau war aus dem Badezimmer gerannt und hatte ihren Vater zu Hilfe geholt. Der war sofort raus und an die Rückseite des Hauses gestürmt. Doch dort konnte er niemanden mehr in der Dunkelheit entdecken.

Nur eine Woche später war die 23-jährige Willia N. zum Laufen unterwegs gewesen. Als sie in der Nähe des stillgelegten Wasserparks eine kleine Pause hatte einlegen wollen, um ihre Beinmuskeln zu dehnen, war sie auf einmal …

Ein Geräusch riss Evelyn aus dem Lesen. Schritte, die sich näherten.

Sie horchte auf. Sperrte instinktiv das Display, sodass es schwarz wurde. Versteckte das Telefon hinter ihrem Rücken. Blickte in Richtung Flur. Und wagte es nicht mehr, sich zu bewegen – wie ein verängstigtes Reh, das ein verdächtiges Geräusch aus dem Unterholz ganz in seiner Nähe vernommen hatte.

Die Schritte waren jetzt ganz nah.

Sie wusste auch nicht warum, aber sie hielt die Luft an.

Im nächsten Augenblick erkannte sie die Umrisse von Hendrik, der mit seinem aktivierten Mobiltelefon in der Hand an der Küche vorbeischlich.

Und, wenn sie richtig interpretierte, was sie hörte, damit im angrenzenden Wohnzimmer verschwand und die Tür schloss.

Er hatte sie offenbar nicht bemerkt.

Evelyn zögerte. Sie wusste nicht, was sie nun tun sollte. Und fragte sich gleichzeitig, weshalb sie so albern reagierte. Himmel, sie hatte doch nichts angestellt! Und dennoch riet ihr ihr Bauchgefühl, erst in Gedanken bis zehn zu zählen, und dann weiterzusehen.

Sie wollte darauf hören. Doch sie schaffte es gerade mal bis vier. Dann hielt sie es nicht länger aus.

Sie huschte zum Türrahmen. Blieb aber dann doch in der Küche und presste ihren Rücken gegen die Wand.

»Was willst du?«, hörte sie Hendrik zischen.

Obwohl er nur flüsterte, stand für Evelyn außer Frage, dass er aufgebracht war.

»Ich habe dir gesagt, dass du nicht mehr anrufen sollst!«

Sekunden verstrichen.

Dann schnalzte er mit der Zunge. »Nein, auch das habe ich dir doch schon mehrmals gesagt! Bist du wirklich so schwer von Begriff?«

Pause.

»Hör auf mit der Scheiße! Ich lasse mir von dir nicht mein Leben zerstören! Du kannst froh sein, dass ich nicht die Polizei einschalte!«

Wieder eine Pause.

Evelyns Blut rauschte immer lauter in ihren Ohren.

»Nein, ich komme sicher nicht zu den Tennisplätzen, verflucht! Wir können uns nicht sehen! Kannst du das nicht verstehen?«

Er flüsterte zwar immer noch, war vor Aufregung aber schon deutlich lauter geworden.

»Spinnst du?«

Evelyn sah vor ihrem geistigen Auge, wie er im Wohnzimmer auf und ab ging und sich mit der freien Hand die Haare raufte.

»Ich habe Nein gesagt!«

Stille.
Wieder vergingen Sekunden.
Nichts war mehr zu hören. Nichts passierte.
Evelyn streckte ihren Kopf in Richtung Türrahmen und horchte konzentriert. Doch da war nichts als das heftige Rauschen in ihren Ohren. Sie dachte schon, dass er das Gespräch beendet hatte, da hörte sie ihn doch noch einmal. Noch lauter als zuvor.
»Ruf nicht mehr an, hast du verstanden! Sonst wirst du das bitter bereuen!«
Danach blieb es endgültig still.
Und Evelyns Herz schlug wie verrückt. Ihre Gedanken überschlugen sich. Sie begriff, dass sie die Luft angehalten hatte. Sie versuchte, möglichst lautlos durchzuatmen und ihr Zittern in den Griff zu bekommen. Doch es wollte ihr nicht gelingen.
Da ging plötzlich die Wohnzimmertür auf.
Evelyn machte einen Satz vom Türrahmen weg. Presste ihren Rücken erneut gegen die Wand. Biss sich auf die Unterlippe. Und hielt abermals die Luft an.
Sie konnte Hendrik nicht sehen. Nur hören, dass er in den Flur hinaustrat, ein paar Schritte machte und dann unmittelbar vor der Küche stehen blieb. Vermutlich, weil er noch an seinem Telefon herumhantierte.
Oder weil er sie bemerkt hatte!
Evelyns Herz pochte bei dem Gedanken so kräftig gegen ihren Brustkorb, dass es schon fast wehtat. Ihr ging allmählich die Luft aus. Garantiert würde Hendrik es hören, wenn sie jeden Moment würde tief durchatmen müssen. Sie suchte schon nach einer passenden Ausrede. Nach einem Ausweg.
Da hörte sie endlich, dass er sich wieder in Bewegung setzte. Den Flur entlang schlich. Und im Schlafzimmer verschwand.
Evelyn rang nach Luft.
Was war denn das?

SAMSTAG

KAPITEL 7

0:34 Uhr

Anja hockte in dieser finsteren Ecke hinter der Wohnzimmercouch und wagte es nicht, sich zu rühren. Selbst, als beide schon weg waren. Mit wild schlagendem Herzen, zitternden Gliedern und Tränen, die ihr über die Wangen und die bebenden Lippen liefen. Sie starrte in die Dunkelheit, die immer tiefer zu werden schien. Und wünschte sich, eins mit ihr zu werden.

Sie war wütend. So unfassbar wütend.

Vor allem aber hatte sie Angst.

Weil ihr Vater voller Geheimnisse war und er nicht der war, der er vorgab zu sein. Ihre Mutter war blind, überarbeitet und immer im Stress. Zumindest behauptete sie das ständig und jammerte ihr damit die Ohren voll, wenn sie mal vergessen hatte, ihr Geschirr in die Spülmaschine zu räumen, die Wäsche aufzuhängen oder ihr Zimmer zu saugen. Ihre Mutter merkte nichts. Ihr konnte er weismachen, was er wollte.

Aber sie wusste, dass er ein falsches Spiel mit ihnen allen spielte. Sie hatte ihn durchschaut.

Sie wusste alles!

Es hatte während Opas Krankheit begonnen, als ihre Mutter immer wieder wochenlang nicht zu Hause gewesen war. Da hatte er angefangen, sich zu verändern. Erst kamen die kindischen Tattoos. Dann die Haare und die peinlichen Klamotten. Und schließlich die Frauen.

Und mit ihnen das Schweigen.

Und die Geheimnisse.

Dabei gab er sich nicht einmal groß Mühe dabei, ihr etwas vorzumachen. Anfangs kam es ihr vor, als hielte er sie bloß für blöd. Mit der Zeit hatte sie aber zunehmend den Verdacht, dass er es regelrecht darauf anlegte aufzufliegen. So, als wünschte er sich insgeheim sogar, dass sie sich mit ihrer schlimmen Befürchtung ihrer Mutter anvertraute. Genau das entwickelte sich allmählich zur größten Herausforderung für sie: wegzusehen, obwohl er ihr seine Lügen geradezu auf dem Silbertablett präsentierte. Es war so schwer, so unfassbar schwer. Doch sie schaffte es. Sie begann, sich zurückzuziehen und in ihrem Zimmer zu verkriechen. Wegzusehen. Wegzuhören. Und alles zu ignorieren, was sie trotz alledem mitbekam.

Bis zu jenem Abend.

Dem Abend, der alles veränderte.

KAPITEL 8

2:38 Uhr

Evelyn erwachte aus ihrem Schlaf. Sie begriff sofort, dass etwas nicht stimmte. Doch da war es schon zu spät.
Die Hände kamen wie aus dem Nichts. Eine presste ihr auf den Mund, drückte sie zurück ins Kissen. Die andere schlang sich um ihren Hals und würgte sie. So kräftig, dass es ihr den Atem raubte. Und sie den Druck hinter den Augen und der Stirn spürte.
Sie versuchte, sich zu befreien. Wand sich. Schlug wie verrückt um sich. Trat aus. Zerrte an den Händen. Doch die rührten sich keinen Millimeter.
»Hilfe!«, krächzte sie.
Doch es war kaum zu hören.
Sie versuchte, die Lippen auseinanderzubekommen, um in die Hand darauf beißen zu können. Aber selbst das gelang ihr nicht. Der Druck auf ihren Mund wurde größer.
»Hans!«, schrie sie voll Verzweiflung. »Hilf mir!« Zumindest wollte sie das. Tatsächlich waren bloß röchelnde Laute zu hören.
Plötzlich ließ der Druck von ihrem Hals ab. Die Hand zog sich in die Dunkelheit zurück. Tauchte aber sofort wieder auf. Mit einem Messer.
Eine Sekunde lang war Evelyn starr vor Schreck. Sie wagte es nicht einmal zu atmen.
Doch dann hatte sie eine Idee. Und ehe sie darüber nachdenken konnte, streckte sie ihre Hand aus, tastete den Boden neben der Couch ab und suchte nach ihrem Telefon. Aber sie fand es nicht.

Wo zum …?
Da! Da war es!
Sie griff es. Wollte mit der Kante gegen den Schädel des Angreifers schlagen. Doch der wich rechtzeitig aus. Sie versuchte es erneut. Wieder daneben.

Da schlug er ihr mit der flachen Hand ins Gesicht. Mit voller Wucht.

Und Evelyn war abermals erstarrt. Der Schmerz breitete sich erst mit einer Sekunde Verspätung von ihrer Wange aus in ihrem ganzen Gesicht aus. Beide Wangen fingen Feuer. Aus ihrer Nase floss Blut. Und in dem Ohr, das ebenfalls etwas von dem Schlag abbekommen hatte, pfiff es nun.

»Bleib ruhig und hör mir zu!«, zischte er und setzte die Messerspitze genau auf ihr rechtes zusammengepresstes Augenlid an.

Evelyn erkannte seine Stimme sofort. Und dennoch verstand sie nicht. Ihr Herz setzte einen Schlag aus. Nur um unmittelbar danach in doppelter Geschwindigkeit weiterzuschlagen.

»Das ist die erste und letzte Warnung, hörst du!«
Sie konnte es nicht fassen.

»Kümmere dich um deine eigenen Angelegenheiten und halte dich aus meinen raus! Das hier geht dich absolut nichts an! Hast du verstanden, alte Frau?«

Evelyn brachte kein Wort heraus. Sie zitterte am ganzen Körper. Ihre Zähne klapperten.

»Ob du mich verstanden hast, will ich wissen!«

Ihr Nicken war kaum mehr als ein besonders heftiges Zittern. Dabei spürte sie, wie die eiskalte Spitze der Klinge an ihrem Lid kratzte.

»So ist es gut«, sagte er und holte mit dem Messer aus. »Einen kleinen Denkzettel bekommst du trotzdem noch verpasst.«

Da schoss das Messer auf sie herab. Direkt auf ihr Auge zu.
Und Hendrik lachte laut auf.

KAPITEL 9

2:49 Uhr

Evelyn schreckte aus dem Albtraum. Fuhr von der Couch hoch. Riss schützend die Arme hoch. Und hetzte mit ihrem Blick durch das finstere Zimmer. Eine Sekunde lang, vielleicht zwei brauchte sie in ihrer Verwirrtheit, um zu begreifen, dass sie nicht zu Hause, sondern bei ihrer Tochter war.

Doch ihre Angst wollte sich nicht legen.

Es war stockfinster. Auch durch das offenstehende Fenster fiel so gut wie kein Licht herein. Obwohl das Zimmer wohl keine zehn Quadratmeter groß war, lagen einige Winkel in tiefschwarzen Schatten.

Sie nahm ihr Handy zur Hand. Wollte es entsperren. Doch sie war zu hektisch und schaffte es einfach nicht, das blöde Muster auf dem Display richtig zu zeichnen. Erst beim dritten Versuch klappte es. Sie aktivierte die Taschenlampenfunktion und leuchtete damit den Raum aus.

Niemand da.

Natürlich ...

Mein Gott, was für ein dummer Traum!

Sie atmete schwer durch und rieb sich das Gesicht. Doch Erleichterung wollte sich nicht so wirklich einstellen. Sie hatte es immer noch ein wenig mit der Angst zu tun. Sie konnte sich nicht daran erinnern, jemals in ihrem Leben einen Albtraum gehabt zu haben, der sich derart real angefühlt hatte. Sie betastete ihr rechtes Augenlid. Glaubte, dort immer noch das eiskalte Metall der Messerspitze zu spüren. Und schämte sich. Sie führte sich auf wie ein kleines Kind.

Sie ließ das Telefon auf das Bettlaken fallen. Rieb sich erneut das Gesicht und merkte erst jetzt, dass es ganz feucht war. Ihr Nachthemd klebte unangenehm an ihr. Sie zupfte es sich vom Dekolleté und versuchte, sich Frischluft zuzufächeln. Doch es brachte so gut wie gar nichts. Der Raum war trotz des offenstehenden Fensters immer noch so aufgeheizt wie zuvor.

Wie sie solche Tropennächte hasste!

Evelyn wurde jetzt klarer im Kopf. Hatte sie eben geschrien, als sie aus dem Traum geschreckt war? Sie konnte es nicht mit Sicherheit sagen. Sie konnte nur hoffen, dass sie niemanden geweckt hatte. Noch mehr Aufregung war gerade das Letzte, was sie wollte.

Sie horchte angestrengt.

Die Wanduhr tickte. Draußen zirpten die Grillen. Ansonsten war nichts zu hören.

Sie schnaufte noch einmal kräftig durch und musste wieder an Hans denken. Daran, dass er jetzt sicherlich so etwas wie »Mach dir keinen unnötigen Kopf!«, gesagt hätte. »Es wird sich sicher alles ganz einfach erklären lassen, du wirst sehen. Mach die Augen zu und schlaf!« Daran, dass er sie in den Arm genommen hätte. Dass sie eng umschlungen eingeschlafen wären. Und sie Frieden gefunden hätte. So lange, bis sie sein Schnarchen wieder geweckt und sie sich aus seiner Umarmung befreit hätte.

Ihre Lider hatten bei der Vorstellung zu zucken begonnen. Der Druck hinter ihren Augen war schlagartig angestiegen. Jetzt löste sich eine einsame Träne und lief ihr über die Wange.

Gott, wie sehr sie ihn vermisste!

Seine Wärme. Seinen Geruch, sogar den seines Aftershaves, über das sie sich so oft beschwert hatte. Seine grauen Bartstoppeln, die an ihren Wangen kratzten. Seine Lippen, die sie so oft …

Plötzlich war da ein Geräusch, das sie aus ihren Gedanken riss. Sie konnte nicht sagen, was es gewesen war. Nur, dass es offenbar aus dem Erdgeschoss gekommen war. Und sie war sich auf einmal sicher, dass sie es eben schon gehört hatte.

War sie davon aufgewacht? Oder hatte sie tatsächlich im Schlaf geschrien? Und dadurch jemanden geweckt? Stand womöglich Manuela gerade am Fuß der Treppe, starrte hoch und lauschte gespannt, ob es ihrer verwirrten Mutter gut ging? Würde sie womöglich gleich hochkommen, um nach ihr zu sehen?

Bei diesem Gedanken schämte Evelyn sich gleich noch viel mehr.

Sie lauschte gespannt.

Aber jetzt war nichts mehr zu hören.

Hatte sie sich vielleicht doch getäuscht? Konnte es sein, dass ihre Angst ihr einen Streich gespielt hatte? Und dieser blöde Albtraum noch immer ...

Nein, halt!

Da war wieder etwas. Ein Schnappen. Kaum hörbar, aber eindeutig. Die Eingangstür!

Jetzt, mitten in der Nacht?

Sie aktivierte das Display ihres Telefons.

02:51 Uhr.

War Anja etwa aus gewesen und erst jetzt nach Hause gekommen? Das hätten Manuela und Hendrik ihr doch niemals erlaubt. Sie musste sich also heimlich aus dem Haus geschlichen haben. Das würde den Eltern garantiert nicht gefallen, wenn sie dahinterkämen. Anja würde ernsthafte Probleme bekommen. Völlig zu Recht! Oder schlich sie sich womöglich gerade erst aus dem Haus?

Evelyn kämpfte sich von der Couch hoch und biss vor Schmerzen in ihrem Kreuz die Zähne zusammen. Sie schlich zum offenen Fenster.

Erst konnte sie nichts und niemanden entdecken. Draußen war es immer noch stockfinster, weil der Mond hinter einer dicken Wolkendecke versteckt war. Doch dann reagierte der Bewegungsmelder, der an der Seite des Hauses angebracht war. Und das Licht sprang an.

Evelyn schreckte zurück. Presste sich an die Wand neben dem Fenster. Hielt die Luft an. Bis sie sich sicher war, nicht entdeckt worden zu sein. Erst dann wagte sie einen neuerlichen Blick und beobachtete aus spitzem Winkel, wie Hendrik sich auf ein Fahrrad schwang, das an die Fassade gelehnt war. Wie er losradelte. Und damit in der tiefen Dunkelheit verschwand.

KAPITEL 10

6:33 Uhr

Es war nicht so, dass Evelyn nach Hans' Tod in ein tiefes Loch gefallen wäre. Nein, in das war sie schon eineinhalb Jahre zuvor gestürzt. Damals, während des Gesprächs mit diesem blutjungen Arzt. In diesem viel zu grell erleuchteten und nach Desinfektionsmittel stinkenden Krankenhausflur. Jetzt fühlte es sich vielmehr so an, als wenn Hans sie alleine in diesem Loch zurückgelassen hätte.

Er fehlte ihr. So sehr.

Und ganz besonders an diesem frühen Morgen.

Die Nacht war schlimm gewesen.

Nachdem sie Hendrik kurz vor 3 Uhr aus dem Haus schleichen und davonradeln beobachtet hatte, war sie noch lange wach gelegen. Und hatte darauf gewartet, dass er zurückkam. Ein Gedankensturm war ihr dabei durch den Verstand gefegt. Sie hatte sich ausgemalt, was er wohl gerade trieb. Und mit wem. Vor allem aber überlegte sie, wie sie ihn bei seiner Rückkehr am besten würde abfangen und ihm ins Gewissen reden können. Er durfte Manuela und Anja nicht verletzen. Konnte ihre Familie doch nicht wegen einer dummen Affäre einfach so aufs Spiel setzen! Mit wild pochendem Herzen hatte Evelyn sich Worte und Argumente zurechtgelegt, sie immer wieder verworfen und nach neuen gesucht. Dabei hatte sie sich mehrmals eingebildet, von draußen vor dem Haus Geräusche zu hören. Immer wieder hatte sie sich deshalb von der Couch hochgerappelt und war zum Fenster getapst. Aber jedes Mal aufs Neue war es ein Fehlalarm gewesen. Hendrik war nicht zurückgekommen. Zumindest so lange nicht, bis sie schließlich irgendwann gegen 4.30 Uhr doch vor Erschöpfung eingenickt war.

Jetzt war es kurz nach 6.30 Uhr, und Evelyn fühlte sich wie ein Wrack. Nahezu ihr ganzer Körper schmerzte – vom Rheuma, vor allem aber von der unbequemen Couch. Ihr Nacken und ihre Schultern machten ihr besonders zu schaffen. Sie konnte den Kopf nur eingeschränkt bewegen. Hinzu kam die bleischwere Müdigkeit. Wenn es hochkam, hatte sie in Summe vielleicht drei, höchstens dreieinhalb Stunden geschlafen. Und selbst die waren von diesem dummen Albtraum verseucht und wegen der drückenden Hitze nur wenig erholsam gewesen.

Sie schloss die Augen, legte den Arm darüber und schnaufte tief durch. Wie gerne hätte sie die brennenden Augen einfach zugelassen, sich umgedreht und zumindest noch eine Stunde geschlafen. Wie gerne hätte sie alles vergessen, was sich am Vorabend und in der Nacht zugetragen hatte. Wie gerne hätte sie mit dem neuen Tag ihrem Aufenthalt hier eine neue Chance gegeben. Sich um Anja gekümmert. Und versucht, eine nette Zeit mit ihrer Enkelin zu verbringen und sie aus der Reserve zu locken. Wiedergutzumachen, was sie mit ihrer langen Abwesenheit angerichtet hatte.

Aber das ging nicht.

An Weiterschlafen war nicht zu denken. Auch das mit Anja musste zumindest noch ein wenig warten. Denn der Sturm in ihrem Kopf hatte bereits wieder zu wüten begonnen. Hendriks seltsames Verhalten ließ ihr keine Ruhe. Sie konnte nicht ignorieren, was sie mitbekommen hatte.

»Ruf nicht mehr an, hast du verstanden! Sonst wirst du das bitter bereuen!«

Seine letzten Worte hallten ihr immerzu durch den Verstand.

War es überhaupt möglich, sie misszuverstehen? Inzwischen war Evelyn sich sicher, dass Hendrik Manuela betrog. Oder das zumindest getan hatte. Egal, so oder so konnte sie ihm das nicht durchgehen lassen. Sie musste ihn mit ihrem Verdacht konfrontieren, auch wenn ihr davor graute. Sie musste Gewissheit haben. Und dann weitere Schritte setzen. Die Frage, wie sie sich Manuela gegenüber verhalten sollte, schob sie noch vor sich her. Immerhin stand nicht nur ihres, sondern auch Anjas Familienglück auf dem Spiel.

Herrje, das alles fühlte sich an wie ein böser Traum. Wo war sie da nur hineingeraten?

Sie schaffte es endlich, sich von der Couch hochzukämpfen. Doch beim Blick auf die geschlossene Zimmertür hielt sie abermals inne. Zwar hörte sie absolut kein Geräusch aus dem Haus, die anderen schienen also alle noch zu schlafen. Aber dennoch fürchtete sie sich vor dem, was sie da draußen erwartete. Und vor allem davor, was der Tag für sie bereithielt.

Sie wollte das alles nicht.

Mehr denn je wünschte sie sich, sie wäre zu Hause geblieben. Auch wenn dort noch immer alles nach Hans roch. Seine Sachen überall herumlagen und ihr deshalb ständig die Tränen kamen. Da war so vieles, das sie schmerzte. So vieles, das sie scheute. Seinen Kleiderkasten zum Beispiel. Den hatte sie zuletzt geöffnet, als sie am ganzen Körper zitternd und wie ein Schlosshund heulend ein Hemd und einen Anzug für seine Beerdigung ausgewählt hatte. Seitdem hatte sie einen weiten Bogen darum gemacht und sich gefragt, wie sie jemals die Kraft aufbringen sollte, ihn leer zu räumen.

Aber selbst damit würde sie sich jetzt lieber herumschlagen.

Sie wandte den Blick von der Zimmertür ab. Sie war noch nicht bereit, da rauszugehen. Also schlich sie erst noch zum Fenster. Um zumindest noch ein wenig Zeit zu gewinnen.

Und um nachzusehen, ob Hendriks Fahrrad inzwischen wieder an der Hauswand lehnte.

Obwohl die Sonne eben erst aufgegangen war, war es jetzt schon brüllend heiß. Die Wolken hatten sich mit der Nacht verzogen. Dafür schien das Grillengezirpe noch tosender als in der Nacht. Es mussten sich viele Hunderte, wenn nicht Tausende der Tiere ums Haus herum verschanzt haben. Von einem nahegelegenen Feld waren das Zischen einer Bewässerungsanlage und das monotone Brummen eines Dieselmotors zu hören. Ein wenig Vogelgezwitscher drang aus dem Apfelbaum im Vorgarten.

Aber das alles war nicht von Bedeutung. Für Evelyn zählte nur Hendriks Fahrrad. Das wieder an der Hauswand lehnte.

Alles wirkte so harmonisch. So normal. Nichts, absolut gar nichts deutete darauf hin, dass hier irgendetwas im Argen lag. Aber Evelyn wusste es besser.

Sie hatte gesehen, was sie gesehen hatte. Punkt.

Sie hatte gehört, was sie gehört hatte. Punkt.

Und deshalb beschloss sie, sich das Fahrrad aus der Nähe anzusehen – eine Entscheidung, die sie schon bald bitter bereuen sollte.

KAPITEL 11

6:51 Uhr

Zehn Minuten später hatte Evelyn sich notdürftig frisch gemacht, angezogen und still und heimlich aus dem Haus gestohlen. Gleich beim Überschreiten der Türschwelle war es ihr, als laufe sie gegen eine unsichtbare Hitzewand. Augenblicklich brach ihr der Schweiß aus, und es wurde ihr schwarz vor Augen. Sie musste sich an der Hausmauer abstützen und ein paar Mal tief durchatmen. Ihr Blick fiel dabei auf die Begonien, die in einem Keramiktopf neben der Eingangstür standen. Von früheren Besuchen wusste Evelyn, dass unter dem Topf ein Hausschlüssel für Notfälle versteckt lag. Sie fragte sich, ob er noch immer dort lag und ob sie Manuela dann nicht besser ins Gewissen reden sollte, dass dies keine so gute Idee war. Vor allem jetzt und hier. Aber darum würde sie sich später kümmern müssen. Jetzt hatte erst mal Hendriks Fahrrad Priorität. Allmählich kam auch ihr Kreislauf wieder in Gang. Das Deo und die frische Bluse hätte sie sich dennoch getrost sparen können. Sie hatte jetzt schon große Schweißflecken unter den Armen. Die lange Nacht verlangte ihren Tribut. Sie brauchte dringend einen starken Kaffee oder zumindest ein Glas Wasser, um die Müdigkeit aus ihrem Kopf zu schwemmen.

Was genau sie sich davon versprach, einen Blick auf Hendriks Fahrrad zu werfen, wusste sie selbst nicht. Wahrscheinlich brauchte sie nach diesen quälenden Stunden des Nichtstuns einfach nur das Gefühl, zumindest irgendwas zu unternehmen. Dabei machte sie sich nichts vor. Sie war Realistin. Und ahnte, dass es vergebene Mühe sein würde.

Umso überraschter war sie deshalb, dass sich bei dessen Anblick tatsächlich etwas in ihr regte. Eine Erkenntnis, die sie jedoch nicht zu greifen vermochte. Weil sie in ihrem Unterbewusstsein hängen geblieben war – wie ein loses Kleidungsstück, das sich in einem dichten Gestrüpp verfangen hatte. Ein Kribbeln hatte sie erfasst.

Weil sie nicht draufkam, was es war, ging sie an die Rückseite und musterte das schwarz lackierte Trekkingrad aus einem anderen Winkel. Aber auch das brachte nicht die erhoffte Erkenntnis. Sie rieb sich die müden Augen und betrachtete es von Neuem. Immer noch nichts. Sie kniff sie zusammen. Ging, so weit es ihre schmerzenden Gelenke erlaubten, in die Hocke. Vergeblich. Es schien zwecklos. So sehr sie sich auch zu konzentrieren versuchte, sie kam einfach nicht darauf, was es war. Sie musste sich eingestehen, dass es keinen Sinn hatte. Es war ja ohnehin eine Schnapsidee gewesen.

Obwohl ...

Sie hatte es zwar immer noch nicht. Ahnte jedoch, dass sie der Antwort gerade ganz nahegekommen war. Das Kribbeln wurde intensiver. Sie schritt näher an die Lenkstange heran und ...

»Guten Morgen.«

Die Stimme kam aus dem Nichts. Evelyn zuckte vom Rad zurück. Fuhr herum.

Ach du meine Güte!

»Morgen, Schatz«, brachte sie gerade so heraus.

Manuela stand da in ihrem Nachthemd, die Haare zerzaust, die Augen vom Schlaf verklebt. Auf ihrer rechten Wange war noch der Polsterabdruck zu erahnen.

»Was machst du da?«, wollte sie wissen.

»Nichts. Gar nichts.« Evelyn fühlte sich, als wäre sie bei etwas Schlimmem ertappt worden. »Ich wollte nur ...«

Manuela sah sie an. Wartete auf das Ende des Satzes. Doch den brachte Evelyn nicht zustande.

»Konntest du nicht mehr schlafen?«, hakte Manuela deshalb nach.

»Ja, ich ...«

»Diese ätzende Hitze, was?«

»Ja.«

»Unerträglich.«

»Genau.«

»Hendrik liegt mir schon seit Jahren in den Ohren, dass wir uns auch endlich eine Klimaanlage anschaffen. Heuer ist es besonders schlimm. Alle paar Tage berichtet er mir von jemand anderem, der sich jetzt auch eine zugelegt hat. Bis jetzt habe ich ihn ja hinhalten können. Aber langsam gehen mir die Argumente aus.«

Evelyn hatte ihr gar nicht richtig zugehört. Sie hatte die Gelegenheit genutzt, um ein wenig runterzukommen und sich mit dem Ärmel ihrer Bluse den Schweiß von der Stirn zu wischen.

»Möchtest du etwa eine Runde drehen?«

Evelyn verstand nicht.

»Na, mit Hendriks Fahrrad.«

»Ach so, nein. Ich ... ich wollte es mir nur anschauen.«

Manuela nickte, als ob sie verstand. Aber sicher tat sie das ganz und gar nicht.

»Ist Hendrik auch schon wach?«, fragte Evelyn, weil sie ablenken wollte und ihr auf die Schnelle nichts Besseres einfiel. Doch sie bereute die Frage im selben Augenblick. Über ihn zu sprechen oder ihn gar zu sehen, war gerade das Letzte, was sie wollte. Alle Vorsätze, ihm die Leviten zu lesen, hatten sich in Luft aufgelöst. Sie sehnte sich nach Hause. Oder zumindest in das kleine Gästezimmer zurück.

Manuela schien Evelyn ihr Unbehagen nicht anzumerken. Sie lachte kurz auf, als hätte ihre Mutter gerade einen Witz gemacht. Doch es war kein erheitertes Lachen, sondern eher eines, aus dem ein wenig Neid sprach.

»Der schläft immer wie ein Berg«, erklärte sie. »Ich bin ohne meine Schlafmittel verloren. Aber der ... dreht sich um und ist weg. Wenn der sich keinen Wecker stellt, braucht man nicht vor Mittag mit ihm zu rechnen.«

»Beneidenswert.«

»Das kannst du laut sagen.«

»War er heute Nacht unterwegs?« Die Frage war Evelyn über die Lippen gestolpert, ehe sie darüber hatte nachdenken können.

»Was? Nein. Wie kommst du darauf?«

»Keine Ahnung.«

Wieder sah Manuela sie bloß an.

»Ich habe mir eingebildet, die Eingangstür gehört zu haben.«

»In der Nacht?«

»Ja.«

»Wann denn?«

»Ich weiß nicht so genau.«

»Das musst du wohl geträumt haben.«

»Ja, wahrscheinlich.«

Evelyn kratzte an ihren Fingernägeln. Noch nie hatte sie sich derart unwohl in der Nähe ihrer Tochter gefühlt. Sie wünschte, sie würde sie alleine lassen.

»Du kannst übrigens auch gerne mein Rad nehmen, wenn du eine kleine Ausfahrt machen möchtest. Aber du solltest wohl losfahren, solange die Hitze noch halbwegs erträglich ist. Ich fürchte, in spätestens einer Stunde wird ...«

»Das ist wirklich nicht nötig, danke.«

»Wie du möchtest. Du kannst ja dann auch am Abend eine kleine Runde drehen. Bei meinem Rad würdest du dir jedenfalls leichter beim Auf- und Absteigen tun.«

»Ja, vielleicht später, danke.«
Bitte geh!
»Gehen wir frühstücken?«, schlug Manuela vor. »Ich denke, eine Tasse Kaffee wird uns beiden gut tun.«
»Geh du nur, ich komme gleich nach.«
Wieder bedachte Manuela sie mit einem skeptischen Blick.
»Ist alles in Ordnung, Mama?«
»Ja. Ich …« Sie holte tief Luft, weil auf einmal der Druck hinter ihren Augen anstieg. Aber sie hatte das Gefühl, nicht so wirklich Luft in ihre Lungen zu bekommen. »Wie gesagt, ich habe einfach nur schlecht geschlafen.«
»Es ist die Couch, richtig? Ich weiß, dass die unbequem ist.«
»Nein, gar nicht.«
»Du könntest heute Nacht ja in Anjas Zimmer …«
»Alles gut, Schatz. Ehrlich.« Ihre Stimme zitterte.
»Nein, das ist wirklich kein Problem. Wir …«
»Bitte, Schatz!«
Manuela hielt inne. Sah sie abermals nur an. Und dieses Mal kam es Evelyn wie eine kleine Ewigkeit vor.
Ihr wurde plötzlich alles zu viel. Der Druck hinter ihren Augen schnellte weiter in die Höhe. Sie hatte alle Mühe, ihre Tränen zurückzuhalten. Gegen das unkontrollierte Zucken ihres Kinns war sie jedoch machtlos. Statt es in den Griff zu bekommen, wurde es immer heftiger. Ihr Gesicht verfiel zu einer Grimasse.
Das hier fühlte sich falsch an. So unfassbar falsch.
Sie sollte offen mit Manuela reden. So, wie sie das immer getan hatte. Sie sollte ihr beichten, was sie um den Schlaf gebracht hatte und sie jetzt keinen klaren Gedanken mehr fassen ließ. Sie hatte es verdient. Doch sie brachte nichts davon über ihre Lippen.
Reiß dich zusammen!
Eine Träne löste sich und lief ihr über die Wange.

»Ach, Mama!«, sagte Manuela da, ging auf sie zu, nahm Evelyn in den Arm und fing ebenfalls zu weinen an. »Ich vermisse Papa doch auch so sehr!«

Da brachen bei Evelyn endgültig alle Dämme. Sie weinte. So bitterlich, wie sie es seit Hans' Beerdigung nicht mehr getan hatte. Und auch Manuelas Schluchzen wurde immer lauter. Ihre Umarmung wurde fester. Ihre Körper bebten. Und beide verloren sich in ihrer Trauer.

So lange, bis Evelyns wässriger Blick erneut auf die Lenkstange fiel. Da erfasste sie schlagartig wieder dieses Kribbeln. Sie löste sich aus der Umarmung. Wischte sich die Augen trocken und schaute noch einmal hin.

Tatsächlich!

Da verstand sie, was ihr vorhin unbewusst aufgefallen war. Plötzlich glaubte sie, eine Ahnung zu haben, wo Hendrik in der Nacht gewesen war.

»Was ist los, Mama?«

»Kann ich mir vielleicht doch dein Fahrrad ausborgen?«

»Was? Möchtest du denn nicht lieber rein, und …?«

»Ich bin gleich wieder zurück«, sagte sie und war sich dabei gar nicht sicher.

KAPITEL 12

6:54 Uhr

Hendrik schob den Vorhang wie in Zeitlupe noch ein paar Zentimeter weiter zur Seite. Seine Hand zitterte dabei. Das Herz schlug ihm bis zum Hals. Und hinter seinen Ohren trommelte das Blut so wild wie ein reißender Fluss. Panik brodelte in ihm hoch.

Was zur Hölle hatte Evelyn an seinem Fahrrad zu suchen? Ausgerechnet an diesem Morgen! Was zur Hölle quatschten Manuela und sie so lange? Und warum verschwanden sie nicht endlich?

Die beiden standen gerade so weit von ihm entfernt, dass er trotz des gekippten Fensters nicht verstehen konnte, worüber sie redeten. Der Winkel war so spitz, dass er sie nur zum Teil sehen konnte. Aber eines stand außer Frage: Evelyn hatte sich, unmittelbar bevor Manuela bei ihr aufgekreuzt war, zu seinem Fahrrad nach unten gebeugt. Und das war gar nicht gut.

Er biss sich seine bereits verheilt geglaubte Fieberblase auf und schmeckte Blut.

Komm schon, denk nach!

Seine Gedanken überschlugen sich. Hatte er einen Fehler begangen? Hatte er etwas übersehen? Oder in der Hektik nicht bedacht? Konnte Evelyn tatsächlich davon Wind bekommen haben? Und falls ja: Wie war sie nur dahintergekommen? Hatte er sich geirrt, als er annahm, dass alle schliefen? Hatte sie ihn aus dem Haus schleichen gehört? Ihn davonradeln gesehen? Oder noch schlimmer: Hatte sie ihn gar bei seiner Rückkehr beobachtet? War es möglich, dass …?

Fuck!
Er hatte eine Eingebung, die ihn endgültig in Angst und Schrecken versetzte: Konnte Blut auf dem Fahrrad kleben?
Scheiße! Scheiße! Scheiße!
Er trat vom Fenster weg. Raufte sich die Haare, rieb sich das Gesicht. War das möglich? Er betrachtete seine Arme und schaute an sich hinab – kein Blut. Er stürmte zum Wäschekorb im Badezimmer, holte die Jeans und das T-Shirt heraus, die er getragen hatte, und musterte sie – kein Blut. Er warf einen Blick in den Spiegel. Die Nacht stand ihm noch ins Gesicht geschrieben. Aber es war nicht der kleinste rote Klecks darauf oder an seinem Hals zu entdecken. Er ging ganz nah an den Spiegel heran. Nein, da war nichts.

Okay, das war schon mal gut! Aber was war mit dem Fahrrad?

Er hetzte zurück zum Fenster. Schob den Vorhang viel zu hektisch zur Seite. Und sah, dass die beiden es zum Glück nicht mitbekommen hatten. Weil sie einander in den Armen lagen und scheinbar heftig weinten.

Was war jetzt nur wieder los? Und was sollte er bloß tun? Sollte er raus zu den beiden? Sollte er in die Offensive gehen? Sich rauszureden versuchen? Oder würde er damit alles nur noch schlimmer machen? Sollte er vielleicht sogar abhauen – zumindest solange, bis ihm eine Lösung für alles eingefallen war?

Mist, die Bettwäsche!
Er rannte zum Bett. Hob die Decke an, betrachtete sie von beiden Seiten. Er schlug sie zurück, scannte das Laken. Dann das Kissen. Da waren ein paar gekringelte Körperhaare, weil er nackt geschlafen hatte. Einige Kekskrümel. Aber auch hier: Nicht die kleinste Spur von Blut.

Mein Gott, wurde er etwa gerade paranoid? Machte er sich zu Unrecht Sorgen? Er war doch so vorsichtig gewesen!

Nein! Bei all den Beschwichtigungsversuchen ließ er außer Acht, dass Evelyn eben an seinem Fahrrad herumgeschnüffelt hatte. Daran gab es nichts zu rütteln! Er hatte es gesehen. Sie wusste oder ahnte etwas. Warum hätte sie das sonst tun sollen?

Er durfte sie nicht mehr aus den Augen lassen. Keine Sekunde. Und er musste handeln, wenn es nötig würde.

KAPITEL 13

7:28 Uhr

Als Kind hatte Evelyn stets ihre Eltern um sich gehabt. Seit ihrem 19. Lebensjahr war Hans an ihrer Seite gewesen, 20 Jahre auch Manuela. Erst nach seinem Tod hatte Evelyn sich zum ersten Mal in ihrem Leben einsam gefühlt. Die Stille war für sie kaum zu ertragen gewesen. Anfangs hatte sie noch versucht, durch Hintergrundgeräusche des Fernsehers Leben in ihren Alltag zu schummeln. Doch sie hatte schnell begriffen, dass sie das nur noch mehr an Hans erinnerte. In den letzten Tagen waren das Ticken der Wanduhr und ihr Schluchzen die einzigen Geräusche im Haus gewesen. Ab und zu mischten sich noch das Tropfen des Wasserhahns und das Schleudern der Waschmaschine dazu. Dabei hatte es gar nicht viel zu waschen gegeben. Es war bloß eine Beschäftigungstherapie gewesen, um sie von der Leere in ihrem Leben abzulenken.

Doch die letzten Wochen, so furchtbar und tränenreich sie auch gewesen waren, waren Evelyn immer noch lieber als der Albtraum, in den sie nun geraten war. Ein geisteskranker Mörder trieb hier sein Unwesen. Ein Psychopath, der seinem Opfer die Augen ausgestochen hatte. So etwas kannte sie bisher nur aus schlechten Filmen. Nicht auszudenken, wenn die vermisste Nachbarstochter tatsächlich auch gerade in seinen Fängen war. Schon alleine der Gedanke daran erschwerte ihr das Atmen.

Der Aufenthalt hier tat ihr nicht gut. Sie sollte nicht hier sein. Sie wusste das. Und dennoch konnte sie nicht einfach abhauen und wegsehen. Sie kannte die Vermisste zwar nicht.

Doch das änderte nichts daran, dass ihr das Schicksal dieses Mädchens unglaublich naheging. Die Artikel, durch die sie sich in der Nacht geklickt hatte, hatten tiefe Spuren bei ihr hinterlassen.

So wie Hendriks seltsames Verhalten. Sie hätte so gerne ignoriert, was sie gesehen und gehört hatte. Doch das schaffte sie einfach nicht. Sie musste herausfinden, was dahintersteckte. Sie musste wissen, warum er sich in der Nacht aus dem Haus geschlichen und was er getrieben hatte. Sie musste Gewissheit haben.

An der Seite der Lenkstange von Hendriks Fahrrad war roter Sand geklebt. Roter Sand, wie Evelyn ihn früher oft zu Gesicht bekommen hatte – weil sie viel Sport getrieben hatte. Gemeinsam mit Hans, als sie noch in der Blüte ihres Lebens standen. Evelyn hatte sofort geahnt, woher der Sand stammte. Zudem hatte der Anblick sie an das Gespräch zwischen Manuela und Anja erinnert. Die beiden hatten doch über die Tennisplätze hinter dem alten Wasserpark gesprochen. Und darüber, dass dort heute nach der Vermissten gesucht werden sollte. Außerdem hatte doch auch Hendrik bei seinem heimlichen Telefonat in der Nacht die Tennisplätze erwähnt.

Konnte das tatsächlich Zufall sein?

Ja, natürlich war es auch möglich, dass der Sand von woanders herstammte. Oder schon länger an der Lenkstange klebte. Aber Evelyn glaubte nicht daran. Sie vermutete, dass Hendrik in der Nacht dort gewesen war. Und das Rad, anstatt es auf dem Ständer abzustellen, einfach zu Boden hatte fallen lassen. Womöglich, weil er in Eile gewesen war. Oder – wenn sie sich an seine Stimmung während des Telefonats zurückerinnerte – außer sich vor Wut.

Und deshalb war sie jetzt hier – auf dieser offenbar schon seit vielen Jahren aufgelassenen Tennisanlage. Die Netze der fünf Plätze waren zerfleddert oder fehlten ganz. Die weißen

Kunststofflinien waren zum Teil aus dem Sand gerissen worden und lagen zerrissen da. Nur einer der Schiedsrichterhochstühle war noch da. Er lag umgekippt auf dem Boden und rostete vor sich hin. Der gut drei Meter hohe Maschendrahtzaun, der das Areal umgab, hatte unzählige Löcher. Die Aluminiumpfähle bogen sich in alle Richtungen. In den Ecken hatten Wind und Wetter Plastikflaschen, Tüten und anderen Müll abgelagert. Unkraut wucherte überall. Aber ansonsten gab es hier nichts zu entdecken.

Natürlich. Was hatte sie sich auch dabei gedacht?

Auch am ehemaligen Klubhaus, dessen beide Fenster eingeschlagen waren und dessen Tür nur noch an einer Angel hing, konnte Evelyn nichts Auffälliges erkennen. Sie warf einen Blick hinein. Glasscherben, unzählige Zigarettenstummel, leere Wodkaflaschen und eingedrückte leere Bierdosen lagen auf dem kaputten Laminatboden verteilt. Keine Frage, dass hier die eine oder andere Teenager-Party stattgefunden hatte. Aber offenbar nichts, das sie etwas anging.

Evelyn kam sich so blöd vor. Sie führte sich auf wie eine Miss Marple für Arme. Sie konnte nur hoffen, dass niemand sie jetzt sah.

Ja, Hendrik hatte sich seit ihrer Ankunft seltsam verhalten. Ja, der Vorfall am Bahnhof war äußerst merkwürdig gewesen. Ja, das Telefonat, das sie mitbekommen hatte, war befremdlich gewesen. Und ja, Hendrik hatte sich in der letzten Nacht aus dem Haus geschlichen und war heimlich fortgeradelt. Vermutlich hierher. Und sehr wahrscheinlich, um sich mit einer Frau zu treffen. Vielleicht sogar mit jener vom Bahnhof.

Und dennoch: Was tat sie hier eigentlich? Was glaubte sie zu finden? Einen Hinweis auf Hendrik und seine Liebschaft? Ein benutztes Kondom vielleicht? Rosenblüten? Oder einen Picknick-Korb? Das war doch lächerlich! Und selbst wenn. Was, wenn sie tatsächlich etwas gefunden hätte? Hätte sie es

Manuela dann unter die Nase gerieben und damit ihre Ehe zerstört? Hätte sie denn das Recht dazu gehabt? War es nicht ihre Aufgabe als Mutter, dafür zu sorgen, dass Manuela ein glückliches Leben führte? Sollte sie nicht in allem, was sie tat, danach trachten, Probleme von ihrer Tochter fernzuhalten? Hatte Manuela mit dem Verlust ihres Vaters nicht schon genug Kummer?

Unwissenheit konnte doch auch ein Segen sein.

Evelyn hatte sich inzwischen nicht nur auf den Tennisplätzen umgesehen, sondern auch noch einen Blick in das gleich dahinterliegende Waldstück geworfen. Sie hatte sich sogar durch das dichte Gestrüpp am Rand gedrängt und war ein paar Meter in den Wald hineingestapft. Natürlich hatte sie auch dort nichts gefunden.

In den letzten Minuten war das Schwindelgefühl, das sie schon den ganzen Morgen über plagte, stärker geworden. Die Hitze machte ihr zu schaffen. Sie brauchte dringend einen Schluck Wasser. Doch in der Aufregung und unter Manuelas skeptischen Blicken hatte sie ganz vergessen, sich eine Flasche mitzunehmen. Ihr Mund war staubtrocken. Sie stemmte die Hände in die Hüften, legte den Kopf leicht in den Nacken und schloss die flatternden Lider. So lauschte sie einem entfernten Grillengezirpe und wartete darauf, dass der Schwindel abklang. Doch das tat er nicht. Also lehnte sie sich gegen einen Baumstamm, beugte sich etwas vor und senkte den Kopf. Aber nun schien auch noch der Boden zu wanken zu beginnen.

Mein Gott, sie war ja völlig neben der Spur. Sie würde hier bei dieser verdammten Hitze noch zusammenbrechen.

Sie wollte sich abermals den Schweiß von der Stirn wischen, doch der Ärmel ihrer Bluse war schon völlig durchnässt. Die Ränder unter ihren Armen würden bald den Hosenbund erreichen.

Schluss, aus jetzt!
Ihr Verhalten war einfach nur peinlich! Sie würde jetzt nach Hause radeln. Sich endlich ein großes Glas kaltes Wasser und eine Tasse kräftigen Kaffee gönnen. Ausgiebig frühstücken. Vielleicht sogar noch eine halbe Stunde schlafen, um zu Kräften zu kommen. Und dann an Anjas Zimmertür klopfen, das Mädchen aus seiner Lethargie reißen und einen schönen Tag mit ihm verbringen. Sie würde aus den kommenden Tagen das Beste machen. Hans hätte es so gewollt.

Evelyn wollte sich gerade abwenden.

Da fiel ihr Blick auf eine dicht zusammenstehende Nadelbaumgruppe, vielleicht 20 Meter entfernt. Und auf ein Gebüsch gleich daneben. Etwas Helles lag dort dahinter auf dem Waldboden. Evelyn ärgerte sich darüber, dass sie in der Hektik natürlich auch ihre Brille daheim vergessen hatte. So sehr sie sich nun auch zu konzentrieren versuchte, sie bekam einfach kein klares Bild zusammen. Eine große Plastiktüte, dachte Evelyn also im ersten Moment. Oder ... hm, ihr fiel nichts ein, was es sonst hätte sein können. Dennoch war ihr Interesse geweckt.

Deshalb stapfte sie trotz ihres Schwindels noch ein Stück tiefer in den Wald hinein. Sie kniff die Augen dabei zu schmalen Schlitzen zusammen in der Hoffnung, dadurch die Plastiktüte eindeutig als eine solche zu erkennen. Doch stattdessen regte sich ein mieses Gefühl in ihrem Magen. Und mit jedem Schritt schwoll es weiter an.

Geh nicht weiter!, rief eine Stimme tief in ihr drinnen.

Sie wusste, dass sie besser darauf hören sollte. Aber ihre Neugierde war stärker als ihre Vernunft.

Und so näherte sie sich weiter.

Unter jedem ihrer Schritte knackte es.

Ihr Puls zog an. Ihre Aufregung wuchs. In ihrem Kopf hörte sie die Alarmglocken schrillen.

Später sollte sich Evelyn zu erinnern glauben, dass sie in dieser Situation gar nicht so naiv war, wie sie sich das selbst vorzumachen versuchte. Sie ahnte längst, was da tatsächlich hinter dem Gebüsch auf dem Waldboden lag. Und sie wusste, dass ihr Fund alles verändern würde. Für immer. Sie wollte es schlichtweg nur nicht wahrhaben.

Und so ging sie weiter darauf zu. Sie schob Zweige zur Seite. Zwängte sich durch ein Gestrüpp. Verfing sich mit ihrer Bluse darin, versuchte, sie loszubekommen und riss dabei ein kleines Loch in den Stoff. Doch es kümmerte sie nicht. Denn sie hatte den hellen Klumpen, der viel zu groß für eine Plastiktüte war, fast erreicht. Ihre Beine waren jetzt weich wie Gelee. Der Boden schwankte richtig heftig. Ihr Herz schlug ihr jetzt bis zum Hals. Und in ihren Ohren brummte es gewaltig. Dennoch konnte sie das hektische Fliegensummen nicht überhören.

Sie war jetzt keine zehn Meter von dem Gebüsch entfernt. Doch es war so dicht, dass sie immer noch nicht genau erkennen konnte, was dahinter lag.

Sie zögerte.

Schluckte.

Setzte einen weiteren kleinen Schritt.

Wartete.

Machte noch einen Schritt.

Verschwinde von hier, aber schnell!

Sie bekam es jetzt richtig mit der Angst zu tun. Sie hielt die Luft an. Wusste nicht, was sie tun sollte. Wartete wie erstarrt.

Knack.

Sie schrie auf vor Schreck. Fuhr herum. Das Geräusch war von irgendwo rechts von ihr gekommen. Doch da war niemand zu sehen.

Sie stand da und wagte es nicht, sich zu rühren. Nur ihr Blick hetzte zwischen den Bäumen hin und her. Sie suchte nach einem Schatten, der da nicht hingehörte. Einem Farbklecks. Nach irgendetwas. Ihr Atem rasselte. Ihr Herz hämmerte jetzt so hart gegen die Innenseite ihres Brustkorbs, dass es schon schmerzte. Sie zitterte am ganzen Körper.

»Hallo?« Es war nicht mehr als ein gekrächztes Flüstern. Stille schrie ihr entgegen.

Kaum lauter: »Ist da wer?«

Keine Antwort.

Sie versuchte, sich einzureden, dass es bloß ein Reh oder ein anderes Tier gewesen war, das längst verschwunden war. Doch sie wollte nicht so recht daran glauben. Sie war fast schon überzeugt, einen brennenden Blick in ihrem Rücken zu spüren. Sie spürte die Gefahr.

Aus. Schluss. Sie musste raus aus dem Wald. Weg von hier. Und dann so schnell wie möglich heim.

Sie wollte schon los. Doch da schaffte es das heftige Fliegensummen zurück in ihren Verstand.

Mist!

Sie hasste sich selbst dafür, dass sie nicht einfach loslief. Aber sie war doch so nah dran. Nur noch ein kleiner Schritt zur Seite und sie würde ein wenig besser hinter das Gebüsch sehen können. Dieses laute Fliegensummen war doch nicht normal. Irgendetwas stimmte hier nicht.

Lauf!, schrie es in ihr.

Doch sie ignorierte den Schrei. Sie atmete tief durch. Fasste Mut. Wagte diesen einen kleinen Schritt zur Seite. Erst, als sie ihn gemacht hatte, begriff sie, dass sie aus irgendeinem Grund dabei die Augen geschlossen hatte.

Sie hielt einen Augenblick lang inne.

Dann öffnete sie die Augen.

Ach du Scheiße!

Panik packte sie. Und eiskalte Angst. Sie atmete scharf ein. Schlug sich die Hand vor den Mund. Stolperte zurück. Blieb an irgendetwas hängen. Strauchelte. Versuchte, sich auf den Beinen zu halten. Schaffte es aber nicht. Sie stürzte zu Boden. Schmerz explodierte in ihrer Hüfte.

Scheiße! Scheiße! Scheiße!

Sie fühlte sich auf einmal von allen Seiten bedrängt. Die Bäume um sie herum schienen näherzukommen. Sie stieß sich mit den Beinen nach rückwärts ab. Doch sie kam nicht schnell genug vom Fleck. Sie stemmte sich vom Boden ab. Raffte sich hoch. Aber ihre Beine sackten ihr weg. Sie stürzte auf ihre Knie. Aus der Ferne hörte sie einen grellen Schrei, der rasend schnell näherkam. Sie begriff, dass sie es war, die sich gerade die Seele aus dem Leib brüllte.

Nein! Nein! Nein! Bitte nicht! Das darf doch nicht wahr sein!

Doch das war es. Es war kein Traum.

Vor ihr lag tatsächlich eine Frau. Nackt. Blutüberströmt. Und mit unzähligen Stichen verunstaltet. Ihr Körper war mit Schnitten übersät. Ihre Bauchdecke war offen. Fleisch war zu sehen. Gedärme.

Doch das war nicht das Schlimmste. Auch nicht die Augen, die ihr offenbar ausgestochen worden waren. Nein, das, was Evelyn trotz der Hitze das Blut in den Adern gefrieren ließ, was sie immer hysterischer kreischen und am ganzen Körper zittern ließ, das war die prächtige Mähne der Toten. Sie war rot.

Keine Frage, dass es sich bei der Toten um die Frau vom Bahnhof handelte.

KAPITEL 14

Anjas Tagebuch
Zwei Wochen vor dem ersten Mord

Er hat es wieder getan.
Ja, ER.
Ich glaube, du weißt ganz genau, wen ich meine, richtig? Und trotzdem traue ich mich nicht, seinen Namen hier auszuschreiben. Weil uns ohnehin niemand glauben würde. Weil keiner weiß, wie er wirklich ist. Oder besser gesagt, WAS er wirklich ist.
Dabei ist es doch so offensichtlich, oder? Ich frage mich, wie man es nur übersehen kann.
Aber anstatt dass es endlich jemand checkt, höre ich immer nur: Tu dies. Tu das. Warum machst du nicht, was wir dir sagen? Wieso grüßt du nicht? Weshalb räumst du nicht dein Zimmer auf? Warum kannst du nicht sein wie bla bla bla...? Ständig dieses Nörgeln, diese ungefragten Ratschläge und diese dummen Regeln. Dabei sollten sie lieber mal die Augen aufmachen und ein wenig genauer hinschauen. Sie haben keine Ahnung, was tatsächlich gerade los ist. Ich scheine sie überhaupt nicht zu interessieren.
Denken sie ernsthaft, ich habe keine anderen Probleme?
Alle glauben sie, mich zu kennen.
Alle glauben sie, zu wissen, wer ich bin.
Aber sie haben keine Ahnung.
Sie kennen mich nicht. Nicht wirklich.
Sie wissen nichts von mir.
Von meinem Schmerz.

Und meiner Angst.
Weil ER mir Angst macht.
Weil ER ständig in meiner Nähe ist.
Und niemand es zu bemerken scheint.

KAPITEL 15

9:58 Uhr

Als Evelyn sieben oder acht war, musste sie auf dem Heimweg von der Schule mitansehen, wie eine junge Frau von einer Straßenbahn erfasst wurde. An das grauenvolle Knacken beim Aufprall konnte sie sich bis heute erinnern. An das metallische Kreischen der Bremsen. Die Schreie der Passanten. Die Sirenen der kurz darauf eintreffenden Einsatzwagen. Und das ohrenbetäubende Plätschern des Platzregens. Vor allem aber der Anblick der Toten war es, den sie wohl niemals vergessen würde. Von der Straßenbahn auf den nassen Asphalt zurückgeschleudert, lag die Frau da. Mit einer harmlos wirkenden Platzwunde an der Stirn. Aber regungslos und seltsam verrenkt. Und den leeren Blick zum weinenden Himmel gerichtet.

20 Jahre später wurde Evelyn Zeugin eines Selbstmords. Willi, dieser liebevolle alte Kauz, wohnte in der Wohnung unter ihnen. Täglich hörte er Klassikkonzerte. Sonntags allerdings so laut, dass er nicht nur das Wohnhaus, sondern gleich die halbe Straße damit beschallte. Doch das war nie ein großes Problem, zumindest für Evelyn und Hans nicht. Sie mochten Willi. Er war immer freundlich und hilfsbereit. Aber leider auch alkoholkrank und spielsüchtig. Es kursierten schon lange Gerüchte im Haus, wonach er seit Monaten schon keine Miete mehr hatte bezahlen können, und seine Wohnung deshalb zwangsgeräumt werden müsste. Evelyn und Hans gaben nicht viel auf diesen Tratsch. Willi machte einen lebensfrohen Eindruck, und wenn sie ihn zufällig im Hausflur oder

draußen auf der Straße trafen, scherzte er mehr denn je. Er schien keinen Kummer in sich zu tragen. Eines Sonntags dann ertönte pünktlich wie jede Woche um 11 Uhr Chopin. Aber dieses Mal war etwas anders: die Lautstärke. Sie war kaum zu ertragen. In ihrer Wohnung vibrierten regelrecht die Wände. Hans wurde ungehalten, erst recht, als ein Bilderrahmen zu Boden krachte und die Glassplitter sich über das Parkett verteilten. Er stürmte runter, wo bereits zwei weitere Nachbarn an seine Tür hämmerten, unentwegt die Glocke drückten und nach Willi riefen. Doch der öffnete ihnen nicht. Evelyn kam das seltsam vor. Sie begann, sich Sorgen zu machen. Denn das war doch überhaupt nicht seine Art. Vom Balkon aus wollte sie einen Blick auf jenen von Willi schräg darunter erhaschen. Aber das war nicht mehr nötig. Weil es bereits zu spät war. Weil Willi sich in die Tiefe gestürzt hatte und leblos mit dem Gesicht nach unten auf dem Bürgersteig lag. Inmitten einer roten Lache. Und dem Geschrei der herbeiströmenden Passanten.

Wieder ein paar Jahre später mussten Evelyn und Hans auf dem Urlaubsflug nach Kreta miterleben, wie ein Mann, noch keine 50 Jahre alt, in der Reihe vor ihnen einen Herzinfarkt erlitt. Im Flieger brach Hektik aus. Viele eilten herbei und versuchten zu helfen. Erst die Stewardessen, dann auch der Kapitän. Sogar eine Medizinerin befand sich unter den Passagieren. Doch auch sie konnte nichts mehr daran ändern, dass der Mann Kreta nicht mehr lebend erreichte. Über eine Stunde lang glitten sie zusammen mit seiner Leiche über den Wolken. Ungewöhnlich still war es währenddessen. Und obwohl Evelyn nie besonders gläubig gewesen war, betete sie bis zur Landung für seine Seele.

Und dann war da natürlich noch Hans' Tod. Der furchtbarste Moment ihres Lebens. Ein Augenblick voll Liebe, Schmerz und unendlicher Leere zugleich. Unmittelbar nachdem er für immer die Augen geschlossen hatte und eingeschlafen war, bettete sie seinen leblosen Körper in ihren Schoß. Sie streichelte seine Wangen, seine Stirn, die fein behaarten Handrücken. Ohne Ende. Sie konnte einfach nicht damit aufhören. Sie hielt ihn so lange, bis der Bestatter kam, um ihn abzuholen. Manuela hatte ihn gerufen und seitdem vergeblich versucht, sie zum Loslassen zu überreden. Schließlich musste sie Evelyn regelrecht von ihm wegzerren, weil der Bestatter sonst unverrichteter Dinge wieder hätte abziehen müssen. Hans für immer loszulassen, war das Schwierigste, was Evelyn in ihrem ganzen Leben vollbringen musste. Erst in diesem Moment der Trennung brach sie so richtig in Tränen der Verzweiflung aus. Nichts und niemand konnte ihr seitdem wahren Trost spenden. Sie war alleine. Ihr Lebensmensch war nicht mehr an ihrer Seite. Und würde das nie wieder sein.

Evelyn war in ihren 67 Jahren also schon öfter mit dem Tod konfrontiert worden. Sie hatte schon Leichen gesehen. Auch von Menschen, die nicht durch einen natürlichen Tod umgekommen waren. Aber noch nie hatte sie ein Mordopfer zu Gesicht bekommen. Noch dazu ein nacktes und derart verstümmeltes. Nichts von dem, was sie bisher erlebt hatte, war vergleichbar mit der abgeschlachteten Rothaarigen in dem Waldstück hinter den aufgelassenen Tennisplätzen. Evelyn war sich sicher: Die rote Mähne und die leeren, blutgefüllten Augenhöhlen würden sie bis an ihr Lebensende verfolgen.

Zwei Stunden nach dem grauenvollen Fund saß Evelyn der Schock noch immer in den Gliedern. Was sie auch versuchte, sie bekam ihr Zittern einfach nicht in den Griff. Sie musste immer wieder heftig schluchzen. Sie fühlte sich benommen und ihr Kopf war so voll, dass sie es kaum schaffte, einen klaren Gedanken zu fassen. Dennoch hatte sie das Angebot, ins nächste Krankenhaus gefahren zu werden, mehrmals abgelehnt. Weshalb, konnte sie sich selbst nicht erklären.

Auch wenn sie mit ihren Nerven am Ende war, entging Evelyn nicht, dass die beiden Polizeibeamten, denen sie nun sicher schon über eine Stunde lang in diesem kleinen Besprechungsraum auf der Polizeistation gegenübersaß, ihr immer wieder dieselben Fragen stellten und sie mit skeptischen Blicken beobachteten. Als durchschauten sie ihre Lügen. Als wüssten sie bereits Bescheid. Als spielten sie bloß mit ihr. Und als warteten sie nur auf den richtigen Moment, um die Falle zuschnappen zu lassen.

Oder bildete sie sich das alles nur ein?

Wurde sie langsam paranoid?

Die beiden hatten sich zwar vorgestellt, doch Evelyn hatte ihre Namen noch im selben Augenblick wieder vergessen. Beide trugen sie einen Anzug von der Stange und leicht zerknitterte Krawatten und Hemden. Trotz des Schocks, den sie ziemlich sicher hatte, musste Evelyn an ihr Dampfbügeleisen denken. Und daran, wie gerne sie es jetzt dabei hätte, um damit die Anzüge der beiden glattzubügeln.

»Du bist wirklich unverbesserlich, meine Liebe«, hörte sie Hans im Geiste sagen, und sie stellte sich vor, wie er dabei amüsiert den Kopf schüttelte. Doch da war auch eine andere Stimme tief in ihr, die noch viel lauter brüllte: Du tickst ja wohl nicht richtig!

Die Kriminalpolizisten hatten sich penibel rasiert und ihr Haar zurückgegelt. Beinahe hätten sie als Zwillinge durchgehen können. Wenn einer der beiden nicht gut 50 Kilo mehr gewogen hätte als sein Kollege. Er schnaufte immer wieder beim Atmen und schwitzte heftig. Alle paar Minuten zupfte er mit seinen kurzen dicken Fingern ein frisches Taschentuch aus der Kartonbox, die sie eigentlich für Evelyn bereitgestellt hatten, um sich damit das feuchte Gesicht abzutupfen. Sein Doppelkinn war so gewaltig, dass es den Knoten seiner Krawatte fast vollständig überdeckte. Evelyn konnte nicht genau sagen, was sie das glauben ließ, aber er schien der ranghöhere der beiden zu sein.

Sie schob das Glas Wasser, das man ihr angeboten und immer wieder aufgefüllt hatte, von sich. Und knetete ihre Hände vor Nervosität. Ihr war schlecht. Sie fühlte sich, als hätte ihr jemand mehrmals in den Magen getreten.

Doch anstatt sie endlich gehen zu lassen, wollte der schlanke der beiden schon wieder wissen, was sie überhaupt im Wald zu suchen hatte. Garantiert glaubte er ihr nicht. Warum sonst sollte er schon wieder danach fragen?

Evelyn blickte auf das Tonbandgerät auf dem Tisch vor ihr. Sie ärgerte sich inzwischen darüber, der Aufnahme ihrer Befragung zugestimmt zu haben. Sie holte tief Luft und plusterte die Lippen beim Ausatmen auf. »Wie gesagt, ich wollte mir bloß ein wenig die Beine vertreten.«

»Aber warum ausgerechnet dort?«

»Keine Ahnung, ich …« Evelyn schnaufte tief durch und rieb sich mit beiden Händen das Gesicht. Ihr Adrenalinspiegel war immer noch so hoch, dass ihr das Denken schwerfiel. Das alles war zu viel für ihre Nerven. Sie wollte heim. Einfach nur heim. »Es war Zufall«, sagte sie schließlich, weil es alles war, was ihr auf die Schnelle eingefallen war.

Der Dicke räusperte sich, nickte bedächtig und machte dabei ein Gesicht, als würde er ihre Worte gerade sorgsam prüfen.

Evelyn fühlte sich auf einmal noch weiter in die Enge gedrängt. Da sprudelte es plötzlich aus ihr heraus. Sie wusste selbst erst, was sie sagte, als sie ihre Worte hörte. »Ich wollte mir bloß den alten Wasserpark ansehen. So etwas Verfallenes sieht man ja nicht alle Tage. Aber auf dem Weg dorthin sind mir die alten Tennisplätze aufgefallen. Ich habe früher auch gespielt und … ja, keine Ahnung. Ich habe sie mir angesehen. Und da habe ich auf einmal gemerkt, dass ich ganz dringend auf die Toilette muss. Ich wusste mir nicht anders zu helfen, als im Wald zu verschwinden. Da ... da habe ich auf einmal etwas Helles hinter dem Gebüsch entdeckt. Ich war mir nicht sicher, was es war. Deshalb bin ich darauf zu. Und, ja ...«

Der Schlanke notierte sich etwas in ein kleines Notizbüchlein. Der Stift kratzte kaum hörbar über das Papier.

Der Dicke kratzte sich das schwabbelige Kinn und machte: »Hm.«

»Sagen Sie, verdächtigen Sie mich etwa?«, wollte Evelyn wissen.

»Nein, natürlich nicht«, sagte der Dicke.

»Warum verhören Sie mich dann so lange?«

»Das ist doch kein Verhör, sondern eine Befragung.«

»Sollte ich denn nicht einen Anwalt bekommen?«

»Wie gesagt, das ist kein Verhör. Ein Anwalt ist also nicht notwendig. Wir haben überhaupt keinen Anlass, Sie zu verdächtigen. Wir möchten einfach verstehen, was hier vor sich geht. Und natürlich wollen wir nichts mehr, als den Mörder zu schnappen, bevor er ...« Er brach ab. Setzte neu an. »Es besteht also überhaupt kein Grund dazu, die Aussage zu verweigern.«

»Ist das Ihr Ernst? Was soll ich denn noch verweigern?«

»Keine Ahnung.«

»Wir reden doch schon über eine Stunde!«

»Und dafür sind wir Ihnen sehr dankbar.«

»Ich möchte jetzt bitte nach Hause!«

»Das verstehen wir natürlich. Wir werden Sie auch gerne gleich zu Ihrer Tochter bringen. Wir wären Ihnen nur wirklich sehr verbunden, wenn wir noch ein paar kleine Fragen klären könnten. Immerhin haben wir es hier mit einer äußerst ernsten Angelegenheit zu tun. Wir müssen einen Mörder finden.«

Evelyn fürchtete längst, wo der zu finden war. Doch sie war noch nicht bereit, ihre Theorie zu teilen. Sie sah es als ihre Pflicht an, zuerst Manuela davon zu berichten. Und wenn sie schon das Herz ihrer Tochter für immer zerreißen musste, dann sollte das wenigstens im intimen Rahmen geschehen. Von Angesicht zu Angesicht. Ohne Beisein der Polizei.

»Außerdem müssen wir das Verschwinden der Teenagerin klären«, sagte der Dicke und zupfte sich ein weiteres Taschentuch aus der Box. »Wir dürfen keine Zeit verlieren! Denn wir gehen davon aus, dass Lena noch lebt.«

»Es dauert auch bestimmt nicht mehr lange, versprochen«, fügte der Schlanke noch hinzu. »In Ordnung?«

Evelyn schnaufte. »Dann machen Sie.«

»Danke. Kannten Sie die Tote?«

Schon wieder diese Frage! Was bezweckten sie bloß damit, ihr diese Frage nun sicher schon zum dritten Mal zu stellen? Sie hustete in die Hand, um Zeit zu gewinnen. »Wie schon gesagt: nein.«

Der Dicke sah sie schweigend an, als würde er noch auf etwas warten. Dabei klopfte er sich mit dem Zeigefinger auf die Lippen. Weil nichts kam, fragte er: »Sie haben sie nie zuvor gesehen?«

»Auch das habe ich Ihnen doch schon gesagt!«

»Sind Sie da absolut sicher?«

»Ja.« Evelyn hatte auf einmal gar kein gutes Gefühl. Sie fragte sich, ob die beiden einen Plan verfolgten. Und wohin sie diese Fragen führen sollten. Konnten sie tatsächlich von der Begegnung am Bahnhof wissen? Falls ja: woher?

»Sie haben Ihre Enkelin also nie in die Schule begleitet oder von dort abgeholt?«

»Was? Nein, warum?«

»Oder etwa ein Schulfest besucht?«

»Was sollen diese Fragen?«

»Nun, soweit wir wissen, geht Ihre Enkelin an das hiesige Gymnasium, das ist doch richtig, nicht wahr?«

Evelyn kniff die Augen zusammen und starrte sie bloß an.

»Korrekt?«

Evelyn nickte.

»Wir fragen Sie das alles so genau, weil das Opfer Lehrerin an der Schule Ihrer Enkelin war.«

»Was?«

»Sie war dort Kunstlehrerin.«

Evelyn stand der Mund offen.

»Und es könnte doch durchaus sein, dass Ihre Tochter oder Ihr Schwiegersohn vielleicht einen über die Schule hinausgehenden Kontakt zu ihr aufgebaut hatten.«

»Nicht, dass ich wüsste …«, brachte Evelyn gerade so heraus. Und dachte sich: Wenn Sie wüssten!

KAPITEL 16

10:42 Uhr

Nach der Befragung brachten die beiden Kriminalpolizisten Evelyn nach Hause und befragten bei der Gelegenheit auch gleich Manuela, Hendrik und Anja zu der Toten. Manuela hoffte offenbar, den Horror, der sich in der Gegend bereits wie ein Lauffeuer herumsprach, nicht weiter ins Haus lassen zu müssen, und wollte die beiden im Flur abspeisen. Doch sie merkte schnell, dass die beiden hartnäckig waren und sich nicht einfach abwimmeln ließen. Also bat Manuela sie schließlich weiter an den Küchentisch und bot ihnen sogar eine Tasse Kaffee an. Beide lehnten ab.

Evelyn hielt sich im Hintergrund und nahm nun die Beobachterrolle ein. Mit dem Rücken an den Kühlschrank gelehnt und die Arme vor der Brust verschränkt bemerkte sie, dass die beiden auch Manuela, Hendrik und Anja immer wieder dieselben Fragen bloß in leicht abgeänderter Form stellten. Dabei ließ sie Hendrik keine Sekunde lang aus den Augen. Sie war schockiert und verblüfft darüber, wie eiskalt er den Polizisten ins Gesicht lügen konnte. Und das nach allem, was sich am Vorabend und in der Nacht zugetragen hatte, und obwohl Evelyn keine drei Meter von ihm entfernt stand. Er konnte doch gar nicht wissen, was sie den beiden bereits zuvor berichtet hatte. Es war doch gut möglich, dass sie ihnen von dem Vorfall am Bahnhof erzählt hatte. Dann wäre er jetzt auf der Stelle als Lügner aufgeflogen. Doch stattdessen setzte er alles auf eine Karte. Er log wie gedruckt und versicherte ihnen glaubhaft:

»Nein, wir kannten sie leider nicht besser. Bloß so, wie man die Lehrerin seiner Tochter eben kennt. Wann wir sie zuletzt gesehen haben? Hm, lassen Sie mich überlegen. Ja, das muss vor knapp zwei Monaten beim Elternabend gewesen sein. Manuela war gerade ein paar Tage weg, weil ihr Vater im Sterben lag.«

Der Dicke warf Evelyn einen kurzen mitleidvollen Blick zu.

»Ich bin alleine zum Elternabend und habe dort mit ihr gesprochen. Ein nettes Gespräch. Sie war sehr zufrieden mit Anjas Leistungen und ihrem Engagement. Nein, da habe ich nichts Auffälliges an ihr bemerkt, tut mir leid. Ich habe aber auch nicht darauf geachtet, um ehrlich zu sein. Ich war ja schließlich wegen Anja dort. Ich fürchte, ich kann Ihnen nicht mehr berichten. Selbstverständlich melden wir uns, wenn uns noch etwas einfallen sollte.«

Du meine Güte, wer zum Teufel war der Mensch vor ihr?

Es war nicht zu fassen! Da war nicht ein verräterisches Zucken in seinem Gesicht zu sehen. Nicht eine auffällige Regung, die sie an ihm bemerkt hätte. Hätte sie es nicht besser gewusst, wäre garantiert auch sie auf seine Fassade und die Lügen hereingefallen. Sie hätte ihm auf der Stelle abgenommen, dass er die Rothaarige nicht besser gekannt und zuletzt beim Elternabend vor zwei Monaten gesehen hatte. Dass er dennoch bestürzt über ihren Tod war. Und dass er die ganze letzte Nacht über im Bett gewesen war und tief und fest geschlafen hatte – vor allem, weil Manuela nichtsahnend seine Geschichte ja auch bestätigte.

Mein armes Kind, wenn du nur wüsstest!

Es war wie in einem schlechten Film. Völlig surreal. Absolut unlogisch und zutiefst beängstigend.

Evelyn war ganz offensichtlich die Einzige, die Hendrik durchschaute. Dennoch wagte sie es nicht, auf den Tisch zu hauen und seine Lügen auf der Stelle aufzudecken. Sie hasste sich dafür. Und je länger die Befragung dauerte, desto wütender wurde sie – auf Hendrik und auf sich selbst. Ihre Kiefermuskulatur war so angespannt, dass sie bereits zu schmerzen begann.

»Muss ich noch hierbleiben?«, fragte Anja irgendwann und machte selbst vor den beiden Kriminalbeamten keine Anstalten, ihre Genervtheit zu kaschieren.

Evelyn war so sehr auf Hendriks Lügentheater fokussiert gewesen, dass sie ihre Enkelin völlig außer Acht gelassen hatte. Wieder einmal. Wie oft wollte sie diesen Fehler eigentlich noch begehen? Dabei sollte sie sich doch zu allererst um das Mädchen kümmern. Trotz ihres toughen Erscheinungsbilds war und blieb Anja eine Teenagerin, ein Kind. Wie traumatisch musste all das gerade für sie sein?

»Wohin willst du denn?«, frage Manuela geistesabwesend. Die Befragung machte ihr sichtlich zu schaffen.

»Na, wohin schon? In mein Zimmer.«

»Also, ich glaube, es wäre besser, wenn ...«, setzte Manuela an.

Doch der Dicke unterbrach sie. »Von uns aus kannst du gerne schon gehen«, sagte er und tupfte sich wieder einmal den Schweiß von der Stirn. »Wir holen dich noch mal runter, wenn wir doch noch Fragen haben sollten.«

Anja warf ihrer Mutter einen Blick zu, der etwa so viel wie »Siehst du, ich gehe jetzt!« bedeuten sollte. Sie erhob sich vom Stuhl, der über den Boden kratzte, und verschwand ohne ein weiteres Wort.

Manuela seufzte und rieb sich das Gesicht.

Hendrik lächelte die beiden Beamten an. Allerdings nicht einmal eine Sekunde lang. Weil ihm dann aufzufallen schien, dass es unangebracht war.

»Ich werde nach ihr sehen«, sagte Evelyn.

Der Dicke nickte und gab damit sein Okay. Der Schlanke

kritzelte wieder etwas in sein Notizheftchen. Dabei presste er die Zungenspitze in den Mundwinkel.

Und während der eiskalte Hendrik und die ahnungslose Manuela den beiden Polizisten weiter Rede, Antwort und Lügen standen, folgte Evelyn Anja nach oben. Dort klopfte sie an ihre geschlossene Zimmertür.

Aber Anja reagierte nicht.

Sie klopfte noch einmal.

Immer noch keine Reaktion.

Da fiel ihr ein, dass sie Anja immer noch nicht ihr Mitbringsel gegeben hatte. Vielleicht würde das ja das Eis zwischen ihnen brechen. Sie hetzte deshalb ins Gästezimmer, kramte es aus dem Koffer und klopfte dann erneut an Anjas Tür.

Im Zimmer blieb es weiter still.

»Ich habe dir ja dein Geschenk noch gar nicht gegeben«, redete sie auf die Tür ein – gerade so laut, dass es nicht bis runter in die Küche zu hören war.

Sie lauschte, aber es war nichts zu hören.

»Ich komme jetzt zu dir rein, ja?«

Nichts.

Evelyn drückte die Klinke, doch die Tür war abgeschlossen.

»Anja?«

Stille.

»Schatz?«

»Was ist?«, knurrte sie.

»Möchtest du mich reinlassen?«

»Nein.«

»Ich würde aber gerne kurz mit dir reden.«

»Ich habe keine Lust zu reden.«

»Bitte, es ist wichtig.«

»Warum?«

»Einfach so.«

»Ich will aber nicht.«

Evelyn war dabei, den Mut zu verlieren. Früher hätte sie sich nicht so leicht abwimmeln lassen. Aber jetzt nagte ihr schlechtes Gewissen über ihre lange Abwesenheit an ihrem Selbstbewusstsein. »Anja, Schatz, bitte öffne die Tür.«

»Ich will jetzt alleine sein!«

»Das verstehe ich. Ich störe dich auch nicht lange, versprochen.«

Evelyn horchte gespannt. Sekunden, in denen nichts passierte, verstrichen. Sie hatte die Hoffnung schon aufgegeben. Sie wollte zurück nach unten, auch wenn ihr davor graute, Hendrik auch nur sehen zu müssen. Sie wollte sich gerade abwenden. Da hörte sie auf einmal ein abgrundtief genervtes Schnaufen ihrer Enkelin. Gefolgt von stapfenden Schritten, die sich der Tür näherten. Vom Schnappen des Türschlosses. Und von Schritten, die sich von der Tür entfernten.

Evelyn zögerte einen Augenblick. Dann griff sie erneut die Klinke, drückte sie nach unten. Und konnte es kaum glauben, dass Anja ihr tatsächlich aufgesperrt hatte. Sie betrat das Zimmer und schloss die Tür hinter sich. Dabei fühlte sie sich wie ein Fremdkörper und blieb deshalb unmittelbar nach der Schwelle stehen.

Die Luft war muffig. Die Vorhänge waren zugezogen, kein Licht war an. Trotz des grellen Sonnenlichts draußen war es dunkel im Zimmer. Anja saß im Schneidersitz auf ihrem Bett und tippte auf ihrem Handy herum. Nur ihr Gesicht war vom grellen Display erleuchtet. Neben ihr lagen eine offene Chipstüte und eine Cola-Flasche.

»Danke, dass du mich hereingelassen hast«, sagte Evelyn.

Anja reagierte nicht.

»Ich habe dein Geschenk dabei.«

»Danke.« Sie blickte nicht von ihrem Handy auf und machte auch sonst keine Anstalten, es entgegennehmen zu wollen.

»Willst du es nicht haben?«
»Egal.«
»Also, ich kann es auch gerne wieder ...«
»Leg es bitte einfach irgendwo hin.«
Evelyn sah sich im Halbdunkel um und legte das Päckchen auf der Kommode neben sich ab, direkt auf ein paar Comic-Heftchen mit japanischen oder chinesischen Schriftzeichen auf den Covers. Sie kannte den Unterschied nicht, er war ihr im Moment auch egal.

Evelyn blieb, wo sie war, und zupfte am Ärmel ihrer Bluse herum. Sie konnte sich immer noch nicht an diese seltsame Stimmung zwischen Anja und ihr gewöhnen. Sie verunsicherte sie mehr, als ihr lieb war. Einen Augenblick lang wusste sie nicht weiter.

Sie sah sich noch einmal unauffällig im Zimmer um und versuchte, sich nicht anmerken zu lassen, wie schockiert sie über diese Höhle war. Nicht nur, dass die Jalousien hinuntergelassen waren, nein, auch die schwarzen Stoffseitenteile waren vorgezogen. Bis auf den Computerbildschirm, der lief, gab es kein Licht in dem Zimmer. Er zeigte ein Selfie von Anja mit zwei weiteren Mädchen. In einem der beiden glaubte Evelyn, die vermisste Lena zu erkennen. Sicher war sie sich allerdings nicht. Die dritte im Bunde war wohl Valerie, vermutete Evelyn, weil Manuela ja erzählt hatte, dass vor allem Anja und sie sehr eng waren. Sie schien um gut einen Kopf größer als Anja und Lena zu sein und eine Spur kräftiger. Ihre Wangen waren von Akne durchsetzt und ihre Gesichtszüge grob und kantig, burschikos würde man wohl sagen. Keines der drei Mädchen lächelte. Aber vor allem Valeries Blick gefiel Evelyn gar nicht. Sie konnte nicht sagen, was es war, doch er löste noch größeres Unbehagen in ihr aus.

Trotz der schummrigen Stimmung konnte Evelyn auf einen Blick erkennen, dass das Zimmer nichts mehr von dem Mädchenzimmer hatte, das Evelyn kannte, und das hell und bunt und voller Freude gewesen war. Nicht nur an Anjas Körper, sondern auch hier dominierte inzwischen die Farbe Schwarz. Die Bettwäsche, der Bettvorleger, die Kissen der dunkelgrauen Couch, einige Möbelstücke, ja selbst zwei der vier Wände waren schwarz gestrichen. Die Aura des Raums erschlug einen förmlich. Die Poster an den Wänden, die irgendwelche halb nackten und schwer bewaffneten Comic-Figuren zeigten, machten das Ganze nicht besser. Evelyn versuchte, sich zu erinnern, wie Manuela diese Art von Comics genannt hatte, doch es wollte ihr nicht einfallen.

Sie schämte sich für Anjas Geschenk. Auch wenn die Verkäuferin ihr garantiert hatte, dass die Marke gerade der letzte Schrei bei Jugendlichen war, so ahnte sie, dass das nicht für Anja galt. Schon gestern bei ihrem ersten Anblick, spätestens aber jetzt, da sie ihr Zimmer gesehen hatte, war Evelyn sich sicher, dass die drei Paar knallbunten Socken mit ihren verrückten Motiven darauf sofort im Mülleimer landen würden.

»Schatz, du ... du siehst ja gar nichts hier«, versuchte Evelyn es zögerlich.

Keine Reaktion. Bis auf die Tatsache, dass Anja ein wenig energischer auf ihr Handy eintippte. Als wollte sie damit sagen: »Siehst du nicht, dass ich beschäftigt bin?«

»Möchtest du die Jalousien nicht zumindest ein wenig hochziehen?«

»Nein.«

Evelyn hatte das Gefühl, allmählich keine Luft mehr in diesem Zimmer zu bekommen. Doch sie schluckte ihr Unwohlsein hinunter und zwang sich dazu, Anjas Willen zu akzeptieren und die Jalousien zu lassen, wo sie waren – unten. Das hier war Anjas Reich. Sie selbst war hier nur geduldet. So absurd das auch klang, wenn man bedachte, dass es hier um ihre Enkelin ging, zu der sie früher ein so ausgezeichnetes und liebevolles Verhältnis gehabt hatte.

»Es ... tut mir so furchtbar leid, was passiert ist«, sagte Evelyn.

Anja zeigte keine Regung.

Der Motor ihres Computers surrte leise. Ansonsten war es still.

»Wie geht es dir damit?«

Anja zuckte kaum merkbar mit den Schultern.

Evelyn wagte sich einen Schritt tiefer ins Zimmer. »Schatz, möchtest du wirklich nicht mit mir darüber reden?«

Anja ließ weiter nicht von ihrem Handy ab. Ganz im Gegenteil. Sie tippte jetzt noch heftiger darauf herum.

Evelyn zögerte. Dann: »Mochtest du sie?«

Immerhin bekam sie nun ein erneutes kaum merkbares Schulterzucken zur Antwort.

Das motivierte sie. Evelyn überwand sich und sie setzte sich ans Fußende des Betts. Sie schaute Anja ganz bewusst nicht an und sagte einige Zeit lang nichts. Sie wartete ab. Wollte ihrer Enkelin den Raum geben, den sie offenbar brauchte. Und Evelyns Plan ging auch tatsächlich auf. Anja wagte sich aus der Reserve. Und begann, von sich aus zu erzählen.

»Sie war cool«, murmelte sie kaum verständlich und ohne Evelyn dabei anzusehen oder von ihrem Handy abzulassen.

»Also war sie beliebt?«

»Ja, schon irgendwie.«

»Wie war sie so?«

»Keine Ahnung ...«, sagte sie und schien zu überlegen. »Sie war nicht so streng und steif wie die anderen.«

Evelyn musste an die Szene am Bahnhof denken. Ihr wurde klar, dass sie ohne Plan hier aufgekreuzt war. Und dass sie keine Ahnung hatte, wie sie jetzt den Bogen zu ihrem Vater spannen sollte. Wie konnte sie möglichst unauffällig danach

fragen, ob Anja sich vorstellen konnte, dass ihr Vater sie besser kannte, als er vorgab?
»Außerdem konnte man ihr vertrauen«, sagte Anja.
»Das ist doch schön«, sagte Evelyn und wunderte sich über ihre dumme Antwort.
»Sie nutzte unser Vertrauen nicht aus«, sagte Anja. Dann deutlich leiser und eher zu sich selbst gemurmelt: »Nicht so wie dieser ...« Sie hielt inne.
Evelyn wartete darauf, dass Anja weitersprach. Aber das tat sie nicht.
»Erzähl ruhig weiter«, sagte sie.
»Egal.«
»Was? Nein, das ist nicht egal.«
Aber Anja hatte sich wieder verschlossen und widmete ihre volle Aufmerksamkeit erneut ihrem Handy. Zumindest tat sie so.
Evelyn ahnte, dass es bloß aufgesetzt war. Sie war sich sicher, dass Anja gerade kurz davor gewesen war, sich ihr zu öffnen. Und ihr womöglich einen wichtigen Hinweis zu geben. Vielleicht klammerte sie sich aber auch bloß an einen Strohhalm, der nicht einmal das war. Wahrscheinlich genoss sie es gerade einfach nur, dass Anja wieder mit ihr redete. So oder so wollte sie jetzt nicht locker lassen. Sie musste dranbleiben. Anja ermutigen. Und ihr entlocken, was sie zurückzuhalten versuchte. Sie spürte, wie ihr Adrenalinpegel anstieg.
»Nicht so wie wer, Anja?«
Die ignorierte Evelyns Frage.
»Schatz, es geht hier um einen Mord.«
Schweigen.
»Wer hat euer Vertrauen ausgenutzt? Oder deines?«
Nichts.
»Alles kann wichtig sein.«
Aber Anja hatte völlig dichtgemacht.

»Sollte die Polizei davon wissen?«, drängte Evelyn. »Sollen wir gemeinsam runtergehen und ...?«

»Ich will jetzt wieder alleine sein.«

»Ich gehe gleich, versprochen. Bitte sag mir nur ...«

»Ich will, dass du jetzt gehst!«

»Bitte sag mir zuerst noch ...«

Evelyn hielt inne. Weil ihr etwas ins Auge gestochen war. Anja trug trotz der Hitze einen weiten schwarzen Kapuzenpulli. Die Ärmel hatte sie ein Stück weit hochgezogen. Im düsteren Licht hatte Evelyn es erst nicht bemerkt. Aber jetzt fiel das Display-Licht auf Anjas Unterarme. Und auf die blauen und dunklen Flecken, die sie dort hatte.

»Was hast du da?«, wollte sie wissen und danach greifen.

Anja sah auf. Dann an sich hinab. Ihre Augen wurden groß. Rasch zog sie die Ärmel runter und ihre Arme weg. »Nichts!«

»Hat dich jemand verletzt?«

»Nein!«

»Bist du sicher, dass ...?«

»Geh raus!«

»Das sieht doch so aus, als wenn dich jemand an den Händen festgehalten hätte.«

Sie wurde richtig laut. »Geh!«

»Schon gut. Bitte beruhige dich.«

»Raus!«

»Bitte sag mir nur ...«

»Raus!«

»Schatz, ich ...«

Dann ging plötzlich alles ganz schnell. Anja machte einen Satz auf sie zu. Und ehe Evelyn ausweichen oder die Arme zur Verteidigung hochreißen konnte, verpasste Anja ihr einen Stoß gegen den Brustkorb. So heftig, dass sie zurückkippte und beinahe vom Bett fiel. Und ihr einen Augenblick lang die Luft wegblieb.

»Raus aus meinem Zimmer!«, schrie Anja.

Und Evelyn war so perplex, dass sie einfach tat, was Anja wollte. Erst draußen im Flur, nachdem sie die Tür hinter sich zugezogen hatte, begriff sie, was da gerade passiert war. Der Schmerz in ihrem Brustkorb setzte ein. Sie presste sich die Hand, so fest sie nur konnte, auf den zuckenden Mund, damit niemand hören konnte, dass sie weinte. Da begannen die Tränen zu fließen.

KAPITEL 17

Anjas Tagebuch
Zwei Tage vor Svenjas Ermordung

Heute ist es passiert.
　Heute hat er es getan.
　Ja, ER.
　Du weißt, dass ich mich seit Wochen davor gefürchtet habe. Weil ich wusste, dass er es tun würde. Immerhin hatte er es oft genug angekündigt. Mit seinen ekelhaften Blicken. Mit Gesten. Und als wir einmal für einen ganz kurzen Augenblick lang alleine gewesen waren, auch mit Worten.
　Seitdem habe ich alles daran gesetzt, nicht mehr alleine mit ihm zu sein. Unter keinen Umständen. Niemals wieder.
　Aber heute war es trotz all meiner Bemühungen wieder so weit. Ich war unvorsichtig gewesen. Hatte nicht aufgepasst. Und ehe ich begriff, dass da niemand mehr bis auf mich und ihn war, war es schon zu spät.
　Er schloss die Tür.
　Kam auf mich zu.
　Mit diesem grässlichen Lächeln, das keine Freude ausstrahlte.
　Mein Herz klopfte auf einmal ganz wild. Ich bekam es mit der Angst zu tun. Ich machte ein paar Schritte zurück. Doch ich stieß mit dem Rücken gegen die Wand. Er hatte mich fast erreicht. Ich hatte solche Angst, dass ich mir fast in die Hosen machte. Ich zitterte am ganzen Körper. Suchte nach einem Ausweg. Und begriff, dass ich nur einen hatte. Ich musste direkt auf ihn zu und ihn überrumpeln.
　Also fasste ich Mut. Ich machte zwei entschlossene Schritte

und wollte mich im letzten Moment an ihm vorbeidrängen. Doch er fuhr den Arm aus und hielt mich auf. Er stellte sich mir in den Weg. Dann packte er meinen Oberarm und hielt mich fest. So grob, dass ich jetzt einen blauen Fleck an der Stelle habe.

»Wohin willst du?«, fragte er.

Sein ekelhaftes Lächeln wurde breiter.

Ich zitterte noch heftiger und brachte vor Angst kein Wort heraus.

»Bleib doch ein wenig bei mir«, sagte er.

»Ich muss los«, sagte ich.

»Was ist denn so dringend?«, wollte er wissen.

Ich stammelte nutzloses Zeug, wusste aber nicht, was ich sagen sollte.

»Na?«, sagte er.

Bei seinem üblen Atem hätte ich mich fast angekotzt.

»Ich ... ich muss los«, sagte ich.

»Gleich«, sagte er.

Ich wollte schreien.

Da passierte es.

Seit Wochen hatte ich mich davor gefürchtet. Ich hatte gewusst, dass es irgendwann soweit sein würde. Ich war darauf vorbereitet. Trotzdem war ich in diesem Augenblick wie erstarrt.

Er fasste mir zwischen die Beine. So fest, dass es mir durch meine Jeans hindurch wehtat.

Ich stand da wie belämmert. Ich bebte am ganzen Körper. Ich wollte nichts als weg von ihm. Aber ich schaffte es einfach nicht, mich zu rühren. Ich wollte seine Hand wegdrücken. Ich wollte davonlaufen. Ich wollte lauthals losschreien.

Er genoss meine Angst. Das konnte ich ihm ansehen.

»Sch...«, machte er ganz leise und öffnete den Reißverschluss meiner Jeans. »Sch...« Dann fuhr er mit seiner dre-

ckigen Hand in mein Höschen und steckte mir seinen widerlichen, eiskalten Finger zwischen die Beine.

Und ich? Ich schaffte es immer noch nicht aus meiner Starre. Stattdessen begannen mir die Tränen über die Wangen zu laufen.

»Pass gut auf, was ich dir jetzt sage!«, flüsterte er mir ins Ohr. Beim erneuten Geruch seines Atems wurde mir noch übler.

Dann sagte er etwas, das mir einen eiskalten Schauer über den Rücken jagte: »Wenn du auch nur einer Sterbensseele von dem hier erzählst, wird etwas Schlimmes passieren, hast du verstanden! Und weißt du was? Es wird nicht dir passieren. Ich werde es jemandem antun, den du kennst. Und es wird deine Schuld sein, hörst du!«

Dann nahm er endlich seinen ekelerregenden Finger aus mir. Er lachte. Zwinkerte mir zu. Dann wandte er sich von mir ab und verschwand endlich aus dem Raum.

Ich stand da und weinte. Lange. Sehr lange.

Seitdem geht mir sein grauenvoller Atem nicht mehr aus dem Kopf. Und ich frage mich, was wohl Schlimmes passieren wird.

KAPITEL 18

11:25 Uhr

Eine Viertelstunde später saß Evelyn auf der ausgezogenen Couch im Gästezimmer und starrte vor sich hin ins Leere. Ihr Brustkorb hatte sich längst wieder von dem Stoß erholt. Doch sie war immer noch ganz aufgelöst und egal, was sie auch versuchte, sie konnte einfach nicht aufhören zu weinen.
Wegen Hans.
Wegen Hendrik.
Wegen Manuela.
Wegen der toten Rothaarigen. Caroline Sommer, wie sie inzwischen wusste.
Vor allem aber wegen Anja.
Evelyn hatte die Befürchtung, es endgültig mit ihr vermasselt zu haben. Einen kurzen Moment lang war sie zu ihr durchgedrungen. Doch ihre Ungeduld war ihr zum Verhängnis geworden. Jetzt wusste Evelyn: Sie hätte es viel langsamer angehen müssen. So hatte sie weder in Bezug auf ihren Vater etwas herausbekommen noch auf die Frage, wer Anjas Vertrauen missbraucht hatte. Außerdem hatte sie gar keine Möglichkeit gehabt, danach zu fragen, wie es ihr damit ging, dass ihre Freundin immer noch verschwunden war. Und dass sie womöglich ebenfalls in den Fängen des Mörders war. Es musste die Hölle für sie sein. Garantiert machte sie sich große Sorgen. Und sehr wahrscheinlich hatte sie Angst, was unweigerlich zu der Frage führte, woher sie die blauen Flecke hatte. Wer hatte sie derart festgehalten? War es die Person, die Anjas Vertrauen ausgenutzt hatte? Oder jemand anders? Evelyn

konnte es nicht mit Sicherheit sagen, doch sie glaubte, dass sie trotz der Dunkelheit in ihrem Zimmer eine eiskalte Angst in Anjas Augen hatte aufblitzen sehen, als sie daran erinnert worden war. Wer hatte sie in eine derart panische Furcht versetzt? Und setzte diese Person sie weiter unter Druck?

Evelyn hatte nur die besten Absichten gehabt. Doch sie wusste: Sie war zu weit gegangen. Ihr Versuch, sich Anja wieder zu nähern, hatte in einem Desaster geendet. Schlimmer noch: Er hatte sie noch weiter von ihr entfernt. Sie musste alles daran setzen, das wieder geradezubiegen. Nur so würde sie schnellstmöglich an Antworten kommen und wieder ein reines Gewissen haben.

Ein Klopfen riss sie aus ihren trüben Gedanken.

Manuela stand draußen im Flur. »Mama?«

Die Rollen hatten sich vertauscht. Nun war Evelyn es, die in ihrem Zimmerchen saß und niemanden sehen wollte. Sie überlegte, es Anja gleichzutun und einfach nicht zu antworten. Sich einfach schlafend zu stellen. Doch sie verwarf den Gedanken gleich wieder. Sie war kein Kind mehr. Und Schweigen hätte nichts gebracht.

»Mama? Alles okay bei dir?«

»Ja?«, sagte sie. Aber es war bloß ein Gekrächzte. Sie räusperte sich und versuchte es noch einmal. »Ja, danke.«

»Möchtest du mich reinlassen?«

Nein! »Ich bin eigentlich ziemlich müde.«

Stille.

Evelyn lauschte gespannt.

Dann: »Mama, bitte lass mich rein.«

Evelyn schnaufte und wischte sich das Gesicht trocken. Sie kannte Manuela zu gut. Sie würde sich nicht so einfach abwimmeln lassen. Das hatte sie von ihrer Mutter.

»Einen Moment«, sagte sie, schaffte es aber nicht, sich zu erheben. Stattdessen schnaufte sie noch einmal tief durch.

Wischte sich erneut über das immer noch feuchte Gesicht. Und begann, ihre Fingernägel zu kratzen.

»Ist alles okay bei dir, Mama?«

»Jaja, ich komme schon.«

Sie stemmte sich von der Couch hoch und biss die Zähne zusammen, als ihr der Schmerz durch die Hüfte und ihren Rücken schoss. Sie hielt kurz inne und wartete, bis er abgeklungen war. Dann schleppte sie sich zur Tür, sperrte auf und öffnete Manuela.

Eine Sekunde lang, vielleicht zwei, schauten sie sich einfach nur an. Dann trat Manuela auf sie zu und umarmte sie.

Evelyn brach augenblicklich wieder in Tränen aus. Sie schluchzte noch heftiger als zuvor. Und so sehr sie es auch versuchte, sie bekam sich nicht mehr in den Griff.

»Schon gut«, tröstete Manuela sie und strich ihr mit der flachen Hand über den Rücken. »Lass es ruhig raus.«

Und das tat Evelyn auch. All die Anspannung der letzten Jahre, Monate, Wochen, Tage und Stunden brach jetzt in einem gewaltigen Schwall aus ihr heraus. Sie weinte immer heftiger. Ihr ganzer Körper bebte. Und eine bleischwere Erschöpfung überkam sie. Sie konnte sich auf einmal kaum noch auf den Beinen halten.

»Um Gottes willen, bitte setz dich doch!«, sagte Manuela, als sie Evelyns Schwäche bemerkte, und führte sie zur Couch.

Evelyn setzte sich. Vergrub ihr Gesicht in den Händen. Und weinte weiter. Minutenlang.

Als sie sich wieder halbwegs gefangen hatte, nippte sie am Glas Wasser, das Manuela ihr in der Zwischenzeit gebracht hatte. Es dauerte dennoch eine Weile, bis Evelyn sich weiter beruhigt und das Gefühl hatte, zumindest ein paar gerade Sätze herauszubekommen.

Und dann noch einmal ein paar Sekunden, bis Manuela fragte: »Also?«

Evelyn tat so, als würde sie nicht verstehen.

»Willst du mich aufklären?«, hakte Manuela nach.

Evelyn war zu kraftlos und noch viel zu durcheinander, um ihr etwas vorspielen zu können. Alles, was sie Manuela entgegenbringen konnte, war Schweigen.

Aber damit ließ Manuela sich nicht abspeisen. »Ich verstehe das nicht.«

»Was?«

»Einfach gar nichts.«

»Was meinst du?« Natürlich wusste Evelyn ganz genau, was Manuela meinte. Sie wollte bloß noch ein wenig Zeit gewinnen.

»Bitte verkauf mich nicht für dumm!«

»Das tue ich doch gar nicht.«

»Dann sag mir, wieso du ausgerechnet dort im Wald warst? Du kannst doch unmöglich zufällig dorthin geradelt sein!«

Evelyn öffnete die Lippen, doch die Worte blieben ihr im Hals stecken. Also zuckte sie bloß mit den Schultern. Wie Anja zuvor.

»Woher wusstest du, dass …?« Manuela schluckte und griff sich ans Dekolleté. »… dass die Tote dort lag? Ich meine, das … das …« Sie überließ den Rest des Satzes ihrer beider Fantasien.

»Das … wusste ich nicht.«

»Aber dann verstehe ich das umso weniger.«

Ich doch auch nicht!

»Warum warst du dort?«, drängte Manuela auf eine Antwort.

Der Kloß in ihrem Hals schnürte Evelyn zunehmend die Luft ab. »Keine Ahnung, es … es war Zufall.«

»Mama, bitte! Ich bin doch nicht blöd! Hör auf, mich anzulügen!«

»Das tu ich doch gar nicht.«

»Das glaube ich dir nicht. Es war doch kein Zufall, dass du dort warst.«

Evelyn wusste nicht, was sie darauf sagen sollte.

»Seit du gestern angekommen bist, verhältst du dich so ...«, sie schien nach dem richtigen Wort zu suchen, »... so seltsam.«

Evelyn hatte alle Mühe, ihre Tränen im Zaum zu halten.

»Das ist doch nicht nur wegen Papa, oder?«

Sie bekam kaum noch Luft.

»Mama, rede mit mir! Was ist los?«

Evelyn spürte, wie alles, was sich seit ihrem Heulanfall erneut in ihr aufgestaut hatte, hinaus wollte. Jetzt sofort. Sie wusste: Sie sollte Manuela endlich von dem merkwürdigen Vorfall am Bahnhof berichten. Davon, dass sie den Verdacht hatte, dass Hendrik eine Affäre hatte – und zwar nicht mit irgendjemandem, sondern mit der Frau, die sie ermordet und mit ausgestochenen Augen im Wald gefunden hatte. Sie sollte ihr verraten, dass Hendrik in der Nacht heimlich telefoniert hatte und das Gespräch alles andere als normal gewesen war. Sie sollte ihr sagen, dass er sich nur wenig später heimlich aus dem Haus geschlichen hatte und mit dem Fahrrad abgehauen war. Und, dass er offenbar zu den Tennisplätzen geradelt war. Genau dorthin, wo sie nur wenige Stunden später die Leiche seiner wahrscheinlichen Affäre gefunden hatte.

Manuela hatte verdammt noch mal das Recht, all das zu erfahren. Sie musste doch wissen, mit wem sie unter einem Dach lebte und vor allem das Bett teilte. Und dennoch brachte Evelyn nichts davon über die Lippen. Stattdessen brach sie nur schon wieder in Tränen aus, weil sie dem Druck nicht länger standhielt.

Es fühlte sich so falsch an, Manuela zu belügen. So unglaublich falsch. Dennoch konnte sie ganz einfach nicht anders. Nicht jetzt. Nicht hier.

Manuela hatte sie wieder in den Arm genommen.

»Es ... es geht ... schon«, log Evelyn und löste sich aus der Umarmung. Weil Manuelas Blick verriet, dass sie ihr ganz offensichtlich nicht glaubte, fügte sie noch hinzu: »Du musst dir keine Sorgen um mich machen. Es geht mir gut, wirklich.«

Das war wohl eine der größten Lügen ihres Lebens. Nichts war gut. Und ziemlich sicher würde es das auch nie wieder sein.

Alleine schon der Gedanke daran, was sie Manuela würde antun müssen, brach Evelyn das Herz. Sie musste ihr alles erzählen. Wirklich alles. Und damit würde sie ihre Welt zum Einsturz bringen. Für immer zerstören, was sie sich in all den Jahren aufgebaut hatte. Sie würde ihr damit das Herz brechen und noch so viel mehr.

Aber nicht jetzt!

Erst noch wollte sie die vielen Fragezeichen in ihrem Kopf loswerden. Sie brauchte Antworten. Die Zeit der Ungewissheit war vorbei. Sie würde nicht länger davonlaufen. Sondern tun, was sie tun musste. Sie würde Hendrik zur Rede stellen.

Jetzt!

KAPITEL 19

11:40 Uhr

Kaum, dass Manuela sie endlich alleingelassen hatte, war Evelyns Mut auch schon wieder am Schwinden. Ihr graute davor, Hendrik gegenüberzutreten und ihm alles an den Kopf zu werfen. Sie fürchtete sich davor, wie er wohl darauf reagieren würde.

Sie wollte einfach nur alleine sein und vergessen.

Sie verstand sich selbst nicht. Warum bloß ging sie nicht den unkomplizierten Weg? Wieso sah sie nicht einfach weg? Weshalb wartete sie nicht die paar Tage ab, bis sie wieder zu Hause war? Und redete sich dann ein, dass sie bloß alles falsch verstanden und interpretiert hatte? Immerhin war das ja auch die logischste Erklärung für alles. Es konnte Hunderte Gründe für Hendriks Streit mit dem Mordopfer am Vorabend geben. Eine unschön beendete Affäre war nur einer davon. Telefoniert konnte er im Grunde mit jedem haben. Auch dafür, dass das Mordopfer ausgerechnet dort gelegen hatte, wohin ein Hinweis an seinem Fahrrad sie geführt hatte, konnte es so viele andere Ursachen geben. Evelyn wollte zwar leider nicht eine einzige dieser Ursachen einfallen. Aber was hieß das schon? Immerhin stand sie seit Wochen und Monaten neben der Spur und sie hatte in der letzten Nacht kaum geschlafen. Da konnte einem der Verstand schon einen Streich spielen. Oder?

Du drehst langsam durch, merkst du das nicht?

Sie kannte die Ermordete doch gar nicht. Und genauso wenig kannte sie Lena, die Nachbarstochter. Was zum Teufel kümmerte sie also deren Schicksal?

Sie sollte einfach wegsehen. Sie sollte endlich einmal an

sich denken. Hatte sie denn nicht das verdammte Recht darauf, endlich auch mal wieder ein wenig glücklich zu sein?

Sie wollte sich ablenken und sich am Handy ein wenig durch das Internet klicken. Doch das ging mächtig in die Hose, denn sie gelangte direkt auf die noch von der Nacht offenen Tabs. Sofort war sie wieder im Teufelskreis gefangen und klickte sich durch die vielen erschreckenden Schlagzeilen. Mit jeder schlug ihr Herz ein klein wenig schneller.

WO STECKT LENA?
IST LENA IN DER GEWALT DES AUGEN-KILLERS?
EXPERTEN SICHER: HABEN ES MIT SERIEN-KILLER ZU TUN!

Und dann:

ELTERN DER VERSCHWUNDENEN LENA FLEHEN: LASS UNSERE TOCHTER FREI!

Evelyn klickte auf den Artikel, in dem ein Video eingebettet war. Darunter stand: Eltern der vermissten Lena (16) bitten möglichen Entführer in einem dramatischen Appell um ihre Freilassung

Evelyns zitternder Finger schwebte über dem Display. Lange. Sehr lange. Sie wollte das nicht. Sie wollte den Schmerz der Eltern nicht sehen. Wollte sich auf keinen Fall noch mehr belasten. Dennoch schaffte sie es einfach nicht, den verdammten Artikel zu schließen und das dumme Handy aus dem Fenster zu schmeißen. Obwohl sie es besser wusste, klickte sie darauf. Und atmete erleichtert durch, weil eine Werbung für einen Schokoladenriegel einsetzte. Aber nach 20 Sekunden war auch der zu Ende.

In dem Augenblick, in dem das Video endlich startete und Evelyn ein gebrochenes, völlig verheultes Paar vor einem einsamen Mikrofon stehen sah, übermannte sie der Schmerz. Noch ehe einer der beiden ein erstes Wort gesprochen hatte, schloss sie eilig den Tab und gleich noch alle anderen.

Aus jetzt, Schluss!
Sie warf das Handy ans andere Ende der Couch. Rieb sich das Gesicht. Gott, sie war so dumm! Was tat sie hier eigentlich? Sie musste dringend ein paar Minuten lang die Augen schließen. Ihr Verstand brauchte dringend ein wenig Pause. Außerdem wuchsen ihre Kopfschmerzen langsam zu einem ernsthaften Problem heran.

Aber erst mal musste sie raus an die frische Luft. Trotz der Affenhitze. Denn im Haus fühlte sie sich von allen Seiten bedrängt. Und sie hatte zunehmend das Gefühl, darin keinen klaren Gedanken mehr fassen zu können.

Sie fasste sich ein Herz. Schlüpfte aus dem Gästezimmer, schlich den Flur entlang, die Treppe hinab und hinaus vor die Tür, ohne von jemandem bemerkt zu werden. Erst, als sie die Eingangstür ganz sachte hinter sich zugezogen hatte und das Schloss einschnappte, atmete sie erleichtert auf. Sie lehnte sich mit dem Rücken gegen die Hauswand und schloss die Augen. Doch kaum, dass sie zur Ruhe gekommen war, drängten sich die unzähligen Fragen in ihren Kopf zurück. Wie ein Schwarm Hornissen. Was, wenn sie sich tatsächlich getäuscht hatte? Wenn das mit dem Tennisplatz bloß ein ganz großer Zufall gewesen war? Und der Sand auf Hendriks Fahrradlenkstange gar nicht das war, wofür sie ihn gehalten hatte? Sie sollte ihn sich noch einmal ansehen.

Evelyn klammerte sich an diesen Strohhalm. Sie schlich um die Ecke. Das Fahrrad stand noch dort.

Doch gleich beim ersten Anblick ahnte sie, dass etwas anders war. Sie ging näher ran. Da entdeckte sie es und trotz der Hitze spürte sie plötzlich einen eisigen Schauer, der ihr den Rücken hochkroch. Gänsehaut entsprang ihrem Nacken. Ihre Augen wurden ganz groß. Der Mund stand ihr offen. Ihre Gedanken überschlugen sich.

Was zum Teufel...?

Tatsächlich!
Hendrik hatte sein Fahrrad geputzt – und das nicht nur oberflächlich. Sondern so gründlich, dass es im grellen Sonnenlicht glänzte. Nicht ein Schmutzfleck, der noch daran zu entdecken war. Und vor allem: Keine Spur mehr von dem roten Sand an der Lenkstange.
Nein! Bitte nicht!
Evelyn konnte es nicht fassen. Sie ging näher ran. Kniff die Augen zu schmalen Schlitzen.
Nichts. Absolut gar nichts.
Wie kann das sein?
»Suchst du etwas?«
Evelyn schrie vor Schreck auf. Sie fuhr herum und sah Hendrik direkt hinter sich.
»Was? Nein ... ich ...«, stammelte sie und wusste nicht weiter.
Ihr Herz klopfte plötzlich ganz wild. Wie zur Hölle hatte er sich so leise an sie heranschleichen können?
»Kann ich dir vielleicht behilflich sein?«, fragte er.
»Nein, ich ... wollte nur ...«
Da glaubte Evelyn auf einmal, die Ahnung eines schadenfrohen Lächelns in seinem Gesicht zu erkennen. Und das ließ schlagartig die Galle in ihr hochsteigen. Nicht nur, dass er ihr mit seinem Verhalten in den letzten Stunden den blanken Horror bereitet hatte. Und dass er damit auch noch das Glück seiner ganzen Familie aufs Spiel setzte. Nein, das reichte ihm offenbar nicht. Jetzt verhöhnte er sie auch noch! Sie konnte es nicht fassen.
»Was soll das?«, fuhr sie ihn an.
»Was meinst du?«
»Warum hast du dein Fahrrad geputzt?«
Er stieß ein gekünstelt verwundertes Lachen aus. »Ist das dein Ernst?«

»Wieso?«

»Du willst ernsthaft wissen, wieso ich mein Fahrrad geputzt habe?«

»Ja. Jetzt sag schon!«

»Na, warum wohl …? Vielleicht, weil es schmutzig war?« Wieder dieses angedeutete Grinsen.

»Halt mich nicht für dumm!«

»Evelyn, ich weiß wirklich nicht, was du hast. Ich würde dich nur bitten, nicht so laut zu …«

»Ich rede so laut, wie ich will!«

»Manuela ist gerade …«

»Manuela kann ruhig wissen, was du treibst!«

»Evelyn, bitte …!«

Offenbar bereute er sein Auftauchen bereits. Seine Selbstsicherheit verblasste allmählich.

»Wieso war da roter Tennissand auf deinem Fahrrad?«

»Ich weiß nicht, wovon du sprichst.«

»Wohin bist du in der Nacht gefahren?«

Für einen Sekundenbruchteil glaubte Evelyn, Überraschung in seinem Gesicht aufblitzen zu sehen. Doch sie verschwand so schnell, wie sie aufgetaucht war.

»Was meinst du?«

»Und mit wem hast du davor heimlich telefoniert?«

Seine Selbstsicherheit war jetzt verschwunden. Und war einer aufkommenden Panik gewichen. Keine Frage, dass Evelyn mit ihren Fragen ins Schwarze getroffen hatte.

»Bitte sei etwas leiser! Manuela könnte …«

Aber Evelyn dachte gar nicht daran, leiser zu sprechen. Sie war so unfassbar wütend auf ihn und redete sich gerade erst so richtig in Rage.

»Was hattest du mit der Rothaarigen zu tun?«

»Gar nichts, verdammt noch mal!«

»Hattet ihr eine Affäre?«

»Bist du verrückt?«
»Sei ehrlich!«
»Nein, spinnst du?«
»Was war das dann gestern am Bahnhof?«
»Gar nichts, das habe ich dir doch schon gesagt!«
»Wieso hast du der Polizei nichts von dem Vorfall erzählt?«
»Was geht das denn die Polizei an?«
»Die Frau wurde verdammt noch mal ermordet!«
Er rang nach Worten, brachte aber keines heraus.
»Warum ...«, setzte Evelyn an.
Und verstummte im selben Augenblick. Plötzlich war sie wie versteinert. Nur ihre Gedanken rasten noch wilder durcheinander als eben noch. Sie wusste, dass sie es vermasselt hatte. Dass alles vorbei war. Und es ihre Familie, jener verkümmerte Teil, der nach Hans' Tod noch übrig geblieben war, nicht mehr gab. Weil sie über Hendriks Schultern hinweg sah, dass Manuela um die Ecke trat. Mit großen Augen und dem Anflug von Panik in ihrem Gesicht. Sie schlug sich die Hand auf den Mund und fasste sich an die Brust. Keine Frage, dass sie zumindest einen Teil ihres Streitgesprächs mitbekommen hatte. Und keine Frage, dass gerade ihre Welt zusammenbrach.

»Was ist hier los?«, fragte sie. Das Zittern in ihrer Stimme verriet, dass sie es gar nicht wissen wollte.

KAPITEL 20

11:56 Uhr

»Manuela«, entkam es Evelyn bloß, und selbst in diesem einen Wort war ihr Zittern nicht zu überhören.

Sie fühlte sich wie vom Schlag getroffen. Wünschte sich nichts sehnlicher, als dass sie niemals das Haus verlassen und Hendrik einfach ignoriert hätte. Doch dafür war es zu spät. Evelyn erkannte an Manuelas Blick, dass sie etwas losgetreten hatte, das nicht mehr aufzuhalten war. Sie suchte nach Worten, fand aber keine. Ihre Lippen zuckten, aber sie brachte einfach kein Wort heraus.

»Wovon redet sie?«, fragte Manuela Hendrik und ging auf ihn zu. Ihre Stimme war kaum mehr als ein Flüstern.

»Was …? Was weiß ich … ich …«, stammelte er.

Sein Gesicht hatte schlagartig jede Farbe verloren. Ganz im Gegensatz zu Manuelas, das knallrot anlief.

Sie wurde lauter: »Was für eine Affäre?«

»Keine Ahnung.«

Sie stand jetzt direkt vor Hendrik und sah ihm tief in die Augen. »Du warst in der Nacht weg?«

»Nein, ich …«

»Wo warst du?«

»Liebling, ich …«

Sie schrie: »Wo zur Hölle warst du?«

»Ich … ich kann dir alles erklären, ich … ich …«

»Sag schon!«

»Bitte, können wir nicht …?«

»Hast du dich mit ihr getroffen?«

»Was? Nein!«

Jetzt kreischte sie regelrecht: »Lüg mich nicht an!«

»Ich ... ich lüge nicht. Ich ...«

Die ersten Tränen liefen Manuela über die Wangen. Gleichzeitig breiteten sich Wut und Schmerz immer weiter in ihrem Gesicht aus.

Evelyn wollte sie am Oberarm greifen, sie in den Arm nehmen, sie von Hendrik wegführen, sie trösten. Aber sie ahnte, dass Manuela gerade für nichts davon empfänglich war.

»Schatz ...«, sagte sie und wusste nicht weiter.

Weil es im Grunde ja auch nichts zu beschwichtigen gab. Hendrik hatte sie hintergangen und sehr wahrscheinlich noch viel Schlimmeres getan. Manuelas Verhalten war absolut berechtigt. Sie hatte das Recht zu schreien. Und sie hatte, verdammt noch mal, das Recht, die Wahrheit zu erfahren.

Obwohl Evelyn es besser wusste, versuchte sie, Manuela nun doch in den Arm zu nehmen. Aber Manuela wand sich sofort aus der Berührung.

»Lass mich!«, fuhr sie sie an. Und dann an Hendrik gerichtet mit wegbrechender Stimme: »Ich will jetzt sofort von dir wissen, was hier los ist!«

»Nichts, was ... was soll denn los sein?«

»Hör auf zu lügen!«

»Ich lüge nicht!«

Ohne Ansatz gab Manuela ihm einen Stoß gegen die Brust. So heftig, dass er zwei Ausfallschritte nach hinten machen musste.

»Liebling, bitte beruhige dich. Ich ...«

»Ich bin ruhig!«, brüllte sie ganz schrill.

»Bitte hör auf zu schreien.«

»Ich schreie, wann ich will!«

»Lass uns reingehen, bitte.«

»Sag mir jetzt sofort, was los ist!«

Evelyn fühlte sich furchtbar. Sie wäre am liebsten im ausgedörrten Erdboden versunken. Wünschte sich ganz weit fort. Doch sie war unfähig, sich zu rühren, und stand da wie festgenagelt. Sie war kurz davor, erneut in Tränen auszubrechen. Weil sie mit ihrem Streit mit Hendrik zu weit gegangen war. Weil sie damit Manuelas Leben zerstört hatte – das Leben ihrer eigenen Tochter. Und weil sie ganz genau wusste: Egal, was sie von nun an tat, das hier würde sich niemals wieder gutmachen lassen. Von jetzt an würde nichts mehr so sein, wie es einmal gewesen war. Nie wieder.

In diesem Moment der tiefsten Verzweiflung, als Evelyn glaubte, dass es nicht mehr schlimmer kommen könnte, da passierte es. Manuela verstummte. Und auch Hendrik sagte auf einmal kein Wort mehr. Ihrer beider Augen wurden ganz groß, die Münder standen ihnen offen. Weil sie Anja sahen, die ebenfalls nach draußen gekommen war. Und weil Anja in diesem Augenblick nichts mehr von dem mürrischen, lustlosen und arroganten Teenager-Gehabe hatte. Nein, jetzt war sie auf einmal wieder ein Kind. Ein Kind, das nicht wusste, was gerade passierte. Ein Kind, das nicht begriff, warum sich seine Eltern so heftig stritten. Ein Kind, das einfach nur wollte, dass sich seine Eltern wieder vertrugen und seine Familie heil blieb. Ein Kind, das glasige Augen hatte.

Manuela und Hendrik brachten kein Wort heraus.

Und auch Evelyn wusste nicht, was sie sagen sollte.

Eine halbe Ewigkeit lang passierte nichts.

Dann brach Anja das Schweigen. »Bitte ... hört auf, euch zu streiten«, sagte sie mit einer tiefen Unsicherheit in der Stimme und holte tief Luft.

»Was ist los?«, fragte Manuela, die ihrer Tochter offenbar ansah, dass es ihr nicht nur um den Streit ging, sondern dass auch etwas Schweres auf ihrem Herzen zu liegen schien.

Sie zog die Nase hoch, dann gleich noch einmal. Evelyn

konnte selbst aus der Entfernung das Beben ihrer Lippen sehen. Und, dass ihre Augen immer feuchter wurden.

»Was ist, Schatz?«, hakte Manuela nach.

Anja hielt ihr Handy hoch. »Valis Mama hat mich eben angerufen, und gefragt, ob ich weiß, wo … wo sie ist.«

»Was meinst du mit *wo sie ist*?«

Wieder zog sie die Nase hoch. Die Tränen liefen ihr jetzt über die Wangen. Sie wischte sich mit dem Unterarm darüber.

»Ach, Schatz!« Manuela nahm sie in den Arm.

»Ihre Mama wollte … sie wollte mir nichts sagen.« Sie schluchzte. »Aber in der … Gruppe von unserer Klasse schreiben sie, dass … dass sie …«

Wieder zog sie die Nase hoch.

»Was schreiben sie?«

»Anscheinend wurde heute Morgen ihr Rad am Waldrand gefunden. Und … und …«

»Was?«

»Einer ihrer Schuhe lag im Gestrüpp.«

»Du meine Güte!« Manuela rang nach Luft und schlug sich die Hand auf den Mund.

»Ich … ich wollte sie anrufen. Aber sie … sie geht nicht ran. Ich komme immer nur in ihre Sprachbox.«

Evelyn stand da wie paralysiert. Ihre Gedanken überschlugen sich. Sie versuchte zu begreifen. Gleichzeitig blitzte das Hintergrundbild von Anjas Computer-Bildschirm vor ihrem geistigen Auge auf. Schnell verdrängte das Mädchen mit den von Akne durchsetzten Wangen und den groben Gesichtszügen die anderen beiden aus dem Selfie in ihrem Kopf.

Hatte der Killer tatsächlich schon wieder zugeschlagen?

Mit dieser Frage fiel ihr Blick auf Hendrik. Der einfach nur dastand. Und vor sich hin ins Leere starrte. Er machte keine Anstalten, auf Anja und Manuela zuzugehen, die einander in den Armen lagen. Ihn schien Valeries Verschwinden gar nicht zu kümmern. So, als ginge ihn das alles nichts an. Vielmehr schien er weiter mit seiner eigenen Misere beschäftigt zu sein.

Evelyn spürte, wie erneut die Wut in ihr hochbrodelte!

Was, verdammt noch mal, ist los mit dir? Jetzt nimm sie schon endlich in den Arm!, hätte sie ihm am liebsten ins Gesicht gebrüllt. Ihn an den Oberarmen gepackt und ihn heftig gerüttelt.

Doch ihre Wut verflog so schnell, wie sie gekommen war. Denn Anja fragte etwas, das Evelyn das Blut in den Adern gefrieren ließ. Und das ihre gesamte Angst in eine ganz andere Richtung trieb.

»Heißt das jetzt, dass ... dass ich die Nächste bin?«

KAPITEL 21

15:09 Uhr

Seit über einer Stunde schon saß Hendrik in seiner Werkstatt im Keller. Jenem Raum, der ein wahres Pulverfass war. Und wagte es nicht, sich zu rühren. Unter keinen Umständen wollte er ein unnötiges Geräusch von sich geben und auf sich aufmerksam machen. Zuvor hatte er sich in einem günstigen Moment aus dem Staub gemacht. Seitdem hoffte er, dass Manuela nicht nach ihm suchen würde. Er fragte sich, wo sie gerade war. Ob sie eins und eins richtig zusammenzählte und wusste, was los war. Und wie es ihr wohl mit all dem ging? Ob sie jemals wieder mit ihm reden würde – erst recht, wenn sie früher oder hoffentlich sehr viel später die ganze Wahrheit herausbekam? Wohl kaum. Sie war ja jetzt schon, bei der bloßen Ahnung eines Bruchteils von dem Großen und Ganzen, regelrecht explodiert. Und sie war so unfassbar verletzt gewesen.

Er versuchte, die Schuldgefühle zu verdrängen. Sie waren gerade das Letzte, was ihm jetzt noch fehlte.

Er wäre jetzt gerne für sie da gewesen. Aber er konnte ihr schlichtweg nicht in die Augen sehen. So eine Lüge brächte nicht einmal er zustande. Nein, er musste jetzt alleine sein. Um die blutverschmierten Bilder zu verdrängen – so, wie er das schon einmal geschafft hatte. Um seine Gedanken zu ordnen. Seine nächsten Schritte zu planen. Und die Gefahrenpotenziale abzuwägen. Vor allem aber musste er eine Lösung für diese verdammte Schatulle finden – der Grund, weshalb das hier ein Pulverfass war. Er musste sie schleunigst loswerden. Egal wie, sie musste verschwinden! Es war ein riesengroßer Fehler gewesen, sie hierher zu bringen. Er hätte sich nicht von seinen Emotionen leiten lassen dürfen. Er hätte es besser wissen müssen! Wenn die Polizei, aus welchem Grund auch immer, auf die Idee kam, das Haus zu durchsuchen, dann war er im Arsch! Und nichts und niemand würde ihn mehr retten können.

Aber nicht nur die Polizei machte ihm zu schaffen. Nein, sein größtes Problem war Evelyn. Sie hatte die Bullen überhaupt erst hierher in sein Haus gebracht. Ja, er hatte sich mit Caros Leiche nicht besonders viel Mühe gegeben. Aber dass Evelyn sie so schnell gefunden hatte, das beunruhigte ihn doch sehr.

Dabei hatte er in den letzten Tagen gedacht, alles im Griff zu haben. Er war zuversichtlich gewesen. Bis Evelyn aufgetaucht war. Schon nach wenigen Stunden war sie dabei, alles zu zerstören. Als hätte er schon gewusst, warum er sie nicht im Haus haben wollte. Er hätte eindringlicher auf Manuela einreden sollen. Jetzt war es leider zu spät dafür.

Er hätte zu gerne gewusst, wo sie gerade war. Was sie dachte. Und was sie wusste. Oder ahnte.

Auch wenn er eine verdammte Scheißangst hatte: Er musste raus. Er musste sie im Auge behalten. Und er würde ihr folgen müssen, sobald sie das Haus verließ. Nur so würde er eine Chance haben, rechtzeitig zu reagieren. Nur so würde er das größte aller Unglücke abwenden können.

KAPITEL 22

19:37 Uhr

PSYCHOLOGIN SICHER: AUGEN-KILLER WIRD WIEDER ZUSCHLAGEN!
Diese Schlagzeile spukte Evelyn pausenlos durch den Kopf. Und sie war sich sicher, dass es nicht nur ihr so ging. Denn nicht nur, dass von Lena weiter jede Spur fehlte und die Hoffnung auf ein Lebenszeichen langsam schwand. Nein, nun war mit Valerie noch ein Mädchen unter mysteriösen Umständen verschwunden. Und das unmittelbar, nachdem eine weitere Leiche gefunden worden war. War es Zufall, dass es ausgerechnet die Zweite aus Anjas Dreier-Clique erwischt hatte? Und hieß das tatsächlich, dass auch Anja in Gefahr war?

Evelyn hatte sich wieder in das ständig zu schrumpfen scheinende Gästezimmer zurückgezogen. Den ganzen Nachmittag über schon versuchte sie dort, ihre Gedanken zu sortieren und Antworten auf ihre vielen Fragen zu finden. Und sie suchte nach Möglichkeiten, die Ereignisse seit ihrer Ankunft neu und vor allem logisch einzuordnen. Doch das wollte ihr einfach nicht gelingen. Nicht nur, weil ihr vor Müdigkeit und Hitze der Schädel brummte und ihr die Augen brannten. Nein, vor allem, weil nichts mehr zusammenzupassen schien. Es war nicht anders möglich: Sie musste sich in Hendrik getäuscht haben. Denn er konnte in der Nacht doch nicht auch noch ein Mädchen verschwinden haben lassen?

Oder?

Wobei ... Was, wenn er einen Komplizen hatte?

Nein, Unsinn! Ihr Verstand ging langsam mit ihr durch! Gleichzeitig fühlte er sich zäh wie Sirup an.

Zudem hatte sie immer noch das Rattern im Kopf. Über zwei Stunden lang hatte ein Polizeihubschrauber bis vor Kurzem noch über der Stadt, dem Wald und der gesamten Gegend seine Schleifen gezogen. Einmal war er sogar direkt über das Haus gebraust und hatte die Wände zum Zittern gebracht.

Evelyn saß hier in diesem kleinen, stillen Zimmerchen. Doch sie konnte sich gut vorstellen, dass in der Stadt seit ihrem grauenvollen morgendlichen Fund Panik herrschte. Sicher waren viele Bewohner den ganzen Tag über auf den Beinen gewesen oder sie waren es noch immer. Um bei der Suche nach der vermissten Lena und dem Mörder zu helfen. Oder einfach nur, um zu gaffen und zumindest so Teil des nervösen Treibens zu sein. Bestimmt waren überall uniformierte Polizisten zu sehen. Und Einsatzfahrzeuge, die durch die Straßen patrouillierten. Garantiert schallten immer wieder Sirenen durch die aufgeheizte, reglose Luft. Und das Gebell von Suchhunden. Wahrscheinlich fielen laufend mehr Reporterteams in die Stadt ein. Männer mit großen Kameras auf den Schultern und Frauen in schicken Kostümen, die jedem, der nicht rechtzeitig ausweichen konnte oder wollte, das Mikrofon vor das Gesicht streckten.

Evelyn war dankbar, dass ihr zumindest das erspart blieb. Gleichzeitig wünschte sie sich einfach nur raus aus diesem Haus, in dem sie immer schwerer Luft zu bekommen schien. Sie war sich sicher, dass sie sich gerade im Epizentrum des Schreckens befand. Und die Antworten nicht in der Stadt oder im Wald, sondern hier im Haus zu finden waren.

Dieser Gedanke machte ihr ungeheure Angst.

Seit über einer Stunde schon spürte sie einen steigenden Druck in ihrer Blase. Bisher hatte sie es mit Müh und Not zurückhalten können. Aber jetzt musste sie schon so dringend auf die Toilette, dass ihre Nieren zu schmerzen und die Augen zu tränen begannen. Sie konnte nicht länger sitzen. Stattdessen ging sie im Zimmer auf und ab und schaffte es so, zumindest noch weitere fünf Minuten herauszuholen. Aber dann war selbst das zwecklos und der Drang zu groß. Sie hielt es nicht länger aus.

Vor Schmerzen gekrümmt hetzte sie zur Tür, legte ihr Ohr ans Türblatt, horchte aber gar nicht richtig, weil sie spürte, dass ihr Höschen bereits ein wenig feucht geworden war. Mit nassen Augen und von einem auf den anderen Fuß zappelnd entsperrte sie die Tür, riss sie auf und sprintete dann durch den Flur ins Badezimmer. Jetzt galt es, keine Sekunde mehr zu verlieren. Sie knallte die Tür hinter sich zu, machte sich untenrum frei, und noch während sie sich auf die Toilette fallen ließ, begann es bereits aus ihr herauszuschießen.

Einen kurzen Augenblick lang verdrängte die Erlösung allen Kummer, alle Sorgen und alle Angst. Selbst die Trauer um Hans war vergessen. Zum ersten Mal seit ihrer Ankunft musste Evelyn an nichts denken. An absolut gar nichts.

Doch kaum, dass sich ihre Blase entleert hatte, setzten auch die marternden Gedanken wieder ein. Vor allem die Fragen, die sie seit dem Streit mit Manuela plagten: Sollte sie besser heute noch abreisen? Falls ja, würde das Manuela recht sein oder sie noch zusätzlich kränken? Und würde sie Manuela und Anja damit im Stich lassen? Waren sie in Gefahr? Würde Hendrik ihnen tatsächlich etwas antun, jetzt da sie offenbar etwas losgetreten hatte? Würde er so eiskalt sein, nur, um ungeschoren mit seinen Verbrechen davonzukommen?

Während sie sich die Hände wusch, fragte sie sich, wo Manuela und Hendrik wohl gerade waren. Anfangs hatte sie die beiden vom Gästezimmer aus noch heftig miteinander streiten gehört. Wenn sie richtig gehört hatte, war dabei sogar etwas zu Bruch gegangen. Doch nun war es sicher schon seit über zwei Stunden still da unten. Sicher saß Manuela irgendwo alleine und weinte. Wahrscheinlich presste sie sich gerade die Hand auf die Lippen, damit niemand sie hören konnte. Und Hendrik ... ja, was machte der wohl gerade? War er überhaupt noch daheim? Sie konnte es nicht einschätzen. Denn auch jetzt, da sie das Badezimmer wieder verließ und zurück ins Gästezimmer huschte, konnte Evelyn von beiden nichts hören. Und auch Anja verhielt sich völlig ruhig. Vermutlich war sie wieder in ihrem Zimmer und starrte im Dunkeln auf ihr Handy. Wohl, um sich mit Freundinnen und Mitschülern auf dem Laufenden zu halten. Oder, um unerbittlich Valeries und Lenas Nummer zu wählen, und zu hoffen, endlich einmal nicht bloß in deren Sprachbox zu landen.

Evelyn fühlte sich wie eine feige Verräterin. Weil sie es gerade einfach nicht schaffte, für Manuela oder Anja da zu sein. Und weil sie wusste, dass sie den beiden zumindest ein Gespräch anbieten sollte. Doch so sehr sie es auch wollte, sie fühlte sich schlichtweg nicht in der Verfassung dafür. Sie war doch selbst heilfroh darüber, zumindest die letzte halbe Stunde tränenfrei überstanden zu haben.

Doch gerade in dem Moment, in dem sie die Tür des Gästezimmers hinter sich schloss, hörte sie, wie draußen eine geöffnet wurde. Ohne darüber nachzudenken, riss Evelyn die Tür wieder auf und streckte ihren Kopf hinaus in den Flur. Es war mehr Instinkt als Absicht.

Anja huschte an ihr vorbei, ohne ihr auch nur einen Funken Beachtung zu schenken.

»Anja, bitte warte«, rief Evelyn ihr nach.

Doch sie tat es nicht.

»Hey, warte!«

Am Treppenabsatz hielt sie schließlich doch inne. Sie schnaufte hörbar genervt und wandte sich nicht zu Evelyn um. »Was ist?«

»Können wir …« Sie holte Luft. »Können wir vielleicht kurz reden?«

»Keine Zeit.«

»Was musst du denn so dringend machen?«

»Geht dich nichts an.«

»Anja, bitte! Ich will doch nur …«

»Kann ich jetzt weiter?«

Evelyn war aufs Neue von Anjas ruppiger Art völlig verunsichert. Ihr ging so vieles gleichzeitig durch den Kopf, dass sie nicht wusste, was sie zuerst fragen sollte. »Hast du etwas Neues von Valerie gehört?«

»Nein.«

»Mist«, murmelte sie mehr zu sich selbst.

»Ja, genau.«

»Möchtest du sicher nicht reden? Ich glaube, es könnte dir guttun, mit jemandem …«

»Keine Lust, danke.«

»Du darfst deine Angst nicht in dich reinfressen.«

Sie schnaufte verächtlich. »Was verstehst du schon von meiner Angst?« Dann machte sie Anstalten weiterzugehen.

»Wohin gehst du?«

»Weiß nicht.«

Evelyn glaubte auf einmal, ganz genau zu wissen, wie Manuela sich am Vorabend am Küchentisch gefühlt hatte. »Du weißt nicht, wohin du gehst?«

Ein genervter Seufzer. »Das kann dir doch egal sein.«

»Ist es aber nicht.«

»Ich will raus hier.«

»Und wohin?«

»Einfach raus, was verstehst du daran nicht? Ist dieses Verhör dann bald vorbei?«

»Aber es wird doch bald dunkel.«

»Und?«

»Weiß deine Mama davon?«

»Frag sie doch!«

»Du solltest besser nicht alleine …!«

Da war Anjas Geduld endgültig aufgebraucht. »Ich kann schon gut auf mich aufpassen«, sagte sie und hetzte die Treppe nach unten.

Evelyn konnte Anjas freche Art nicht fassen. Sie fragte sich, ob sie vielleicht wirklich übertrieb. Doch schon im nächsten Augenblick sagte sie sich: Nein! Solange nicht klar war, was mit Lena und Valerie passiert war, sollte Anja nicht alleine unterwegs ein. Schon gar nicht jetzt, da es bald dunkel wurde.

»Warte!«, rief Evelyn und folgte ihr bis zum Treppenabsatz.

Aber Anja dachte offenbar gar nicht daran. Während sie in ihre mit schwarzem Edding beschmierten weißen Sneakers schlüpfte, versuchte Evelyn noch einmal, sie zur Vernunft zu bringen.

»Anja, Schatz, ich weiß, du hältst mich für lästig. Aber bitte sag mir, wohin du willst!«

Schweigen.

»Bitte sei doch vernünftig! Da draußen treibt ein Mörder sein Unwesen!«

»Der wird schon nichts von mir wollen«, sagte sie und wollte gerade die Tür aufmachen.

»Aber er hat doch auch Lena und Valerie!«

Anja fuhr herum, wurde laut und zeigte mit dem Finger auf sie: »Das weißt du doch gar nicht!«

»Nein, und ich hoffe auch inständig, dass es nicht so ist. Aber bis wir nicht wissen, was mit ihnen passiert ist, sollten wir ganz einfach vorsichtig sein. Denkst du denn, mir macht das Spaß?«

»Gott, du hörst dich ja noch schlimmer als Mama an.«

»Deine Mama hat völlig recht, wenn sie sich Sorgen um dich macht. Du darfst nicht …!«

»Mir reicht es, bis später«, unterbrach Anja sie, riss die Tür auf, schlüpfte aus dem Haus und knallte die Haustür mit voller Wucht wieder zu.

Während der Knall in ihrem Kopf nachdröhnte, stand Evelyn einfach nur da. Sie konnte Anjas Verhalten nicht fassen. Und war hin und her gerissen zwischen Ärger und Sorge. Am liebsten hätte sie ihr nachgerufen, dass sie sich gefälligst endlich wieder benehmen sollte und so nicht mit ihrer Oma und schon gar nicht mit ihrer Mutter zu reden hatte. Immerhin war sie noch ein Kind, egal was sie glaubte. Und sie lebte im Haus ihrer Mutter – da hatte sie sich verflucht noch einmal an Regeln zu halten! Doch so schnell ihre Wut gekommen war, so schnell ebbte sie auch wieder ab. Und die Sorge nahm überhand. Evelyn wurde klar, dass sie aus irgendeinem Grund ein ganz banges Gefühl hatte. Sie ahnte nicht, wie richtig sie damit lag. Sie wusste nur: Sie musste Anja nach.

KAPITEL 23

Anjas Tagebuch
Zwei Tage nach Svenjas Beerdigung

Svenja ist tot.
Svenja ist tot.
Svenja ist tot.
Svenja ist tot.
Svenja ist tot.
Tut mir leid. Aber ich weiß mir einfach nicht anders zu helfen. Ich kann es immer noch nicht fassen. Vielleicht begreife ich ja, was passiert ist, wenn ich es noch hundert Mal hier niederschreibe.
Svenja ist tot.
Svenja ist tot.
Svenja ist tot.
Es wird nicht besser.
Jetzt ist es schon nach drei und ich bin immer noch viel zu aufgewühlt, um schlafen zu können. Dabei habe ich schon in der letzten Nacht nicht mehr als zwei, drei Stunden geschlafen. Mir brummt der Schädel vor Müdigkeit. Ich kann kaum noch einen klaren Gedanken fassen. Und das Schlimmste: Ich bekomme seinen Blick einfach nicht mehr aus dem Kopf. Egal, was ich auch versuche. Wenn ich die Augen schließe, wird er nur noch intensiver.
Svenja ist tot.
Ich habe mich den ganzen Tag über im Zimmer eingesperrt. Erst heute Abend, als Mama und Papa schon im Bett waren, bin ich runter in die Küche. Ich hatte zwar keinen Appetit,

aber mein Magenknurren war schon richtig heftig, weil ich bis dahin noch nichts gegessen hatte. Mir war sogar schon ein bisschen schlecht. Also wollte ich mir zumindest ein Nutella-Brot schmieren und mir eine Cola holen. Dafür braucht man keinen Appetit. Ich wollte nur das Essen holen und dann sofort wieder weg. Aber gleich, als ich in die Küche kam, fand ich Papas Zeitung auf dem Esstisch. Ich war sofort wie versteinert. Ich ahnte schon, dass ich besser keinen Blick drauf werfen sollte. Aber ich tat es trotzdem. Weil sie mich regelrecht anzuziehen schien. Ich konnte einfach nicht widerstehen. Da sah ich die Schlagzeile. Erst nur aus dem Augenwinkel. Und dann, weil ich wie paralysiert darauf zuging und die Zeitung in meine zitternden Hände nahm, aus nächster Nähe.

SVENJA IN IHRER HEIMATSTADT BEIGESETZT – VERSTECKTE SICH IHR MÖRDER UNTER DEN TRAUERGÄSTEN?

Diese fetten Worte erschütterten mich bis ins Mark. Ich machte mir ein wenig in die Hose. Nicht nur sprichwörtlich. Nein, es war wirklich so. Ich zittere jetzt noch, wenn ich an die Worte denke.

Weil ich die Antwort kenne.

Weil ich weiß, dass ER auf der Beerdigung war.

Und weil ich mir sicher bin, dass er mich nicht aus den Augen gelassen hat. Ich konnte seinen Blick die ganze Zeit über auf meiner Haut brennen spüren. Aber ich zwang mich dazu, nicht zu ihm hinüberzublicken. So schwer es auch war, ich habe widerstanden. Erst in dem Moment, in dem Svenjas Sarg unter der Erde verschwand, hielt ich es nicht länger aus. Weil mir auf einmal die Trauer die Kehle zuschnürte und ich mich nach einer Ablenkung sehnte. Aber schon einen Sekundenbruchteil später bereute ich es zutiefst. Es war so dumm von mir!

Weil ich sah, dass ich mich nicht getäuscht hatte.

Er starrte mich tatsächlich an. Selbstsicher und wie so oft mit der Andeutung eines Lächelns im Gesicht. Er sah auch nicht weg, als sich unsere Blicke trafen. Nein, ganz im Gegenteil. Er schien mir meine Angst anzusehen. Er schien sie zu genießen.

Siehst du? Das passiert, wenn du dich nicht an meine Regeln hältst!, machte er mir mit seinem Blick klar.

Ich schaute schnell weg und starrte stur zu Boden.

Ich spürte, dass mein Höschen noch ein wenig nasser wurde.

Ich zitterte immer heftiger.

Dabei konnte ich weiter seinen Blick auf mir spüren. So intensiv, dass mich das grauenvolle Gefühl bis jetzt nicht losgelassen hat.

Ich habe Angst. So große Angst, dass ich es immer noch nicht wage, seinen Namen zu nennen. Nicht einmal hier, nicht einmal dir. Obwohl du wahrscheinlich ohnehin längst weißt, wer ER ist. Richtig?

Ich würde so gerne mit jemandem darüber reden. Doch ich kann es nicht. Auch nicht mit Vali oder Lena. Weil er es herausfinden würde und ich sie dadurch nur in Gefahr bringen würde. Das hat er mir versichert. Und ich zweifle nicht an seinen Worten. Weil ich weiß, dass er ein Monster ist.

Svenja ist tot.

Svenja ist tot.

Svenja ist tot.

Tot.

Tot.

Tot.

Ich fürchte, dass ich die Nächste bin.

KAPITEL 24

19:49 Uhr

Evelyn war sich auf einmal sicher, unbewusst etwas in Anjas Blick entdeckt zu haben, das sie zwar nicht zu interpretieren vermochte, ihr aber ganz und gar nicht gefiel. Sie musste ihr nach! Sie schlüpfte in ihre Schuhe, was mit ihren lädierten Gelenken und dem kaputten Rücken gar nicht so einfach war und viel zu lange dauerte. Als sie es endlich geschafft hatte, stürmte sie aus dem Haus.

Draußen neigte sich der Tag langsam seinem Ende entgegen. Die Dunkelheit schlich sich allmählich heran und brachte die Farben und Konturen zum Verblassen. Nur am Horizont explodierten gerade die Wolken in den kräftigsten Orange- und Rosatönen.

Doch Evelyn hatte keinen Sinn für das prächtige Farbenspiel.

Anja war höchstens eine halbe Minute vor ihr raus. Aber jetzt war sie wie vom Erdboden verschluckt. Evelyn sah sich kurz im Garten um, doch der war menschenleer. Sie lief vor zum Gartenzaun und blickte die Straße in Richtung Stadt entlang, aber weder dort noch in der anderen Richtung war sie zu sehen. Sie glaubte schon, Anja verloren zu haben. Doch dann kam ihr der Gedanke, hinter dem Haus nachzusehen. Sie lief durch den Garten und schlüpfte durch das Tor an der Rückseite des Grundstücks. Dort führte ein Feldweg zwischen Mais- und Weizenfeldern direkt zum Wald.

Sie entdeckte Anja gut 150 Meter entfernt. Sie würde bald den Waldrand erreicht haben.

»Anja!«, rief sie ihr nach.

Sie reagierte nicht.

Evelyn schaute zum Haus zurück. Von Manuela und Hendrik war nichts zu sehen. Sollte sie zurück? Sie holen und um Hilfe bitten? Oder sie zumindest darüber informieren, dass Anja alleine los war? Sie schaute wieder zu Anja. Die hatte den Waldrand gleich erreicht.

Verdammt!

Eine weitere Sekunde lang rang sie mit sich.

Dann hatte sie sich entschieden.

»Anja!«, schrie sie aus voller Kehle. Und lief los. Zumindest versuchte sie das. Aber ihre Schmerzen ließen sie langsamer vorankommen, als sie sich wünschte. »Bitte warte!«

Anja folgte dem Feldweg in den Wald hinein.

Als wenig später auch Evelyn endlich den Waldrand erreicht hatte, war sie völlig außer Atem. Ihr Puls galoppierte wie ein angeschossenes Pferd. Ihr war schwindelig, und die Sicht war wegen der vielen Schatten deutlich schlechter. Sie fürchtete schon, Anja verloren zu haben.

»Anja, bitte warte auf mich!«

Sie bekam keine Antwort.

Mein Gott, was tat sie hier eigentlich? Sie war doch verrückt, bei dieser unsäglichen Hitze wie eine Geisteskranke durch die Gegend zu hetzen! Das machte genau nichts besser! Sie würde niemandem helfen, wenn sie jetzt auch noch einen Herzinfarkt bekäme! Dennoch legte sie sogar noch einen Zahn zu. Ihr Atem pfiff bereits. Trotzdem lief sie weiter und immer tiefer in den Wald hinein. Zumindest noch bis nach der Biegung. Wenn sie Anja dann nicht mehr sehen würde, würde sie umkehren. Und Manuela informieren.

»Anja!«

Evelyn hatte kaum Hoffnung, sie nach der Biegung noch zu sehen. Sie würde längst über alle Berge sein. Wahrscheinlich bald in der Stadt. Umso überraschter war sie, als sie Anja

gut 100 Meter vor sich erblickte. Sie hatte gerade die Hand an ihrem Mund und nahm sie wieder weg. Dabei schien sie am Waldrand etwas zu suchen. Evelyn begriff, dass sie rauchte.
Was zum Henker ...?
Wollte sie deshalb vermeiden, dass Evelyn ihr folgte?
»Bitte warte doch!«
Selbst aus der Entfernung glaubte sie zu erkennen, dass Anja ihr Gesicht zu einer genervten Grimasse verzog. Wahrscheinlich fürchtete sie, jetzt auch noch eine Standpauke wegen des Rauchens zu bekommen. Doch die Zigarette war Evelyn gerade egal. Sie wollte einfach nur, dass Anja mit ihr zurück nach Hause kam.
Dabei war Evelyn völlig klar, wie absurd das war. Denn wenn sie mit ihrer Annahme richtig lag, dann wartete der Mörder bei ihr zu Hause. Warum also sagte ihr ihr Gefühl, dass Anja hier in Gefahr war?
»Geh weg und lass mich in Ruhe!«, rief Anja ihr entgegen.
Evelyn ging weiter auf Anja zu. »Das werde ich, versprochen. Aber bitte komm jetzt mit nach Hause!«
»Bleib stehen!«
»Komm mit mir mit!«
»Ich kann nicht!«
»Warum kannst du nicht?«
»Du sollst stehen bleiben!«
»Du musst auch nicht mit mir reden!«
»Das tue ich sowieso nicht!«
Evelyn und Hans waren Manuela gegenüber nie handgreiflich geworden. Ganz im Gegenteil. Sie war immer voller Unverständnis und Wut gewesen, wenn jemand aus erziehungstechnischen Gründen eine harte Hand guthieß. Niemals wäre das für sie infrage gekommen. Aber jetzt trieb Anja sie an ihre Grenze. Wäre sie in ihrer Reichweite gewesen, hätte Evelyn für nichts mehr garantieren können. Auch wenn sie ganz genau wusste, dass sie damit alles nur noch viel schlim-

mer machen würde. Aber ihr platzte gerade vor Wut der Kragen. Sie musste ihrem Ärger Luft verschaffen.

»Hör doch endlich auf, so stur zu sein!«, brüllte Evelyn. Sie war noch an die 50 Meter von ihr entfernt und war froh darüber. Sie lief nicht mehr, ging aber weiter auf sie zu. Sie wollte die Wut hinunterschlucken. Doch stattdessen wurde sie immer heftiger. »Und benimm dich gefälligst endlich mal wie …!«

Da passierte es. Und alles ging so schnell, dass Evelyn in ihrem Schock keine Zeit blieb, Anja zu warnen.

Anja hatte ihr gerade den Rücken zugekehrt. Weil sie weiterwollte. Da regte sich auf einmal etwas im dichten Gestrüpp am linken Waldrand. Einen Sekundenbruchteil lang glaubte Evelyn, sich zu täuschen. Einen weiteren lang, dass es sich bloß um ein Reh oder ein anderes Tier handelte. Doch dann sprang die schwarz gekleidete Gestalt aus dem Wald heraus auf den Feldweg. Und noch ehe Anja ihn bemerkte, fiel der Angreifer schon über sie her. Anja schrie auf. Die Gestalt riss sie zu Boden und stürzte sich auf sie.

Nein! Nein! Nein!

»Lass sie in Ruhe!«, brüllte Evelyn und stürmte auf die beiden zu.

Anja kreischte hysterisch. Sie schlug um sich, wand sich.

»Ich komme!«, schrie Evelyn. Sie war viel zu aufgeregt, um Angst zu haben.

Sie war vielleicht noch 30 Meter von den beiden entfernt.

»Hilfe!«, schrie Anja hysterisch.

»Ich komme!«, brüllte Evelyn.

Nur noch 20 Meter.

Da ließ die dunkle Gestalt plötzlich von Anja ab. Sie richtete sich auf. Schaute Evelyn kurz an. Und verschwand mit einem Satz im Wald.

»Hilfe!«, kreischte Anja, immer noch voller Panik in der Stimme, und krümmte sich auf dem Feldweg.

»Ich bin da, Kleines!«, schrie Evelyn. Da hatte sie Anja erreicht. »Um Gottes willen, geht's dir gut?«

Sie lag immer noch auf dem Boden. Ihr Gesicht war rot angelaufen und vermutlich von einem Kieselstein zerkratzt. Sie blutete ein wenig. Ihre Augen waren glasig. In ihrem Blick lag eiskalte Angst.

»Geht es dir gut, Schatz?«

Anja stand noch unter Schock.

»Wer war das?«

Sie sagte nichts.

»Hast du ihn erkannt?«

Sie hechelte. Und zitterte. Panik beutelte sie immer noch.

»Wo ist er hin?«, fragte Evelyn mehr zu sich selbst und schaute in den Wald. Aber die Bäume standen so dicht, dass sie ihn nicht mehr entdecken konnte.

»Ist er …?«, flüsterte Anja voller Angst.

»Er ist weg, keine Sorge«, sagte sie, obwohl sie selbst nicht so recht daran glaubte. In Wirklichkeit ahnte sie: Sie mussten schleunigst aus dem Wald raus! »Los, komm!«

Anja sträubte sich noch. Ihr ganzer Körper war angespannt.

»Er … er kommt wieder«, stammelte sie.

»Mach dir keine Sorgen!«

Anja begann zu weinen.

»Hast du ihn erkannt?«

»Nein, ich … nein …«

War es dein Vater?, wollte Evelyn fragen, ließ es aber lieber. Es war zu absurd.

»Komm schon, hoch mit dir!«, sagte sie stattdessen und reichte ihr die Hände. »Wir müssen hier weg!«

Aber Anja war immer noch vor Angst wie gelähmt. Sie weinte immer heftiger und zitterte am ganzen Körper.

Evelyn packte ihre Hände und wollte sie aus eigener Kraft hochziehen. »Komm!«

Doch das jagte ihr einen Schmerzblitz durch das Kreuz. Und Anja entzog sich ihr wieder. Evelyn kamen die Tränen vor Schmerzen. Aber sie biss die Zähne zusammen. »Bitte sei doch vernünftig! Ich verstehe ja, dass du Angst hast. Aber wir müssen hier weg!«
»Warum ... warum ... tut er das?«
»Wer?«
»Was habe ich ihm denn getan?«
»Wem?«
Anja stammelte etwas. Aber sie weinte so heftig, dass Evelyn kein Wort verstand.
»Wen meinst du?«
Anja sagte nichts.
»Schatz, das ist wichtig! Sag es mir! Hast du erkannt, wer dich angegriffen hat?«
Anja antwortete immer noch nicht. Aber auf einmal veränderte sich ihr Ausdruck. Überraschung mischte sich zu ihrer Angst. Ihr Augen wurden plötzlich ganz groß. Ihr Blick ging über Evelyns Schulter hinweg.
Da begriff Evelyn. Doch es war bereits zu spät.
Da war ein Knirschen. Ein metallisches Klappern.
Sie fuhr herum. Ging gleichzeitig in Deckung. Und riss die Arme zur Verteidigung hoch. Aber sie war zu langsam. Sie hatte die Drehung noch nicht einmal zur Hälfte vollendet gehabt, da traf sie bereits der Hieb. Auf den Schädel. Mit einer ungeheuren Wucht.
Evelyn stöhnte auf. Sank auf die Knie. Kippte vornüber. Sie wollte sich noch mit ihren Armen abfangen. Aber sie war zu schwach. Und zu langsam. Sie knallte auf den Schotterweg. Schlug ungebremst mit dem Gesicht auf.
»Oma!«, hörte sie Anja noch von irgendwo weit entfernt rufen.
Ein panischer Schrei erklang.

Dann wurde es dumpf um sie herum. Schwarz.
Und Evelyn verlor das Bewusstsein.

KAPITEL 25

20:02 Uhr

Evelyn hörte ihren Namen. Gleichzeitig regte sich die Ahnung von Gefahr in ihr. Erst klang es, als käme die Stimme von irgendwo weit entfernt. Sie konnte kaum verstehen, was sie sagte. Nur ganz langsam wurden die Worte klarer. Bis sie ganze Sätze zu verstehen glaubte. Es klang wie »Sollten wir nicht lieber die Rettung rufen?« Aber das ergab keinen Sinn. Genauso wenig wie das »Und am besten gleich auch die Polizei!«

Evelyn begriff nicht. Träumte sie? Ihre Aufmerksamkeit schweifte wieder ab. Die Dunkelheit kehrte zurück. Die Ohnmacht wollte sie wieder in ihren Abgrund ziehen. Sie war kurz davor, erneut wegzutreten. Doch dann rüttelte sie jemand.

»Evelyn, wach auf!«

Sie wollte nicht. Sie wollte einfach nur liegen bleiben und schlafen. Ja, endlich schlafen. Gleichzeitig war da eine dumpfe Ahnung von Gefahr in ihr. Und ein mieses Gefühl machte sich in ihrem Magen breit.

»Evelyn, verdammt!«

Herrgott! Sie wehrte sich gegen das Wachrütteln. Denn es war so unglaublich verführerisch, einfach liegen zu bleiben. Und die Augen geschlossen zu halten. Gleichzeitig war sie sich immer sicherer, dass sie das nicht durfte.

»Evelyn!«

Wer zum Teufel war das? Und warum konnte er sie nicht einfach in Ruhe lassen?

»Ja, so ist's gut, lass die Augen offen!«

Aber das schaffte sie nicht. Weil ein schmerzhaftes Dröhnen durch ihren Schädel jagte. Und es das fahle Tageslicht nur noch schlimmer machte.

»Hast du gesehen, wer euch angegriffen hat?«, hörte sie jemanden fragen.

Euch? Angegriffen?
Mein Gott!
Scheiße!

Da war die Erinnerung schlagartig zurück. Und die Angst. Evelyn begriff: Die dunkle Gestalt, die Anja angegriffen hatte, musste sie außer Gefecht gesetzt haben. Sie musste ohnmächtig gewesen sein. Und noch etwas war ihr jetzt klar: Es war Hendrik, der sie rüttelte und unaufhörlich auf sie einredete!

Warum zum Teufel …?

Sie riss die Augen auf. Erblickte ihn. Und gab ihm einen kräftigen Schubs, sodass er nach hinten fiel und auf seinem Rücken landete.

»Bleib weg von mir!«

Sie stieß sich mit den Beinen rückwärts von ihm weg.

»Hey, was …?« Er raffte sich hoch.

»Bleib bloß weg von mir!«, schrie sie ihn an.

Dabei drohte ihr Schädel zu explodieren. Sie presste sich die Hände gegen die Schläfen und kniff die Augen zusammen.

»Ganz ruhig!«, sagte er und kam ihr nach.

»Komm mir nicht zu nahe!«

»Das tue ich doch gar nicht!«

»Wo ist Anja?«

»Sie ist in Sicherheit!«

Evelyn betonte jedes Wort: »WO IST SIE?«

»Sie ist zu Hause. Ihr geht es gut.«

»Hast du uns angegriffen?«

»Was? Nein, verdammt!«

»Du warst es!«

»Drehst du jetzt völlig durch?«

»Wieso bist du dann hier?«

»Weil Anja heimgelaufen ist und mir alles erzählt hat.«

Evelyn hatte das Gefühl, dass sie jede Info einzeln aus ihm herauspressen musste. Hier stimmte doch etwas nicht!

»Was hat sie dir gesagt?«, fuhr sie ihn an.

»Na, dass ihr angegriffen wurdet. Und dass du bewusstlos bist. Was du ja auch bis eben noch warst.«

Alles, was er sagte, klang logisch. Und dennoch war Evelyn voller Zweifel. Ihr schwirrte der Kopf. Hendrik hätte doch niemals seine eigene Tochter angefallen, nur um von sich als Täter abzulenken, oder? Falls doch: Wie hatte er es unbemerkt vor Anja nach Hause geschafft, um dort den Ahnungslosen geben zu können? Und falls er die Wahrheit sagte: Wer hatte sie dann angegriffen?

»Komm schon, ich helfe dir hoch!«, sagte er.

Sie starrte seine ihr entgegengestreckten tätowierten Arme an und wusste nicht weiter. Irgendetwas stimmte hier nicht. Nur was? Ihr Verstand ratterte, doch sie kam einfach nicht darauf, was es war.

Sie nahm seine Hilfe immer noch nicht an. Und das, obwohl sie sich im Klaren darüber wurde, dass ein spitzer Stein sich in ihre linke Gesäßhälfte bohrte. Sie verlagerte ihr Gewicht, holte ihn hervor und warf ihn an den Wegrand.

»Also, was ist jetzt?«, drängte er sie. »Darf ich dir wieder auf die Beine helfen, oder schaffst du es alleine?« Und weil er sich scheinbar dazu verpflichtet fühlte, bot er ihr noch an: »Oder soll ich lieber eine Rettung rufen?«

Die würde dann höchstens seine Rolle als *Retter in der Not* bestätigen, dachte Evelyn. Es würde aber auch bedeuten, dass sie in Sicherheit war. Es wäre sicher das Vernünftigste gewesen, sich von der Rettung abholen zu lassen. Und die

Nacht im Krankenhaus zu verbringen. Aber das hätte geheißen, Manuela und Anja im Stich zu lassen.

»Und?«, hakte Hendrik nach und bemühte sich erst gar nicht mehr, seine wachsende Gereiztheit zu verbergen. »Was machen wir jetzt?«

»Danke, ich schaffe das schon alleine.«

Er schnaufte genervt. »Wie du willst.«

Sie zögerte noch einen Augenblick lang. Weil sie immer noch nicht so richtig begriffen hatte, was gerade passiert war. Und weil die Angst ihr zur Vorsicht riet. Sie sah aber schließlich ein, dass sie ohnehin keine andere Wahl hatte. Sie wollte sich deshalb gerade hochraffen.

Da erstarrte sie in der Bewegung.

Weil sie auf einmal eine zweite männliche Stimme hörte. Direkt hinter ihr!

KAPITEL 26

20:06 Uhr

»Gut, also ... wenn ich nicht mehr gebraucht werde, dann werde ich auch mal los ...«, sagte der Mann in ihrem Rücken.

Sie fuhr herum. Und raffte sich gleichzeitig vom Schotterboden hoch. So schnell, dass ihr dabei schwindelig wurde.

»Wer zum Teufel sind Sie?«, entfuhr es Evelyn und sie machte dabei einen Ausfallschritt zur Seite.

Jetzt begriff sie auch, weshalb sie das Gefühl gehabt hatte, dass etwas nicht stimmte. Als sie eben zu sich gekommen war, hatte sie doch eine zweite männliche Stimme gehört. Hendrik hatte mit jemandem gesprochen. Und dieser jemand hatte »Sollten wir nicht lieber die Rettung rufen? Und am besten gleich auch die Polizei!«, gesagt. Es war die Stimme dieses Mannes gewesen.

Alle Alarmglocken in ihr schrillten. So laut, dass sie keinen klaren Gedanken mehr zu fassen vermochte. Sie riss ihren Blick zwischen Hendrik und dem Fremden hin und her. Machte dabei ein paar kleine Schritte rückwärts, bis sie am Wegrand angekommen war und dünnes Geäst aus dem Unterholz in ihrem Rücken spürte.

»Bitte entschuldigen Sie, ich ... ich wollte Sie nicht erschrecken«, stammelte er.

Der Fremde war etwa so groß wie Hendrik, wog aber sicher gut zehn Kilo mehr. Er hatte ein speckig glänzendes Gesicht mit eng zusammenliegenden, dunklen Knopfaugen und einer viel zu klein wirkenden Nase. Seine Lippen waren so schmal, dass es aussah, als wäre sein Mund bloß ein

Strich in seinem Gesicht. Evelyn glaubte, eine Lücke zwischen seinen Vorderzähnen zu erahnen. Aber was wusste sie schon, ihre Brille lag auf der ausgezogenen Couch. Was sie noch sicher sagen konnte, war, dass er kurz geschnittenes schütteres Haar hatte. Und wenn sie das richtig sah, war da nicht der leiseste Ansatz eines Bartes in seinem Gesicht zu entdecken.

»Ich will wissen, wer Sie sind«, fuhr Evelyn ihn an.

»Das ist Jens Kramer«, sagte Hendrik.

Evelyns Blick hetzte immer noch zwischen ihm und dem Fremden hin und her. *Kramer.* Der Name kam ihr von irgendwoher bekannt vor. Aber sie kam nicht darauf, woher.

»Ich ... ich bin der Mathematiklehrer Ihrer Enkelin.«

Klar doch!

Anja hatte sich über ihn beschwert, als sie am Vorabend nach Hause gekommen war und Hendrik sie nach der Schularbeit gefragt hatte. Er habe ihnen Aufgaben zur Schularbeit gegeben, die sie zuvor so nie durchgemacht hätten. Einen »miesen Arsch« hatte sie ihn genannt.

Doch trotz – oder vor allem wegen – dieser Erinnerung hatte Evelyn das Gefühl, gar nichts mehr zu verstehen.

»Was machen Sie hier?«, wollte sie wissen.

»Er war schon hier, als ich dich erreicht habe«, sagte Hendrik.

Eine Erinnerung schoss Evelyn ein: »Ihr habt keine Ahnung, wie er wirklich ist!« Hatte Anja nicht das oder zumindest etwas ganz Ähnliches über ihn gesagt?

»Das ... das weiß ich leider auch nicht so genau«, sagte er.

Falls er gehofft hatte, dass sie das zufriedenstellen würde, dann hatte er sich getäuscht. Sie starrte ihn scharf an. Versuchte, das Brummen in ihrem Schädel zu ignorieren. Und wartete auf eine Fortsetzung.

»Es ist ... nun ja, alles ein wenig mysteriös.«

»Jetzt sagen Sie mir endlich, was Sie hier tun!« Aus irgendeinem Grund wusste sie jetzt schon, dass sie ihm nicht glauben würde.

»Ich habe einen Anruf bekommen«, sagte er und weil Evelyns Fragezeichen in ihrem Gesicht offenbar nicht kleiner geworden war, fügte er noch hinzu: »Gut, okay ... also ...« Er atmete tief durch, als müsste er sich erst einmal sammeln, um alles korrekt erzählen zu können. »Ich ... ich habe einen Anruf von einem Unbekannten bekommen, der mir sagte, dass ich hierher kommen solle, wenn ich herausfinden wolle, wo Lena und Valerie stecken.«

Evelyn konnte nicht sagen, woran es lag. Womöglich daran, dass die Geschichte völlig an den Haaren herbeigezogen klang. Vielleicht auch daran, dass ihr Kramer zutiefst unsympathisch war. Womöglich spielte auch Anjas Aussage vom Vorabend eine wichtige Rolle. Wahrscheinlich war es aber die Summe aus allem. Jedenfalls glaubte sie ihm kein Wort.

»Warum haben Sie nicht gleich nach dem Anruf die Polizei informiert?«, wollte Evelyn wissen. Dabei wurde ihr klar, dass man ihr genau dieselbe Frage hätte stellen können.

»Weil der Anrufer genau das sagte: keine Polizei oder die beiden sind tot.«

»Aber ...«, setzte Evelyn an und wusste nicht weiter.

Die ganze Situation schien ihr so furchtbar unlogisch.

»Hören Sie ...«, wieder atmete er tief durch, »ich stehe hier genauso ahnungslos und geschockt wie Sie, das können Sie mir glauben. Ich dachte an einen Scherz-Anruf. Dann komme ich hierher und finde Sie bewusstlos vor.«

Evelyns Hirn hatte gerattert. »Und Sie haben den Anrufer nicht erkannt?«, fragte sie und bemerkte, dass sie dabei unbewusst Hendrik angesehen hatte.

Hatte er Kramer angerufen? Um sich selbst ein Alibi zu geben? War sein Plan noch durchdachter, als sie bisher angenommen hatte? Oder ging ihre Fantasie gerade endgültig mit ihr durch?

»Nein. Nicht im Geringsten«, sagte Kramer. »Aber ich glaube auch, dass er einen Stimmenverzerrer oder so etwas in der Art verwendete. Die Stimme klang doch sehr künstlich.«

»So etwas bekommt man heutzutage ganz einfach online zu kaufen«, brachte Hendrik sich ein. »Ein Klick, und am nächsten Tag bekommt man es geliefert.«

»Das mag sein ...«, sagte Kramer. »Mit solchen Dingen kenne ich mich nicht so gut aus.«

Evelyn glaubte keinem von beiden. Vielmehr fühlte sie sich wie im Publikum eines Laientheaters.

»Also, ich werde jetzt mal zurück in die Stadt und ...« Er kratzte sich am Hinterkopf. »Am besten sollte ich wohl doch zur Polizei.«

»Und was wollen Sie ihr denn erzählen?«, wollte Hendrik wissen.

»Na ja, ich weiß auch nicht. Genau das eben. Dass ich den Anruf bekommen habe und ...«

»Und dass Sie vermuten, dass Sie einem Streich zum Opfer gefallen sind?«

»Es wurde doch jemand angegriffen.«

»Ja, aber wir wissen doch gar nicht ...«, setzte Hendrik an. Da fuhr Evelyn ihm dazwischen: »Auf jeden Fall muss die Polizei informiert werden! Was spricht denn dagegen, um Himmels willen?«

»Ich weiß auch nicht, ich meine ja nur ...«, sagte Hendrik.

Einen Augenblick lang sagte niemand etwas. Sie schauten sich bloß abwechselnd an.

Sekunden verstrichen.

Dann sagte Kramer: »Gut, also wenn Sie wirklich keine Hilfe benötigen, gehe ich jetzt.«

Und ohne ein weiteres Wort wandte er sich ab und ging los.

Besser gesagt, hetzte er los. Evelyn hatte den Eindruck, dass er am liebsten jeden Moment losgelaufen wäre. Den Kopf hielt er dabei die ganze Zeit über zu Boden gesenkt. Nicht einmal, dass er links oder rechts in den Wald geschaut hätte. Dabei wäre das doch die natürlichste aller Reaktionen gewesen, oder? Mit dem Wissen, dass gerade zwei Menschen von einem Unbekannten, der aus dem Wald gestürmt war, angegriffen worden waren, da schaute man sich doch in der Angst, selber angegriffen zu werden, lieber um. Oder?

»Ich mag den Kerl nicht«, sagte Hendrik.

Evelyn ging es genauso. Aber sie ging nicht darauf ein, um Hendrik nicht in die Karten zu spielen. Er war ein Lügner. Das hatte sie seit ihrer Ankunft nun schon mehrmals erfahren müssen. Sie wollte ihm gar nicht erst die Chance geben, sein Lügenkonstrukt noch weiterzuspinnen.

»Gut, also ... wollen wir auch los?«, fragte er.

Sie nickte, weil sie keine Ahnung hatte, was sie sonst hätte tun sollen. Im Moment war es ihr das Wichtigste, Anja wohlauf zu sehen und zu erfahren, wie sie den Angriff miterlebt hatte.

Sie wollte gerade los. Da bemerkte sie im Augenwinkel ein Funkeln auf dem Boden. Nur ganz kurz. Doch es hatte ausgereicht, um ihre Aufmerksamkeit auf sich zu ziehen.

»Was ist?«, wollte Hendrik wissen.

»Nichts«, antwortete sie, tat so, als klopfte sie sich den Staub von ihrem Rock, und kniff die Augen zusammen, um zu erkennen, was da auf dem Boden lag. »Mir brummt nur ein wenig der Schädel.« Zumindest das war keine Lüge gewesen. Und neben der fehlenden Brille wohl auch der Grund, warum sie nicht erkannte, was es war.

»Ist dir nicht gut?«

»Es geht schon.«

»Möchtest du dich lieber wieder setzen?«

»Ich will nach Hause.«

»Sicher?«

»Ja doch.«

Jetzt erkannte sie endlich, was es war: Ein Schlüssel. Ein kleiner Schlüssel, um genau zu sein. Er war keine fünf Zentimeter groß. Und dennoch konnte Evelyn ihn nicht einfach ignorieren. Denn es konnte doch kein Zufall sein, dass er ausgerechnet hier lag. Entweder Kramer oder Hendrik musste den Schlüssel verloren haben. Und deshalb machte Evelyn jetzt drei Schritte und tat dann so, als müsste sie sich ihre Schnürsenkel neu schnüren.

»Warte kurz«, sagte sie und ging in die Hocke.

»Soll ich dir helfen?«, fragte Hendrik, weil sie ihr Gesicht schmerzlich verzog.

Sie hoffte inständig, dass er nicht auch den Schlüssel bemerkte. Aber er schien sich ohnehin gar nicht so sehr für sie zu interessieren. Stattdessen bekam sie aus dem Augenwinkel mit, dass er mit starrer Miene Kramer hinterherblickte.

Jetzt oder nie!

Evelyn nutzte die Gelegenheit. Sie griff blitzschnell nach dem Schlüssel und steckte ihn sich in den Schuh. Dann sah sie wieder zu Hendrik auf. Hatte er ihr Manöver mitbekommen? Wenn es so war, dann ließ er sich nichts davon anmerken.

»Bin schon fertig«, sagte Evelyn.

»Gut«, sagte er und half ihr hoch.

»Nichts wie heim«, sagte sie.

Sie konnte es kaum erwarten, Anja wohlauf zu sehen. Und ihre Version dieses seltsamen Vorfalls zu hören. Sie ahnte nicht, dass wieder alles ganz anders kommen würde, als sie erwartete.

KAPITEL 27

Anjas Tagebuch
Drei Tage vor Lenas Verschwinden

Heute trage ich wieder einmal einen Rollkragenpulli. Damit niemand sehen kann, was er mir angetan hat. Dabei würde ich am liebsten genau das Gegenteil tun: mir die Kleider runterreißen und schreien:
Seht her!
Seht mich an!
Seht, verdammt noch mal, was er mir angetan hat!
Ich weiß nicht mehr, was ich tun soll. Ich habe solche Angst, so unfassbar große Angst, dass ich kaum noch schlafen kann. Doch ich darf sie mir nicht anmerken lassen. Und auf keinen Fall darf ich mit irgendjemandem, außer mit dir, darüber reden. Nicht einmal mit Lena oder Vali. Weil er sich dann auch sie holen wird. Das hat er mir erst letzte Woche wieder versichert.
Er ist ein krankes Schwein.
Und Svenja ist tot.
Tot.
Tot.
Tot.
Ihr Garderobenplatz in der Schule ist leer. Er liegt genau gegenüber von meinem. Jeden Tag aufs Neue erinnert er mich daran:
Svenja ist tot.
Trotzdem kann ich es immer noch nicht fassen.
Das Schlimmste dabei: Ich fürchte, dass er sie tatsächlich

nur wegen mir umgebracht hat. Um mir zu beweisen, wozu er imstande ist. Um mir zu zeigen, wie entschlossen er ist.

Die Schuldgefühle machen mich noch verrückt! Ich kann nicht mehr schlafen, und wenn doch, dann habe ich ständig Albträume. Tagsüber kann ich nicht mehr denken. Ich sperre mich in meinem Zimmer ein und kämpfe mich durch einen Heulanfall nach dem anderen.

Dabei frage ich mich immerzu: Warum, verdammt noch mal, sieht es niemand? Wieso merkt keiner, dass er ein falsches Spiel spielt? Er ist nicht der, der er vorgibt zu sein. Begreift denn wirklich keiner, dass sein Lächeln nur aufgesetzt ist?

Warum hilft mir niemand?

Warum?

Svenja ist tot.

Und ich glaube, dass bald wieder jemand sterben wird …

KAPITEL 28

21:40 Uhr

Das Familienfoto an der Wand neben dem Kühlschrank hing immer noch leicht schräg. Von ihrem Platz am Küchentisch aus hatte Evelyn freie Sicht darauf. Unter normalen Umständen hätte sie sich wohl nicht länger zurückhalten können. Sie wäre aufgesprungen und hätte es endlich geradegerückt. Die Schmähkommentare über ihren Ordnungswahn wären ihr wie immer egal gewesen. Aber das hier waren eben keine normalen Umstände. Das hier war die Hölle. Und das Bild war ihr egal.

Alles, was sie wollte, waren Antworten! Um endlich zu verstehen, was hier vor sich ging. Sie war voller Ungeduld. Anja hatte sich in den letzten eineinhalb Stunden in ihrem Zimmer eingeschlossen und sich geweigert, mit ihnen über den Angriff zu reden. Manuela wollte ihr die Zeit geben, die sie brauchte. Und auch die Polizei hatten sie bisher nicht verständigt. Ein Verhalten, das Evelyn überhaupt nicht verstehen konnte. Sie versuchte, Manuela zu überzeugen. Aber egal, was sie sagte, sie hatte den Eindruck, als spreche sie mit einer Wand. Aber auch Kramer schien sich bisher nicht an die Polizei gewandt zu haben, sonst wären doch schon längst Beamte hier aufgetaucht, um ihre Version der Geschichte zu erfahren. Evelyn würde Manuela später noch einmal ins Gewissen reden. Und hartnäckig dabei bleiben. Sie mussten die Polizei verständigen!

Doch erst brauchte sie Antworten von Anja. Denn jetzt war sie endlich aus ihrem Zimmer und zu ihnen in die Küche gekommen. Mürrisch zog sie sich einen Stuhl heran und setzte sich.

»Hast du den Angreifer gesehen?«, wollte Evelyn von ihr wissen.

»Nein«, sagte sie bloß und schüttelte kaum merkbar den Kopf.

»Das hat sie dir doch schon gesagt«, mischte Hendrik sich ein. Er stand an die Kücheninsel gelehnt, hatte die Arme vor der Brust verschränkt und kaute unaufhörlich auf seiner Unterlippe herum. Evelyn hätte es nicht gewundert, wenn ihm bald das Blut über das Kinn gelaufen wäre.

Manuela saß apathisch da und starrte ins Leere. Sie sah schrecklich aus. Das Weiß ihrer Augen war einem Rot gewichen. Dunkle Schatten thronten darunter. Sie hatte auf einmal Tränensäcke bekommen. Und ihre Frisur war ganz zerzaust – sicher, weil sie sich den halben Tag über in ihren Kissen verkrochen hatte.

Es war zum Verrücktwerden! Warum konnte dieses Mädchen nicht einfach von sich aus reden? Wieso mussten sie ihr alles aus der Nase ziehen?

Evelyn konnte nicht sagen, was sie das glauben ließ. Doch sie war sich fast sicher, dass Anja log. Nur warum? Schützte sie jemanden? Oder hatte sie Angst? Falls ja, dann müsste sie sich doch zumindest im engsten Kreise ihrer Familie sicher fühlen. Es sei denn ... ja, es sei denn, jemand, der hier mit ihr am Küchentisch saß, hatte etwas damit zu tun.

Und wieder war sie bei Hendrik angelangt!

»Du musst keine Angst haben, Schatz«, sagte Evelyn. »Du kannst ruhig ehrlich zu uns sein. Wir sind auf deiner Seite. Wir ...«

»Warum unterstellst du mir, dass ich lüge?«

»Das tue ich doch gar nicht!«

»Doch. Du sagst, ich soll ehrlich sein.«

»Bitte, das hast du völlig falsch verstanden. Du ...«

»Jetzt verstehe ich auch noch falsch.«

»Ich will doch nur wissen, wer dich und mich angegriffen hat. Und warum!«

»Das ist doch jetzt egal.«

»Was?«

»Mir geht's doch gut.«

Evelyn konnte diese Aussage nicht fassen. Anja musste noch unter Schock stehen. Anders konnte sie sich ihr Verhalten nicht erklären. Oder sie versuchte, jemanden zu decken.

»War es ein Mann?«, fragte Evelyn, obwohl sie sich sicher war, dass es einer gewesen war. Sie hatte ihn zwar nur maskiert und aus der Ferne gesehen, doch der Angreifer war groß gewachsen. In etwa so groß wie Hendrik. »Was ist mit diesem Kramer, kann es der gewesen sein?«

»Möglich«, warf Hendrik ein.

Evelyn warf ihm einen Blick zu, der so viel bedeuten sollte wie: Sei still, ich rede jetzt mit deiner Tochter!

»Nein, sicher nicht.«

»Wieso bist du dir da so sicher?«

»Kann ich nicht sagen.«

»Aber der Angreifer war doch groß und stark, oder?«

»Was weiß ich.«

Hendrik mischte sich schon wieder ein: »Er war über dich gebeugt, als ich angekommen bin. Das kann ich dazu sagen.«

Evelyn ignorierte seinen Kommentar. Sie wandte sich noch einmal an Anja: »Denk darüber nach, was sagt dir dein Gefühl?«

»Er hat dich ganz leicht ausgeknockt. Also ja, wahrscheinlich.«

»Das könnte jeder gewesen sein«, warf Hendrik ein. Er hatte immer noch nicht von seiner Unterlippe abgelassen.

Manuela starrte regungslos auf die Tischplatte. Sie sah aus, als würde sie jeden Moment in Tränen ausbrechen.

Evelyn hatte bisher versucht, Manuela und Anja zuliebe

ihren Ärger über Hendrik hinunterzuschlucken. Zur Ablenkung hatte sie immerzu an der Kante der Tischplatte herumgekratzt. Doch jetzt half selbst das nichts mehr. Ihre Kieferknochen schmerzten schon vor lauter Anspannung. Sie musste ihrem Frust Luft verschaffen. Hier und jetzt. Und deshalb schlug sie mit der Faust auf den Tisch.

»Was ist denn bloß mit euch los?«

Sie schaute Manuela und Hendrik abwechselnd an. Aber sie beide reagierten nicht.

»Wir müssen die Polizei verständigen!«, drängte sie.

»Nein!«, schrie Anja.

Ihre Eltern sagten weiter nichts.

»Wenn du das machst, rede ich nie wieder ein Wort mit dir!«, drohte Anja mit einem Anflug von Panik in ihren Augen.

»Schatz, ich verstehe ja, dass du Angst hast. Die habe ich auch, das kannst du mir glauben. Aber bitte sei doch vernünftig! Wir müssen …«

»Ich muss gar nichts!«

»Anja, ich will doch nur …«

»Es ist mir egal, was du willst! Ich will, dass du mich endlich in Ruhe lässt.«

»Das kann ich nicht. Es geht hier um …«

»Fahr doch endlich heim!«

Wumms. Das hatte gesessen. Evelyn brauchte einen Moment, um das zu verdauen. Dann brachte sie ein »Was?« heraus.

»Dich braucht gerade niemand hier!«

Das war noch heftiger gewesen.

»Anja«, ermahnte Hendrik sie halbherzig.

Manuela sagte immer noch nichts. Sie sah weiter nicht einmal von der Tischplatte auf. Ihre Augenlider zuckten.

Evelyn brauchte einen Augenblick, um das zu verdauen und sich zu sammeln. Doch sie wusste, dass ihr nicht mehr viel Zeit blieb. Wenn sie tatsächlich noch etwas aus Anja herausbekommen wollte, dann musste das jetzt passieren. Denn sie ahnte, dass Anja jeden Moment aufspringen und wieder in ihrem Zimmer verschwinden würde.

»Was ist mit diesem Kramer?«

Anja wirkte erschrocken. Allerdings nur ganz kurz. Schon eine Sekunde später schien sie sich wieder gefangen zu haben. Und sie hatte wieder ihre mürrische Maske aufgesetzt.

»Was soll mit dem sein?«, fragte Anja zögerlich.

»Kann der hinter allem stecken?«

»Nein!«

Die Antwort kam Evelyn zu schnell und zu entschlossen. Außerdem glaubte sie, eben wieder Angst in Anjas Blick aufblitzen gesehen zu haben.

»Anja, du musst ...«

»Noch einmal: Ich muss gar nichts!«

»Bitte hör mir doch einmal zu. Wir ...«

»Ich gehe jetzt. Mir reicht es«, sagte Anja.

»Nein, bitte bleib hier!«, bat Evelyn.

Aber Anja war schon von ihrem Stuhl aufgesprungen.

»Bitte sagt ihr doch etwas!«

»Lass sie doch«, sagte Hendrik.

Manuela schwieg weiter.

Und Anja stapfte aus der Küche.

Evelyn sah ihr ungläubig nach. Dann schaute sie wieder Hendrik und Manuela abwechselnd an. Ihr Frust stieg gerade ins Unermessliche. »Das ... das ist völlig ... unverantwortlich, was wir hier tun!«

»Ich muss hier raus«, sagte Hendrik und stemmte sich von der Küheninsel ab. Auf halbem Weg aus der Küche wandte er sich noch an Manuela. »Du sagst es ihr, ja?«

Manuela nickte kaum merkbar.

Dann war Hendrik weg.

Evelyn sah auch ihm ungläubig nach.

»Was sollst du mir sagen?«, wollte sie schließlich von Manuela wissen.

Sie öffnete den Mund, ohne etwas zu sagen, und schloss ihn wieder. In ihren Augen sammelten sich Tränen. Ihre Augenlider und ihr Kinn zuckten.

»Manuela, du darfst dich nicht von ihm ...«

»Bitte lass es, Mama«, sagte sie mit belegter Stimme. Es waren die ersten Worte, die sie seit Stunden aus ihrem Mund gehört hatte.

»Was soll ich lassen?«

Sie schwieg wieder.

»Manuela, bitte sei doch vernünftig! Wir müssen ...«

»Mama, ich glaube ...«, unterbrach Manuela sie, brach dann aber ab und holte tief Luft, »also, weißt du ...« Sie wischte sich eine Träne von der Wange.

»Was ist los?«

Manuela schluckte mehrmals.

»Jetzt sag schon!«

Sie holte noch einmal tief Luft.

»Ja?«, drängte Evelyn sie.

»Ich glaube, es wäre das Beste, wenn du morgen nach Hause fährst.«

Das traf Evelyn völlig unerwartet. Wie ein Lkw, der sie mit Vollgas von der Straße fegte.

»Was?«, brach es aus ihr heraus.

Manuela wagte es nicht, Evelyn in die Augen zu schauen. Stattdessen starrte sie wieder nur auf die Tischplatte. Als wäre dort die Lösung all ihrer Probleme zu finden.

»Was hast du da eben gesagt?«

Manuela schluckte mehrmals. Ihr liefen jetzt immer mehr Tränen über die Wangen.

Evelyn wurde wütend. »Ist das auf Hendriks Mist gewachsen?«

»Nein. Wir alle glauben, dass es das Beste für dich ist.«
»Glaubst du das wirklich? Oder bloß Hendrik?«
»Mama, bitte lass es!«
»Nein, sicher nicht!«
»Du brauchst Ruhe. Die können wir dir hier leider nicht bieten.«
»Ich weiß selbst, was das Beste für mich ist!«
»Bitte mach es mir nicht noch schwieriger!«
»Ich bin für euch da!«
»Das musst du nicht.«
»Ich war immer für dich da!«
»Ja, dafür bin ich dir auch unendlich dankbar.«
»Dann hör jetzt nicht auf Hendrik, sondern auf mich!«
»Wir haben dir schon ein Ticket für den Zug morgen um 8:45 Uhr gebucht. Hendrik wird dich zum Bahnhof bringen.«

SONNTAG

KAPITEL 29

1:02 Uhr

Evelyn brummte der Schädel. Vom Schlag, den sie im Wald abbekommen hatte. Vor allem aber vor Erschöpfung. Ihre Augen brannten, und das Zittern, das sie schon vor Stunden erfasst hatte, wollte einfach nicht von ihr ablassen. Wie gerne hätte sie einfach nur die Augen geschlossen, einen Tag lang durchgeschlafen und vergessen. Alles vergessen. Aber das konnte sie nicht. Der Rauswurf – Manuelas Aktion war nichts anderes als das gewesen – war nicht nur ein Schock, sondern vor allem auch ein Weckruf für sie gewesen. Spätestens jetzt begriff sie: Hier war etwas ganz und gar nicht in Ordnung. Die Welt war aus den Fugen geraten. Sie durfte nicht wegsehen, auch wenn das der einfachste Weg gewesen wäre. Sie durfte nicht länger auf ein Missverständnis hoffen. Nein, sie musste den Tatsachen ins Auge sehen. Und sie musste aktiv nach Antworten suchen. Sie fühlte es: Es lag an ihr!

Dabei saß der Schock immer noch tief. Es war, als würde ihr der Schrecken des ganzen Tages erst jetzt so richtig bewusst. Sobald sie die Augen schloss, blitzte das Bild der nackten, blutüberströmten Rothaarigen mit den leeren Augenhöhlen auf der Innenseite ihrer Lider auf. Caroline Sommer. Evelyn wusste, dass das ihr Name gewesen war. Und dennoch brachte sie es nicht über sich, sie so zu nennen – nicht einmal im Geiste. Sie war und blieb die Rothaarige. Jene Frau, die sich in ihre Familie gedrängt hatte und mit der Hendrik Manuela betrogen hatte. Jene Frau, die Anjas Vertrauen als Lehrerin damit missbraucht hatte. Obwohl dieser Frau etwas so Schreckliches widerfahren war, wusste Evelyn, dass sie ihr das niemals würde verzeihen können.

Aber die Rothaarige war nicht das einzige Bild, das sie quälte. Auch die dunkle Gestalt aus dem Wald zuckte immer wieder in ihren Gedanken auf. Doch so sehr sie auch in ihrer Erinnerung kramte und sich zu konzentrieren versuchte, sie konnte einfach nicht das Gesicht hinter der Maske oder ein anderes Merkmal erkennen, das sie weitergebracht hätte.

Evelyn fühlte sich wie in einem Albtraum gefangen. Niemals hätte sie gedacht, dass es je so weit kommen würde, dass Manuela sie aus dem Haus warf. Sie waren doch immer so eng miteinander gewesen, so vertraut. Jetzt das! Es war nicht zu glauben. Und alles nur wegen Hendrik, der sie ganz offenbar manipulierte und gegen sie aufhetzte. Beim Gedanken daran wurde sie so unfassbar wütend, dass sie am liebsten etwas gegen die Wand geschmettert hätte. Gleichzeitig versuchte sie, sich einzureden, dass ihre Abreise tatsächlich auch für sie das Beste sein würde – immerhin hatte sie sich doch seit der Einladung hierher nichts anderes gewünscht, als alleine zu sein. Aber doch nicht so!

Es war zum Verzweifeln! Vor allem, weil sie wusste, dass sie Hendrik nur stoppen konnte, wenn sie mit ihrem Verdacht zur Polizei ging. Aber nicht nur, dass Manuela und Anja dann wohl nie wieder ein Wort mit ihr reden würden. Nein, Evelyns Problem war vor allem auch, dass sie keinerlei Beweise hatte. Sie hatte Hendrik bloß aus dem Haus schleichen sehen. Und sie hatte den Tennissand auf seinem Fahrrad gesehen – dem Fahrrad, das er längst gründlich und sicherlich bis in die kleinste Fuge geputzt hatte. Doch selbst, wenn die Spurensicherung noch Sand darauf finden würde – was würde das schon beweisen? Nichts, bis auf die Tatsache, dass das Fahrrad irgendwann mal in der Nähe eines Tennisplatzes gewesen war. Es würde nicht reichen. Nein, sie brauchte mehr, um seine Schuld zu beweisen. Denn auch den Streit am Bahnhof hatte niemand außer ihr gesehen. Und auch das heimliche Telefonat in der Nacht hatte nur sie mitbekommen. Wahrscheinlich hatte er dafür sogar ein eigenes Handy benutzt – immerhin war er nicht blöd und kannte sich schon von Berufs wegen mit solchen Dingen aus.

Und dennoch: Trotz der aussichtslosen Lage durfte sie den Kopf nicht einfach in den Sand stecken. Dafür stand zu viel auf dem Spiel. Denn was, wenn Hendrik wirklich der Einzige war, der wusste, wo Lena und Valerie steckten? Und was, wenn deren Leben von Evelyns Entscheidung abhing?

Sie ahnte: Sie konnte nur verlieren.

Gegen 2 Uhr hielt sie es nicht länger auf dieser verfluchten ausgezogenen Couch aus. Sie würde noch verrückt werden, wenn sie nicht endlich etwas unternahm. Nur was? Sollte sie tatsächlich ohne Manuelas oder Anjas Einwilligung die Polizei informieren? Sollte sie am besten gleich jetzt los? Sollte sie auf ihre innere Stimme vertrauen, die ihr sagte, dass es trotz mangelnder Beweise das Richtige wäre? Oder sollte sie lieber …? Ja, was denn? Hatte sie denn überhaupt eine andere Wahl? Wie konnte sie nur …?

Halt!

Sie hatte einen Geistesblitz.

Natürlich!

Auf einmal wusste sie ganz genau, was sie zu tun hatte.

KAPITEL 30

2:10 Uhr

Der Schlüssel!
Wie hatte sie den nur vergessen können?
Als sie heimgekommen waren, hatte sie sich möglichst unauffällig den Schuh ausgezogen und dabei darauf geachtet, dass der Schlüssel ja nicht herausfiel. Jetzt schlüpfte sie in dünne Söckchen und kämpfte sich von der Couch hoch. Sie hoffte, dass er immer noch dort war. Wenn sie Glück hatte, war es nicht nur ein einfacher Schlüssel. Sondern auch der sprichwörtliche Schlüssel zur Beantwortung all ihrer Fragen.
Und deshalb nahm sie jetzt ihr Handy, schlich damit durchs Zimmer bis zur Tür und presste ihr Ohr ans Holzblatt.
Nichts zu hören.
Klar, immerhin war es mitten in der Nacht. Womöglich schliefen alle bereits. Oder aber, und das glaubte Evelyn viel mehr, jeder hatte für sich eine schlaflose Nacht voller düsterer Gedanken und Ängste.
Sie würde also besonders vorsichtig sein müssen!
Sie öffnete die Tür einen kleinen Spalt und horchte wieder.
Bis auf das aufgeregte Grillengezirpe, das auch diese Nacht durch das offenstehende Fenster hereindrang, war es still. In Anjas Zimmer lief wieder der Fernseher oder der Computer-Monitor. Aber wie schon in der letzten Nacht war kein Geräusch daraus zu hören.
Evelyn schlüpfte hinaus in den Flur und tapste ihn, so leise sie nur konnte, entlang. Am Treppenabsatz wartete sie wieder einen Augenblick und lauschte gespannt.

Kein Schnarchen, keine Stimmen, keine Schritte, nichts. Nur das Blut, das vor Aufregung wieder in ihren Ohren zu rauschen begonnen hatte.

Bis hierher hatte sie es problemlos in der Dunkelheit geschafft. Bei den Stufen war sie sich nicht so sicher. Weil sie es aber nicht wagte, die Taschenlampenfunktion ihres Handys zu starten, aktivierte sie lediglich das Display. Das fahle Licht genügte ihr.

Sie nahm die erste Stufe wie in Zeitlupe. Wartete erneut. Alles blieb ruhig.

Gott, wenn sie in diesem Tempo weitermachte, dann würde sie zum Morgengrauen nicht fertig sein!

Also, komm jetzt! Mach schon!

Sie schlich hinunter in den Eingangsbereich. Aber ihre Schuhe standen nicht mehr dort, wo sie sie vorhin abgestellt hatte. Kein gutes Zeichen! Doch als sie sie im Schuhkästchen fand und in den Schuh griff, ertastete sie den Schlüssel sofort.

Gott sei Dank!

Doch jetzt?

Sie stand da, den Schlüssel in der Hand, und schaute in die Dunkelheit. Wo würde sie wohl am ehesten das dazu passende Schloss finden? Sie hatte keine Idee. Ihr würde also nichts anderes übrig bleiben, als das ganze Haus auf den Kopf zu stellen.

Was soll's – schlafen kann ich ja ohnehin nicht!

Und so schlich sie gleich einmal in die Küche und suchte dort alle Kästchen, Laden und möglichen Verstecke ab. Immer wieder nahm sie dafür das Licht ihres Handys zu Hilfe. Dennoch war es kein einfaches Unterfangen, weil sie darauf achtgeben musste, nicht das leiseste Geräusch zu verursachen. Aber selbst bei all ihrer Vorsicht klapperte und klimperte ständig etwas. Sie war darüber verblüfft, wie viel Krach sie verursachte, obwohl sie sich so viel Mühe gab.

Zehn Minuten später stahl sie sich ins Wohnzimmer. Aber

auch dort blieb ihre Suche erfolglos. Also schlich sie weiter in die Abstellkammer. Und danach weiter von Raum zu Raum.

Eine knappe Stunde später war sie weiter ohne Erfolg. Und es blieben nur noch vier Räume im ganzen Haus, die sie noch nicht abgesucht hatte. Da war natürlich Manuelas und Hendriks Schlafzimmer – da konnte sie die Nacht über nicht hinein. Und wenn sie es mit dem Rauswurf ernst meinten, dann würde sie sehr lange nicht mehr die Möglichkeit haben, es zu durchsuchen. Auch Anjas Zimmer würde sie, wenn überhaupt, erst im Laufe des Tages durchsuchen können, wenn Anja raus war. Doch das schied im Grunde sowieso für sie aus. Dann war da noch das Gästezimmer – das würde sie gleich noch absuchen, auch wenn sie sich dafür die geringsten Hoffnungen machte. Und schließlich blieb noch der Keller mit Hendriks Werkstatt – ein Raum, den sie überhaupt erst einmal, und das vor vielen Jahren, betreten hatte. Hendrik und Hans hatten damals an Manuelas Wagen herumgeschraubt. Irgendetwas hatte nicht funktioniert, Evelyn konnte sich beim besten Willen nicht mehr daran erinnern. Doch sie wusste noch, dass die beiden damals mitten in der Arbeit waren und nicht vom Wagen weg konnten. Manuela war mit der kleinen Anja gerade unterwegs gewesen – vermutlich zum Einkaufen. Und so hatte Hendrik sie gebeten, einen bestimmten Schraubenschlüssel aus seiner Werkstatt zu holen. Er hatte ihr präzise beschrieben, wo sie diesen finden würde. Es schien dringend zu sein. Die beiden hatten angestrengte Mienen aufgesetzt. Also war sie schnell hinunter in den Keller geflitzt, hatte den Schraubenschlüssel zum Glück gleich gefunden, und war damit wieder hoch zu ihnen geeilt. Sie hatte den Raum gar nicht wirklich wahrgenommen.

Jetzt, viele Jahre später, würde sie ihn sich ganz genau ansehen. Und wenn sie mit ihrem Gefühl richtig lag, dann würde sie dieses Mal nicht nur einen harmlosen Schraubenschlüssel dort unten finden.

KAPITEL 31

3:04 Uhr

Sie tapste zur Kellertür keine fünf Meter von Hendriks und Manuelas Schlafzimmer entfernt. Sie griff die Klinke mit beiden Händen und hielt einen Augenblick lang inne. Von Manuela und vor allem von Hendrik war nichts zu hören. Kein Schnarchen, kein Weinen, nichts. Evelyn fragte sich, ob sie trotz des Streits die Nacht im selben Bett verbrachten. Aber da sie alle anderen Räume bereits durchsucht hatte, musste es wohl so sein.

Weiter!

Evelyn drückte die Klinke nach unten, so vorsichtig sie nur konnte, und wollte die Tür öffnen. Doch sie war verschlossen. Kein Problem allerdings, da der Schlüssel steckte. Beim Aufsperren rutschte ihr dennoch das Herz fast in die Hose. Weil das Schloss ein Klacken von sich gab. Und sich dieses in der Stille der Nacht wie ein gewaltiger Paukenschlag anhörte. Sie wartete einen Moment. Atmete schließlich erleichtert durch, weil es im Schlafzimmer ruhig blieb. Beim Öffnen der Kellertür zog ihr Puls aber gleich wieder an. Denn die Scharniere gaben ein leises Quietschen von sich.

Evelyn erstarrte. Fluchte in sich hinein.

Doch sie hatte Glück. Denn selbst jetzt noch blieb es ruhig im Schlafzimmer.

Jetzt beeil dich doch endlich etwas!

Sie wollte sich gerade wieder in Bewegung setzen. Da glaubte sie plötzlich, ein Knarren zu hören. So kurz und so leise, dass sie sich unmittelbar darauf nicht sicher war, ob es tatsächlich da gewesen war oder ob ihr ihre Angst bloß einen

Streich gespielt hatte. Sie stand da wie versteinert. Starrte die geschlossene Schlafzimmertür an und lauschte erneut in die stockdunkle Stille um sie herum.

Jetzt war da kein Knarren mehr. Und auch sonst nichts.

Sie wartete dennoch noch einen Augenblick und horchte gespannt. Einfach nur, um sicherzugehen.

Es blieb still. Die Schlafzimmertür blieb zu.

Sie versuchte, sich einzureden, dass sie sich getäuscht hatte. Oder dass es bloß das Knarren des Ehebetts gewesen war, weil Manuela oder Hendrik sich im Schlaf von einer Seite auf die andere gewälzt hatte. Sie wollte nicht so recht daran glauben. Aber was hatte sie schon für eine Alternative? Mit ihren vielen Fragen zurück ins Bett zu schleichen? Und dort eine schlaflose Nacht zu verbringen?

Nein, sie würde das jetzt durchziehen!

Also los, mach schon, weiter!

Sie aktivierte wieder das Display ihres Telefons und leuchtete damit die Kellertreppe aus. Weit reichte der Schein allerdings nicht. Die tiefe Finsternis dahinter wirkte wie ein bedrohlicher Schlund. Mit weichen Knien betrat sie die erste Stufe und zog dann hinter sich die Tür zu. Dabei verzog sie das Gesicht voller Anspannung. Erst, als die Tür mit einem kaum hörbaren Schnappen ins Schloss eingerastet war, atmete Evelyn erleichtert durch. Jetzt wagte sie es, die Taschenlampenfunktion zu starten. Grelles Licht strahlte auf. Evelyn konnte nun endlich bis nach unten sehen. Doch das änderte nichts daran, dass ihr mulmig zumute war. Und es mit jedem Schritt, den sie hinabstieg, schlimmer wurde.

Das Haus war nur teilweise unterkellert. Hier unten gab es nur drei Räume. Einen Heizraum, in den Evelyn zwar einen Blick warf, der aber nichts als einen Ölofen enthielt. Eine kleine Waschküche, in der sich die Waschmaschine, der Trockner, ein kleines Waschbecken und zwei Wäschespinnen befanden.

Und natürlich Hendriks Werkstatt.

Als Evelyn sie betrat und wie in Zeitlupe die Tür hinter sich zuzog, hielt sie unbewusst die Luft an.

Da bin ich also ...

Trotz ihrer Nervosität fühlte sie sich nun abgeschieden genug, das Licht anzumachen. Sie drückte den Schalter neben der Tür. Da zuckten grelle Lichtblitze über ihr auf. Die Halogendeckenleuchte schien erst unschlüssig, sprang aber schließlich an und strahlte so grell, dass es Evelyn schlagartig Tränen in die Augen trieb. Sie rieb sie sich, blinzelte, hielt sich die Hand vor und brauchte einen Moment, bis sie sich daran gewöhnt hatte.

Dann wischte sie sich die Augen trocken und sah sich um. An der Wand über der Werkbank hingen fein säuberlich sortiert unzählige Hämmer, Zangen, Sägen und anderes Werkzeug. Von einigem davon hatte Evelyn nicht die geringste Vorstellung, wozu es zu gebrauchen war. Außerdem hingen da ein paar aufgerollte Verlängerungskabel. Fast alles war so sauber, dass Evelyn den Eindruck hatte, dass es noch nie benutzt worden war. Es wirkte mehr wie eine Art Handwerker-Deko. In einem Regal lagen eine Motorsäge, ein Paar Arbeitshandschuhe sowie einige ölverschmierte Lappen. Zumindest die waren also schon mal in Verwendung gewesen. Außerdem standen da ein Benzinkanister, der einen beißenden Geruch verströmte, und einige Umzugskartons. Evelyn zog jeden Einzelnen heraus und warf einen Blick hinein. Sie waren mit weiterem Werkzeug, makellosen Bedienungsanleitungen und anderem Kram gefüllt. Batterien, so viele, dass sie wohl bis an ihrer aller Lebensende reichten. Außerdem jede Menge Computer-Kabel, ausgebaute Laufwerke und andere Dinge, die wohl nie wieder Verwendung finden würden. Nichts davon schien Evelyn von Bedeutung. In einer Ecke stand ein großer Metallschrank. Sie wollte ihn öffnen, aber er war abge-

sperrt. Sie versuchte es mit dem Schlüssel, den sie gefunden hatte, doch der passte nicht in das Vorhängeschloss. Also sah sie sich nach dem richtigen Schlüssel um. Aber der war nicht zu finden. Hier kam sie also vorerst nicht weiter.
Mist!
Also zurück zur Werkbank. Evelyn fiel auf, wie sauber und makellos die Oberfläche der Arbeitsplatte war. Sie sah wie frisch aus dem Baumarkt aus. Wenn überhaupt, dann konnte Hendrik noch nicht oft darauf gearbeitet haben.

Ihre Knie knacksten, und ihren Rücken durchfuhr ein stechender Schmerz, als sie sich nach unten beugte, um zu sehen, was unter der Werkbank war. Dort stapelten sich jede Menge weiteres Werkzeug, ein altes Radio sowie ein steinalter Röhrenfernseher. Dahinter entdeckte sie noch einen zweiten. Außerdem zwei weitere Kanister, die zwar leer waren, aber ebenfalls ein wenig nach Benzin rochen. Auch hier schien nichts zu sein, das zu ihrem Schlüssel passte.

Evelyn wollte schon aufgeben. Es war ja auch wirklich eine Schnapsidee gewesen, mitten in der Nacht durch das Haus zu geistern und es abzusuchen. Noch dazu, weil im Grunde ja jeder den Schlüssel im Wald verloren haben konnte. Er konnte schon viele Tage, Wochen oder Monate dort gelegen haben. Wahrscheinlich war es bloß Zufall gewesen, dass sie ihn gefunden hatte. Und er hatte gar nichts mit dem Angriff auf sie und Anja zu tun.

Zumindest versuchte sie, sich das einzureden.

Sie wollte sich schon abwenden. Endlich zurück auf ihre unbequeme Couch schleichen und versuchen, zumindest noch ein paar Stunden Schlaf abzubekommen. Sie brauchte dringend ein wenig Erholung, um endlich wieder klar im Kopf zu werden. Sie war schon an der Tür. Da stach ihr etwas ins Auge. Ein Haken an der Wand, gleich neben dem Türrahmen. Er war leer. Aber als Evelyn auf den Boden unmittelbar darunter blickte, entdeckte sie dort einen weiteren Schlüssel. Sie hob ihn auf und versuchte, damit den Metallschrank zu öffnen. Und tatsächlich: Der Schlüssel passte.

Na, wer sagt's denn!

Sie spürte, wie ihr Puls wieder anzog. Doch ihre Euphorie verflog schnell wieder, als sie den Schrank öffnete. Auf den ersten Blick konnte sie bloß noch mehr Werkzeug, kleinere Maschinen, die sie nicht benennen konnte, weitere Arbeitshandschuhe und viel anderes Uninteressantes finden. Noch einige schmutzige Lappen zum Beispiel. Und drei zusammengelegte Decken. Sie waren schmutzig, und Evelyn nahm an, dass Hendrik sie zum Unterlegen bei Arbeiten oder Transporten benutzt haben musste. Sie dachte sich nichts dabei, als sie die Erste anhob. Sie tat es mehr geistesabwesend. In Gedanken war sie schon zwei Stockwerke höher auf der Couch. Auch nicht, als sie ihre Hand zwischen die zweite und dritte schob.

Doch als sie mit den Fingerspitzen gegen etwas Hartes stieß, war es, als hätte es ihr einen elektrischen Schlag versetzt. Ein kalter Schauer packte sie. Ihr Herz schlug sofort schneller.

Sie tastete nach dem Teil und holte es hervor. Es war eine Holzschatulle, die dort versteckt gelegen hatte. Sie war vielleicht 20 Zentimeter breit und höchstens 15 Zentimeter hoch. Und: Sie war mit einem kleinen Vorhängeschloss abgesperrt.

Im Keller war es kaum kühler als oben im Haus. Die Sommerhitze hatte sich längst auch hier unten breitgemacht. Dennoch begann Evelyn jetzt zu frösteln. Sie war sich sicher, einen Treffer gelandet zu haben. Nur wusste sie nicht, ob sie sich freuen oder vor dem Inhalt fürchten sollte.

Sie stellte die Schatulle auf der Werkbank ab. Schaute sie einen Augenblick lang an. Atmete tief durch. Rieb sich das Gesicht. Und sprach sich Mut zu.

Jetzt mach schon!

Sie wollte gerade den Schlüssel ins Vorhängeschloss stecken. Da wusste sie plötzlich, dass etwas nicht stimmte. Von einer Sekunde auf die andere. Da war kein Geräusch gewesen, kein Schatten, nichts. Zumindest nichts, was sie bewusst wahrgenommen hätte. Und dennoch war sie sich auf einmal sicher, dass jemand hinter ihr stand.

KAPITEL 32

3:12 Uhr

Evelyn wirbelte herum. Schrie auf vor Schreck. Und erblickte Hendrik, der unmittelbar hinter ihr stand, und sich in der Dunkelheit vor ihr aufbaute.

»Was zum Teufel treibst du hier?«, fuhr er sie an. Obwohl er nur geflüstert hatte, war die Wut in seiner Stimme nicht zu überhören gewesen.

»Ich ... ich ... was?«, stammelte sie und sah sich nach irgendeiner brauchbaren Ausrede um. Doch sie fand nichts. Sie war viel zu überrumpelt dafür.

»Was machst du hier?«

»Ich wollte nur ... ich ...«

»Was?«

Evelyn atmete tief durch und versuchte, sich zu sammeln.

»Was ist in dieser Schatulle?«

»Was?«

»Ich will wissen, was in dieser Schatulle ist.«

»Was weiß ich.«

»Ich will es sehen!«

»Gib sie her.«

»Nein!«

»Los, gib her!«

Er entriss sie ihr.

»Was ist darin?«

»Ich weiß es nicht!«

»Kannst du sie dann bitte öffnen?«

»Spinnst du?«

»Ich würde gerne wissen, was …«
»Und ich will, dass du auf der Stelle meine Werkstatt verlässt.«
»Kannst du mir nicht einfach sagen, was in dieser Schatulle ist?«
»Nein, weil ich es nicht weiß.«
»Dann mach sie doch bitte auf.«
»Sicher nicht!«
»Aber …«
»Du verlässt jetzt bitte meine Werkstatt und legst dich wieder schlafen! Falls du es vergessen hast: Wir müssen morgen früh raus, damit du deinen Zug nach Hause erreichst.«
»Ich werde Manuela und Anja nicht alleine lassen!«
»Sie sind nicht alleine. Ich bin bei ihnen.«
»Eben!«
»Du drehst ja völlig durch, Evelyn!«
»Ich werde hierbleiben.«
»Ich werde dich persönlich zum Bahnhof bringen und warten, bis der Zug mit dir abfährt.«
»Das werden wir noch sehen.«
»Komm jetzt raus hier!«
»Warum sagst du mir nicht einfach, was …?«
»Raus hier!«
Er legte ihr die Hand ins Kreuz und schob sie vor sich her. Sie wollte sich dagegenstemmen, doch er entwickelte auf einmal eine ungeheure Kraft. Er schob sie wie ein Kind vor sich her, und Evelyn war völlig machtlos dagegen. Nicht einmal auf der Treppe ließ er von ihr ab. Sie hatte alle Mühe, nicht aus dem Schritt zu kommen und abzurutschen. Ehe sie sich versah, war sie oben im Flur. Und Hendrik schloss die Kellertür hinter ihnen.

»Und jetzt gute Nacht!«, zischte er und starrte sie entschlossen an.

Evelyn stand einfach nur da. Sie war fassungslos. Weil sie Hendrik so noch nie erlebt hatte. Und weil sie ahnte, dass sie der Antwort auf all ihre Fragen so verdammt nah gewesen war.

»Bitte geh jetzt hoch in dein Zimmer!«, flüsterte er mit Nachdruck und starrte sie immer noch so starr an.

Keine Frage, dass er hier warten würde, bis sie nach oben verschwunden war, war Evelyn sich sicher. Deshalb wandte sie sich ohne ein weiteres Wort von ihm ab. Sie schleppte sich geschlagen den Flur entlang, die Stufen hoch und dann weiter bis auf die Couch im Gästezimmer. Trotz ihrer Niederlage eben war sie sich sicherer denn je, dass Hendrik ein dunkles Geheimnis hütete und Dreck am Stecken hatte. Sie war entschlossener denn je. Sie würde dahinterkommen. Sie würde seine Schandtaten ans Tageslicht bringen. Und alles beweisen können.

Ein Rauswurf würde sie nicht stoppen!

KAPITEL 33

5:45 Uhr

Evelyn warf den Kopf auf ihrem Kissen hin und her. Sie trat im Schlaf aus. Immer und immer wieder.

Schneller!
Unter Evelyns Schritten brachen Zweige. Äste, die im Dunkeln wie aus dem Nichts auftauchten, peitschten ihr ins Gesicht. Kratzten an ihren Wangen. Und an ihren nackten Unterarmen. Der Waldboden war voller Wurzeln, Löcher und anderer Fallen.
Sie war voller Panik.
Konnte seine Schritte hören. Er holte rasch auf.
»Bleib stehen, verdammt!«, schrie er.
Direkt hinter ihr.
Sie wusste: Sie war verloren. Trotzdem rannte sie weiter. Weiter. Weiter. Immer weiter. Ihr Atem rasselte. Ihr Herz hämmerte wie verrückt. Aber sie durfte nicht stehen bleiben. Sie presste die Augen zusammen. Hob die Arme zum Schutz hoch. Schrie. Preschte durch ein dichtes Gestrüpp. Blieb dabei mit dem rechten Bein an etwas hängen. Kam aus dem Gleichgewicht. Strauchelte. Knickte um. Und schaffte es nur mit Mühe, auf den Beinen zu bleiben. Weiterzulaufen. Doch in ihrem Knöchel explodierte eine Schmerzgranate.
Wohin zum Teufel?
»Ich krieg dich so oder so!«, brüllte er.
Sie fuhr im Laufen herum. Sah seine Silhouette. Viel zu nah.
»Hilfe!«, kreischte sie und versuchte, noch schneller zu laufen.

Dabei wusste sie ganz genau, dass da niemand war, der sie hätte hören können. Und, dass er viel schneller als sie war. Sie hatte keine Chance. Jeden Moment würde er sie eingeholt haben.

»Gleich hab ich dich!«

Noch ein Blick zurück.

Scheiße!

Sie brüllte aus voller Kehle: »Hilfe!«

Da passierte es. Sie blieb erneut mit dem Fuß an etwas, wahrscheinlich einer Wurzel, hängen. Und auf einmal ging alles ganz schnell. Sie verlor das Gleichgewicht. Kippte vornüber. Hatte keine Chance, den Sturz abzufangen. Sie knallte mit der Schläfe gegen einen Stamm. Und ein gewaltiger Donner dröhnte ihr durch den Schädel. Ihr wurde schwarz vor Augen. Sie sah Sterne. Schmeckte Blut, weil sie sich auf die Zunge gebissen hatte.

Einen Augenblick lang, vielleicht zwei oder drei Sekunden, war sie außer Gefecht gesetzt. Dann nahm sie trotz der Benommenheit seine Schritte wieder wahr. Das Brechen von Holz. Und sein Keuchen. Viel zu nah.

Los, auf! Sofort!

Sie wollte sich vom Boden aufstemmen. Sich zwingen aufzustehen. Weiterzulaufen. Aber die Beine knickten ihr weg. Die Schmerzen waren schlimmer als zuvor. Die Dunkelheit um sie herum drehte sich. Blut lief ihr warm von der Platzwunde auf ihrer Schläfe hinab.

»Hab ich dich!«, zischte er. Er packte sie.

Mit einer Hand riss er an ihren Haaren. Mit einer solchen Kraft, dass sie glaubte, skalpiert zu werden. Der andere Arm schlang sich um ihren Hals. So fest, dass sich der Kehlkopf anfühlte, als wäre er zu Bruch gegangen. Und ihr augenblicklich die Luft wegblieb. Sie verlor alle Körperspannung. Zerrte kraftlos an dem Arm. Schlug und trat um sich. Doch es half alles nichts. Ihre Schläge fuhren ins Leere. Der Arm bewegte sich keinen Millimeter.

Seine Stimme ganz nah an ihrem Ohr: »Ganz ruhig, alte Frau. Ganz ruhig. Dann geht es schneller, versprochen.«

»Zur ... Hölle ... mit dir«, krächzte sie. So kraftlos, dass es kaum zu verstehen war.

Er lachte.

Doch es hörte sich auf einmal an, als wäre es irgendwo weit entfernt. Als wäre Evelyns Kopf mit einer dicken Schicht Watte umwickelt. Der Druck in ihrem Kopf stieg an. Hitze breitete sich aus. Ein Kribbeln erfasste sie. Und Schwindel. Sie begriff: Es war zwecklos. Sie hatte ihm nichts entgegenzusetzen. Sie war verloren.

Sie schloss die Augen. Wollte sich ihrem Schicksal fügen. Ihr Ende akzeptieren. Da ließ er auf einmal von ihr ab. Aber nicht, um sie in Ruhe zu lassen. Nein, er holte ein Messer hervor. Und hielt die Klingenspitze unmittelbar vor ihre Augen.

Evelyn zuckte zurück. Aber mehr als ein paar Millimeter schaffte sie nicht. Der Griff um ihren Hals war zu fest.

Wieder lachte er und flüsterte ihr ins Ohr: »Deine Augen werden einen ganz besonderen Platz in meiner Sammlung einnehmen, das verspreche ich dir.«

Das war wie ein Weckruf für sie. Ein Weckruf, der die Angst zurückdrängte. Und ihre Lebensgeister zurückbrachte. Wut explodierte in ihr und setzte ungeahnte Kräfte frei. Sie wand sich. Schlug noch wilder um sich. Trat mit beiden Beinen aus. Landete einen Treffer. Dann gleich noch einen. Es gelang ihr tatsächlich, den Druck um ihren Hals zu verringern.

Sie rang nach Luft. Versuchte, sich zu befreien.

Doch schon im nächsten Moment verpuffte alle Hoffnung. Er hatte sich gefangen. Zog den Griff um ihren Hals wieder an. So fest, dass sie den Druck in ihren Augäpfeln spürte.

Er zischte: »Mir reicht es jetzt mit dir, du alte Schlampe! Du bist mir lange genug auf den Sack gegangen.«

»Bitte ... lass Anja ... gehen!«, stöhnte sie.

»Einen Scheiß werde ich!«

»Bitte ... lass sie ...«

»Die kleine Göre ist gleich als Nächste dran! Und ihre Augen werden neben deinen liegen.«

Er holte aus. Das Messer fuhr in die Dunkelheit zurück.

»Bereit zu sterben?«, fragte er und lachte.

Im nächsten Augenblick raste die spitze Klinge auf sie zu. Direkt auf ihr rechtes Auge.

»Stirb!«, schrie er.

Die Klinge traf sie.

Evelyn erwachte mit einem Schrei.

KAPITEL 34

8:00 Uhr

Am nächsten Morgen klopfte es um Punkt 8 Uhr an die Tür des Gästezimmers. Dreimal. Energisch.

Evelyn saß schon länger angekleidet auf der Couch und hatte auf diesen Moment gewartet. Dennoch war sie zusammengezuckt. Doch davon abgesehen rührte sie sich nicht. Sie starrte bloß die Tür an.

»Evelyn?«, fragte Hendrik.

Sie schwieg.

Etwas lauter: »Schläfst du noch?«

Sie sagte nichts.

Das schreckte ihn jedoch nicht ab. Er öffnete einfach die Tür und streckte seinen Kopf durch den Spalt ins Zimmer.

»Ah, gut, du bist schon wach«, sagte er. Seine Augen waren rot unterlaufen, und auf seinem Gesicht lag ein finsterer Schatten »In spätestens 20 Minuten sollten wir los.«

Er wartete ihre Reaktion erst gar nicht ab und schloss die Tür.

Bis eben noch hatte Evelyn Hoffnung gehabt. Aber spätestens jetzt war ihr klar, dass Manuela und er es ernst meinten. Es war unfassbar. Sie würden sie doch tatsächlich rausschmeißen. Und nach Hause schicken.

Und so war es auch. Exakt 20 Minuten später war Hendrik zurück. »Wir müssen jetzt!«, sagte er. Und weil ihm offenbar alles zu langsam ging: »Warte, ich nehme den Koffer.«

Evelyn hatte sich die ganze Zeit über nicht von der Stelle bewegt. Doch jetzt wollte sie sich nicht von ihm helfen lassen.

Nicht von ihm. Sie sagte nichts. Nie wieder würde sie auch nur ein Wort mit ihm reden, hatte sie sich in der schlaflosen Nacht geschworen. Doch als er den Koffer greifen wollte, brach aus ihr heraus: »Ich brauche keine Hilfe!«

»Sei nicht kindisch! Er ist schwer und …«

»Ich nehme meinen Koffer selber!«, spuckte sie ihm förmlich entgegen.

»Wie du meinst.«

Sie sah ihn giftig an.

Aber er ließ sich nicht provozieren. »Bitte komm nur, wir sollten jetzt langsam wirklich!«

Evelyn kochte vor Wurt. Aber sie wusste, dass sie machtlos gegen ihn war. Zumindest jetzt, in diesem Moment. Also schluckte sie ihren Ärger hinunter, griff den Koffer, zog ihn aus dem Zimmer und den Flur entlang. Die Stufen runter ins Erdgeschoss konnte sie ihn nur unter Schmerzen hieven. Doch das war ihr egal.

Sie fragte sich, ob es einen Sinn hatte, Manuela noch einmal ins Gewissen zu reden. Doch die Überlegung erübrigte sich. Denn die kam nur kurz aus dem Schlafzimmer raus und verabschiedete sich mit einer flüchtigen Umarmung. Ihr Körper hatte sich ganz schlabbrig und energielos angefühlt.

»Bitte melde dich, wenn du gut zu Hause angekommen bist, ja?«

Sie sah furchtbar aus. Evelyn war sich sicher, dass auch sie die ganze Nacht über kaum geschlafen hatte.

Manuela beteuerte mit kraftloser Stimme und nassen, rot unterlaufenen Augen, dass ihr alles unendlich leidtat. Dann zog sie sich gleich wieder unter dem Vorwand einer üblen Migräne zurück.

Evelyn sah ihr ungläubig nach, bis sie im Schlafzimmer verschwunden war. Das konnte doch alles nicht wahr sein!

»Bitte lass dir von Hendrik zeigen, was in der Schatulle

ist!«, rief sie Manuela nach, da hatte sie bereits wieder die Schlafzimmertür geschlossen.

Es kam keine Reaktion.

Hendrik nutzte die Gelegenheit, schnappte sich den Koffer, und brachte ihn raus zum Wagen, noch bevor Evelyn protestieren konnte. Sie blieb im Türrahmen stehen. Und versuchte vergeblich zu verstehen, was hier gerade passierte. Sie hatte nicht einmal die Möglichkeit gehabt, sich von Anja zu verabschieden. Der Gedanke daran ließ den Kloß in ihrem Hals nur noch weiter anschwellen.

»Wir müssen jetzt wirklich los«, rief Hendrik und schlug den Kofferraumdeckel zu.

Evelyn schnaufte tief durch. Blieb aber hinter der Türschwelle erneut stehen.

»Bitte komm, der Zug geht in 20 Minuten!«

Sie gab sich geschlagen.

Sie stieg zu Hendrik in den Wagen und ließ sich von ihm zum Bahnhof bringen. Dabei schwiegen sie beide die ganze Fahrt über.

Erst, als sie nach einer gefühlt endlosen Fahrt am Parkplatz ankamen, genau dort, wo mit Hendriks Streit mit der Rothaarigen der Horror für Evelyn begonnen hatte, hielt sie es nicht länger aus. Hendrik sprang, kaum dass er den Wagen zum Stehen gebracht hatte, raus und hievte den Koffer aus dem Kofferraum. Evelyn folgte ihm. Da brach es aus ihr heraus.

»Bitte sag mir jetzt endlich, was hier los ist!«

Er sagte nichts.

»Jetzt sag schon!«

»Ich weiß wirklich nicht, was du dir da für ein Hirngespinst in den Kopf gesetzt hast, aber ...«

»Hör auf, mich für dumm zu verkaufen!«

»Du brauchst Ruhe, das ist alles.«

»Ich weiß selbst, was ich brauche: die Wahrheit!«

»Evelyn, ich bitte dich!«
»Was?«
»Lass es.«
»Das würde dir so gefallen, was?«
Er schnaufte. Versuchte, sich von ihren scheinbar absurden Anschuldigungen genervt zu geben. Doch ihr konnte er nichts vormachen. Sie durchschaute ihn. Sie sah, dass er voller Anspannung war. Sein ganzes Gehabe war doch nichts als Fassade.
»Hendrik!«
»Hör endlich auf, Evelyn!«
»Dann rede mit mir!«
»Dein Zug fährt von Bahnsteig 2.«
»Warum willst du mich loswerden?«
»Wir wollen dich nicht loswerden. Aber du brauchst Ruhe. Die können wir dir im Moment leider nicht bieten.«
»Ist das deine oder auch Manuelas Meinung?«
»Manuela geht es nicht gut, wie du vielleicht bemerkt hast. Auch sie braucht jetzt Ruhe.«
»Manuela geht es wegen dir so dreckig! Und ich brauche keine Ruhe. Ich brauche Antworten!«
»Auch die kann ich dir nicht liefern.«
»Du lügst!«
»Bitte, Evelyn!«
»Was hattest du mit der Rothaarigen zu tun?«
Er ignorierte sie.
»Ihr hattet doch eine Affäre!«
Er schwieg.
»Ich weiß es!«
»Du weißt gar nichts.«
»Ich könnte zur Polizei gehen.«
»Das tust du nicht.«
»Und ob, warte nur ab!«

»Das Einzige, was ich abwarte, ist, bis du in den Zug gestiegen bist, und der mit dir abgefahren ist!«

So passierte es auch. Hendrik blieb hart, er ließ sich nichts entlocken. Er begleitete sie, ihren Koffer hinter sich herziehend und ohne ein weiteres Wort, auf den Bahnsteig. Und als der Zug eingefahren war, öffnete er ihr die Tür, hievte ihren Koffer in den Waggon, und wartete davor, bis sie eingestiegen war und sich die Tür wieder hinter ihr geschlossen hatte. Gerade einmal ein »Gute Reise« hatte er sich abgerungen.

Evelyn ließ all das mit sich geschehen. Weil sie wusste, dass es noch nicht vorbei war. Sie wollte ihn das bloß glauben lassen. Das hatte sie sich in der Nacht vorgenommen. Und deshalb stand sie jetzt hinter der Tür und starrte zu Hendrik nach draußen.

Er hielt ihrem Blick stand.

Scheinbar eine halbe Ewigkeit lang.

Bis der Zug anfuhr und Evelyn das Gleichgewicht verlor. Sie musste sich an der Haltestange festhalten. Als sie wieder aus dem Fenster sah, war Hendrik aus ihrem Blickfeld verschwunden.

Evelyn setzte sich nicht. Sie stand weiter nur da.

Auch dann noch, als der Zug längst mit über 100 Stundenkilometern durch die Gegend brauste. Und selbst dann noch, als eine männliche Stimme aus dem Lautsprecher über ihr ertönte und die zugestiegenen Fahrgäste – also sie und niemanden sonst – begrüßte. Der Mann wünschte allen Reisenden eine gute Fahrt und informierte sie darüber, dass sie in fünf Minuten planmäßig die nächste Haltestelle erreichen würden.

Nein, sich für die paar Minuten zu setzen, hätte sich wirklich nicht gelohnt. Denn Evelyn würde nicht nach Hause fahren. Auch wenn sie das im Grunde am liebsten getan hätte. Aber was sie wollte und was nicht, zählte nicht mehr. Sie hatte eine Verpflichtung. Und einen Plan. Deshalb würde sie den Zug an der kommenden Haltestelle verlassen und gleich den nächsten zurück in die Stadt nehmen. Sie würde Hendrik stoppen. Sie würde das Leben von Anjas Freundinnen retten. Sie würde damit das Leben ihrer Tochter zerstören.

KAPITEL 35

8:46 Uhr

Als der Zug sich endlich in Bewegung setzte, rasch an Geschwindigkeit gewann, den Bahnhof verließ und schließlich außer Sichtweite war, spürte Hendrik förmlich, wie seine Anspannung endlich nachließ und ihm ein Stein, nein ein ganzer Fels vom Herzen fiel. Er bemerkte, dass er unbewusst die Luft angehalten hatte. Jetzt sog er sie gierig ein und hatte das Gefühl, zum ersten Mal seit Tagen tatsächlich auch Luft in seine Lungen zu bekommen. Er fühlte sich frei. Auch wenn er ganz genau wusste, dass mit Evelyn nicht auch all seine Probleme verschwunden waren. Da gab es noch so vieles, was ihm zur Gefahr werden konnte. Vor allem Viktor. Dieses Problem war aufgeschoben, aber nicht aufgehoben. Und dennoch wusste er: Er hatte in seinem Leben immer alles irgendwie hinbekommen. Er würde auch jetzt alles regeln können. Selbst das mit Manuela. Die noch verborgenen Geheimnisse würden Geheimnisse bleiben. Die Schatulle würde er verschwinden lassen, sobald er eine Lösung dafür hatte. Es war so verdammt knapp in der Nacht gewesen, dass er sein Glück immer noch nicht fassen konnte. Evelyn war hartnäckiger gewesen, als er gedacht hatte. Sie war ihm tatsächlich auf die Schliche gekommen. Und zur Gefahr geworden. Doch jetzt war sie weg. Wenn er Glück hatte, würde er sie nie wieder sehen müssen. So wie Caro. Das war gut so.

KAPITEL 36

11:05 Uhr

Das Café hieß *Aromatherapie* und war das einzige offene Lokal, das Evelyn in der ganzen Innenstadt hatte finden können. Unmittelbar daneben befand sich eine geschlossene Pizzeria, deren Auslagenfenster von innen mit schwarzer Folie abgeklebt worden war. An der Tür hing ein Pappschild mit dem Aufdruck: »Wir renovieren und sind bald wieder für Sie da!« Evelyn bezweifelte das. Das Schild war ausgeblichen, rissig und sah aus, als würde es schon viele Jahre dort hängen. Auf dem Nebengebäude hing ein verrostetes Schild mit der Aufschrift »SEEROSE«. Auch dieser Florist schien schon seit vielen Jahren nicht mehr zu existieren.

Evelyn war also froh, zumindest die *Aromatherapie* gefunden zu haben, gleich nachdem sie mit dem nächsten Zug zurückgekommen war und sich ein Zimmer in einer kleinen Pension genommen hatte. Die Einrichtung des Cafés war geschmackvoll und hatte sicher einst eine Stange Geld gekostet. Mittlerweile war sie aber bereits in die Jahre gekommen und abgenützt – wie die Kellnerin, die wohl auch die Eigentümerin war. Jedenfalls war niemand sonst zu sehen. Und wie Evelyn die Geschäftssituation einschätzte, blieb am Ende des Monats sicher kein Geld für Angestellte übrig.

Evelyn schätzte die Frau auf mindestens fünf Jahre älter als sie. Ihr krummer Buckel war beachtlich, und ihr Körper sah aus, als würde er nur noch aus Haut und Knochen bestehen. Dennoch hatte sie bei allem, was sie tat, ein beachtliches Tempo drauf. Sie hetzte von links nach rechts und hin und her, als wäre alles, was sie gerade machte, von höchster Dringlichkeit. Den Kaffee hatte sie Evelyn in einer Geschwindigkeit gebracht, als würde ihr Leben davon abhängen. Als wäre er das Gegengift für den Biss einer Giftschlange gewesen.

So schlimm sehe ich also schon aus ...

Bis auf Evelyn saß bloß ein älteres Pärchen in der anderen Ecke des Lokals. Sie vermied es, die beiden anzusehen. Weil der Anblick sie an Hans erinnerte und an die Tatsache, dass sie niemals wieder mit ihm gemütlich in einem Café sitzen und einfach nur das Leben genießen konnte. Hans war weg. Und mit ihm war scheinbar auch alles Glück aus ihrem Leben verschwunden.

Auch für eine Putzfrau schien das Lokal nicht genug Geld abzuwerfen, und selbst schien die Frau wohl trotz ihres Engagements nicht mehr die Kraft zum ständigen Saubermachen zu haben. Evelyn entdeckte Staub, wohin sie auch blickte. Der Stoffbezug ihrer Bank war nicht nur verschlissen, er sollte auch dringend mal wieder geschrubbt werden. Aber so etwas kostete eben Kraft.

»Worüber du dir schon wieder den Kopf zerbrichst, meine Liebe«, hörte sie Hans' Stimme im Geiste. Und wieder einmal stellte sie sich dabei vor, wie er mit einem Schmunzeln auf den Lippen den Kopf schüttelte. Diese Vorstellung entlockte auch ihr die erste Andeutung eines Schmunzelns seit Monaten.

Was sollte sie denn tun? Sie sah so etwas eben. Auch wenn sie, so wie jetzt, vor den Trümmern ihres Lebens stand und mit den Tränen zu kämpfen hatte.

Sie war scheinbar tiefer in Gedanken, als ihr klar war. Denn auf einmal begriff sie, dass die Kellnerin an ihrem Tisch stand und sie offenbar gerade etwas gefragt hatte. Ihre Mimik verriet ihr, dass sie auf eine Antwort wartete.

»Bitte?«, fragte sie deshalb.

»Ich habe Sie nur gefragt, ob Sie das noch essen möchten.«

Sie zeigte auf ihren Teller, der nach über einer halben Stunde noch immer fast unberührt war. Evelyn hatte den »Großen Frühstücksteller« mit Rührei, Butter, Marmelade, Gemüse-Sticks, Schinken, Käse und zwei Brötchen bestellt, obwohl sie keinen Hunger gehabt hatte. Sie hatte gehofft, dass der Appetit kommen würde, wenn sie das Essen erst einmal vor ihrer Nase haben und es riechen würde. Doch das Gegenteil war der Fall. Den Kaffee hatte sie schnell geleert, der gab ihr Kraft. Aber jedes Mal, wenn sie auf den Teller blickte, stieg schlagartig Übelkeit in ihr hoch. Sie hatte es gerade einmal geschafft, ein paar Happen zu nehmen und dann ein wenig darin herumzustochern, damit er nicht ganz so unberührt aussah.

»Nein, danke. Sie können ihn gerne mitnehmen«, sagte sie und kam sich blöd vor.

»War etwas nicht in Ordnung damit?«

»Doch, es war köstlich. Ich ... ich habe bloß ...«

Evelyn spürte, dass der Druck hinter ihren Augen anstieg.

»Schon gut, ich nehme es einfach mit, okay?«

Evelyn nickte.

Die Frau stellte den Teller auf ihrem dürren Unterarm, von dem die überschüssige runzelige Haut hinabhing, ab und platzierte alles Weitere darauf. Sie wollte sich schon abwenden, da hielt sie doch inne. »Also, bitte entschuldigen Sie die Frage, aber ... nun ja ... Geht es Ihnen gut? Sie sehen so ... Ach, bitte verzeihen Sie!«

Evelyn spürte, dass sie die Tränen nicht mehr lange würde zurückhalten können. Ihre Lippen bebten. Sie hatte alle Mühe, sich zusammenzureißen. »Ja, danke. Ich ...« Sie schluckte. »Es ... es war nur eine ziemlich harte Nacht, wissen Sie.«

Die Frau nickte, als ob sie verstand, und rang sich ein Lächeln ab. Wahrscheinlich bereute sie ihr Nachfragen bereits.

Evelyn schämte sich. Sie spürte, dass ihr eine Träne über die Wange lief, und tupfte sie rasch mit der auf dem Tisch zurückgebliebenen Serviette ab. Sie schaute aus dem Fenster, um sich abzulenken. Ein Streifenwagen fuhr gerade vorüber. Ein Mann um die 50 ging mit seinem Dackel Gassi. Der wollte gerade sein Geschäft an dem Mast einer Straßenlaterne verrichten, auf der ein zerfetztes Vermissten-Plakat von Lena klebte. Doch das Herrchen zerrte ihn an der Leine weiter. Vermutlich fand er es pietätlos. Ansonsten war nichts Spannendes zu sehen.

Evelyns Gedanken drifteten wieder ab. Der Streit mit Hendrik in der vergangenen Nacht spukte ihr immerzu durch den Verstand. Jedes Mal aufs Neue beschleunigte sich dabei ihr Puls. Und ihre Hände wurden ganz feucht. Aber auch Manuelas apathische Art beschäftigte sie immerzu. Das alles war so surreal. Und führte sie zu der Frage: Was war in dieser Schatulle?

Je länger sie über alles nachdachte, desto klarer war ihr: Es führte kein Weg daran vorbei, dass sie noch einmal ins Haus kommen musste. Doch wie? Hendrik würde sie zum Teufel jagen und Manuela stand völlig neben sich. Die Untreue ihres Mannes hatte sie völlig aus der Bahn geworfen. Offenbar wollte sie einfach nur verdrängen und vergessen. Dabei stand Evelyn ihr bloß im Weg. Sie würde also auch auf sie nicht zählen können.

Nein, egal, wie oft sie ihre Optionen drehte und wendete, ihr schienen nur zwei Möglichkeiten als realistisch. Erstens: Sie konnte Anja um Hilfe bitten. Vielleicht würde sie sie ja ins Haus lassen, sobald Manuela und Hendrik es verlassen hatten. Aber auch das hielt Evelyn für nicht besonders aussichtsreich. Anja war nicht nur mürrisch, sondern vor allem auch unberechenbar. Und sehr wahrscheinlich würde sie in dieser Extremsituation trotz der Spannungen mit ihren Eltern zu diesen stehen. Also blieb Evelyn nur noch die zweite Möglichkeit, und die war nicht nur verrückt, sondern auch noch kriminell: Sie würde warten müssen, bis alle das Haus verlassen hatten, um sich dann mit Hilfe des Ersatzschlüssels, der hoffentlich noch immer unter einem Begonien-Blumentopf neben der Haustür versteckt war, Zutritt zu verschaffen. Kurz: Sie würde in das Haus ihrer eigenen Tochter einbrechen. Sie musste also verrückt sein, anders war alleine schon der Gedanke daran nicht möglich.

Und dennoch: Sie würde es tun. Weil es notwendig war. Sie würde beweisen, dass Hendrik hinter den Morden steckte. Und sie würde sich damit selbst in den Abgrund reißen. Diesen Preis war sie bereit zu zahlen. Was hatte sie denn noch zu verlieren?

Doch erst musste sie unbedingt noch mit Kramer reden. Sie war sich sicher, dass er mehr wusste, als er gestern im Wald zugegeben hatte. Sie winkte deshalb die Kellnerin heran, um zu zahlen und sich über ihn zu erkundigen.

»Ob ich einen Kramer kenne?«

»Ja.«

»Meinen Sie den Lehrer?«

»Ja, genau.«

»Natürlich kenne ich den. Seltsamer Kauz.«

»Wieso?«

»Ach, nur so. Vergessen Sie's!« Sie machte eine Handbewegung, als wollte sie das eben Gesagte damit wegwischen.

»Nein, bitte. Warum ist er seltsam?«

»Bitte vergessen Sie einfach, was ich gesagt habe. Ich will keinen Ärger und habe es auch gar nicht so gemeint.«

»Von mir wird er es nicht erfahren, das verspreche ich Ihnen!«

Sie sah Evelyn bloß an. Und schien mit sich zu ringen.

»Ach, es ist ja auch gar keine große Sache. Ich finde ihn halt ein wenig seltsam, das ist alles. Ich grüße ihn jedes Mal, wenn wir uns begegnen oder er am Café vorüberläuft und ich gerade draußen bin. Aber er: Manchmal grüßt und lächelt er sogar. Und dann gibt es wieder Tage, an denen er mich völlig ignoriert und auf den Boden starrt, bis er an mir vorüber ist. Als wäre er eine andere Person, verstehen Sie? Ich hab das auch schon von anderen gehört. Irgendwie so wie Jekyll und Hyde.«

»Ich verstehe«, sagte Evelyn und überlegte, ob sie das in irgendeiner Weise weiterbrachte.

»Aber bitte, wie gesagt, mir ist es ja egal. Soll er halt ab und zu mal einen schlechten Tag haben. Wer hat das denn nicht?«

Wenn Sie wüssten ..., dachte Evelyn, und alleine beim Gedanken daran spürte sie, wie sich ihre Augen wieder mit Tränen zu füllen begannen. Es war erschreckend, wie wenig es inzwischen nur noch brauchte, um sie aus der Fassung zu bringen. Sie war ein seelisches Wrack. Und egal, was sie auch tat, es wurde immer schlimmer.

»Geht es Ihnen wirklich gut?«

»Ja, ja, danke.«

»Sicher? Ich meine, Sie können mir gerne sagen, wenn ...«

»Ja, sicher. Danke«, sagte sie und schnitt ihr damit das Wort ab. »Wissen Sie vielleicht, wo er wohnt?«

Sie zögerte kurz. »Was wollen Sie denn von dem?«

Evelyn war von der Neugier der Frau überrascht. Und ihr war klar, dass, egal was sie nun sagte, es sich seltsam anhören und ihre Neugier nur noch verstärken würde.

»Ich muss ihn bloß etwas fragen«, war die harmloseste aller Antworten, die ihr auf die Schnelle einfielen. Und auch die Wahrheit.

Die Frau musterte sie.

»Also, können Sie mir sagen, wo er wohnt?«

»Sicher. Nicht weit von hier, nur die Straße runter.«

»Und wissen Sie vielleicht die genaue Adresse?«

»Die brauchen Sie nicht, glauben Sie mir. Sie können sein Haus gar nicht verfehlen.«

»Wie meinen Sie das?«

»Ich kann Ihnen so viel sagen: Wenn Sie davorstehen, werden Sie sich ziemlich beobachtet fühlen.«

KAPITEL 37

11:48 Uhr

Die Kaffeehausbesitzerin hatte völlig recht gehabt. Kramers Haus war tatsächlich nicht zu verfehlen gewesen. Und sie fühlte sich gerade wirklich extrem beobachtet. Auf den ersten Blick über den brusthohen Gartenzaun konnte Evelyn es schwer einschätzen. Aber es mussten sich an die 100 oder noch mehr Gartenzwerge allein im Vorgarten befinden. Was sich hinter dem Haus abspielte, konnte sie nicht sehen, sich aber sehr gut vorstellen. Es waren so viele Zwerge, dass an manchen Stellen kein Rasen mehr oder sonst etwas anderes auszumachen war. Sogar im Apfelbaum hockten ein paar, und selbst auf den Fensterbrettern und in den Blumentöpfen reihten sie sich aneinander. Alle waren sie so ausgerichtet, dass sie direkt auf das Gartentor starrten, hinter dem Evelyn darauf wartete, dass Kramer ihr endlich öffnete. Wie auch die Überwachungskamera über der etwa 20 Meter entfernten Eingangstür.

Aber er öffnete ihr nicht. Und das, obwohl sie einige Sekunden, nachdem sie geklingelt hatte, eine Bewegung des Vorhangs hinter dem Fenster gleich neben der Eingangstür wahrzunehmen geglaubt hatte. Ganz sicher war sie sich nicht, weil sich das grelle Tageslicht in den Fenstern spiegelte. Dennoch war sie überzeugt: Er war zu Hause und wollte offenbar bloß nichts mit ihr zu tun haben. Doch das war ihr egal. Sie klingelte noch einmal. Und weil sich immer noch nichts tat, noch einmal länger.

In ihre Verzweiflung mischte sich Wut. So viele um sie herum in diesem trostlosen Kaff schienen Geheimnisse zu haben, zu lügen oder zu schweigen. Sie hatte mit all dem nichts zu tun. Und dennoch war sie in diesen fatalen Sog geraten.

»Machen Sie auf!«, rief sie und winkte in Richtung Kamera.

Nichts passierte.

»Ich weiß, dass Sie zu Hause sind!«

Weiter keine Reaktion.

»Ich möchte nur kurz mit Ihnen reden!«

Es blieb still.

Die Wut nahm allmählich überhand in ihr. Ihr reichte es langsam. Sie brüllte aus voller Kehle. So laut, dass garantiert bald die Nachbarn auf sie aufmerksam werden würden – wenn sie das nicht ohnehin bereits geworden waren.

»Wenn Sie nicht mit mir reden wollen, dann rufe ich die Polizei, und wir werden das gemeinsam mit ihr klären!«

Weitere Sekunden verstrichen.

Sie wollte gerade wieder schreien. Da ging auf einmal doch die Tür auf. Und Kramer streckte seinen Kopf heraus.

»Was wollen Sie?«, rief er.

»Mit Ihnen reden!«

»Ich wüsste nicht, worüber!«

»Soll das ein Witz sein?«

»Wir haben doch gestern schon alles besprochen!«

»Wir haben noch lange nicht alles besprochen!«

»Bitte gehen Sie!«

»Sobald ich Ihnen ein paar Fragen gestellt habe!«

»Ich will damit nichts zu tun haben!«

»Ich würde mal sagen, das haben Sie bereits!«

Er zögerte.

Evelyn kam es viel zu lange vor. Sie fürchtete schon, dass sein Kopf jeden Moment wieder im Haus verschwinden und er die Tür zuknallen würde. Sie sah sich nach einer anderen Möglichkeit um, wie sie auf das Grundstück kommen konnte. Denn sie würde nicht lockerlassen. Aber über den

Zaun würde sie es nicht schaffen. Und auch die gut zwei Meter hohen dichten Thujen dahinter, die nur das Tor freiließen, waren kein leichtes Hindernis. Vielleicht sollte sie es ja an der Rückseite des Grundstücks versuchen und ...

Da gab das Gartentor ein elektrisches Summen von sich. Kramer hatte es sich zum Glück anders überlegt.

Evelyn stieß es auf und folgte dem mit Pflastersteinen ausgelegten Pfad durch die Gartenzwergarmee hindurch zum Haus. Sie musste an *Gullivers Reisen* denken, eines ihrer absoluten Lieblingsbücher, als sie noch ein Kind gewesen war. Für einen Sekundenbruchteil blitzten undefinierbare, wunderschöne Gefühle in ihr auf. Und sie nahm sich vor, das Buch erneut zu lesen. Sobald sie wieder zu Hause sein würde. Sie würde so vieles tun, wenn sie endlich wieder daheim war. Sie würde das Leben genießen. So wie Hans sich das für sie gewünscht hätte. Sie konnte es kaum erwarten.

Doch die Erleichterung verflog gleich wieder, als Kramer ihre ausgestreckte Hand in der Luft hängen ließ. Sein Gesichtsausdruck unterstrich seine Haltung: Er wollte sie nicht hier haben.

»Das ist ja eine beachtliche Armee, die Sie da haben«, versuchte Evelyn, das Eis zu brechen.

Aber auch darauf ging er nicht ein. Er zögerte noch einen Augenblick und musterte sie. Dann öffnete er endlich die Tür ein Stück weiter und machte einen Schritt zur Seite, damit sie eintreten konnte. »Ich sage es Ihnen gleich: Ich habe nicht lange Zeit!«

Eine unangenehm kalte Klimaanlagen-Luft empfing sie. Und Düsternis, denn trotz des grellen Sonnenscheins draußen war es im Vorzimmer so dunkel, dass Evelyn im ersten Moment nur Schemen und Umrisse erkennen konnte. Auch der Flur war, soweit sie das vom Vorzimmer aus sehen konnte, fensterlos und düster. Die Türen zu beiden Seiten waren, bis auf eine ganz am Ende, geschlossen.

»Sie brauchen die Schuhe erst gar nicht auszuziehen«, sagte er, als Evelyn das tun wollte.

Evelyn ging nicht auf das Ultimatum ein. Sie war froh darüber, sich nicht bücken zu müssen.

»Kommen Sie weiter ins Wohnzimmer. Die offene Tür ganz hinten links.«

Kramer schloss die Eingangstür und ließ Evelyn vorangehen. Er blieb jedoch unangenehm dicht hinter ihr. Als fürchtete er, sie könnte jeden Moment einen Haken schlagen, eine Tür aufreißen und in einem der anderen Zimmer verschwinden.

Evelyns Augen gewöhnten sich langsam an das dämmrige Licht, und sie nahm ein paar Details wahr. Die Wände im Flur waren mit einer grauenvollen dunkelgrünen Blümchentapete beklebt und der Boden mit einem dunkelgrauen Teppich ausgelegt, der alle Geräusche zu schlucken schien. Fast lautlos gingen sie voran. Je tiefer sie in das Haus eintauchte, desto kälter wurde ihr. Und desto intensiver empfand sie die Mischung aus abgestandener Luft und Mottenkugeln.

Unbehagen kroch Evelyn den Nacken hoch. Zweifel regten sich in ihr. Was machte sie hier überhaupt? Zudem überkam sie ein leichtes Schwindelgefühl. Sie hatte zwei Nächte in Folge kaum geschlafen. Und die vielen Stunden seit ihrer Ankunft waren voller Aufregung, Enttäuschungen und Trauer gewesen. Kein Wunder also, dass ihr Körper verrücktspielte und die Anspannung ihren Tribut verlangte. Nur konnte sie das in diesem Moment überhaupt nicht gebrauchen.

Sie versuchte, den Schwindel zu ignorieren, und betrat das Wohnzimmer. Unmittelbar hinter ihr trat Kramer ein. Wieder fühlte sie sich ein wenig bedrängt und machte einen Schritt zur Seite.

Sie nahm ihn erst jetzt, da sie endlich in einem lichtdurchfluteten Raum waren, so richtig wahr. Er trug braune *Birken-*

stock-Hausschuhe, weiße Socken, eine dunkelgraue unförmige Stoffhose, die an den Knien ein wenig ausgebeult war, und ein weißes Hemd, das er bis auf den obersten Knopf zugeknöpft hatte. Er starrte sie aus seinen dunklen und eng zusammenliegenden Knopfaugen an und kratzte sich an seiner viel zu kleinen Nase.

Evelyn betrachtete seine Größe und versuchte, für sich herauszufinden, ob er der Angreifer gewesen sein konnte. Doch sie blieb unschlüssig. Es war einfach alles viel zu schnell gegangen. Fest stand nur, dass er zwar etwa so groß wie Hendrik war, jedoch sicher zehn Kilo mehr auf die Waage brachte. Diese Erkenntnis brachte sie allerdings nicht weiter.

Das Wohnzimmer war genauso geschmacklos eingerichtet wie der Flur. Auf die Schnelle nahm Evelyn ein dunkelbraunes Sofa wahr, dessen Stoff an den Armlehnen ein wenig abgewetzt wirkte. Außerdem fiel ihr auf, dass die Vorhänge schon sehr vergilbt waren und die grauen Seitenteile so gar nicht zum Sofa passen wollten. Der beige-rote Perserteppich brachte ein weiteres Farbelement in den Raum, das mit keinem der anderen harmonierte. Nicht nur Kramer, sondern auch der ganze Raum strahlte pure Unruhe aus. Doch zumindest schien alles blitzeblank geputzt, soweit Evelyn das auf die Schnelle erkennen konnte. Nicht ein Krümel, den sie auf dem Teppich entdeckt hätte. Drei der vier Wände waren fast durchgehend mit vollgestopften Bücherregalen verkleidet. Es mussten viele Hunderte, wahrscheinlich sogar an die 1.000 Bücher darin sein. In einer Ecke stand ein Schaukelstuhl aus dunklem Holz und mit weißem Polsterüberzug. Eine Katze lag darauf und beobachtete Evelyn argwöhnisch. An den Wänden hingen düstere Landschaftsgemälde. Nicht eine Pflanze, die Evelyn entdeckt hätte. Aber das hätte auch nichts geändert. In diesem Raum passte einfach nichts zusammen. Und nichts wirkte wirklich einladend. Nicht einmal die Katze.

Und noch etwas fiel ihr auf: Auf den ersten Blick schien hier kein Möbelstück und auch kein Gegenstand zu dem kleinen Schlüssel zu passen, den sie nach dem Angriff gefunden hatte. Sie war zwar immer noch der Überzeugung, dass Hendrik ihn verloren hatte, doch sie durfte sich der Möglichkeit, dass es Kramer gewesen war, nicht völlig verschließen. Kurz dachte sie darüber nach, ihn darauf anzusprechen und ihn ganz direkt danach zu fragen. Aber sie ließ es lieber bleiben. Zumindest vorerst.

»Bitte setzen Sie sich doch«, sagte Kramer und zeigte auf das Sofa. Sein Unterton fügte noch ein subtiles »Aber bitte nicht zu lange!« hinzu.

Auch wenn sie sich unwohl fühlte, war sie froh über sein Angebot. Denn ihr Schwindel war immer noch nicht ganz abgeklungen. Sie setzte sich und überlegte, Kramer um ein Glas Wasser zu bitten. Doch sie ließ es lieber sein. Ihre Blase begann ohnehin schon wieder zu drücken.

Kramer nahm gegenüber von ihr auf einem Fauteuil Platz.

»Also bitte, bringen wir es hinter uns«, sagte er. »Wie schon gesagt, ich habe nicht viel Zeit. Die Ferien stehen an und ich muss die letzten Tests korrigieren.«

Evelyn mochte seinen stechenden Blick nicht. Er erregte Unwohlsein bei ihr. Ihr fiel auf, dass er sich immer wieder mit der rechten Hand den linken Handrücken streichelte.

»Glauben Sie mir, ich wäre gerade auch viel lieber woanders«, sagte sie und rutschte ein wenig zur Seite, weil das Gebläse der Klimaanlage ihr die eiskalte Luft direkt in den Nacken blies.

Kramer ging nicht darauf ein. Er sagte bloß: »Dann lassen Sie es uns umso schneller hinter uns bringen!«

Evelyn konnte seine Ablehnung beim besten Willen nicht nachvollziehen. Was hatte sie ihm denn bloß getan? Er regte sie immer mehr auf. Doch sie beschloss, nicht darauf einzugehen. Sie würde ihm die Fragen stellen, die sie hatte. Und dann, so hoffte sie, würde sie den Mann nie wieder sehen müssen. Es war gar nicht so sehr seine grobe Art. Sie kam nicht darauf, was es tatsächlich war, doch irgendetwas an ihm war ihr zutiefst unsympathisch.

»Gut, also dann: Warum waren Sie gestern im Wald, als Anja und ich angegriffen wurden?«

»Das habe ich Ihnen doch gestern schon gesagt!«

»Aber ich verstehe es nicht.«

»Und was kann ich dafür?«

»Bitte erklären Sie es mir doch einfach noch einmal!«

Er schnaufte. »Ich habe einen Anruf bekommen. Ein Mann sagte mir, dass, wenn ich Lena und Valerie retten wolle, ich sofort in den Wald kommen solle. Ohne Polizei, sonst würden die beiden Mädchen sterben.«

Auch jetzt, da Evelyn die Geschichte zum zweiten Mal hörte, klang sie völlig an den Haaren herbeigezogen.

»Warum haben Sie denn nicht sofort die Polizei verständigt?«

»Mein Gott, Sie sind wirklich schwer von Begriff, was? Weil der Anrufer drohte, die Mädchen dann zu töten. Auch das habe ich Ihnen gestern schon gesagt.«

»Und warum waren Sie bis jetzt nicht bei der Polizei?«

Evelyn war sich sicher, dass er den Vorfall nicht gemeldet hatte. Sonst wäre die Polizei doch sicher noch am Vorabend oder gleich heute in der Früh bei ihnen angetanzt, um ihre Version der Geschichte zu hinterfragen.

»Ich bitte Sie, was hätte ich denen denn erzählen sollen?«

»Das Gleiche wie mir!«

»Und warum waren *Sie* dann nicht dort?«

Er grinste, als wollte er damit sagen: »Sehen Sie!« Sein Grinsen gab seine kleine Zahnlücke und gelb verfärbte Zähne frei.

Weil mein Schwiegersohn ziemlich sicher der Mörder ist.

Und ich nicht das Leben meiner Tochter und das meiner Enkelin zerstören möchte. Weil ich Ihre Rolle in dem Ganzen noch nicht verstehe. Weil ich Sie zwar zutiefst unsympathisch und ekelig finde, ich aber nicht glaube, dass Sie der Mörder sind. Weil es Hendrik ist!

»Also?«, hakte er nach.

»Weil ich erst noch Ihre Version hören wollte.«

Sein Grinsen erstarb. Sein Gesichtsausdruck verriet ihr, dass er ihr nicht glaubte. »Glauben Sie etwa, dass das der erste Scherz-Anruf war, den ich im Laufe meiner Lehrer-Karriere bekommen habe?«

»Wieso sind Sie so sicher, dass es ein Scherzanruf war?«

»Weil ich immer wieder solche Anrufe von meinen Schülern bekomme oder sie andere Scherze mit mir spielen. Was glauben Sie, wie viele Gartenzwerge ich jeden Monat nachkaufen musste, bis ich die Überwachungskamera über der Eingangstür installiert habe? Und selbst jetzt noch verschwinden immer wieder welche. Normalerweise nehme ich solche Anrufe ja gar nicht mehr ernst und lege gleich auf. Nur jetzt ist das eben etwas anderes. Immerhin geht es um das Leben der beiden Mädchen. Da wollte ich kein Risiko eingehen. Und sichergehen.«

»Aber Sie sagten doch, dass es ein Mann war, der Sie angerufen hatte, und nicht ein Kind.«

»Auch dieses Thema hatten wir gestern schon. Wissen Sie, wie einfach es ist, seine Stimme am Telefon zu verstellen? Wenn man das selbst nicht ausreichend hinbekommt oder sichergehen will, dann gibt es unzählige gratis Apps. Alle legal.«

»Und Sie haben keinen Verdacht, wer es gewesen sein könnte?«

»Nein, nicht konkret. Aber ich denke mal, dass es einer meiner Schüler war. Da gibt es ein paar pubertäre Halbstarke, die das als eine Art Mutprobe sehen.«

»Denken Sie wirklich, dass einer Ihrer Schüler so weit gehen und einen derart makabren Scherz machen würde?«

»Sie haben offensichtlich keine Ahnung von der heutigen Jugend. Wenn ich damals gewusst hätte, in welche Richtung sich alles entwickeln würde, wäre ich niemals Lehrer geworden. Und glauben Sie mir: Hätte ich eine Wahl, dann würde ich diese ergreifen. Denn es wird immer schlimmer in den Klassenzimmern. Da hat kaum mehr einer Respekt. Weder untereinander noch vor den Lehrkräften. Gut die Hälfte dieser Teenager bräuchte meiner Meinung nach dringend einen Termin bei einem guten Psychologen. Und da nehme ich Ihre Enkelin nicht aus. Oder die Verschwundenen. Vor allem Valerie. Ganz im Gegenteil, die bräuchten ihn wohl am dringendsten. Alleine schon, wie sie sich kleiden. Ich wäre damals hochkant von der Schule geflogen, wenn ich so dort aufgekreuzt wäre. Außerdem sind sie rotzfrech und an nichts interessiert.«

Auch wenn sie der gleichen Meinung war, spürte sie die Wut in sich hochbrodeln. Was bildete er sich verdammt noch mal ein, so über Anja, ihre Enkelin, zu reden. Seine Aufgabe war es, sie zu unterrichten, sonst nichts. Aber Evelyn schluckte ihren Ärger hinunter. Sie wollte ihm nicht in die Karten spielen und sich von ihm provozieren lassen. Das hätte nur in einem Streit und der sehr wahrscheinlich in einem Rauswurf geendet.

»Ich denke dennoch, dass Sie mit der Polizei darüber reden sollten!«, sagte sie in dem ruhigsten Tonfall, den sie zustande brachte. »Vielleicht können Sie ja …«

Aber er unterbrach sie: »Vielen Dank für Ihre Meinung. Aber das ist meine Sache.«

»Das ist eine viel größere Sache.«

»In die ich nicht mit reingezogen werden möchte.«

»Noch einmal: Das sind Sie doch schon längst.«

»Hier geht es um Morde. Damit habe ich nichts zu tun. Und ich werde den Teufel tun, auch nur irgendwie da reinzugeraten.«

Im Grunde konnte Evelyn ihn nur zu gut verstehen. Auch sie hätte alles dafür gegeben, ungeschoren aus diesem Albtraum herauszukommen. Dennoch glaubte sie, dass da noch mehr war.

»Haben Sie denn wirklich keine Ahnung, wer dahinterstecken könnte?«

»Im Grunde könnten es jeder und jede gewesen sein. Wie schon gesagt: Die Schüler heutzutage sind nicht mehr wie in Ihrer Jugend, verzeihen Sie die Direktheit. Aber das ist lange her. Heute hat kaum einer Respekt. Weder die Jungen noch die Mädchen. Und in vielen Fällen nicht einmal die Eltern.«

Evelyn ignorierte seinen dummen Seitenhieb auf ihr Alter. Aber er fuhr ohnehin fort – er schien regelrecht dankbar zu sein, seinem Ärger endlich mal Luft verschaffen zu dürfen: »Und noch einmal mit aller Deutlichkeit: Anja und Valerie sind da keine Ausnahme! Nur weil die eine vermisst wird, heißt das nicht, dass sie ein Engel war.«

Evelyn bemerkte, dass er teilweise in der Vergangenheit von Valerie sprach. Sie fragte sich, ob es von Bedeutung war. Und ob er mehr wusste, als er zugab.

»Und wie war Svenja so?«

»Svenja war anders.«

»Was meinen Sie mit *anders*?«

»Sie war wahrlich ein guter Mensch. Höflich zu uns Lehrern und nett und hilfsbereit zu ihren Mitschülern. Sie war stets engagiert und hatte immer Bestnoten. Sie hat sich mit niemandem angelegt und ist nirgends angeeckt. Es ist so unfassbar schade, dass es ausgerechnet sie erwischt hat.«

»Wieso, denken Sie, wurde sie ermordet?«

»Das ist eine Frage, die ich mir schon so oft gestellt habe. Aber so sehr ich auch darüber nachdenke, ich finde keine plausible Antwort darauf. Vielleicht wegen ihres Aussehens, hübsch war sie, keine Frage. Aber das scheint nicht das Motiv gewesen zu sein, denn was man so hört, dürfte es sich ja nicht um ein Sexualverbrechen gehandelt haben. Obwohl ihre Leiche nackt aufgefunden wurde.«

»Kennen Sie ihre Familie und ihr Umfeld?«

»Ich glaube nicht, dass das jemand aus ihrer Familie war. Ich weiß wirklich nicht, was dahintersteckt. Ich sage Ihnen nur eines: Wenn es dieses Mädchen erwischt hat, dann kann es jede und jeden treffen. Wirklich jeden.«

»So wie Ihre Lehrerkollegin?«

»Ach, ich bitte Sie!«

»Was?«

»Bei der wundert es mich wiederum nicht im Geringsten.«

Was war denn jetzt das? »Weil?«

»Die hat es doch geliebt zu provozieren.«

Habe ich da etwa ins Schwarze getroffen?, dachte Evelyn. »Inwiefern?«

»Alleine schon ihre Haare. Die für sich waren doch schon eine pure Provokation. Außerdem hat sie sich ständig an die falschen Männer rangeschmissen.«

Hörte sie da etwa so etwas wie Eifersucht heraus? »Was für Männer denn?«

Auf einmal machte er ein Gesicht, als hätte er eben bemerkt, dass er zu weit gegangen war. Offenbar hatte Evelyn mit ihren Fragen tatsächlich einen wunden Punkt bei ihm gefunden und ins Schwarze getroffen.

»Ach, vergessen Sie es einfach!«, sagte er.

»Nein, bitte, es ist doch wichtig ...«

»Bitte lassen Sie es sein und gehen Sie jetzt!« Er sprang von seinem Fauteuil hoch und zeigte in Richtung Flur.

»Ich gehe gleich. Aber vorher sagen Sie mir noch …!«
»Sie gehen, wann ich das will! Sie sind in meinem Haus, und ich möchte, dass Sie dieses jetzt auf der Stelle verlassen!«
»Dann sagen Sie mir doch einfach, welche Männer …«
»Gehen Sie!«
»Nein, ich will jetzt wissen, wen Sie meinen!«
»Raus jetzt!«
»Ich schwöre Ihnen, ich gehe zur Polizei und …«
»Grundgütiger, Sie Nervensäge! Dann fragen Sie doch einfach mal Ihren Schwiegersohn!«

Wumms. Evelyn fiel bei der Antwort die Kinnlade runter. Sie bemerkte, dass ihr der Mund offenstand, doch sie konnte einfach nichts dagegen unternehmen. Und auch Kramer schien es so zu gehen. Sein Gesichtsausdruck verriet ihn. Er hatte sich provozieren und hinreißen lassen. Und mehr gesagt, als er wollte.

»Bitte gehen Sie jetzt!«, sagte er leise.

»Woher …« Evelyn musste schlucken. »Woher wissen Sie, dass …« Sie brach den Satz ab, weil sie begriff, dass nun auch Kramer ahnen musste, dass sie es wusste.

»Ich habe die beiden vor einigen Wochen zusammen gesehen. Jetzt ist Caroline tot. Und gestern im Wald, als Sie angegriffen wurden, war Ihr Schwiegersohn auch wieder da. Ich habe keine Ahnung, was da läuft, aber ich will es auch gar nicht wissen. Ich weiß nur eines ganz sicher: Ich will da nicht reingezogen werden. Deshalb bitte ich Sie nun zum allerletzten Mal: Gehen Sie endlich, oder ich werde Sie mit Gewalt vor die Tür befördern!«

KAPITEL 38

Anjas Tagebuch
Am Tag vor Lenas Verschwinden

Niemand würde glaubten, dass er ein Monster ist. Weil er es immer wieder schafft, jeden zu manipulieren. Sein Äußeres hilft ihm dabei. Er schaut aus wie ein Nerd, ein Verlierer, der noch nie in seinem Leben eine Frau abbekommen hat. Aber fünf Minuten in seiner Gegenwart, und du hast alle Vorurteile abgelegt. Du kannst ihn zwar immer noch nicht leiden. Weil er schmierig ist. Weil er streng riecht. Und weil er dir Unbehagen bereitet. Aber das ändert nichts daran, dass du seinen Lügen glaubst.

Das ist alles, was er will.

Damit er weitermachen kann.

Immer weiter.

Ich glaube ganz fest daran, dass er Svenja getötet hat. Er hat es zwar nicht zugegeben, so blöd ist er nicht. Aber er hat es mehrmals angedeutet. Mit dem Hauch eines Lächelns im Gesicht. Einmal sogar, als er gerade seine dreckigen, eiskalten Finger unter meinem T-Shirt hatte.

Ich bin mir sicher, dass er es wieder tun wird.

Aber was soll ich machen?

Ich bin so verzweifelt, dass mir das Denken schwerfällt.

»Bald«, hat er mir ins Ohr gehaucht. Vor drei Tagen.

Gott, wie gerne würde ich mit Mama darüber reden. Ihr alles anvertrauen und sie anflehen, mit mir gemeinsam zur Polizei zu gehen. Aber ich weiß, dass sie mir nicht glauben würde. Sie hat ihre eigenen Probleme. Sie glaubt, dass die wichtiger sind.

Sie hat keine Ahnung.

KAPITEL 39

12:11 Uhr

Als Evelyn wieder auf der Straße war, hatte sie ein seltsames Gefühl. Eben noch hatte sie Kramer geglaubt. Sie hatte seine Version der Geschichte plausibel gefunden. Auch wenn sie ihr nicht gefiel. Trotz seiner unsympathischen Art hatte sie so etwas wie Ehrlichkeit in seinen Augen zu erkennen geglaubt. Aber jetzt, kaum dass er ihr nicht mehr gegenüberstand, wurde sie wieder unsicher. Hatte er tatsächlich die Wahrheit gesagt? War er wirklich nur wegen eines Scherzanrufes in den Wald gegangen, obwohl ein Killer dort sein Unwesen trieb? Und das ausgerechnet genau zu der Zeit, als auch Anja und sie dort gewesen und angegriffen worden waren? Möglich. Aber doch sehr unwahrscheinlich. So richtig wollte sie jetzt nicht mehr daran glauben. Mit jedem Schritt, den sie sich von seinem Haus entfernte, wuchsen ihre Zweifel.

Der Ort verunsicherte sie mehr und mehr. Und ging ihr allmählich an die Nieren. Außerdem brach ihr gerade der Schweiß aus ihrem von der Klimaanlage heruntergekühlten Körper. Die Sonne brannte fast senkrecht auf sie hinab, und der Asphalt unter ihren Füßen gab die Hitze unvermindert zurück – wie eine gewaltige Fußbodenheizung, die außer Kontrolle geraten war.

Ihr Kreislauf machte ihr zu schaffen. Es würde wohl das Beste sein, wenn sie sich im Hotelzimmer ein wenig hinlegte. Wenn auch nur eine halbe Stunde. Die Ruhe würde ihr guttun. Und ihr helfen, ihre Gedanken zu sortieren. Außerdem hatte sie das Gefühl, am Rande eines Zusammenbruchs zu stehen.

Gleichzeitig war da diese quälende Unruhe in ihr, die sie im Geiste anschrie: Bist du verrückt geworden? Du kannst dich doch jetzt nicht einfach aufs Ohr hauen! Dir läuft ohnehin schon die Zeit davon!

Ein Wagen mit kaputtem Auspuff röhrte an ihr vorüber und hinterließ eine Benzinwolke. Jetzt wurde ihr auch noch schlecht.

Was würde sie nur dafür geben, mit Hans über alles sprechen zu können! Er hatte immer so viel Ruhe ausgestrahlt. Er hatte immer eine Lösung für alles gefunden. Er hatte ihr Sicherheit gegeben. Zuversicht. Und Liebe. Wäre er jetzt an ihrer Seite gewesen, hätte er ihre Hand genommen, so wie er das immer getan hatte, wenn sie unterwegs gewesen waren. Er hätte mit dem Daumen ihren Handrücken gedrückt. Hätte sich ihre Sorgen angehört, ihre Ängste und Überlegungen. »Wir schaffen das schon!«, hätte er ihr dann versichert, sie auf die Stirn oder in den Nacken geküsst und ihr ein Lächeln geschenkt. Alles wäre so viel einfacher gewesen.

Doch Hans war nicht da. Und er würde es auch nie wieder sein. Auch wenn sie diese Erkenntnis seit seinem Tod schon Hunderte Male gehabt hatte, so hatte sie nichts von ihrer zerstörerischen Wucht verloren. Evelyn fühlte sich verloren. Und so unglaublich einsam. Wie sollte sie das alles bloß ohne ihn schaffen? Wie konnte sie nur ...

»Oma?«, hörte sie auf einmal Anjas Stimme.

Evelyn sah auf und entdeckte Anja auf der anderen Straßenseite. Sie stand auf den Pedalen ihres Fahrrads und warf im Fahren einen Blick hinter sich, um sich zu vergewissern, dass kein Auto kam. Als sie sah, dass die Straße frei war, radelte sie zu ihr herüber.

»Was machst du hier?«, wollte sie wissen. »Mama hat gesagt, du bist heute Früh nach Hause gefahren.«

»Das ... das bin ich auch ... ich ...«, stammelte Evelyn und fühlte sich, als wäre sie gerade bei etwas Schlimmem ertappt worden. Nicht nur, weil sie heimlich zurückgekehrt war. Nein, vor allem auch, weil sie abgereist war, ohne sich von ihr zu verabschieden.

»Wieso bist du dann noch hier?«

»Ich ... ich weiß auch nicht so genau, ich ...« Sie ließ den Rest des Satzes in der Luft hängen.

»Du weißt nicht, warum du hier bist?«

»Kannst du Mama und Papa bitte nichts davon sagen?«

»Warum nicht?«

Ein Junge, den Evelyn erst jetzt bemerkte, war Anja hinterher geradelt und stellte sich neben sie. Er schien ein wenig älter als sie zu sein, vielleicht war er so um die 18 oder 19. Er war genauso schwarz gekleidet wie Anja. Seine Augen hatte er mit schwarzem Kajal geschminkt, die Haare in einem unnatürlichen Schwarz mit blauem Schimmer gefärbt. Er grüßte nicht und sagte auch nichts. Er starrte Evelyn bloß an.

Seine Anwesenheit verunsicherte sie noch mehr. Sie schluckte. Versuchte, sich zu sammeln.

»Können wir vielleicht kurz reden?«, fragte Evelyn.

»Das tun wir doch gerade.«

Evelyn blickte wieder zu dem Jungen. Einen Augenblick lang hoffte sie, dass er den Wink verstehen und sie alleine lassen würde. Aber er starrte sie unbeirrt weiter an.

»Ich meine irgendwo ungestört.«

»Keine Zeit.«

»Bitte, es ... es dauert auch nicht lange, versprochen.«

»Geht jetzt nicht.«

»Und warum nicht?«

Sie stöhnte. »Weil wir uns in zehn Minuten treffen.«

»Mit wem triffst du dich?«

»Mit Freunden.«

»Weiß deine Mama davon?«

»Ja.«

»Sicher?«

»Willst du etwa sagen, dass ich lüge?«

»Nein, ich ... ich will doch nur ...«

»Und warum musst du eigentlich immer so viele Fragen stellen? Das nervt. Du bist genau wie Mama.«

»Ich will dir doch nur helfen!«

»Ich brauche keine Hilfe!«

»Bitte, sag mir, was du vorhast!«

»Scheiße, ich hätte nicht anhalten sollen.«

Sie stöhnte noch einmal, viel theatralischer als eben noch. Dann wandte sie sich dem Jungen zu und schnitt eine Grimasse, die in etwa so viel wie »Siehst du, wie es mir geht?« bedeuten sollte.

Der Junge schaute auch sie bloß ausdruckslos an.

Dann bekam Evelyn schließlich doch noch eine Antwort. »Wir treffen uns mit einigen anderen von der Schule. Wir suchen den alten Wasserpark und den See nach Lena ab. Bist du jetzt zufrieden?«

»Schatz, es geht mir doch nicht darum, dass ich zufrieden bin. Sondern darum, dass es dir gut geht und du in Sicherheit bist.«

»Warum soll ich denn nicht in Sicherheit sein?«

»Mein Gott, begreifst du das denn nicht? Solange die Morde nicht aufgeklärt sind, heißt das, dass ein Mörder hier frei herumläuft. Und immerhin sind schon zwei deiner besten Freundinnen verschwunden. Was brauchst du denn noch, damit du begreifst, dass ...«

»Ja, ja, ja. Das weiß ich doch alles. Ich bin ja kein Kind mehr.«

»Doch, das bist du eben sehr wohl noch.«

»Mann, du bist echt noch schlimmer als Mama und Papa!«

»Anja, bitte verstehe doch endlich, dass ...«

»Boah, ich hab jetzt keinen Bock mehr auf dieses Gespräch.«

»Anja, bitte warte!«
»Mach's gut, wir müssen jetzt los.«
»Nein, warte!«
Aber Anja dachte gar nicht daran. Sie schaute sich um, und als sie sah, dass die Straße frei war, wendete sie ihr Fahrrad, trat im Stehen in die Pedale und brauste ohne ein weiteres Wort davon. Der Junge betrachtete sie noch einen Augenblick lang. Dann folgte er ihr, ohne ein Wort von sich gegeben zu haben.

Evelyn blieb alleine auf dem Bürgersteig zurück. Sie war fassungslos und wütend zugleich. Nicht zum ersten Mal, seit sie hier angekommen war. Und dennoch war nun etwas anders. Denn sie hatte auf einmal auch das Gefühl, dass da eben etwas ganz Wichtiges passiert war. Eine Erkenntnis flimmerte irgendwo ganz tief in ihrem Unterbewusstsein auf. Doch so sehr sie sich auch zu konzentrieren versuchte und sooft sie die Worte von eben noch einmal in Gedanken durchging, sie kam einfach nicht darauf, was es war. Oder hatte es womöglich mit dem Jungen zu tun? Wer war er? Sie musste es herausfinden!

Und deshalb beschloss Evelyn, Anja in den alten Wasserpark zu folgen. Auch, wenn sie aus irgendeinem Grund ein mieses Gefühl dabei hatte. Es war, als ahnte sie bereits, dass sie dort etwas ganz Schlimmes erwarten würde.

KAPITEL 40

12:37 Uhr

Als Evelyn am aufgelassenen Wasserpark ankam, lief ihr der Schweiß übers Gesicht, und ihre Kleidung klebte klamm und unangenehm an ihr. Ihr Kreislauf machte ihr immer mehr zu schaffen. Immer wieder wurde ihr schwarz vor Augen, und sie hatte mit einem leichten Schwindelgefühl zu kämpfen. Das Atmen fiel ihr schwer. Die Mittagssonne brannte erbarmungslos auf sie herab, und die kleine Wasserflasche, die sie sich auf dem Weg hierher besorgt hatte, hatte sie längst leer getrunken. Wenn sie so weitermachte, würde sie die Nacht nicht im Hotel, sondern im Krankenhaus verbringen müssen.

Sie rettete sich in den Schatten, den der überdachte Eingang bot, und weil sie schon wieder ein leichter Schwindel überkam, lehnte sie sich mit dem Rücken an die Wand des einstigen Kassenhäuschens. Ihr Kreislauf beruhigte sich dadurch kaum. Aber der Schatten bot auch so gut wie keine Abkühlung. All der Beton und der Asphalt um sie herum waren so aufgeheizt, dass sie das Gefühl hatte, in einen gewaltigen Backofen geraten zu sein. Sie schloss die Augen und hoffte, so den Schwindel besänftigen zu können. Aber auch das half kaum.

Gott, du bist so dumm! Wenn du so weitermachst, wirst du hier draußen noch einen Herzinfarkt bekommen! Das würde dir gerade noch fehlen!

Zu den körperlichen Beschwerden mischte sich tiefes Unbehagen. Es fühlte sich seltsam an, hier zu sein. Ganz in der Nähe hatte sie die Leiche der Rothaarigen gefunden. Das schien zwar schon so lange zurückzuliegen. Tatsächlich war es aber erst am Vortag gewesen. Jetzt trieb sie sich schon wieder an einem Ort herum, den sie unter normalen Umständen niemals aufgesucht hätte. Aber es war eben nichts mehr normal seit ihrer Ankunft hier.

Sie nahm sich vor, noch einmal das Gespräch mit Anja zu suchen und sich gleich danach ins Hotelzimmer zurückzuziehen, um endlich ein paar Stunden Schlaf nachzuholen. Sie musste dringend wieder zu Kräften kommen. Und klar im Kopf werden.

Also mach schon weiter!

Sehen konnte sie von ihrer Position aus niemanden, doch sie hörte neben dem ohrenbetäubenden Grillengezirpe auch einige Stimmen von Jugendlichen durcheinander schreien und quasseln. Sie sah auf das Drehkreuz und fragte sich, wie sie schmerzfrei da durchkommen konnte. Sie versuchte, es zu drehen, aber es war eingerastet und gab in keine Richtung nach. Darüber würde sie nicht kommen. Und auch darunter durchzukriechen würde gar nicht so einfach für sie werden. Sie überlegte, nach Anja zu rufen. Doch sie verwarf den Gedanken gleich wieder. So wie Anja gerade drauf war, würde sie womöglich auch noch weglaufen, wenn sie ihre Oma vor ihren Freunden entdeckte.

Ihr blieb also nichts anderes übrig, als auf ihre Knie zu sinken und dann auf allen vieren unter dem Drehkreuz hindurchzukriechen. Ihre Kniescheiben und ihr Kreuz schmerzten dabei um die Wette. Aber immerhin schaffte sie es so hinein. Drinnen angekommen, raffte sie sich umständlich und unter Schmerzen hoch und sah sich um.

Die Ausmaße des einstigen Wasserparks waren gewaltig – kein Wunder, dass er einst so gut besucht gewesen war und die Kassen der Stadt hatte klingeln lassen. Er musste die Größe von vielen Fußballfeldern haben. Allein von ihrem Standpunkt aus konnte Evelyn neben dem riesigen Hauptbecken noch vier, nein fünf weitere Becken entdecken. Außerdem drei Sprungtürme, mehrere Wasserrutschen, einen Spielplatz, unzählige Umkleidekabinen und ein zweistöckiges Gebäude, das einst das Restaurant, Saunen, eine Spielhalle, mehrere Kegelbahnen und vieles mehr beherbergt hatte. Evelyn schätzte, dass alleine das Gebäude an die 2.000, vielleicht sogar 3.000 Quadratmeter hatte, Kellerstockwerke nicht mitgerechnet. Dahinter zeichneten sich die Überreste des einstigen Badesees ab. Die Hitze der letzten Tage und Wochen hatten ihm noch zusätzlich zugesetzt. Jetzt bestand er nur noch aus einigen größeren und kleineren Tümpeln.

Evelyn entdeckte drei Jugendliche auf der großen Sonnenterrasse des Hauptgebäudes. Außerdem zwei bei den Rutschen. Ein Junge kletterte gerade von unten in eine abgeschlossene Röhrenrutsche. Ein weiterer Junge stand auf dem Fünfmeterturm, schirmte sich mit der Hand die Augen ab und blickte sich auf dem Areal um. Als er Evelyn sah, hielt er kurz inne, schaute dann aber rasch wieder in eine andere Richtung. Drei Gestalten sah Evelyn am anderen Ende der großen ausgedörrten Liegewiese in Richtung Waldrand gehen. Zumindest zwei davon wirkten wie Jungs.

Evelyn wagte sich tiefer in das Areal. Dabei war sie nicht nur auf der Suche nach Anja, sondern auch nach Schattenplätzen, auf denen sie zumindest für ein paar Sekunden Schutz vor der sengenden Sonne finden konnte. Viele gab es nicht davon, deshalb glich der Großteil der Wiese auch einer Steppe. Die wenigen Büsche wirkten völlig ausgetrocknet und auch die Bäume sahen nicht so aus, als stünden sie in der Blüte ihres Lebens. Viele der Kronen waren ausgelichtet. Evelyns Kreislauf ging es deshalb auch bald wieder übler. Ihr Puls war viel zu hoch. Und der Schwindel wurde anstatt besser immer schlimmer. Sie brauchte dringend einen Schluck Wasser. Sie sehnte sich beinahe auf Kramers klimaanlagengekühlte Couch zurück.

Evelyn entdeckte Anja am Ufer des größten Tümpels. Er war etwa so groß wie fünf oder sechs Tennisplätze und so verschlammt, dass außer einem braungrauen Schimmer nichts zu erkennen war. Es war schon ein paar Jahre her, dass sie erfahren hatte, dass der See kaum noch tiefer als einen Meter war. Vermutlich war der Wasserspiegel seitdem, und vor allem in den letzten Wochen, noch einmal deutlich gesunken.

Eine Gruppe von Jugendlichen entledigte sich gerade ihrer T-Shirts, Schuhe und anderer Kleidungsstücke und stapfte in Badeshorts und Bikinis in das trübe Wasser.

Anja blieb vollständig bekleidet am Ufer zurück. Mit all dem Schwarz wirkte sie wie ein Fremdkörper in diesem ganzen Hochsommerszenario. Sie war gerade ins Gespräch mit dem Jungen von vorhin vertieft. Er flüsterte ihr etwas ins Ohr. Sie gab ihm einen Stoß gegen den Brustkorb. Er lachte. Sie schüttelte den Kopf. Ein weiterer Junge, der vielleicht drei Meter entfernt stand, lachte mit.

»Anja!«, rief Evelyn, ehe sie begriffen hatte, was sie da tat. Sie ging auf sie zu und winkte ihr. Auch das bemerkte sie erst jetzt so richtig.

Anja fuhr zu ihr herum. Ihre Augen wurden ganz groß.

Evelyn war noch etwa 20 Meter von ihr entfernt.

Da rief Anja ihr entgegen: »Scheiße, was willst du hier?«

Der Junge flüsterte ihr wieder etwas ins Ohr. Sie nickte. Er zog sich zurück.

Evelyn hatte sie gleich erreicht. Sie war außer Atem. Vor Anstrengung. Vor allem aber vor Aufregung. Sie hechelte geradezu. »Tut mir ... leid, dass ich ...«

»Verfolgst du mich jetzt etwa?«

»Nein, aber ...«

»Was tust du dann hier?«

»Ich muss mit dir reden.«

»Ich habe dir schon gesagt, dass ich keine Lust habe.«

»Es ist aber wichtig.«

»Es ist wichtig, dass wir Lena finden. Und Valerie. Sonst interessiert mich gerade gar nichts!«

»Ich muss unbedingt etwas wissen.«

»Was, verflucht?«

Evelyn hatte sie erreicht. Sie hätte Anja gerne umarmt und ihr so den Wind und den Ärger aus den Segeln genommen. Aber sie befürchtete, dass sie damit alles nur noch schlimmer machen würde. Sie stand dem Mädchen wie einer Fremden gegenüber. Die Vertrautheit von einst war nur noch eine surreale Erinnerung.

»Wieso bist du gestern Abend in den Wald gegangen?«

»Was?«

»Doch nicht, um zu rauchen, oder?«

»Wieso denn nicht?«

»Das glaube ich dir nicht.«

»Das ist aber nicht mein Problem.«

»Warum sprichst du nicht darüber?«

»Keine Lust eben.«

»Bitte, du musst ...«

»Ich muss gar nichts!«

»Bitte, Anja. Ich will nicht mit dir streiten. Ich will nur ...«

»Du willst. Du willst. Du willst. Mama will. Papa will. Ihr alle wollt immer nur. Fragt ihr euch vielleicht auch mal, was ich will? Ich muss immer nur.«

»Natürlich tue ich das!«

»Einen Scheiß tust du!«

»Warum sprichst du so mit mir?«

»Weil ich es will, so!«

»Bitte lass uns nicht streiten!«

»Dann lass mich in Ruhe!«

»Sag mir, warum du gestern in den Wald gegangen bist, und ich lass dich auf der Stelle in Ruhe.«

»Mann, du nervst vielleicht …« Sie schien zu überlegen. »Du bist mich dann sofort los.«

Evelyn konnte ihr ansehen, dass es in ihrem Kopf ratterte.

»Komm schon!«

Anja kam ganz nah an sie heran. Ihre Stimme war jetzt so gedämpft, dass niemand außer Evelyn sie hören konnte. »Wenn ich es dir sage, versprichst du mir dann zwei Sachen?«, wollte Anja wissen.

»Was?«

»Erstens: Du lässt mich dann wirklich ein für alle Mal in Ruhe. Und zweitens: Du redest mit niemandem darüber, auch nicht mit der Polizei! Und schon gar nicht mit meinen Eltern, hast du mich verstanden!«

»Aber warum denn nicht?«

»Das ist meine Angelegenheit.«

»Aber …«

»Kein Aber. Versprich es. Oder geh!«

»Anja, ich kann doch nicht …«

»Deine Entscheidung!«

Evelyn holte tief Luft. »Gut, ich … ich verspreche es.«

Anja betrachtete sie, als suche sie nach Anzeichen einer Lüge in ihrem Gesicht. »Wenn du das Versprechen brichst, rede ich nie wieder ein Wort mit dir!«

»In Ordnung.«

Anja zögerte noch einen Augenblick. Dann gab sie sich einen Ruck und rückte mit der Sprache heraus.

KAPITEL 41

12:49 Uhr

»Ich habe einen Anruf bekommen«, sagte Anja bloß.
Und dennoch war Evelyn wie elektrisiert. »Einen Anruf?«, brach es aus ihr heraus. Hatte sie sich etwa in Kramer getäuscht? Hatte er tatsächlich die Wahrheit gesagt? »Was für einen Anruf?«

»Keine Ahnung. Irgend so ein Typ hat gemeint, dass, wenn ich Lena und Valerie lebend wiedersehen möchte, ich alleine in den Wald kommen solle. Und dass er, wenn ich jemandem davon erzählen würde oder ich nicht alleine kommen würde, er die beiden umbringen würde. Deswegen wollte ich ja auch nicht, dass du mir folgst.«

»Aber ...« Evelyn wusste nicht, was sie sagen sollte. Ihr Hirn ratterte. Dass es nicht nur leichtsinnig, sondern vor allem auch gefährlich gewesen war, wusste Anja sicher selbst. Spätestens nach dem Angriff. Aber noch mehr verschlug es ihr die Sprache, dass sich Anjas und Kramers Geschichten tatsächlich deckten. Damit hatte sie nun wirklich nicht gerechnet. Vielmehr hatte sie gehofft, mithilfe von Anjas Aussage Kramer überführen zu können. Aber jetzt?

»Kein *Aber*!«, sagte Anja. »Ich habe dir alles gesagt. Mehr weiß ich nicht. Und wenn ich ganz ehrlich bin, möchte ich das auch gar nicht. Alles, was ich will, ist, dass es Valerie und Lena gut geht und sie bald zurückkommen!«

»Das will ich doch auch. Deshalb ...« Evelyn brach ab, sammelte sich: »Kanntest du den Mann am Telefon?«

»Nein, natürlich nicht! Sonst hätte ich es doch eben gesagt, Mann!«

Evelyns Feindseligkeit schmerzte sie. Gleichzeitig überschlugen sich ihre Gedanken. Sie versuchte zu begreifen, wie alles, was sich in den letzten Tagen ereignet hatte, zusammenhing. Wer zum Teufel war dieser mysteriöse Anrufer? Warum hatte niemand seine Stimme erkannt? Hatte er tatsächlich eine App oder so etwas in der Art verwendet?

»Kann es vielleicht sein, dass ...?«

Evelyn brach ab. Weil irgendwo nicht weit entfernt ein Mädchen aufschrie. Sie schaute sich um. Begriff aber auf die Schnelle nicht, woher der Schrei gekommen war.

Auch Anja sah sich um.

Da schrie das Mädchen noch einmal. Viel lauter und hysterischer als zuvor. Ein zweites fing ebenfalls zu kreischen an. Hektik brach aus. Alle stürmten auf den größten der Tümpel zu. Dorthin, wo die beiden Mädchen bis knapp unter die Hüften im schlammigen Wasser standen. Und sich die Seele aus dem Leib brüllten.

KAPITEL 42

12:49 Uhr

»Was rufen die da?«, murmelte Evelyn mehr zu sich selbst.

Sie bekam keine Antwort. Anja hatte sich längst von ihr abgewandt und war ans Ufer getreten. Auch sonst war niemand in ihrer Nähe. Alle stürmten ans Ufer oder in den Tümpel hinein. Ein Junge führte eines der kreischenden Mädchen hinaus ins Trockene. Dort ließ sie sich auf die Knie fallen. Und kreischte sich weiter die Seele aus dem Leib. Ein paar Umstehende stürzten neben ihr zu Boden und versuchten, sie zu beruhigen.

»Ich ... ich glaube, da ... da ist etwas!«, schrie das andere Mädchen, das seinen ersten Schock zumindest halbwegs überwunden zu haben schien, und immer noch an der Stelle im Wasser stand. Etwa zehn Meter vom Ufer entfernt. Sie war dennoch nur schwer zu verstehen, weil sie weinte.

Bitte nicht! Bitte, bitte, bitte nicht!

»Los, kommt!«, rief ein Junge.

»Ruft die Polizei, schnell!«, brüllte ein anderer.

Immer mehr stapften ins Wasser. Gingen in die Knie und legten ihre Köpfe in den Nacken. Sie tasteten den schlammigen Boden ab. So lange, bis jemand rief: »Da! Scheiße, da ist was!«

»Das ist ein Bein!«

»Fuck!«

»Kommt her, verdammt!«

»Los!«

»Bitte nicht!«

Ein Gewirr aus Jugendlichen, die brüllten, kreischten, weinten. Und blasse, nackte Unterarme aus dem Wasser zogen. Evelyn sah ein dunkles Knäuel. Sie begriff, dass es ein Hinterkopf sein musste, an dem lange dunkle Haare nass herunterhingen. Nackte Schultern kamen zum Vorschein. Ein nackter Rücken. Immer mehr Jugendliche stürmten heran und versperrten Evelyn die Sicht. Ihr wurde bewusst, dass sie losgegangen war und jetzt ebenfalls direkt am Ufer stand.

Die Gruppe zog das Mädchen direkt an ihr vorbei. Dabei waren sie so hektisch, dass jemand Evelyn rammte, sie einen Ausfallschritt zur Seite machen musste und alle Mühe hatte, sich auf den Beinen zu halten. In die Schreie, das Kreischen und das Weinen mischte sich Jammern, verzweifeltes Flehen. Jemand übergab sich.

Evelyn sah das Mädchen, das sie aus dem Wasser gezogen hatten. Und die Welt um sie herum verdunkelte sich. Trotz der Hitze schien ihr das Blut in den Adern zu gefrieren.

Oh mein Gott!

Die Tote war nackt. Mit Hämatomen, Schnitt- und Stichwunden übersät. Die linke Brust war ihr zum Teil abgetrennt worden. Den rechten Oberschenkel durchzog ein so tiefer Schnitt, dass das Fleisch hervorquoll. Und die Zehen und Finger waren so verrenkt, dass Evelyn sich sicher war, dass zumindest ein Großteil davon gebrochen war. Doch das Schlimmste an dem Anblick war für Evelyn die Gewissheit, dass auch dieses Mädchen dem Augen-Killer zum Opfer gefallen war. Denn auch der armen Lena waren die Augen herausgeschnitten worden.

KAPITEL 43

18:57 Uhr

Evelyn war nie gläubig gewesen. Ihre Eltern hatten sie frei von jeglichen Glaubenszwängen erzogen. Und auch Hans hatte für die Institutionen, die dahinter standen, höchstens ein müdes Lächeln und, wenn wieder einmal einer der zahlreichen Missbrauchsskandale ans Tageslicht gekommen war, einen wütenden Fluch übrig gehabt. Hans' Religion war sein Lieblingsfußballverein, wie er immer wieder im Scherz versicherte. Und seine Farben waren nicht Gold und Silber, sondern Grün und Weiß.

Kirchen hatten immer schon etwas Unangenehmes, manchmal sogar Unheimliches auf sie ausgestrahlt. All die flackernden Kerzenflammen, die scheinbar diabolisch tanzenden Schatten. Die verstaubten 40-Watt-Glühbirnen, die sich in dem vielen unnötigen Gold spiegelten, aber einfach kein ausreichendes Licht abgeben wollten. Die überdimensionalen düsteren Ölbilder, die viel zu schwer schienen, als dass sie sich an den hohen rissigen Wänden halten konnten. Die humorlosen, alten weißen Männer in ihren Kutten, die einem erzählen wollten, wie man zu leben hatte. Das Orgelspiel, das sich immer ein wenig falsch anhörte, der schiefe Gesang. Die angestrengten Mienen der Gläubigen, die vielen prüfenden Blicke. Das permanente Knarren der alten unbequemen Holzbänke. Das Räuspern. Die Kälte, selbst im Hochsommer. Einfach so vieles an diesen Orten bereitete Evelyn Unbehagen.

In Evelyns Leben waren immer wieder viele Jahre vergangen, in denen sie keine Kirche von innen sehen musste. Jetzt schien es, als wollte eine höhere Macht das schnellstmöglich ausgleichen. Immerhin war es erst wenige Wochen her, da sie für Hans zwei Tage vor dem Begräbnis auch eine Trauerfeier halten ließ. Nicht weil sie oder Hans das gewollt hätte. Nein, einfach nur, weil Freunde und Bekannte das erwartet hatten. Und sie in ihrer Lethargie das Gefühl hatte, dass es sich tatsächlich ganz einfach so gehörte. Wie dumm ihr dieser Gedanke jetzt vorkam. Heute würde Evelyn sich anders entscheiden. Inzwischen wäre es ihr völlig egal, was andere dachten oder womöglich hinter vorgehaltener Hand tuschelten. Die letzten Tage hier hatten ihr die Augen geöffnet.

Sie hatte an diesem Abend lange mit sich gehadert. Vor allem, weil es ihr körperlich immer schlechter ging. Nachdem die tote Lena gefunden worden war, hatte Evelyn noch lange in der unsäglichen Hitze ausharren müssen. Erst war nur ein einzelner Streifenwagen mit zwei jungen uniformierten Polizisten aufgetaucht. Dann ein weiterer. Und schnell wurden es immer mehr. Schließlich war auch die Kriminalpolizei angekommen, um sich auf dem Areal umzusehen und alle Anwesenden zu befragen.

Die Ankunft der Spurensicherung hatte Evelyn nicht mehr mitbekommen. Weil sie endlich in die Polizeistation gefahren worden war, um dort in demselben kleinen Kämmerchen, in dem sie schon am Vortag Rede und Antwort gestanden hatte, befragt zu werden. Dieses Mal nahm sie lediglich der Dicke der beiden in die Mangel – Wolfgang Brosch, wie Evelyn inzwischen wusste. Sie stand zwar wieder ein wenig unter Schock und sie merkte sich seinen Rang auch dieses Mal nicht, doch zumindest der Name blieb nun hängen. Sie hatte den Eindruck, dass er noch heftiger als am Vortag schwitzte. Dafür schien er dieses Mal besonderes Mitleid mit ihr zu haben. Er fragte nicht ganz so häufig nach. Und schien ihr die Version, dass sie bloß dort gewesen war, weil sie sich um

Anja Sorgen gemacht hatte, zu glauben. Evelyn konnte nur hoffen, dass Anja ihr Versprechen hielt und ihren Eltern nicht erzählte, dass sie zurückgekommen war. Der zweite Unsicherheitsfaktor war Brosch – falls er auf die Idee kommen sollte, auch jeden einzelnen Jugendlichen, und somit auch Anja, im Beisein der Eltern zu befragen. Evelyn hoffte, dass er so viel zu tun hatte, dass das erst am kommenden Tag so weit sein würde.

Der Tag war also bisher schon unglaublich lang und kräftezehrend für Evelyn gewesen. Und dennoch entschied sie sich dafür, am Gedenkgottesdienst für die ermordete Lena teilzunehmen. Weshalb, konnte sie selbst nicht so genau sagen. Mit Bauchschmerzen und einem miesen Gefühl war sie hierhergekommen. Und hatte feststellen müssen, dass letztendlich doch nichts daraus wurde. Weil das Gotteshaus aus allen Nähten platzte. Es waren so viele Trauergäste, Schaulustige und Journalisten gekommen, dass sich die Menschenschar bis durch das offenstehende Hauptportal nach draußen ins Freie drängte – bis dorthin, wo zu beiden Seiten Staffeleien mit großen Fotos von Lena aufgestellt worden waren und einige uniformierte Polizeibeamte die Lage im Blick behielten. Sehr wahrscheinlich nicht, weil jemand ernsthaft ein Sicherheitsrisiko während der Messe erwartete. Sondern einfach nur, um den vielen Reportern zu zeigen, dass die Polizei ihr Möglichstes tat, um den Serienkiller schnellstmöglich zu stellen.

Evelyn war sich sicher, dass Eltern ihre Kinder an diesem Abend ganz besonders fest an sich drückten und vermutlich im Stillen beteten, dass sie von so einem grauenvollen Schicksalsschlag verschont bleiben würden. Immer wieder war selbst draußen auf der Straße Schluchzen zu hören. Es herrschte eine Stimmung zwischen Schock, Trauer, Sensationslust und Panik. Misstrauen lag in der Luft, Lähmung und Wut. Evelyn konnte es förmlich spüren.

Da sie es nicht mehr in die Kirche hinein geschafft hatte und sich wie ein Fremdkörper fühlte, stand sie nun auf der gegenüberliegenden Straßenseite und wusste nicht so recht, was sie jetzt tun sollte.

Der Tag neigte sich langsam seinem Ende entgegen. Die Sonne hatte an Kraft verloren und würde jeden Moment hinter den Dächern der Stadt verschwinden. Doch die Luft, der Asphalt und der viele Beton um sie herum waren weiter aufgeheizt und würden es sicher noch bis tief in die Nacht bleiben.

Obwohl niemand in ihrer Nähe war, hielt Evelyn den Kopf gesenkt. Anja war nicht zu sehen. Und auch wenn sie nicht glaubte, dass Hendrik oder Manuela hier aufkreuzen würden, so wollte Evelyn unter allen Umständen ein unnötiges Risiko vermeiden. Immerhin war sie nicht ohne Grund mit dem nächsten Zug hierher zurückgekommen. Wenn sie bis dahin nicht den Mut verlieren würde, dann würde sie in dieser Nacht noch eine gewaltige Grenze überschreiten.

Während Orgelmusik zu ihr nach draußen drang, sagte Evelyn sich immer wieder, dass zumindest Valerie sicher noch am Leben sein würde – auch wenn sie immer mehr Zweifel daran hatte. Und dass Hendrik in Wirklichkeit nichts mit all dem hier zu tun hatte. Sie betete es sich wie ein Mantra immer und immer wieder vor. Auch wenn sie nicht daran glaubte und vom Gegenteil überzeugt war.

Wenn alles so klappte, wie sie sich das vorstellte, dann würde sie noch heute Nacht Hendriks Schuld beweisen können.

Auf einmal kroch Unbehagen ihren Nacken hoch. Zwei, drei Sekunden lang verstand sie nicht, was los war. Sie glaubte erst, dass die Orgelmusik das miese Gefühl in ihr ausgelöst hatte. Doch dann war sie sich plötzlich sicher: Jemand beobachtete sie!

Sie konnte den fremden Blick förmlich auf ihrer Haut brennen spüren. Sie sah sich um. Konnte aber niemanden entdecken.

Dann doch.

Da!

Er stand auf ihrer Straßenseite. Keine 50 Meter entfernt. Und halb hinter einem geparkten SUV versteckt. Er gab sich unauffällig. Als er merkte, dass er aufgeflogen war, gab er sich an ihr uninteressiert. Er tat so, als suchte er den SUV nach Kratzern oder Ähnlichem ab. Fuhr mit der Hand über den Lack.

Aber er konnte ihr nichts vormachen!

Er schien das zu merken und unruhig zu werden. Er sah sich zu beiden Straßenseiten um.

Da dämmerte es ihr.

Das war doch ... Na sicher!

Als er begriff, dass Evelyn ihn erkannt hatte, sprang er aus seinem Versteck und hetzte in die entgegengesetzte Richtung davon.

»Halt!«, rief Evelyn. Und jagte ihm nach.

KAPITEL 44

19:22 Uhr

»Viktor!«, hatte Evelyn immer wieder gerufen, nachdem sie ihn erkannt hatte und ihm nachgehetzt war. »Bitte bleib stehen!«

Doch er war nicht stehen geblieben. Stattdessen war er immer schneller geworden. Ein paar Meter war er sogar gelaufen. Evelyn hatte alle Mühe gehabt, mit ihm Schritt zu halten. Der Abstand zu ihm war immer größer geworden. Als er in einer Seitengasse verschwunden war, hatte sie schon befürchtet, ihn verloren zu haben. Doch dann hatte sie am Ende der Straße in einem Vorgarten eine Bewegung ausgemacht. Und gleich im nächsten Moment hatte sie ihn im Haus verschwinden sehen.

Genau vor diesem Haus stand Evelyn jetzt. Mit rasendem Puls und völlig außer Atem. Sie hatte schon geläutet, doch Viktor hatte nicht darauf reagiert. Also läutete sie noch einmal. Und hämmerte mit der Faust auf die Tür ein.

»Bitte mach auf!«

Sie war noch viel zu aufgeregt, um zu begreifen, wie seltsam sein Verhalten wirklich war. Wieso hatte er sie beobachtet? Warum war er vor ihr weggelaufen? Und weshalb versteckte er sich nun im Haus und tat so, als wäre er nicht hier? All diese Fragen dämmerten ihr erst jetzt. Und weil sie keine Antwort darauf hatte, bekam sie es mit der Angst zu tun. Doch sie versuchte, sie zu ignorieren.

»Ich weiß, dass du hier bist!«

Sie läutete noch einmal.

»Ich will nur kurz mit dir reden!«

Sie sah sich um. Die umliegenden Häuser lagen still da. Obwohl es langsam dunkel wurde, war kein Licht in den Fenstern zu sehen. Vermutlich waren die meisten der Bewohner gerade beim Gottesdienst. Nur in einem Haus auf der gegenüberliegenden Straßenseite glaubte sie, die Bewegung eines Vorhangs wahrzunehmen. Doch ehe sie sich sicher war, tat sich unverhofft etwas in Viktors Haus.

Sie hörte etwas, das wie ein schweres Schnaufen klang, und kurz darauf ein Klicken des Schlosses. Dann ging die Tür nach innen auf.

Und Viktor stand vor ihr.

Er schaute sie bloß an und sagte nichts. Auch Evelyn wusste im ersten Moment nicht, was sie sagen sollte.

Einen Augenblick lang hing Schweigen zwischen ihnen und über der Türschwelle. Ein schweres, unangenehmes Schweigen.

»Du weißt doch noch, wer ich bin, oder?«, fragte Evelyn. Einfach nur, um irgendetwas zu sagen.

Er nickte. »Natürlich.«

Er blickte über ihre Schultern hinweg in die Nachbarschaft. So, als fürchtete er, dass ihr Geschrei eine unnötige Aufmerksamkeit auf ihn gelenkt hatte. Schließlich trat er einen Schritt zur Seite und öffnete die Tür noch ein Stück weiter. »Komm rein.«

Sie trat ein.

»Bitte lass die Schuhe gerne an.«

Wie Kramer einige Stunden zuvor, gab auch Viktor ihr offenbar das Gleiche damit zu verstehen: Es lohnt sich erst gar nicht, die Schuhe auszuziehen, denn ich will dich nicht lange hier haben!

Ihr war es ganz recht. Das Aus- und Anziehen der Schuhe war ohnehin immer eine Herausforderung für sie.

Er führte sie weiter in eine kleine, unaufgeräumte Männerküche. Sie konnte gar nicht so genau sagen, welche Details ihr das suggerierten. Doch Evelyn war sofort klar, dass schon seit langer Zeit keine Frau mehr die Küche benutzt haben konnte. Vielleicht waren es die drei zerknüllten Bierdosen, die neben der Spüle lagen. Vielleicht waren es auch die vielen Konservendosen mit Fertiggerichten, die nicht in einen Schrank geräumt worden waren, sondern einfach auf der Arbeitsplatte standen. Vielleicht war es auch das Fehlen von jeglicher Deko, Pflanzen, liebevollen Details oder Obst in der Obstschale. Oder auch der viele Staub, wohin sie auch blickte. Womöglich war ihr Denken aber auch einfach nur ein wenig veraltet und voreilig. Auch Frauen waren faul und tranken gerne Bier.

»Bitte setz dich«, sagte Viktor, zeigte auf einen Stuhl am Esstisch und setzte sich ihr gegenüber.

Er bot ihr nichts zu trinken an und machte auch nicht das Licht an. Offenbar sollte sich Evelyn gar nicht erst zu wohl fühlen.

»Danke«, sagte sie und setzte sich.

Er schnaufte.

Sie schnaufte.

Und wieder drängte sich einen Moment lang Schweigen zwischen sie und schwebte über dem verdreckten und mit Essenskrümeln übersäten Tischtuch.

»Also, was kann ich für dich tun?«, fragte er in einem Tonfall, der ihr unmissverständlich klarmachte, dass er in Wirklichkeit gar keine Lust darauf hatte, es zu erfahren.

Er kratzte sich am mit Bartstoppeln bedeckten Kinn. Evelyn fiel auf, dass sein Handrücken besonders stark behaart war.

Sie beschloss, gleich zur Sache zu kommen: »Was ist mit Hendrik los?«

Er zögerte. Dann unsicher: »Was meinst du?«

»Was ist zwischen dir und ihm vorgefallen?«

Erneutes Zögern. »Ich weiß nicht, wovon du sprichst.«

»Der Vorfall auf der Straße vor zwei Tagen, als wir dich fast über den Haufen gefahren haben. Ihr habt euch so seltsam angesehen. Und ihr habt euch nicht einmal gegrüßt.«

»Haben wir nicht?«

Willst du mich für dumm verkaufen? »Nein!«

»Hm.«

»Also, warum nicht?«

»Vielleicht wegen des Schocks?«

»Das stimmt doch nicht, oder?«

»Doch, es wird wohl daran gelegen haben.«

»Da steckt doch mehr dahinter!«

Er sah sie starr an. Sie konnte ihm ansehen, dass sich seine Gedanken gerade überschlugen.

»Nicht, dass ich wüsste«, sagte er schließlich.

»Das ist eine Lüge.«

»Du sagst, dass ich lüge?«

»Ja.«

Er schaute sie wieder einen Moment lang an.

»Weißt du etwas über Hendrik?«, hakte sie nach.

»Ich weiß vieles über ihn. Er ist mein Bruder.«

»Hör auf, mich für dumm zu verkaufen!«

»Was meinst du?«

»Du weißt doch etwas!«

»Du irrst dich!«

»Sag mir, was du weißt!«

»Was soll ich denn bitteschön wissen? Ich verstehe wirklich nicht, worauf du …«

»Willst du, dass noch mehr Mädchen sterben?«

Ihre Direktheit schien ihn zu überraschen. Er riss die Augen auf. Öffnete den Mund, setzte an, hielt dann aber doch inne. Seine Miene war starr. Dennoch konnte sie ihm den inneren

Konflikt ansehen, den er gerade ausfocht. Keine Frage, dass er ein Geheimnis hütete.

»Bitte sag mir, was du weißt!«, drängte Evelyn ihn. Sie spürte, dass sie ganz nah davor war, endlich Antworten zu bekommen.

Doch er blieb weiter stumm.

»Sag es mir! Hat er etwas mit den Morden zu tun?«

»Spinnst du?«, entfuhr es ihm. Aber seine Entrüstung schien nur vorgetäuscht. Wäre dieser Vorwurf völlig neu für ihn gewesen, hätte seine Reaktion noch viel heftiger ausfallen müssen.

»Ist Hendrik der Augen-Killer?«

»Das ... das ist doch absurd!«

»Du weißt, dass er es ist, richtig?«

Er schwieg. Pickte mit Daumen und Zeigefinger einen Brötchenkrümel vom Tisch, betrachtete ihn und schnippte ihn schließlich im hohen Bogen durch die Küche in Richtung Spüle.

»Bitte, sag mir, was du weißt!«, drängte Evelyn ihn.

Weitere Sekunden verstrichen.

»Viktor!«

Er atmete tief durch. Rieb sich mit beiden Händen das Gesicht. Dann schob er mit den Unterschenkeln den Stuhl zurück und erhob sich. »Ich glaube, du solltest jetzt gehen.«

WAS?

»Ist das dein Ernst?«

»Ja.«

»Ich gehe zur Polizei.«

»Daran kann ich dich nicht hindern.«

Das konnte doch nicht wahr sein! Sie war so kurz davor gewesen, das wusste sie. Und jetzt das? Verzweiflung flutete ihren ganzen Verstand.

»Viktor, du musst doch ...!«

»Bitte geh jetzt!«, unterbrach er sie.
»Nein! Sicher nicht! Ich will …!«
»Evelyn, bitte, du wirst von mir nichts erfahren.«
»Also weißt du etwas!«
»Nein.«
»Das glaube ich dir nicht! Sonst hättest du das doch gerade nicht gesagt! Rede endlich!«

Evelyn war sich sicher: Wenn sie auch nur einen Funken Menschenkenntnis besaß, dann log er. Und er focht gerade einen schweren inneren Konflikt aus. Die Tatsache, dass er ständig ihrem Blick auswich. Dass seine Augen immer feuchter zu werden schienen. Sein Gesicht unkontrolliert zuckte. Und er ständig irgendwelche sinnlosen Handbewegungen machte und an seinem T-Shirt herumzupfte. Das alles waren doch eindeutige Zeichen. Sie war davon überzeugt, dass sie ganz nah dran war, ihn zu knacken.

»Ich kenne Hendrik«, sagte sie und versuchte, damit ihre Taktik zu ändern und an seine Vernunft zu appellieren. »Ich weiß, dass etwas nicht stimmt mit ihm.«

Er zögerte einen Augenblick lang. »Vielleicht …« Er holte tief Luft, schluckte. Sein Kehlkopf zuckte dabei. »Vielleicht kennst du ihn nicht so gut, wie du denkst!«

»Er hat etwas mit den Morden zu tun, das weiß ich.«

»Er …« Er holte wieder Luft. Dann zögerlich: »Er ist ein guter Mensch.«

»Das sagst du doch nur, weil er dein Bruder ist. Du weißt, dass ich recht habe. Und weißt du, warum ich mir da so sicher bin?«

»Nein«, sagte er und seufzte. »Bitte sag es mir.«

»Weil du mich kein einziges Mal danach gefragt hast, wie ich überhaupt auf die Idee komme, dass er etwas mit den Morden zu tun hat.«

Er riss Augen und Mund weit auf.

Und Evelyn wusste: Sie hatte ins Schwarze getroffen.

»Hör auf, ihn zu schützen!«, flehte sie ihn an.

»Bitte ...« Er schluckte abermals. Aber seine Stimme war brüchig. »Bitte geh jetzt.«

»Wir müssen ihn aufhalten! Valerie wird noch immer vermisst, und wir haben keine Ahnung, wo sie steckt und ob sie noch am Leben ist!«

»Fahr nach Hause, Evelyn. Du stürzt uns alle ins Unglück.«

»Dort sind wir doch schon längst.«

»Du verlässt jetzt bitte mein Haus!«

»Aber ...«

»Augenblicklich!«, schrie er plötzlich.

Evelyn zuckte zusammen. Und wich vor Schreck einen Schritt zurück.

»Und ich bitte dich inständig: Fahr nach Hause!«

KAPITEL 45

23:09 Uhr

Evelyn warf einen raschen Blick auf ihre Armbanduhr. Dieses Mal war sie so aufgeregt und erschöpft zugleich, dass es ihr beim Anblick nicht einmal mehr einen Stich ins Herz versetzte. Vielleicht lag es aber auch einfach daran, dass es längst dunkel war und sie die Zeit kaum erkennen konnte. Um sicherzugehen, kramte sie ihr Handy hervor. Sie hatte richtig gesehen. Über zweieinhalb Stunden war sie also bereits hier am Waldrand und beobachtete Manuelas und Hendriks Haus. Gefühlt war es noch viel länger. Sie wusste schon gar nicht mehr, wie sie stehen oder sitzen sollte, um ihre Schmerzen halbwegs unter Kontrolle zu halten.

Sie konnte nur hoffen, dass weder Anja noch Viktor Hendrik gewarnt hatte und nicht alles umsonst sein würde. Wenn er wusste, dass sie zurückgekehrt war und ihn weiter in Verdacht hatte, dann war ihr Plan schon jetzt zum Scheitern verurteilt. Sie legte all ihre Hoffnung in Anjas mangelnde Gesprächsfreudigkeit. Und in die Kälte zwischen Viktor und Hendrik.

Evelyn war sich sicher: Viktor schützte ihn. Sie wusste bloß nicht, warum. Und sie nahm an, dass Viktor nichts mehr mit Hendrik zu tun haben wollte, weil er dessen dunkles Geheimnis kannte. Sehr wahrscheinlich steckte er seit Tagen im gleichen furchtbaren Schlamassel wie sie.

Seit sie hier am Waldrand verharrte, hatte sich niemand vor dem Haus blicken lassen. Vermutlich saßen sie jeder für sich alleine irgendwo in einem abgeschlossenen Zimmer und versuchten, mit ihren Ängsten und dem Schrecken der letzten Stunden klarzukommen. Sicher hatte Manuela den ganzen Tag über durchgeheult und nur mit Medikamenten in den Schlaf gefunden. Eine Vorstellung, die bei Evelyn nur noch mehr Schuldgefühle entfachte. Und ihr den Hals zuschnürte.

Es ist alles meine Schuld!

In den letzten Stunden hatte sie ein Wechselbad der Gefühle erlebt. Nicht nur einmal hatte sie das Handtuch werfen wollen und war in Gedanken bereits wieder auf halbem Weg zurück in die Stadt gewesen. Doch jedes Mal aufs Neue hatte sie dann doch wieder ihren Mut gefunden. Mit ihrem Zögern würde sie nur Valeries Leben riskieren. Es gab kein Zurück. Sie musste das jetzt durchziehen. Sie musste diese Grenze überschreiten.

Die Zeit verstrich wie in Zeitlupe. Eine gefühlte Stunde später warf sie erneut einen Blick auf ihre Uhr: Es waren keine zehn Minuten vergangen. Und so ging das weiter und weiter. Im Obergeschoss war immer noch Licht an. Sie würde also weiter hier ausharren müssen. Auch wenn ihr Körper bald ein einziger Schmerz war.

Halte durch!

Und das tat sie auch. Bis um exakt zehn Minuten vor Mitternacht das letzte Licht im Haus ausging. Doch das bedeutete noch lange keinen Startschuss. Sie würde noch weiter hier warten müssen, bis alle tief und fest schliefen.

Erst um Mitternacht wagte sie sich deshalb aus dem Schutz des Waldrands hinaus und schlich den Feldweg entlang bis zur Rückseite des Grundstücks. Von dort aus schlüpfte sie in den Garten und weiter bis zum Haus. An der Seite stahl sie sich entlang.

Doch dann der Schock!

Mist, verdammter!

Sie hatte doch so lange gewartet. So lange Zeit zum Nachdenken gehabt. Wie konnte sie das dann übersehen? Wie, zum Henker, konnte sie bloß den Bewegungsmelder nicht bedenken?

Als er ansprang, rutschte ihr fast das Herz in die Hose. Sie huschte um die Ecke. Presste den Rücken so fest sie nur konnte gegen die Hausmauer. Hielt die Luft an. Und wagte es nicht, sich zu rühren. Sie schloss die Augen. Lauschte voller Anspannung.

Das Grillengezirpe war, wie schon in den beiden Nächten zuvor, ohrenbetäubend laut. Doch aus dem Haus war weiter nichts zu hören.

Das Licht ging aus.

Es blieb weiter ruhig.

Gott sei Dank!

Evelyn wagte es endlich wieder, nach Luft zu schnappen. Dennoch war sie wieder einmal kurz davor, den Mut zu verlieren. Ihr Plan, wenn es denn jemals einer gewesen war, war noch dümmer, als sie gedacht hatte. Wie hatte sie bloß den Bewegungsmelder vergessen können? Sie war so dumm, dumm, dumm!

Sie blickte wieder auf die Uhr. Ganz beiläufig und eher unbewusst. Sie nahm die Zeit gar nicht wahr. Doch es passierte plötzlich etwas, das sie seit Hans' Tod nicht mehr verspürt hatte. Sie hatte Hoffnung. Eine Hoffnung, die Hans ihr gespendet hätte, wenn er jetzt noch an ihrer Seite gewesen wäre. Eine Hoffnung, die er ihr nun von irgendwo aus dem Jenseits über die Uhr spendete. Sie erinnerte sich an ihn. Zum ersten Mal seit seinem Tod ganz ohne Schmerz und Wehmut. Nein, jetzt musste sie an seinen Optimismus denken, an seinen Mut. Und an seinen Sinn für Gerechtigkeit, für den sie ihn immer so sehr bewundert hatte.

Er war ihr Held gewesen.

Jetzt lag es an ihr, seine Nachfolge anzutreten.

Was hätte Hans wohl an meiner Stelle gemacht?, fragte sie sich. Die Antwort war völlig klar: genau das! Ganz genau das, was sie gerade vorhatte.

Es war kein Fehler gewesen hierherzukommen. Und es würde auch kein Fehler sein, es durchzuziehen. Hans hätte das Licht des Bewegungsmelders ignoriert – immerhin würde Anja ganz bestimmt nicht darauf achten, und Manuelas und Hendriks Schlafzimmer lag auf der anderen Seite des Hauses. Er hätte sich um all das keine Gedanken gemacht. Nein, er hätte diesen Keramiktopf mit den Begonien darin angehoben, darunter gegriffen und den Ersatzschlüssel fürs Haus an sich genommen. Er hätte damit die Tür aufgesperrt und wäre ins Haus geschlichen. Eingebrochen, wenn man so wollte. In das Haus der eigenen Tochter.

Und genau das tat Evelyn jetzt.

Sie musste verrückt sein!

MONTAG

KAPITEL 46

0:17 Uhr

Evelyns Hände waren nass und zitterten, als sie den Schlüssel ganz langsam und Millimeter für Millimeter ins Schloss steckte, ihn drehte, einen Augenblick wartete, noch einmal drehte, und die Eingangstür schließlich wie in Zeitlupe nach innen aufschob. Ihr Herz pochte dabei ganz wild und der Angstschweiß trieb ihr aus den Poren. Sie konnte immer noch nicht glauben, dass sie das hier wirklich durchzog.

Einen Moment lang lauschte sie der Stille.

Nichts war zu hören bis auf das Grillengezirpe und das Dröhnen ihres Blutes in ihren Ohren.

Also streifte sie nahezu geräuschlos ihre Schuhe ab, trat ein und schloss die Tür hinter sich.

Dann verharrte sie erneut einen Moment. Sie starrte den stockdunklen Flur entlang. Und horchte konzentriert.

Nichts zu hören.

Entweder schliefen sie alle. Oder sie lagen einfach nur gedankenverloren da und starrten an die finstere Decke. So oder so durfte sie kein Geräusch von sich geben.

Mach schon, weiter!

Sie atmete tief durch, schluckte und ließ das Vorzimmer hinter sich. Wie in Zeitlupe tapste sie durch den Flur. Vorbei am Wohnzimmer, vorbei an der Küche. Weiter bis zur Kellertür.

Dort hielt sie abermals inne. Und lauschte.

Bis auf das kaum hörbare Ticken der Küchenuhr und das heftiger gewordene Rauschen in ihren Ohren war es still.

Möglicherweise war da auch ein kaum hörbares Schnarchen, das aus dem Schlafzimmer drang. Aber sie war sich nicht sicher, ob sie sich das nicht nur einbildete.

Weiter jetzt!

Sie griff die Klinke, die sich eiskalt in ihrer verschwitzten Hand anfühlte, und drückte sie ganz sachte nach unten. Vom Vorabend wusste sie, dass die Scharniere leicht quietschten. Deshalb ging sie jetzt ganz behutsam vor. Mit fest zusammengebissenen Zähnen und voller Anspannung öffnete sie die Tür. Und schaffte es tatsächlich, ohne auch nur das leiseste Geräusch dabei zu machen.

Sie blickte trotzdem noch einmal zur Schlafzimmertür zurück. Wartete ab.

Alles blieb ruhig.

Also trat Evelyn auf die erste Stufe und schloss die Tür genauso sachte und geräuschlos, wie sie sie geöffnet hatte. Erst jetzt wagte sie es, das Licht anzumachen. Dabei verspürte sie so etwas wie Erleichterung, obwohl es ihr auf einmal viel zu grell erschien und ihre Augen zu tränen begannen.

Weiter!

Sie stieg die kühlen Stufen hinab. Ganz langsam und vorsichtig. Nicht, weil sie fürchtete, mit ihren dünnen Söckchen ein Geräusch auf den gefliesten Stufen zu verursachen, sondern weil sie Angst hatte, dass ihr vor Aufregung die Beine wegsackten.

Unten angekommen, konnte sie ihr Glück, wenn es denn eines war, kaum fassen. Die Tür zur Werkstatt war wieder unverschlossen. Hendrik ahnte also scheinbar nichts von ihrer Rückkehr und ihrer Entschlossenheit. Oder ihrer Dummheit. Und er war sich seiner Sache anscheinend so sicher, dass er es nicht einmal für nötig befunden hatte, die Schatulle verschwinden zu lassen. Denn nachdem Evelyn behutsam die Tür geschlossen, das Licht angemacht und den Schrank geöffnet hatte und sie ihre Hand zwischen die zusammengelegten Decken gleiten ließ, stieß sie wie schon am Vorabend mit den Fingerspitzen gegen die Schatulle.

Sie holte sie hervor und stellte sie auf der Werkbank ab.
Und betrachtete sie voller Ehrfurcht.

Sie rieb sich vor Aufregung das Gesicht. Spürte, dass ein Kribbeln sie erfasste. Sie schluckte. Holte den kleinen Schlüssel hervor. Und ihr Puls machte einen weiteren Satz nach oben. Sie war sich sicher: Sie würde endlich Antworten bekommen. Die Frage war bloß: worauf? Sie zitterte auf einmal so heftig, dass ihr der Schlüssel beinahe aus den Fingern glitt. Wie ein heftig zappelnder Fisch, der alles versuchte, um vom Haken loszukommen.

Jetzt mach schon!
Sie führte den Schlüssel zum Vorhängeschloss.
Es war so weit!

KAPITEL 47

0:21 Uhr

Evelyn steckte den Schlüssel ins ...
 Halt, nein.
 Was zum ...?
 Sie versuchte es noch einmal. Es klappte nicht.
 Das darf doch jetzt nicht wahr sein!
 Sie betrachtete ihn. Er war nicht verbogen. Und auch sonst schien alles in Ordnung mit ihm. Sie probierte es noch einmal.
 Der Schlüssel passte nicht.
 Mist! Mist! Mist!
 Egal, wie oft sie es auch versuchte, der verfluchte Schlüssel passte einfach nicht in dieses gottverdammte Schloss!
 Am liebsten hätte sie auf der Stelle losgeschrien. Sich allen Ärger von der Seele gebrüllt! Sie wollte es nicht wahrhaben. Versuchte es noch einmal. Und dann noch einmal. Ihre ganze Aktion hier beruhte auf der Überzeugung, dass dieser scheiß Schlüssel zu dem Schloss passte. Sie verstand das nicht. Sie konnte sich doch unmöglich derart in Hendrik getäuscht haben, oder?
 Und jetzt?
 Sie konnte doch nicht einfach unverrichteter Dinge wieder abziehen? Nein, unmöglich! Das würde ewig an ihr nagen! Sie musste es einfach wissen! Sie musste herausfinden, was in dieser verfluchten Schatulle war!
 Sie sah sich um. Der Hammer! Nein, das würde zu laut werden. Also vielleicht eine der Sägen? Sie suchte nach einer Eisensäge, doch sie konnte bloß welche für Holz finden. Die

waren nutzlos. Wie also zur Hölle konnte sie diese Schatulle aufbekommen? Eine Zange vielleicht? Ja, warum nicht? Sie sah sich nach einer passenden um, konnte aber keine finden.

Es war zum Verrücktwerden!

Sie suchte weiter, aber nichts. Vielleicht sollte sie ja …

Halt! Da!

Sie stieß auf einen Werkzeugkoffer, öffnete ihn und fand eine Zange, mit der es möglich war. Sie versuchte ihr Glück. Doch das Eisen des Vorhängeschlosses war zu massiv. Sie wendete noch mehr Kraft auf, biss die Zähne zusammen.

Knack!

Das Eisen war durch! Sie hatte es geschafft!

Sie entfernte das Schloss.

Und hielt einen Augenblick lang inne.

Denn plötzlich wollte sie gar nicht mehr wissen, was darin war. Sie wünschte sich, niemals hierhergekommen zu sein. Sie hätte heimfahren und nicht wiederkommen sollen. Sie hätte …

Schluss jetzt mit diesen Zweifeln! Mach diese verfluchte Box auf!

Sie öffnete die Schatulle.

Und rang nach Luft.

Ach du lieber Gott!

Sie schlug sich die Hand auf den Mund. Wich zurück. Stieß mit dem Rücken gegen die Wand.

Nein! Nein! Nein! Bitte nicht!

KAPITEL 48

0:23 Uhr

Evelyn hatte den Inhalt auf die Werkbank geleert. Der Anblick machte sie fassungslos. Und ließ ihr das Blut in den Adern gefrieren. Angst hatte sie gepackt. Aber auch eine ungeheure Wut.

Dieser Mistkerl!

Vor ihr lagen unzählige offenbar heimlich geschossene Fotos, die sie erzittern und ekeln zugleich ließen. Fotos von Frauen unter der Dusche oder auf dem WC. Frauen in Unterwäsche. Oder in eng anliegenden oder kurzen Hosen beim Sport. Sogar Fotos von Menschen, die ganz offensichtlich gerade Sex hatten, waren dabei. Außerdem waren da drei, nein vier USB-Sticks. Und auch noch jede Menge ...

Mein Gott!

Evelyn schüttelte unbewusst den Kopf. Rieb sich das Gesicht.

Keine Frage: Hendrik war der Stalker!

Sie spürte einen eisigen Schauer, der ihr den Nacken hochkroch. Eine Sekunde lang, vielleicht zwei, dachte sie, dass die Bilder daran Schuld hatten. Doch dann begriff sie, dass es etwas anderes war. Etwas, das unmittelbar hinter ihr lauerte.

»Was zum Teufel treibst du hier?«

Evelyn schrie auf vor Schreck. Fuhr herum. Und blickte Hendrik direkt in seine hasserfüllten Augen.

»Hast du vollkommen den Verstand verloren?«, schrie er sie an.

»Ich ... ich wollte nur ...«, stammelte Evelyn.

»Raus hier!«

»Was sind das … für Fotos?«
»Ich habe gesagt: Raus hier!«
»Hast *du* die Bilder aufgenommen?«
Er packte sie am Arm und zerrte sie mit einer ungeheuren Kraft von der Werkbank weg.
»Stellst du heimlich Frauen nach?«
»Komm schon, weg hier!«
»Hast du was mit den Morden zu tun?«
»Mir reicht es mit dir, komm!«
»Ich gehe zur Polizei!«
»Das wirst du nicht!«
»Und ob!«
Er zerrte sie aus der Werkstatt.
»Du bist wohl verrückt, hier einzubrechen. Wie bist du überhaupt ins Haus gekommen?«
»Das ist ernsthaft dein einziges Problem gerade?«
Er schob sie weiter in Richtung Treppe.
»Weiß Manuela davon?«, wollte sie wissen und wehrte sich gegen seinen Griff.
»Geh weiter, hoch hier!«
Sie versuchte, sich an ihm vorbeizudrängen und zurück zu den Fotos zu kommen. Ohne sie hätte sie weiter keinen Beweis. Doch er versperrte ihr den Weg und stieß sie grob in Richtung Treppe zurück. Sie hatte Mühe, sich auf den Beinen zu halten.
»Spinnst du? Du tust mir weh!«
»Raus aus dem Keller!«
»Woher hast du die Fotos?«
»Hoch mit dir!«
»Du meine Güte, was ist denn hier los?«, wollte Manuela wissen, die auf einmal oben im Türrahmen aufgetaucht war.
Evelyn fuhr herum. Sah sie. Und ihre weit aufgerissenen Augen.

»Schatz, es tut mir so leid«, sagte Evelyn und wusste selbst nicht so genau, was sie damit meinte.

»Mama?«, brachte Manuela nur heraus.

»Deine Mutter wollte gerade gehen!«, keifte Hendrik.

»Was machst du hier, Mama?«

»Hast du von den Fotos gewusst, Schatz?«

»Von welchen Fotos?«

»Keinen, deine Mutter geht jetzt!«

Evelyn konnte gar nicht anders, als dem Druck in ihrem Rücken nachzugeben und die Stufen nach oben zu steigen. Hendrik hatte eine enorme Kraft entwickelt und ließ ihr keine Chance.

»Geh runter und sieh dir die Fotos an!«, rief sie Manuela zu.

Manuela wich zurück, als Hendrik sie an ihr vorbei durch die Tür schob. Und dann weiter den Flur entlang in Richtung Haustür.

»Was ist hier los?«, wollte sie noch einmal wissen. Aber es hatte so kraftlos geklungen, dass es sich anhörte, als wollte sie es in Wirklichkeit gar nicht wissen.

Während Hendrik sie weiter in Richtung Ausgang schob, blickte sie über ihre und seine Schulter hinweg zu Manuela zurück. Ihre Tochter stand da wie paralysiert. Evelyn wartete darauf, dass sie endlich ein Machtwort sprach. Dass sie Hendrik in die Schranken wies. Immerhin warf er gerade ihre Mutter aus ihrem Haus – und das mit roher Gewalt. Sie musste doch begreifen, dass er eine Grenze überschritt. Aber es kam nichts von ihr. Kein »Spinnst du? Lass sofort meine Mutter los!«. Kein »Du kannst doch nicht einfach meine Mutter rauswerfen!«. Und auch kein »Hendrik, wenn du dich nicht sofort einkriegst, rufe ich die Polizei!«. Nein, Manuela stand einfach nur da. Ihr trüber Blick war ein einziges Fragezeichen.

Hendrik riss die Eingangstür auf und schob Evelyn weiter, über die Türschwelle hinaus. Der Bewegungsmelder über der Tür sprang an. Und Evelyn wunderte sich darüber, dass ihr dieses sinnlose Detail in diesem Moment auffiel. Hendrik gab ihr noch einen kräftigen Stoß. Erst, als sie zwei Meter von der Tür entfernt war, ließ er von ihr ab. Sie wirbelte herum. Wollte zurück ins Haus. Zu Manuela. Um sie an der Hand zu packen. Sie ebenfalls aus dem Haus zu zerren. Ihr weg von ihm zu helfen.

Aber Hendrik baute sich im Türrahmen auf und verdeckte ihr die Sicht auf Manuela.

»Manuela!«, rief Evelyn. »Komm mit mir!«

»Mach das nicht noch einmal!«, sagte Hendrik und streckte ihr drohend den Finger entgegen.

Dann trat er einen Schritt zurück. Und warf die Tür zu.

Der Knall hallte noch ein wenig nach.

Dann war da nur noch das Grillengezirpe.

Und ein Schluchzen, von dem Evelyn begriff, dass es ihr eigenes war.

KAPITEL 49

10:14 Uhr

Als Evelyn die Klingel drückte und der Glockenklang zu ihr nach draußen drang, schlug ihr Herz so wild gegen die Innenseite ihrer Rippen, dass es sie schmerzte. Mit der einen Hand fasste sie sich an den Brustkorb. Mit der anderen kratzte sie an ihren Fingernägeln. Sie kaute so heftig an ihrer Unterlippe, dass sie Blut schmeckte.

Evelyn war am Ende. Mit den Nerven und mit ihren Kräften.

Nach der dritten Horror-Nacht in Folge spielte ihr Kreislauf völlig verrückt. Sie wusste: Langsam wurde es kritisch. Eigentlich sollte sie dringend einen Arzt aufsuchen. Aber was sollte der ihr schon helfen? Ihre Welt war zusammengestürzt. Und es gab nichts und niemanden, der das wieder hinbekommen konnte. Im Grunde war es Selbstverstümmelung, was sie da betrieb.

Nachdem Hendrik sie rausgeworfen hatte, hatte Evelyn sich wie ein Stückchen Elend zurück in die Stadt und in die kleine Pension geschleppt. Dabei hatte sie keine Angst verspürt. Nicht einmal, als sie die Abkürzung durch den Wald ging. Es war zwar so dunkel, dass selbst der LED-Lichtstrahl ihres Handys kaum etwas dagegen ausrichten konnte. Aber sie war sich ohnehin sicher, dass der Mörder nicht da draußen lauerte, sondern in Manuelas Ehebett.

Als sie dann endlich im Bett war, war sie hundemüde. Dennoch konnte sie wieder einmal nicht einschlafen. Immerzu musste sie an die Fotos denken. Vor allem aber auch an Manuelas Reaktion, als Hendrik ihre Mutter rausgeworfen hatte. Sie war völlig lethargisch gewesen. Wie ein Zombie. Sie hatte Hendrik mit ihr machen lassen, was er wollte. Evelyn war sich sicher, dass er sie massiv unter Druck setzte. Anders war das alles doch nicht zu erklären. Die entscheidenden Fragen waren nur: wie lange schon? Und wieso hatte sie all die Jahre nichts davon mitbekommen?

Irgendwann, vermutlich gegen 4:30 Uhr, war Evelyn dann doch vor Erschöpfung eingeschlafen. Und kurz nach 8 Uhr mit einem panischen Schrei aus einem Albtraum geschreckt, bei dem sie sich verschluckte und der deshalb nahtlos in einen Hustenanfall überging. Seitdem pochte ein quälender dumpfer Schmerz hinter ihrer Stirn und ihre Augen brannten, als hätte sie stundenlang ungeschützt in einen grellen Scheinwerfer gestarrt.

Das Schlimmste aber waren nicht die körperlichen Schmerzen. Sondern die in ihrer Seele. Und das Ohnmachtsgefühl, das ihren Verstand in Besitz genommen hatte.

Sie hatte sich nur ein wenig frisch gemacht, das Frühstück verschmäht und sich sofort auf dem Weg zurück zu Manuela gemacht. Sie musste sie sehen. Musste wissen, dass es ihr gut ging und sie wohlauf war. Auch wenn sie geradezu panische Angst davor hatte, wie Manuela auf ihr Auftauchen reagieren würde.

Der Glockenklang war längst verstummt. Aber nichts passierte.

Evelyn zögerte. Läutete schließlich noch einmal.

Aber auch danach passierte lange nichts. Viel zu lange.

Evelyn fragte sich, ob wirklich niemand zu Hause war. Oder ob sie sie einfach nicht reinlassen wollten. Hielt Hendrik Manuela gar davon ab, ihr zu öffnen? Sollte sie besser die Polizei rufen?

Evelyn sprach sich Mut zu und hämmerte mit der Faust gegen die Tür.

»Manuela!«, rief sie.

Nichts.

»Bitte mach auf!«
Weiter nichts.
»Geht es dir gut?«
Stille.
»Soll ich die Polizei verständigen?«
Da hörte sie endlich Schritte im Haus. Schritte, die sich näherten. Ihr Puls war jetzt in so lichten Höhen, dass sie wohl kurz vor einem Herzinfarkt stand. Ihr wurde schwummrig. Sie musste sich am Türstock festhalten.
Das Schloss knackte.
Die Tür ging auf.
Und Manuela stand vor ihr. Wie ein Häufchen Elend sah sie aus. Ihr Anblick trieb Evelyn von einer Sekunde auf die andere die Tränen in die Augen. Sie warf sich Manuela um den Hals. Manuela blieb einen Augenblick lang ganz steif. Dann erwiderte sie die Umarmung. Und zusammen brachen die beiden in Tränen aus. Minutenlang weinten sie, ohne ein Wort zu sagen. Ihre Körper bebten dabei im Gleichklang. Sie waren im Schmerz vereint. Vergaßen alles um sich herum. Bis Manuela sich schließlich aus der Umarmung löste, sich mit ihren Unterarmen das Gesicht trocken wischte und einen Schritt zurücktrat.
»Wo ist Hendrik?«, fragte Evelyn und wischte sich ebenfalls die Tränen aus dem Gesicht. Ihre Stimme war so brüchig, dass sie kaum zu verstehen war.
»Weggefahren.«
»Wohin?«
»Das ist doch egal.«
»Hast du die Fotos gesehen?«
»Mama, bitte!«
»Was?«
»Ich will jetzt nicht darüber reden.«
»Hat er etwas mit den Morden zu tun?«
»Nein.«

»Woher weißt du das?«
»Ich weiß es eben.«
»Ich fürchte, du täuschst dich!«
»Was, wenn du dich täuschst?«
»Wenn dem so ist, dann soll er endlich Antworten liefern!«
Manuela antwortete nichts darauf. Sie hatte sichtbar wieder mit den Tränen zu kämpfen.
»Schatz, du musst dich mir anvertrauen! Sag mir, was er dir angetan hat?«, drängte Evelyn sie.
»Kann ich dir ein Taxi rufen, das dich zum Bahnhof bringt?«
»Ich will nicht zum Bahnhof! Ich will bei dir und Anja sein!«
»Das ... das geht jetzt leider nicht.«
»Warum nicht?«
»Mama, bitte ...«
»Hendrik setzt dich doch unter Druck, richtig?«
»Nein.«
»Aber das bist doch nicht du, die zu mir spricht!«
»Er ist ein guter Mann.«
»Er stellt heimlich anderen Frauen nach!«
»Mama, du ...«
»Und er hat dich betrogen, verdammt!«
Das war wie ein Schlag in Manuelas Magengrube. Evelyn konnte es ihr ansehen.
»Schatz, bitte hör auf mich! Wir müssen die Polizei ...«
»Wir brauchen keine Polizei!«
»Wir müssen Valerie retten!«
»Bitte geh jetzt, Mama!«
»Manuela, Kind, sei doch vernünftig!«
»Das bin ich.«
»Die Augen vor der Realität zu verschließen ist nicht vernünftig! Du musst doch sehen, dass ...!«
»Ich sehe es, Mama. Ich sehe alles.«

KAPITEL 50

15:01 Uhr

Die nächsten Stunden verbrachte Evelyn alleine in dem kleinen Hotelzimmer, das sie um einen Tag verlängert hatte. Sie wusste noch nicht, ob sie hierbleiben oder nicht lieber doch abreisen sollte. Im Moment hatte sie das Gefühl, überhaupt gar nichts mehr zu wissen. Nur, dass sie eine Entscheidung treffen musste, was Hendrik anging. Doch das fühlte sich gerade wie die schwerste Entscheidung ihres Lebens an – und war es wahrscheinlich auch. Anstatt ihr näherzukommen, rückte sie in immer weitere Ferne. Evelyn brummte der Kopf. Und ihr Verstand fühlte sich wie betäubt und mit einer dicken Schicht Watte umwickelt an.

Um sich abzulenken, machte sie den kleinen Fernseher an, doch das wühlte sie nur noch mehr auf. Das Zimmer schien ihr die allerletzten Energiereserven zu rauben. Es gab keine Klimaanlage. Die Luft war aufgeheizt und stickig. Und die Wände schienen ständig ein Stück näher an sie heranzurücken. Es fühlte sich wie Einzelhaft an.

Lange würde sie das nicht mehr durchstehen können, das war ihr klar. Es war nicht länger die Frage, ob sie zusammenbrechen würde, sondern nur noch wann.

Sie musste diesem schlaflosen Albtraum ein Ende setzen! Nur wie? Durch Flucht oder indem sie zur Polizei ging?

So vergingen die Stunden und je länger Evelyn sich den Kopf darüber zerbrach, desto unschlüssiger wurde sie. Sie wusste: Sie konnte den Mörder … *Nein, halt!* Sie *musste* ihn beim Namen nennen! Sie konnte Hendrik stoppen und damit womöglich Valeries Leben retten. Aber war es das wert?

Dabei war ihr klar, dass sie im Grunde immer noch keinerlei Beweise gegen Hendrik in der Hand hatte. Die Fotos hatte sie in der Hektik zurücklassen müssen. Er hatte ihr keine Chance gelassen. Außerdem hatte sie im ganzen Haus kein Schloss gefunden, das zu dem kleinen Schlüssel gepasst hätte.

Was hätte Hans ihr jetzt wohl geraten? Sie grübelte und grübelte, doch sie konnte es einfach nicht sagen. Es war, als wenn er sich seit dem Einbruch noch weiter von ihr entfernt hatte. So, als wenn er in einer Parallelwelt ein paar Schritte von ihr zurückgetreten wäre.

Sie fühlte sich so alleine. So unfassbar alleine.

Am späten Nachmittag wurde ihr klar, dass sie schon viel zu lange keinen Bissen gegessen und vor allem nichts getrunken hatte. Sie hatte zwar überhaupt keinen Appetit, doch sie hoffte, dass es ihr helfen würde, die aufkommende Übelkeit zu lindern. Also raffte sie sich mit knacksenden Knien vom Bett hoch und schleppte sich in das Café, in dem sie schon am Vortag gewesen war. Sie hatte zwar überhaupt keine Lust auf Gesellschaft, aber sie hatte eben keine andere Wahl. Ein Glas Limonade und ein schneller Toast, dann würde sie wieder weg sein. Und sich in ihrem kleinen, stickigen Hotelzimmer verkriechen.

Dachte sie zumindest.

Denn als sie sich an den kleinen Tisch direkt am Fenster setzte, ahnte sie natürlich nichts davon, dass ein schwer verletztes, blutverschmiertes Mädchen gerade auf dem Weg zu ihr war. Und die Ereignisse der letzten Tage dadurch eine völlig neue Wendung nehmen würden.

KAPITEL 51

17:03 Uhr

Valerie schleppte sich weiter, immer weiter. Mechanisch setzte sie einen Schritt vor den anderen. Mit ihren nackten Füßen auf dem brennend heißen Asphalt. Dreck und kleine Steinchen drückten sich in ihre Haut. Sie versuchte, die Schmerzen zu ignorieren. Und die Erinnerungsblitze, die ihr durch den Kopf schossen. Immer wieder musste sie sich mit dem Unterarm den Schweiß aus dem Gesicht wischen, der sich mit ihrem Blut vermischt hatte. Sie hatte jedes Zeitgefühl verloren. War wie in Trance. Konnte nicht sagen, wie lange sie schon unterwegs war.

»Hilfe!«, krächzte sie.

Aber da war niemand, der sie hätte hören können.

Oder doch? Hatte sie da eben ein Geräusch hinter sich gehört? Sie sah sich um. Konnte aber tatsächlich keine Menschenseele entdecken. Nur ihren nackten Körper, der sich im Seitenfenster eines parkenden Wagens spiegelte. Und die Blutspur, die sie auf dem Bürgersteig hinterlassen hatte.

Sie war extra in Richtung Innenstadt gehumpelt, in der Hoffnung, dort gleich jemanden anzutreffen. Doch die war wie ausgestorben. Es war wie verhext. Wo waren nur alle hin?

Sie musste an diesen schlechten Zombie-Film denken, den sie unlängst geschaut hatte. Auch da war eine Frau nackt und mit ihren Kräften am Ende durch eine menschenleere Innenstadt gehumpelt. Weit war sie allerdings nicht gekommen. Weil eine blutlüsterne Meute auf sie aufmerksam geworden war. Und sie zu schwach für eine Flucht gewesen war.

Valerie bemerkte zu spät, dass ein Wagen sich näherte. Sie wollte auf die Straße stürmen und auf sich aufmerksam machen. Aber er war viel zu schnell dran. Ehe sie sich versah, war er auch schon an ihr vorübergerast.

»Bitte helft mir!«, krächzte sie wieder.

Niemand hörte sie.

Sie schleppte sich weiter. Sah das kleine Café, keine 100 Meter voraus. *Aromatherapie* hieß es, wenn sie sich richtig erinnerte. Sie hatte sich nie sonderlich dafür interessiert und war noch nie darin gewesen. Jetzt würde sich das ändern.

KAPITEL 52

17:07 Uhr

Evelyn hatte soeben einen leicht angebrannten Toast serviert bekommen. Normalerweise aß sie so gut wie nie Ketchup. Jetzt hatte sie aus irgendeinem unerfindlichen Grund einen regelrechten Heißhunger darauf. Sie riss deshalb die perforierte Ecke des kleinen roten Kunststofftütchens ab und drückte die Mini-Portion auf ihren Teller. An ihrem Daumen blieb ein wenig Ketchup kleben. Sie schleckte es ab und tat danach das Gleiche mit der Mayo-Tüte. Dabei drehten sich ihre zermürbenden Gedanken weiter im Kreis und die, die es aus dem Strudel hinaus schafften, verliefen sich unmittelbar danach in einer Sackgasse. Eben noch glaubte sie, den endgültigen Entschluss gefasst zu haben, mit dem nächsten Zug nach Hause zu fahren und all den Schrecken hinter sich zu lassen. Doch jetzt kamen ihr schon wieder Zweifel daran, und sie nahm sich ganz fest vor, gleich nach dem Essen zur Polizei zu gehen. Aber auch das fühlte sich nicht richtig für sie an. Sie wusste einfach nicht weiter. Und langsam wurde ihr klar, dass sie das weder in fünf Stunden noch in fünf Tagen tun würde.

Es war zum Verzweifeln!

Ihr entkam ein so schweres Seufzen, dass die Kellnerin an ihrem Tisch aufkreuzte und sie fragte, ob mit dem Toast etwas nicht in Ordnung wäre. Immerhin hätte sie immer noch keinen Bissen davon genommen. Und er würde doch bestimmt schon kalt sein.

»Alles in Ordnung, danke«, sagte Evelyn, nahm zur Bestätigung den Toast in die Hand und tunkte eine Ecke erst in der Mayo und dann im Ketchup ein.

Die Kellnerin nickte, rang sich ein höfliches Dienstleistungslächeln ab, und verschwand wieder hinter der Theke und kurz darauf in der dahinterliegenden Küche. Evelyn war sich sicher, dass die Frau sie für völlig durchgeknallt hielt.

Sie wollte gerade einen ersten Bissen nehmen. Ihre Zähne krachten schon durch das kross getoastete Brot. Brösel rieselten auf den Teller hinab. Speichel schoss aus ihrer Zunge.

Da hielt sie in der Bewegung inne.

Riss die Augen auf.

Und ließ den Toast fallen.

Was zum ...? Mein Gott!

Sie sprang von ihrem Stuhl auf. Der knallte rückwärts zu Boden.

»Was ist denn jetzt schon wieder?«, wollte die Kellnerin wissen, weil Evelyn anscheinend zu schreien begonnen hatte.

Aber Evelyn ignorierte sie. Sie rannte zur Tür. Riss sie auf. Und stürmte hinaus auf die Straße. Zu dem nackten, blutverschmierten Mädchen, das sich gerade den Bürgersteig entlangschleppte.

»Um Gottes willen, geht es dir gut?«, schrie Evelyn sie voller Panik an und packte sie an den Oberarmen. Selbst in ihrer Panik begriff sie, wie dumm die Frage in Anbetracht ihres Zustands war.

»Ich ... ich ...«, das Mädchen brachte vor lauter Tränen nicht mehr heraus. Sie war völlig aufgelöst. Und sichtbar in Panik.

»Was ist passiert?«

Sie schluchzte nur.

Nicht nur, weil das Mädchen fast einen Kopf größer als sie war, ihre Gesichtszüge grob und kantig und ihre Wangen von Akne durchsetzt waren, begriff Evelyn. »Du bist Valerie!«

Sie schluchzte noch heftiger.
»Du bist doch Valerie, richtig?«
Sie nickte.
»Mein Gott! Bist du in Ordnung?«
»Ja, ich ...« Sie weinte so heftig, dass sie jedes Wort einzeln herauspressen musste. Es schüttelte sich am ganzen Körper.

In ihrem Rücken hörte Evelyn die Kellnerin. Sie schrie. Evelyn bekam ihre Worte gar nicht mit.

»Was ist passiert?«, fragte sie noch einmal. »Sag mir, was los ist!«

»Ich ... ich habe ...«
»Was?«
»Ich habe ... ihn ... oh Gott!«
»Was hast du?«
»Ich habe ... ihn getötet.«
»Wen?«
»Den ... den ...«
»Wen hast du getötet?«
»Den Augen-Killer!«

KAPITEL 53

Anjas Tagebuch
Am Tag von Kramers Tod

JAAAAAAAAAAAAAAAAAAAAAAAA!!!!!!!
Vali ist zurück!
Sie ist da.
Sie lebt!
Und sie hat das Arschloch fertiggemacht!
ER ist tot!
Und er wird niemals wieder jemandem wehtun können! Auch mir nicht! Nie wieder!!! Er wird nie wieder seine dreckigen Finger unter mein T-Shirt schieben. Oder sie mir zwischen meine Beine stecken.
Das Arschloch ist tot!
JAAAAAAAA!!!!!
Er hat es so verdient!
Ich hoffe nur, er hat zumindest ein wenig gelitten!
Ich kann es noch gar nicht so richtig glauben. Ich heule schon seit Stunden vor Freude und zittere am ganzen Körper. Ich bin so glücklich! So unglaublich glücklich!
Kramer ist tot!
Und ich bin frei!
JAAAAAAA!!!!

DIENSTAG

KAPITEL 54

6:12 Uhr

Am Vorabend war Evelyn gegen 22:30 Uhr völlig erschöpft zu Bett gegangen. Es hatte jedoch wieder einmal lange gedauert, bis ihr Verstand endlich zur Ruhe gekommen war. Die Ereignisse der letzten Stunden und die vielen neuen Informationen und Fragen brausten ihr kreuz und quer durch den Kopf. Erst kurz nach Mitternacht war sie endlich eingeschlafen. Dann allerdings so tief und fest wie seit Tagen nicht mehr. Falls sie Albträume gehabt hatte, konnte sie sich jetzt nicht mehr daran erinnern. Dennoch war sie ein wenig verwirrt und mit einem miesen Gefühl aufgewacht. Und das, obwohl der Mörder doch endlich entlarvt und vor allem tot war.

Aus dem Erdgeschoss und dem Flur, nicht weit von ihrem Zimmer entfernt, knallte und schepperte es seit gut zehn Minuten. Im ersten Augenblick, als sie aus ihrem tiefen Schlaf geschreckt war, hatte sie nicht verstanden, was gerade passierte. Doch schnell begriff sie, dass das betagte Besitzerpärchen der Pension offenbar bereits auf den Beinen war und vermutlich aufgrund ihrer beider Hörschwächen nicht bemerkte, dass es im Zuge des Morgenputzes einen unheimlichen Radau machte. Fehlte nur noch, dass sie den Staubsauger starteten und … Nein, halt. Sie hatten es eben getan. Draußen im Flur wurde gesaugt, und die Bodendüse knallte schon wenige Sekunden später wiederholt gegen ihre Zimmertür.

Das hatte ihr gerade noch gefehlt …

Evelyn seufzte schwer und rieb sich das Gesicht. Das war's wohl mit ihrem Schlaf. Doch sie hatte keine Zeit, sich darüber zu ärgern. Und im Grunde war es auch egal. Denn in ihrem Kopf hatte längst wieder der Gedankensturm eingesetzt.

Der Bruch mit Manuela fühlte sich immer noch ganz, ganz furchtbar an. Es fühlte sich so surreal an, sie nicht einfach anrufen und mit ihr über ihre Probleme reden zu können. Allein beim Gedanken daran schnürte es ihr die Kehle zu, und die Tränen liefen ihr schon wieder übers Gesicht.

Zu all dem mischten sich ihre schweren Schuldgefühle, weil sie Hendrik offenbar zu Unrecht verdächtigt hatte. Denn seit dem Vorabend war klar: Jens Kramer, Anjas alleinstehender Mathematiklehrer, war der Augen-Killer. Er hatte Valerie im Keller seines Hauses gefangen gehalten. Doch sie hatte sich befreien, ihn töten und schließlich fliehen können. Wie genau sich das zugetragen hatte, schien noch niemandem so richtig klar zu sein. Valerie hatte am Vorabend noch unter Schock gestanden und nicht befragt werden können. Vermutlich wusste die Polizei inzwischen schon mehr, hielt sich aber noch bis zur offiziellen Pressekonferenz mit diesen Details zurück.

Das tat jedoch nichts zur Sache. Kramer war der Mörder. Und Hendrik war unschuldig.

Valeries Aussage war nicht der einzige Beweis dafür. Nein, auch Evelyn hatte dazu beitragen können. Nach all der Aufregung und dem Trubel, kurz nachdem Valerie vor dem kleinen Café aufgetaucht war, war Evelyn zur Polizei gegangen und hatte um ein Gespräch mit Brosch gebeten. Sie hatte ihn endlich über den Angriff auf Anja und sich informiert. Sie hatte ausgesagt, bisher noch unter Schock gestanden und es deshalb erst jetzt zur Anzeige gebracht zu haben. Und sie hatte Brosch den Schlüssel übergeben.

Im Zuge des Gesprächs hatte Evelyn auch erfahren, dass Manuela und Anja die Begebenheit ebenfalls bereits kurz vor ihr zur Anzeige gebracht hatten. Außerdem hatte Anja der Polizei ein Tagebuch übergeben, in dem sie Jens Kramer schwer belastete. Offenbar hatte er sie bereits über Monate hinweg missbraucht und psychisch unter Druck gesetzt. Als Evelyn das gehört hatte, hatte sie so bittere Tränen geweint, wie sie das seit Hans' Tod nicht mehr getan hatte. Wie hatte sie nur so blind sein können? Wie hatte sie das übersehen können? Und Manuela und Hendrik erst? Wie musste es ihnen mit dieser schrecklichen Nachricht erst gehen? Das arme Mädchen! Evelyn fühlte sich so unglaublich schuldig.

Aber trotz dieser Schreckensnachricht und all ihrer Schuldgefühle war Evelyn klar: Sie sollte erleichtert sein. Zumindest ein klein wenig. Hendrik war zwar ein perverser Spanner und er hatte Manuela betrogen. Doch wenigstens war er kein psychopathischer Mörder, der seinen Opfern die Augen ausgestochen hatte.

Alles schien geklärt.

Alles schien logisch.

Und dennoch konnte Evelyn das miese Gefühl tief in sich einfach nicht ignorieren. Das Gefühl, das ihr sagte, dass irgendetwas an der ganzen Geschichte nicht stimmen konnte. Und irgendein noch so kleines Detail nicht ins Gesamtbild passte. Denn die Lösung des Falls beantwortete nur einen Teil ihrer Fragen und warf viele weitere auf. Wie passte das alles mit dem zusammen, was sie herausgefunden hatte? Wo war Hendrik in all dem? Er hatte doch mit der Rothaarigen zu tun gehabt! Er war in der Nacht aus dem Haus geschlichen und zu den Tennisplätzen gefahren. Jenen Tennisplätzen, hinter denen sie ihre Leiche gefunden hatte. Sollte das alles etwa Zufall gewesen sein? Hatte sie sich tatsächlich bloß unzählige Hirngespinste in den Kopf gesetzt? Und Verbindungen gezogen, wo es eigentlich keine gab?

Evelyn glaubte das nicht. Es musste noch etwas anderes dahinterstecken. Sie beschloss deshalb, noch einmal mit Brosch zu sprechen.

KAPITEL 55

8:53 Uhr

Je länger Evelyn darüber nachdachte, desto mehr musste sie sich eingestehen, dass sie mit der scheinbaren Lösung des Falls nicht leben konnte. Sie hatte sich in den letzten Tagen so sehr in Hendrik als Täter versteift, dass es ihr jetzt schwerfiel, einen anderen zu akzeptieren. Da war eine Stimme tief in ihr, die immerzu zischte: Pass auf, da stimmt etwas nicht!

Sie ging deshalb gleich nach dem Frühstück auf die Polizeistation und bat um ein weiteres Gespräch mit Brosch. Doch der ließ über eine Stunde auf sich warten. Als er dann endlich auftauchte, schien es ihr nicht, dass er bereits einen Termin gehabt hatte, wie man ihr hatte weismachen wollen. Vielmehr schien er nicht nur gut gelaunt, sondern vor allem auch ausgeschlafen. Obwohl die Hitze schon wieder voll eingesetzt hatte, schien er weniger als sonst zu schwitzen. Offenbar war er von der Lösung des Falls überzeugt. Er gab sich überrascht, sie schon wieder zu sehen.

Nachdem er für Evelyn und sich in aller Ruhe einen grauenvollen Kaffee zubereitet hatte, führte er sie in ein kleines, kahles Besprechungszimmer. Kaum dass er sich gesetzt hatte, sprach Evelyn ihn noch einmal auf den Angriff an. Sie saß auf Nadeln.

»Ich verstehe das nicht. Warum zweifeln Sie denn daran, dass Kramer Sie und ihre Enkelin angegriffen hat? Anjas Aussage deckt sich mit der Ihren. Sie ist der festen Überzeugung, dass er es war. Was bringt Sie also dazu?«

»Ich weiß auch nicht so genau …«

»Haben Sie jemand anderen in Verdacht?«
»Nein, ich ... nein.«
»Haben Sie den Angreifer vielleicht doch erkannt?«
»Nein, wie gesagt, er war ja maskiert.«
»Aber Kramer könnte es doch gewesen sein?«
»Ja«, antwortete sie zögerlich. »Möglich ist es.«
Genauso gut kann es aber auch Hendrik gewesen sein!
»Wahrscheinlich war er es ja auch«, bekräftigte Evelyn, weil Brosch auf eine Fortsetzung zu warten schien. Sie seufzte. »Ich weiß auch nicht ... ich ...« Sie brach ab. Setzte von Neuem an: »Ach, wissen Sie, da sind einfach noch so viele Fragen in meinem Kopf und ... ja ...«
»Das verstehe ich natürlich. Sie haben Schlimmes durchgemacht.«
Wenn Sie wüssten! »Ich will einfach nur klipp und klar wissen: Sind Sie absolut sicher, dass Kramer der Mörder war?«
»Schauen Sie, wir können zum aktuellen Zeitpunkt leider noch gar nichts mit Sicherheit sagen. Aber es deutet doch alles ziemlich eindeutig auf ihn als Täter hin, so viel kann ich Ihnen versichern. Wobei ich Sie mit allem Nachdruck darauf hinweisen möchte, dass diese Informationen nur für Ihre Ohren bestimmt sind. Weil ich Ihnen vertraue.«
»Das können Sie auch.«
»Das dachte ich mir.«
»Darf ich Sie noch fragen, was Sie da so sicher macht?«
»Sie verstehen sicherlich, dass ich Ihnen zum aktuellen Ermittlungsstand keine Auskunft geben kann. Aber eines kann ich Ihnen gerne versichern: Sie haben einen enorm wichtigen Beitrag dazu geleistet.«
»Wie meinen Sie das?«
»Ich meine den Schlüssel, den Sie uns gestern noch überreicht haben.«
»Was ist damit?«

»Ich darf Ihnen, wie gesagt, keine Details verraten. Nur so viel: Wir haben bei Kramer das passende Schloss dazu gefunden.«

Diese Worte schlugen wie ein Vorschlaghammer auf sie ein.

»Es handelt sich um eine kleine Schatulle«, fuhr Brosch fort.

Evelyn war wie elektrisiert. Sie rang nach Luft.

»Was war darin?«

»Das darf ich Ihnen leider nicht sagen.«

»Aber ich muss wissen …«

»Glauben Sie mir, meine Liebe. Das wollen Sie auch gar nicht wissen!«

KAPITEL 56

14:42 Uhr

Es war verrückt, was sich in der Stadt abspielte. Seit dem Vorabend, vor allem aber seit dem frühen Morgen waren immer mehr Reporter in die Stadt eingefallen und belagerten sie nun nach allen Regeln der Kunst. Wohin man auch blickte, lauerten sie mit ihren schweren Kameras und Mikrofonen, die einem entgegengestreckt wurden, sobald man sich ihnen näherte. Vor allem aber belagerten sie die *Aromatherapie*. Das Lokal platzte aus allen Nähten. Evelyn hatte sich einen Kaffee und eine Kleinigkeit zu essen gönnen wollen – zur Feier des Tages, quasi. Denn sie versuchte, sich mit aller Macht einzureden, dass es nun doch vorbei war. Sie würde Brosch glauben. Sie würde ihre Zweifel begraben und endlich nach Hause fahren. Doch sie fand nicht einen freien Platz in dem Café. Nicht einmal direkt an der Theke. Und als sie es eine Stunde später noch einmal versuchte, war es noch voller. Die vielen Medienvertreter hatten das kleine Café offenbar zu ihrer Kommandozentrale auserkoren. Zudem schienen sich einige schaulustige Touristen in Flip-Flops und mit Amateur-Kameras um den Hals daruntergemischt zu haben. Es war ein hektisches Gewirr von Stimmen. Überall surrten Notebooks und ständig klingelten Mobiltelefone. Die Kellnerin war in ihrem Element und preschte wie eine Football-Spielerin von Tisch zu Tisch. Auf der Straße davor parkten mehrere SUVs und Kleinbusse mit Logos von TV- und Radiosendern darauf.

Evelyn akzeptierte, dass sie heute wohl keinen ruhigen Tisch mehr bekommen würde. Also ging sie zurück in ihr kleines Hotelzimmer, packte ihren Koffer und bereitete sich für die Heimreise vor. Dabei versuchte sie unaufhörlich, ihre innere Stimme zum Schweigen zu bringen. Und sich einzureden, dass diese falschlag. Die Polizei hatte recht. Mit dem Tod Kramers war der Fall gelöst. Der Schrecken hatte ein Ende.

Aber es war zum Aus-der-Haut-Fahren! Sie wollte es einfach nicht glauben. Nein, irgendetwas war faul an der Geschichte, die nun in allen landesweiten Nachrichten kursierte. Daran änderte für sie auch nicht, was die Polizei ihr verschwiegen hatte, sie aber eben in den *Breaking News* erfahren hatte: In Kramers Haus waren in einer kleinen Metallschatulle die Augen der Opfer gefunden worden.

Alleine schon bei der Vorstellung hatte sie Mühe, sich nicht zu übergeben. Dabei war es doch das, was sie hören musste. So grausam dieses Detail auch war, jetzt konnte es doch keine Zweifel mehr geben. Es passte alles zusammen. Verdammt noch mal!

Und dennoch konnte sie so nicht heimfahren. Sie musste zuvor noch persönlich mit Valerie sprechen. Sie musste ihre Version der Geschichte hören. Ungefiltert, aus ihrem Mund. Vielleicht würde sie dann vom Ende des Horrors überzeugt sein. Oder aber verstehen, was sie nicht zur Ruhe kommen ließ.

Und deshalb saß Evelyn nun schon seit über einer Stunde auf dieser unbequemen und mit Lackstift beschmierten Holzbank gegenüber von Anjas Schule. Allerdings gute 200 Meter entfernt, da unmittelbar rund um das Schulareal eine Horde Reporter lauerte, die nicht davor zurückschreckte, selbst den Eltern und Kindern ihre Mikrofone entgegenzustrecken und die Kamera dabei auf sie zu richten. Strafen wurden offenbar in Kauf genommen. Verpixelte und akustisch bearbeitete Videos waren scheinbar besser als keine.

Evelyn wartete auf Anja, weil sie ihre Hilfe brauchte. Und

durch sie an Valerie heranzukommen hoffte. Denn schließlich konnte sie nicht einfach bei ihr zu Hause aufkreuzen. Ihre Eltern würden sie wohl hochkant vom Grundstück werfen, um als Familie Privatsphäre zu haben, und endlich zur Ruhe kommen zu können. Aber vielleicht klappte es eben mit Anjas Hilfe. Dazu würde allerdings erst einmal Anja überhaupt mit ihr reden müssen.

Ihr Plan, wenn es denn überhaupt einer war, hatte also gleich mehrere Fragezeichen. Und dementsprechend unsicher war Evelyn auch. Vor allem fürchtete sie sich vor Anjas Reaktion. Sie hatte Angst davor, erneut bei ihr auf Ablehnung zu stoßen. Es war immer noch unglaublich für sie, wie ein vor wenigen Monaten noch so liebevolles Mädchen eine derartige Unsicherheit und ein solches Unbehagen in ihr auslösen konnte. Bei allem, was in den letzten Tagen passiert war, war die emotionale Entfernung von Anja mit das am schwierigsten zu Verkraftende. Evelyn hoffte inständig, dass es sich bloß um eine kurze Phase handelte. Um ein großes Missverständnis.

Vor einer knappen Stunde etwa, kurz nachdem sie sich auf der Bank niedergelassen hatte, war ein Schwall von Schülern aus dem Gebäude geströmt und im Schulbus, in den Wagen der Eltern und in allen Himmelsrichtungen verschwunden. Doch Anja war nicht unter ihnen gewesen.

Eben hatte es wieder geläutet. Der schrille Klang war durch die vielen geöffneten Fenster des Schulgebäudes bis zu ihr auf der anderen Straßenseite zu hören gewesen. Jeden Moment würde also eine weitere Schar von Schülern aus dem Gebäude stürmen. Die Reporter brachten sich wieder in Stellung. Eltern fuhren vor. Viele parkten in zweiter Reihe. Die meisten blieben in ihren Wagen sitzen. Einige schienen sich besonders schick gemacht zu haben und gaben bereitwillig Interviews.

Und Evelyn kratzte sich vor Anspannung die Fingernägel wund.

Als die ersten Kinder und Teenager aus dem Gebäude und die vier Treppen runterstürmten, brach Hektik unter den Reportern aus. Und unter den Eltern, die ihre Schützlinge zu ihren Autos oder von den Reportern weglotsten. Immer mehr Kinder verließen das Schulgebäude und verstreuten sich in alle Himmelsrichtungen.

Anja ließ weiter auf sich warten.

Evelyn war gerade dabei, den Mut zu verlieren. Es war doch einfach nur eine dumme Idee gewesen hierherzukommen. Wahrscheinlich hatte Manuela Anja heute entschuldigt, und sie waren alle daheimgeblieben. Sicher waren sie gerade dabei, die letzten Tage …

Da wurde es plötzlich laut.

Und Evelyn wurde aus ihren Zweifeln gerissen. Erst begriff sie nicht, was los war. Sie entdeckte Anja und dachte, dass das Interesse der Reporter ihr galt. Immerhin war sie ja die beste Freundin der einzigen Überlebenden des Augen-Killers. Sie war mit einem anderen Mädchen unterwegs. Evelyn ließ von ihren Fingernägeln ab. Erhob sich von der Bank. Machte ein paar Schritte auf das Gebäude zu, um eine bessere Sicht zu bekommen. Und schirmte mit der flachen Hand die Augen vor der grellen Sonne ab. Sie kniff sie zusammen. Da wurden sie auf einmal ganz groß.

Das ist doch …

Sie rieb sich die Augen. Schaute noch mal hin.

Tatsächlich!

Sie konnte es nicht fassen.

KAPITEL 57

14:51 Uhr

Evelyn traute ihren Augen nicht. Sie war fest davon ausgegangen, dass Valerie noch im Krankenhaus oder zumindest zu Hause im Bett sein würde. Und dass sie in psychologischer Betreuung sein würde. Immerhin hatte sie mehrere Tage lang den blanken Horror durchstehen müssen. Außerdem hatte sie vom Kampf mit Kramer zwar keine schweren, aber doch einige Verletzungen davongetragen, die heftig geblutet hatten. Wenn Anja so etwas Furchtbares passiert wäre, hätte Manuela sie doch sicherlich eine Zeit lang aus dem Unterricht genommen. Jeder hätte das verstanden. Immerhin würde es doch sicherlich noch viele Wochen, Monate, wenn nicht sogar Jahre dauern, bis das Mädchen diesen Schrecken überwunden hatte. Es blieb zu hoffen, dass sie es überhaupt irgendwann schaffen würde.

Aber nicht so bei Valerie. Sie war heute schon wieder zur Schule gegangen. Und stellte sich jetzt bereitwillig den Fragen der Reporter. Anja hielt sich unmittelbar daneben. War das überhaupt rechtlich erlaubt, was die Reporter da machten? Durften sie tatsächlich minderjährige Mädchen interviewen?

Eine Traube an Menschen bildete sich um die beiden herum. Evelyn ging ihnen ein paar Meter entgegen, in der Hoffnung, eine bessere Sicht auf die beiden zu bekommen. Doch im Gegenteil: Immer mehr versammelten sich um sie herum. Wut stieg in ihr hoch. Am liebsten wäre sie dazwischengeprescht und hätte die lästigen Reporter vertrieben und ihnen nachgebrüllt.

Lasst gefälligst die armen Mädchen in Ruhe! Habt ihr denn überhaupt keinen Anstand?

Aber damit wäre sie Gefahr gelaufen, Anja gegen sich aufzubringen. Sie konnte nicht einschätzen, wie sie auf diese Aktion reagieren würde. Sie würde nur riskieren, danach nicht in Ruhe mit Valerie sprechen zu können. Und so schluckte Evelyn ihren Ärger hinunter und hielt sich zurück.

Es dauerte einige Minuten, bis die Reporter endlich zur Seite traten und Anja und Valerie freigaben. Die beiden waren immer noch auf der anderen Straßenseite, kamen aber in Evelyns Richtung. Valerie trug wie Anja ausschließlich schwarze Klamotten. Aus der Ferne konnte sie schwere Stiefel an ihr erkennen. Und einen Nietengürtel, der im grellen Sonnenlicht glänzte. Die beiden tuschelten miteinander. Valerie schmunzelte und hielt sich die Hand vor den Mund. Anja warf einen Blick zurück und flüsterte Valerie dann etwas ins Ohr. Valerie schien gut gelaunt. In keinster Weise wirkte sie traumatisiert oder verängstigt. Womöglich würde der Schock erst noch einfahren. In den nächsten Tagen. Oder noch später. Was wusste sie schon, Evelyn kannte sich mit solchen Dingen nicht aus.

Sie wollte vermeiden, von den Kameras eingefangen zu werden. Deshalb ging sie den Mädchen auf der anderen Straßenseite voraus, warf aber immer wieder einen Blick auf sie zurück und achtete darauf, dass sie die beiden nicht aus den Augen verlor. Offenbar hatten sie vor, zu Fuß nach Hause zu gehen. Am Stadtrand, dort wo das kleine Waldstück angrenzte, durch das es auf dem schnellsten Weg für die beiden nach Hause ging, und in dem Anja und sie angegriffen worden waren, wartete Evelyn. Mit wild klopfendem Herzen und vor lauter Anspannung schmerzendem Nacken.

Die Mädchen waren so sehr in ihr Gespräch vertieft, dass sie Evelyn gar nicht warten sahen. Sie bekam in ihrer Aufregung gar nicht mit, worum es bei den beiden ging.

Als sie auf ihrer Höhe waren, wollte Evelyn etwas sagen, doch sie war so perplex, dass sie kein Wort herausbrachte. Die beiden gingen einfach an ihr vorüber. Keinen Meter von ihr entfernt. Entweder sie sahen sie tatsächlich nicht. Oder sie ignorierten sie einfach, weil Anja nichts mehr mit ihrer Oma zu tun haben wollte. Gut möglich, dass Anja ihre Freundin schon von Weitem gewarnt hatte.

Geh einfach weiter, bloß nicht stehenbleiben!
Wer ist das?
Meine Oma. Die alte Schachtel, die dich gestern vor dem Café aufgelesen hat.
Echt? Ich kann mich überhaupt nicht an die erinnern.
Ist doch egal!
Warum steht sie hier so blöd herum?
Weil sie verrückt ist!

»Anja!«, rief Evelyn ihr nach, als die beiden schon wieder fünf, sechs Meter entfernt waren.

Sie fuhr herum. Sah sie. Und ihre Miene verfinsterte sich.
»Was willst du hier?«
»Können wir reden?«
»Nein.«
»Warum nicht?«
»Wieso willst du ständig reden? Kannst du das nicht mit wem anderen tun?«
»Bitte, Schatz.«
»Ich bin kein Schatz. Und ich wüsste nicht, worüber wir beide reden sollten.«
»Wie geht es ... deiner Mama?«
»Was weiß ich.«
»Ist sie zu Hause?«
»Keine Ahnung.«
»Und Papa?«

Sie schnaufte hörbar genervt.

»War er in der Nacht daheim?«
»In der Nacht?«
»Ja, ich meine ...«
»Mann, was soll denn diese blöde Fragerei schon wieder?«
»Ich will doch nur ...«
»Das ist ja schlimmer als jedes Verhör!«

Die Art und Weise, wie Anja mit ihr redete, brach Evelyn abermals das Herz. Sie konnte diese Eiseskälte in ihrer Stimme einfach nicht fassen und fragte sich, wie viel davon sie noch ertragen konnte.

»Jetzt sei doch nicht so«, mischte Valerie sich ein und gab ihr einen Klaps in die Seite.

»Halte dich da raus! Das ist meine Angelegenheit!«
»Danke, dass Sie mir gestern geholfen haben.«
»Gerne. Wie geht es dir?«
»Super!«

Mit dieser Antwort hatte Evelyn nicht gerechnet. Vielleicht mit einem »Es geht schon, danke«. Oder einem »Ganz okay«. So etwas in der Art. Aber definitiv nicht mit einem »Super«.

»Das muss ja alles schrecklich für dich gewesen sein!«
»Ja, war es. Aber ich habe das Arschloch gekillt.«

Sie hatte das ohne jede Angst oder Schwermut gesagt. Eher so, als hätte sie bloß über ein Spiel gesprochen.

»Das ... das ist toll«, sagte Evelyn, weil sie ein wenig perplex war und nicht wusste, was sie sonst hätte sagen sollen.

»Kommen Sie doch ein Stück mit, dann kann ich Ihnen erzählen, wie alles war.«

»Ich will nicht, dass sie mitkommt!«, mischte Anja sich ein und sah sich um. Sie machte sogar ein paar Schritte zur Seite, um zu sehen, ob sich aus der Stadt jemand näherte. Der Wald hinter ihnen war menschenleer.

»Ach was, jetzt stell dich doch nicht so an«, sagte Valerie.
»Ich will es nicht!«

»Sie ist doch okay.«

»Das ist mir egal!«

Anja flüsterte ihr etwas ins Ohr. Selbst dabei war ihr der Ärger anzusehen. Valerie flüsterte zurück. Die beiden tuschelten einen Augenblick lang.

»Nein!«, fuhr Anja sie an.

Aber Valerie lachte Evelyn bloß an. »Kommen Sie!«, sagte sie. »Sie können uns ja ein Stück durch den Wald begleiten.«

Und Evelyn war so verwundert, dass sie einfach tat, was das Mädchen vorgeschlagen hatte. Valerie hängte sich bei Evelyn ein. Und gemeinsam tauchten sie den Schotterweg entlang in den Wald ein. Anja ließ sich ein wenig zurückfallen und trottete hinter ihnen her. Sie murmelte etwas, das Evelyn nicht verstand. Ansonsten schien der Wald jedes weitere Geräusch zu schlucken. Keine Vögel waren zu hören. Gar nichts.

Nur ganz tief in ihrem Inneren regte sich eine Stimme. Verunsichert flüsterte sie ihr zu: Hier stimmt doch etwas nicht, oder?

KAPITEL 58

15:06 Uhr

»Wollen Sie wissen, wie ich ihn gekillt habe?«

Es hatte geklungen, als hatte Valerie Evelyn gerade gefragt, ob sie wissen wollte, wie ihr der letzte Strandurlaub gefallen hatte.

»Also, ich weiß nicht, ich …«

»Da war diese Schere, die ich schon länger entdeckt hatte, wissen Sie. Ich habe mir die ganze Zeit über vorgestellt, wie es wohl wäre, wenn ich sie nur in die Finger bekäme. Und ich habe mir überlegt, wo ich am besten damit auf ihn einstechen konnte.«

»Vali!«, zischte Anja von hinten.

Aber Valerie ging gar nicht auf sie ein, sondern erzählte munter weiter: »Also, ich meine, ich wusste ja: Ich musste so auf ihn einstechen, dass er sich möglichst nicht mehr würde wehren können. Immerhin war er ja deutlich größer und stärker als ich, nicht. Mir war klar, dass ich nur diese eine Chance haben würde. Wissen Sie, da habe ich mir überlegt, dass der Rücken ein zu großes Risiko sein könnte. Und auch beim Brustkorb war ich mir nicht sicher. Wegen der Rippen und so.«

»Mein Gott, halt doch endlich deine Fresse!«, mischte Anja sich erneut von hinten ein.

Evelyn blickte zu ihr zurück. Sie fühlte sich gerade wie in einem schlechten Film. Was zum Teufel war hier los?

Geh nicht weiter!

Aber Valerie rang gleich wieder um ihre Aufmerksamkeit. »Was, wenn ich eine Rippe treffen würde, habe ich mir überlegt. Was, wenn ich deshalb abrutschen würde. Ich habe auch über die Augen nachgedacht. Das hätte er doch verdient gehabt, finden Sie nicht auch? Doch auch die schienen mir zu riskant. Die hätte ich ja auch leicht verfehlen können.«

»Kannst du bitte jetzt endlich deinen verfluchten Mund halten!«, fauchte Anja.

Aber Valerie ignorierte sie immer noch und erzählte weiter: »Jedenfalls bin ich schnell zum Entschluss gekommen, dass der Hals das beste Ziel wäre. Ich musste nur noch auf die passende Gelegenheit warten. Aber die bot sich lange nicht. Da ist mir schließlich irgendwann die Idee gekommen, mir einfach in die Hose zu machen. Cool, was?«

Lauf zurück in die Stadt!

Valerie erzählte heiter weiter: »Das fand er dann so ekelig, dass er mir geholfen hat, sie auszuziehen. Ich habe vorgespielt, so richtig Angst vor ihm zu haben, wissen Sie. Und ich sagte ihm, dass ich noch einmal aufs Klo müsste. Groß.« Sie lachte kurz auf. »Da hätten Sie sein Gesicht sehen müssen. Er hat sich richtig geekelt und war dann wirklich so blöd, mir zu glauben. Er dachte echt, ich kack mir wegen ihm in die Hose. Der Trottel machte mich doch tatsächlich von den Fesseln frei!«

»Super, echt toll deine Geschichte«, maulte Anja. »Du bist ja eine richtige Heldin!«

»Auf dem Klo habe ich dann Mut gefasst. Ich wusste, dass er unmittelbar vor der Tür wartete. Er hat ja auch ständig gerufen, dass ich schneller machen sollte.« Wieder lachte sie kurz auf. »Ich hab mir extra viel Zeit gelassen und dann so getan, als würde ich weinen. Und wissen Sie was? Der Idiot hat es echt geglaubt.«

Es war mitten am Tag. Die Sonne schien mit voller Kraft. Kaum eine Wolke war am Himmel zu sehen. Sogar hier im Wald war es hell, und alles wirkte freundlich. Und dennoch fühlte sich Evelyn immer unwohler. Nein, mehr noch. Sie musste sich eingestehen, dass sie es mit der Angst zu tun bekam. Vor ihnen war nichts als Wald und auch hinter ihr waren nur Anja und der Wald. Bis auf sie drei war da keine Menschenseele weit und breit.

Weg hier! Aber sofort!

Valerie schien von Evelyns Unbehagen nichts mitzubekommen. Oder sie ignorierte es einfach. Jedenfalls erzählte sie munter weiter: »Ich habe dann die Keramikschüssel des Klobesens genommen und damit auf die Klobrille eingeschlagen. Da hat er sofort die Tür aufgerissen. Ich wusste, dass er das machen würde. Ich war darauf vorbereitet und habe ihm mit der Schüssel eins übergezogen. Dann habe ich ihn zur Seite geschubst, bin zum Tisch gelaufen und habe mir die Schere geschnappt. Er ist mir nach, dieser Idiot. Und er hat sich auf mich gestürzt. Da habe ich ihm die Klinge mit voller Wucht in den Hals gerammt. Gleich beim ersten Versuch, können Sie sich das vorstellen?«

»Um Gottes willen!«, entkam es Evelyn. Aber es war höchstens ein Flüstern, das ihr über die Lippen gekullert war.

»Da hat das Arschloch sofort von mir abgelassen.«

Evelyn wusste nicht, was sie sagen sollte. Unwillkürlich verlangsamte sie ihre Schritte. Zögerte weiterzugehen. Das alles hier war nicht richtig. Sie sollte nicht hier sein. Anja sollte nicht hier sein. Sie …

»Was ist denn?«, fragte Valerie und zerrte an ihrem Arm. »Kommen Sie doch weiter. Ich erzähle Ihnen auch noch …«

»Ich … ich glaube, ich sollte jetzt lieber wieder zurück in die Stadt?«

»Aber warum denn? Sie haben ja noch gar nicht die ganze Geschichte gehört.«

»Ich … ich habe einen Termin. Ich … mein Zug …«

»Ach, kommen Sie schon!«

Valerie zerrte sie noch kräftiger weiter.

Evelyns Hirn ratterte. Kam dabei aber immer wieder ins Stocken. Was stimmte hier nicht? Abgesehen von Valeries Heiterkeit, die ihr völlig unangebracht schien. Aber auch an ihrer Geschichte konnte etwas nicht stimmen. Nur was?

Valeries Griff wurde unerbittlicher.

»Sie hätten sehen sollen, wie das Blut gespritzt ist«, redete sie einfach weiter. »Er hat sich die Schere rausgezogen und die Hände auf den Hals gepresst. Aber das hat gar nichts genützt. Mann, der ist vor meinen Augen auf die Knie gesunken und hat mich angeschaut, als könnte er es nicht glauben. Mistkerl, blöder.«

Evelyns mieses Gefühl war endgültig Angst gewichen. So ehrlich musste sie zu sich selbst sein. Und mit jedem Schritt, den sie tiefer in das Waldstück eintauchten, breitete sie sich weiter in ihr aus. Sie begriff aber immer noch nicht so richtig, weshalb. Eigentlich hätte sie bei der Erzählung, so grauenvoll sie auch war, doch erleichtert sein müssen. Kramer war der Augen-Killer gewesen und ein Mädchen hatte sich erfolgreich gegen ihn gewehrt und ihn zur Strecke gebracht. Er war tot. Er würde nie wieder jemandem Leid antun können. Das Mädchen, das ihn besiegt hatte, schien keinerlei seelischen Schaden davongetragen zu haben. Und: Hendrik war nicht der Mörder, wie sie so lange fälschlicherweise befürchtet hatte.

Trotzdem: Das hier war nicht richtig.

In Valeries Erzählung schwang gar keine Furcht oder Ähnliches über das grauenvoll Erlebte mit. Viel mehr wirkte es, als würde sie über einen Film oder ein ganz aufregendes Abenteuer berichten. Auch von Trauer über Lenas und Svenjas Tod war nichts zu bemerken. Außerdem passte Valeries Erzählung nicht zu den Verletzungen, die Evelyn gestern an ihr gesehen hatte, als sie nackt bei der *Aromatherapie* aufgetaucht war. Und überhaupt: Warum war sie komplett nackt gewesen? Auch das passte nicht. Valerie hatte zwar erzählt, dass er ihr die Hose ausgezogen hatte. Bei ihrer Erzählung konnte sie ja durchaus die Unterhose vergessen haben. Aber Valerie war splitterfasernackt gewesen.

Lauf endlich weg, verdammt noch mal! Lauf!

Anja hatte es offenbar aufgegeben, Valerie zum Schweigen zu bringen. Von ihr war nichts mehr zu hören. Evelyn schaute wieder zu ihr zurück. Sie hatte sich etwas weiter zurückfallen lassen und erwiderte schweigend ihren Blick.

Valerie plauderte inzwischen weiter. »Das Blut hat einfach nicht aufgehört zu spritzen. Alles war voll, müssen Sie sich vorstellen! Die Wände, alles. Sogar an der Decke waren Spritzer.«

Wie konnte sie das in der Aufregung mitbekommen haben?

Sie waren mittlerweile etwa an der Stelle angelangt, an der Anja und Evelyn angegriffen worden waren. Da durchzuckte Evelyn ein Geistesblitz. Allerdings zu schnell, als dass sie die Erkenntnis hätte greifen können. Alles, was er zurückgelassen hatte, war das verstärkte Gefühl von Gefahr.

Renn!

Während sich Evelyns Gedanken überschlugen, erzählte Valerie weiter. So euphorisch, dass die Nieten an ihrem T-Shirt klapperten. Ihre schweren Lederstiefel knirschten. Und …

Moment!

Dieses Knirschen … das hatte sie doch schon mal gehört. Evelyn wurde plötzlich ganz heiß und kalt zugleich. Panik packte sie.

Evelyn blieb stehen.

Scheiße!

Valerie blieb ebenfalls stehen. Und sah sie scharf an. »Ach, was soll's. Du glaubst mir ohnehin kein Wort, du alte Schachtel, was?«

KAPITEL 59

15:19 Uhr

Während Valeries Blick sie durchdrang, wurde Evelyn klar: das Klappern der Nieten. Und das Knirschen der Lederstiefel. Beides hatte Evelyn schon einmal gehört. Genau hier, genau an dieser Stelle. Unmittelbar, bevor sie von der dunklen Gestalt angefallen und bewusstlos geschlagen wurde.

»Du ...«, brachte Evelyn nur heraus. Ihre Lippen und ihr ganzer Körper zitterten auf einmal ganz heftig.

»Was?« Valerie grinste.

»Du hast Anja und mich angegriffen!«

»Nein«, sagte sie. Aber sie wollte Evelyn nicht wirklich davon überzeugen. Viel mehr klang es wie eine Verhöhnung.

»Ganz sicher sogar!«

»Sie sind alt. Sie irren sich!« Ihr Lachen wurde breiter.

»Anja, lauf weg!«, rief Evelyn.

»Du bleibst, wo du bist!«, schrie Valerie. Aber auch das klang eher erheitert.

»Spinnst du?«, entgegnete Anja. Sie stand da wie versteinert.

»Du brauchst es nicht zu leugnen«, sagte Evelyn. »Ich ... ich weiß, dass du lügst!«

»Mein Gott, gut, okay«, stöhnte Valerie und holte ein Messer hervor. So schnell, dass Evelyn gar nicht mitbekam, wo sie es versteckt gehabt hatte. »Genug mit den Höflichkeiten. Dann bringen wir es eben gleich hinter uns.«

Plötzlich ging alles ganz schnell.

Valerie machte einen Satz auf sie zu. Wie aus dem Nichts

stieß sie mit dem Messer auf Evelyn ein. Evelyn schaffte es gerade noch, sich ein kleines Stück zur Seite zu drehen und ihren Bauch zu schützen. Die Klinge traf sie dennoch in ihre Seite.

»Bist du verrückt geworden?«, schrie Anja.

Valerie sagte nichts. Sie grinste Evelyn bloß an. Und zog das Messer wieder heraus.

Erst jetzt begriff Evelyn, was gerade passiert war. Ein glühender Schmerz entsprang ihrer Seite. Sie griff danach. Spürte Blut aus der Wunde laufen. Presste beide Hände darauf. Riss den Mund weit auf.

Valerie äffte sie nach und riss ebenfalls den Mund auf. Dann lachte sie wieder.

Evelyn machte einen Schritt zurück, dann zur Seite. Sie versuchte, sich auf den Beinen zu halten. Aber sie schaffte es nicht. Sie sank auf die Knie. Die Welt um sie herum verschwamm. Wurde blass und dumpf. Ihr Verstand war wie von einem Giftpfeil getroffen. Er wollte rasen. Wurde aber immer langsamer und langsamer.

Erst jetzt wurde ihr klar, dass Valerie nicht mehr vor ihr stand. Sie schaute hinter sich und sah, dass die beiden Mädchen rangen. Evelyn wollte Anja helfen. Doch sie war zu schwach. Die Schmerzen wurden immer schlimmer.

»Lass ... sie ... in Ruhe!«, brachte sie gerade so heraus. Hilflos musste sie mitansehen, wie sich Valerie auf Anja stürzte und die beiden zu Boden gingen. Sie hörte Anja kreischen. Dann wurde es still. Und Valerie stand als einzige der beiden auf.

Nein! Nein! Nein!

»Anja!«, krächzte Evelyn.

Anja lag mit dem Gesicht auf dem Boden. Sie bewegte sich nicht mehr. Valerie ließ von ihr ab. Sie wandte sich wieder Evelyn zu. Baute sich vor ihr auf. Betrachtete das

blutverschmierte Messer in ihrer Hand. Und schüttelte den Kopf.
»Das war jetzt wirklich nötig?«, fragte sie.

KAPITEL 60

15:22 Uhr

»Die Augen sind die Pforten der Seele eines Menschen. Das hast du doch sicher auch schon mal gehört, oder?«

Evelyn tat ihr nicht den Gefallen zu antworten. Sie war viel zu sehr mit ihren Schmerzen und der Sorge um Anja beschäftigt. Außerdem spürte sie die Benommenheit immer mehr Besitz von ihr ergreifen. Sie musste dagegen ankämpfen. Unter allen Umständen. Sie durfte nicht ohnmächtig werden. Sie musste Hilfe holen. Irgendwie. Sie versuchte, von Valerie wegzukriechen. Doch Valerie kam ihr seelenruhig nach und redete einfach weiter.

»Wenn man die Augen eines Menschen entfernt, dann kann man dessen Seele schreien hören. Findest du das nicht auch faszinierend, alte Frau? Nicht? Was ist, hat es dir die Sprache verschlagen? Na, mich hat das jedenfalls gepackt und nicht mehr losgelassen. Ich wollte verdammt noch mal wissen, wie es klingt, wenn Augen bluten. Ich wollte eine verdammte Seele schreien hören.«

»Du ... bist ... verrückt«, krächzte Evelyn.

»Ja, genau. Verrückt genug, um auf so eine Lüge hereinzufallen. Denn weißt du was? Rate mal. Man hört gar nichts. Absolut nichts.« Sie schaute drein, als wollte sie damit sagen: »Kann man das fassen?« »Dabei haben sie in einem Forum behauptet, dass man sogar bei Toten noch die Seele ganz, ganz leise schreien hören kann. Aber weißt du was? Bullshit. Ich habe beides ausprobiert. Svenja war noch am Leben. Die Sommer-Schlampe und Lena waren schon tot. Aber bei keiner der drei war auch nur das Geringste zu hören. Nichts. Absolut gar nichts. Die reinste Verarsche also. Und ich war so blöd, darauf reinzufallen. Selber schuld, was? Aber weißt du was? Geil war es trotzdem irgendwie. Egal, was man im Leben schon alles gemacht hat – nichts kommt an das Gefühl heran, mit einem Messer die Augen aus einem Menschen herauszuschneiden, das kannst du mir glauben!«

»Und was ... war ... mit Kramer?«

Evelyn interessierte es in diesem Moment nicht wirklich. Sie wollte bloß Zeit schinden. Wofür, wusste sie auch nicht. Sie war verloren. Anja offenbar tot. Oder zumindest schwer verletzt. Sie sollte also besser still sein. Und es Valerie zu Ende bringen lassen.

»Nichts, er war ein Arschloch, sonst nichts – und das seit der ersten Unterrichtsstunde. Ich fand es mehr als fair, ihm die Schuld in die Schuhe zu schieben. Ich habe bei ihm angeläutet, er hat mich reingelassen, ich hab ihm eins übergezogen und dann alles für die Polizei und meine ...« – sie machte Anführungszeichen in die Luft – »Flucht vorbereitet. Danke übrigens nochmals für die Rettung. Ach ja, und danke dafür, dass du den Schlüssel der Polizei gegeben hast. Die Augen haben sie ja bereits gefunden, wie ich in den *Breaking News* gesehen habe. Cool, was? Hast du es vielleicht auch schon mal in die *Breaking News* geschafft?«

»Du ... bist krank!«

»Ja, ja, ja. Wie du meinst ...«, sagte sie und ging zu einem Gestrüpp am Waldrand. »Aber wen interessiert's?«

Sie suchte dort offensichtlich nach etwas. Und war sich ihrer Sache dabei so sicher, dass sie Evelyn einige Sekunden lang völlig unbeachtet ließ.

Doch Evelyn war ohnehin zu schwach. Sie war kurz davor, endgültig wegzutreten. Ihre Umgebung drehte sich und ihr wurde zunehmend schwarz vor Augen.

»Ah, hier«, sagte Valerie schließlich. »Der müsste doch passen.« Sie zog einen abgebrochenen Ast aus dem Gestrüpp. Kam damit zu Evelyn zurück. Baute sich vor ihr auf. Und holte mit beiden Armen aus. »Ich bin vielleicht krank, ja«, sagte sie. »Aber wenigstens bin ich nicht tot wie du!«

Im nächsten Augenblick sah Evelyn etwas auf ihren Kopf zurasen. Sie wollte noch ausweichen. Doch sie hatte keine Chance. Der Hieb traf sie. So heftig, dass es ihr den Atem raubte. Sie nahm noch die Schmerzexplosion in ihrem Schädel wahr. Dann gar nichts mehr.

Es wurde dunkel.

KAPITEL 61

15:39 Uhr

Das Erste, was Evelyn mitbekam, war, dass sie etwas in den Nacken stach. Nur kurz, aber schmerzhaft. Es fühlte sich an, als wäre ihr eben ein Stückchen Haut weggerissen worden. Sie war aber zu benebelt, um zu begreifen, was gerade passierte. Da war ein dumpfes Stimmengewirr. Licht und Schatten, das durch ihre geschlossenen Lider drang. Und immer wieder unangenehme Stiche und Kratzen in ihrem Rücken.

Sie wurde langsam klarer im Kopf und begriff, dass jemand an ihren Armen zog. Außerdem war da noch ein …

Nein, halt!

Jetzt verstand sie: Sie wurde über den Waldboden geschleift. Ihr entkam ein Stöhnen.

Da waren ihre Arme auf einmal frei. Sie knallten zu Boden.

Und Valeries Stimme dröhnte ihr durch den Schädel: »Scheiße, ich dachte, du seist tot.«

Evelyn versuchte, die Augen zu öffnen. Aber das Sonnenlicht war viel zu grell. Es trieb ihr einen Schwall Tränen in die Augen. Sie sah bloß verschwommen, dass Valerie wieder einen Ast oder etwas Ähnliches in der Hand hielt. Sie schloss sie sofort wieder. Hielt sich den Kopf, der ganz nass war. Blut, dachte sie gerade noch.

»Dann eben noch einmal«, sagte Valerie.

Da explodierte ihr Schädel ein weiteres Mal.

Und Evelyn verlor erneut das Bewusstsein.

KAPITEL 62

16:58 Uhr

Evelyn fand langsam wieder zu sich. Sie glaubte, sich daran erinnern zu können, dass sie schon ein paar Mal kurz aufgewacht, aber dann gleich wieder weggetreten war. Sie war dabei weiter über den Waldboden geschleift worden. Und später, als sie irgendwo gelegen hatte, glaubte sie, ein Scharren gehört zu haben. Aber sicher war sie sich da nicht. Auch nicht über die Stimmen. Es konnte auch alles bloß ein Traum gewesen sein.

Jetzt lag sie jedenfalls im Dunkeln. Sie hörte dumpfe Geräusche von irgendwo ganz nah. Aber sie war noch zu benebelt, als dass sie diese hätte deuten können. Ihr ganzer Körper schmerzte. Vor allem ihr Schädel. Ein beißender Alkoholgestank saß in ihrer Nase fest. Sie stöhnte auf.

»Scheiße, du wachst jetzt aber nicht wirklich noch einmal auf...«, drang die vertraute Stimme zu ihr durch, dumpf und von irgendwo weit entfernt.

Da hatte Evelyn noch nicht begriffen, wo sie war. Warum sich die Dunkelheit um sie herum drehte. Und was gerade passierte. Weil die Benommenheit noch an ihr klebte. Und ihr ein heftiges Dröhnen durch den Schädel jagte.

Was zum ...?

Sie hörte sich selbst stöhnen.

»Du kannst wirklich keine Ruhe geben, was? Ich habe es schon befürchtet.«

Evelyn wurde langsam klarer im Kopf.

Sie schmeckte Blut. Wollte es ausspucken. Brachte aber ihre Lippen nicht auseinander. Vor Schreck riss sie die Augen auf und bekam dabei irgendetwas hinein, das an ihren Augäpfeln kratzte und brannte. Sie versuchte, es wegzublinzeln, doch das machte alles nur noch schlimmer. Gleichzeitig wollte sie danach greifen, bekam aber ihre Arme nicht frei, weil die sich hinter ihrem Rücken, unter ihr, in etwas verheddert zu haben schienen. Sie zerrte daran, doch vergeblich. Sie wollte ...

Da schoss ihr die Erinnerung ein.

Und ihre Benommenheit war wie weggeblasen.

Panik ergriff sie. Und schnürte ihr die Kehle zu.

Nein! Nein! Nein! Bitte nicht!

Sie riss noch fester an ihren Fesseln, doch die gaben keinen Millimeter nach. Sie versuchte, sich zu winden, aber jetzt wurde ihr auch noch bewusst, dass sie auf dem Rücken lag und eine schwere Last auf sie drückte. Der Druck war zu groß, sie konnte sich kaum bewegen. Ihr ganzer Körper schmerzte. Ihre Augen brannten wie die Hölle. Ihr Schädel drohte, jeden Moment zu platzen. Sie würgte das Blut hinunter. Musste sich dabei fast übergeben. Sie wollte um Hilfe schreien, bekam aber nur unverständliche Laute zwischen ihre zugeklebten Lippen hindurchgepresst.

Ein grässliches Lachen erklang.

Evelyn erstarrte.

»Eigentlich umso schöner, dass du alles ganz bewusst mitbekommst.«

Erneutes Lachen.

Evelyn verstand immer noch nicht, wo sie war und was gerade passierte. Ihr war nur klar, dass die Stimme von irgendwo über ihr kam.

Was soll das, verflucht?, wollte sie schreien. Wie konntest du nur? Und noch so viel mehr. Doch das war ihr nicht möglich.

Ihr Herz raste. Ihre Atmung geriet immer mehr außer Kontrolle. Wegen ihrer Angst, aber vor allem auch, weil sie nur noch schwer Luft durch ihre verstopfte Nase bekam. Das

Brennen ihrer Augen war kaum noch zu ertragen. Sie versuchte, noch mehr Kräfte zu mobilisieren. Sich irgendwie zu befreien. Oder zumindest auf sich aufmerksam zu machen.

»Also ich möchte dir ja wirklich nicht den Spaß verderben. Aber ich glaube nicht, dass das irgendetwas bringt.«

Das wirst du schon sehen!

Evelyn wollte das nicht akzeptieren. Sie schluckte abermals ihr Blut hinunter. Würgte den Mageninhalt, der ihr daraufhin nach oben drängte, zurück. Und brüllte aus voller Kehle durch den Klebestreifen hindurch. Sie würde nicht aufgeben. Auf keinen Fall.

Doch plötzlich hielt sie erneut inne.

Und horchte auf.

Weil da neben ihrem schweren Schnaufen und dem wilden Rauschen hinter ihren Ohren noch etwas zu hören war. Ein Scharren, irgendwo über ihr. Ein Schleifen. Gefolgt von einem angestrengten Stöhnen. Und einer Art Knirschen.

Ihre Gedanken überschlugen sich.

»Weißt du, was ich nicht verstehe?«

Was ging hier vor?

»Warum konntest du es nicht einfach sein lassen?«

Weil niemand mehr sterben soll!, hätte sie gerne gebrüllt. Aber das ging nicht. Und hätte auch nichts mehr geändert.

»Du hättest heimfahren und nie mehr zurückkommen sollen. Im Grunde bist du selber schuld.«

Du geistesgestörtes Monster!

Da hörte sie ein erneutes Stöhnen und im nächsten Moment prasselte etwas auf sie herab. Hart. Erbarmungslos.

Erde und Schutt, begriff sie.

Und da traf sie noch etwas: die Erkenntnis.

Sie lag in einem Erdloch. Das Scharren, das sie im benommenen Zustand zu hören geglaubt hatte, war das Ausheben des Lochs gewesen. Sie wurde gerade bei lebendigem Leib begraben. Niemand wusste, dass sie hier war. Kein Mensch würde je auf den Gedanken kommen, hier nach ihr zu suchen.

Die Wucht dieser Einsicht lähmte sie.

»Bereit zu sterben?«

Eine weitere Ladung Erde regnete auf sie herab.

Und noch eine.

Sie war verloren.

Gleich, dachte sie. Gleich würde sie Hans wiedersehen. Bei diesem Gedanken durchflutete eine noch nie zuvor gespürte Wärme ihren Körper. Eine Geborgenheit, die sie noch nicht kannte. Alles war leicht, nichts mehr von Bedeutung. Hendrik und Valerie waren ihr einerlei. All die Probleme der letzten Tage waren nicht mehr.

Nur noch Hans zählte. Die Liebe ihres Lebens. Die sie gleich wiedersehen würde.

Hans!

Doch ausgerechnet jetzt, in diesem Augenblick tiefster Zuversicht, hörte Evelyn etwas, das sie nicht mehr für möglich gehalten hätte. Hans war mit einem Schlag weit weg. Und Anjas Stimme riss sie zurück ins Hier und Jetzt.

»Lass gefälligst meine Oma in Ruhe!«, schrie sie.

Es krachte. Dumpf und grässlich.

Ein Schrei erklang. Stöhnen.

»Bist du verrückt geworden?«

Ein weiterer Schrei. Ein weiteres Krachen. Und noch eines, das sich anhörte wie Holz, das brach. Stöhnen.

»Fick dich!«

Noch ein Schlag.

Und plötzlich war es still. Allerdings bloß eine Sekunde lang, höchstens zwei. Dann schlug ein Körper auf Evelyn ein. So schwer, dass es ihr die Luft aus den Lungen presste und sie mindestens eine Rippe brechen spürte.

Dann war es still.

ZWEI TAGE SPÄTER

KAPITEL 63

17:49 Uhr

»Wir gehen schon mal vor«, sagte Hendrik und legte Anja die Hand auf die Schulter.

Evelyn hatte ihm von der ersten Sekunde an, als er zu ihr ins Krankenhauszimmer gekommen war, ansehen können, dass er in Wirklichkeit nichts wie weg von ihr wollte. Garantiert hatte Manuela ihn gezwungen, sie zu begleiten. Sicher hatte sie so etwas wie »Mein Gott, du bist ja ohnehin wegen Anja hier. Meine Mutter liegt doch nur zwei Zimmer weiter. Also jetzt stell dich gefälligst nicht so an!« gesagt. Dabei war es noch viel zu früh für ihn. Sie konnte ihn sehr gut verstehen, denn sie fühlte sich mindestens genauso unwohl bei diesem ersten Wiedersehen nach all dem Schrecken der letzten Tage.

»Macht das«, sagte Manuela.

Sie sah immer noch schrecklich aus. Doch zumindest schien da ein Hauch von Zuversicht in ihrem Blick zu liegen.

Anja hatte zwar eine üble Fleischwunde davongetragen. Doch sie hatte Glück im Unglück gehabt. Der Messerstich hatte keinen schlimmeren Schaden verursacht. Und vor allem hatte die Klinge kein Organ getroffen. Sie war deshalb nicht wie Evelyn ans Bett gebunden.

»Evelyn ...«, setzte Hendrik zur Verabschiedung an und schien nicht weiterzuwissen. Er wandte seinen Blick ab, schaute zu Boden und kratzte sich das Kinn. »Gute Besserung.«

Auch Evelyn hatte keine Ahnung, was sie sagen sollte – und das, obwohl da so unendlich viele Dinge in ihrem Kopf waren, die ausgesprochen werden wollten.

»Danke für den Besuch«, sagte sie schließlich. Auch sie schaffte es nicht, ihm in die Augen zu sehen. »Es ...« Sie holte Luft. »Es tut mir leid«, fügte sie noch hinzu und ärgerte sich im gleichen Moment darüber. Es war ihr einfach so über die Lippen gestolpert. Weil ihr die Stille und überhaupt die ganze Situation unangenehm gewesen waren. Dabei tat es ihr nicht leid! Nichts von dem, was sie in den letzten Tagen getan oder gesagt hatte, tat ihr leid! Hendrik war kein Engel. Er hatte heimlich Frauen nachgestellt und sie fotografiert. Er hatte Manuela betrogen. Er hatte sich heimlich aus dem Haus geschlichen. Und egal, wie oft sie sich noch einzureden versuchte, dass der Fall gelöst war und nicht Kramer, sondern Valerie der Augen-Killer gewesen war, so wenig wollte sie daran glauben, dass Hendrik unschuldig bei der ganzen Sache war. Ihr Verstand weigerte sich immer noch, das zu akzeptieren. Und das lag garantiert nicht an der schweren Gehirnerschütterung, die neben dem Bauchstich, der zum Glück ebenfalls keine Organe verletzt hatte, an ihr diagnostiziert worden war.

»Ja ... mir auch«, sagte Hendrik in einer Art und Weise, die allen verständlich machen sollte, dass er genau das Gegenteil meinte.

»Geht ruhig«, sagte Manuela. »Ich komme gleich nach.«

Hendrik wandte sich ab.

Anja war die ganze Zeit über still gewesen. Kein Wunder, immerhin war es erst zwei Tage her, dass sie erfahren musste, dass ihre beste Freundin eine psychopathische Mörderin war, die nicht nur ihre Freundinnen getötet hatte, sondern auch noch ihre Oma und sie selbst hatte ermorden wollen. Konnte man sich denn überhaupt jemals von so einem Schock erholen? Das Mädchen tat Evelyn so unglaublich leid. Nur durch ihre selbstlose Hilfe war sie überhaupt noch am Leben. Bei all ihrer mürrischen und gehässigen

Art hatte sie, als es darauf ankam, bewiesen, was für ein gutes Herz sie hatte.

Evelyn wusste nur in groben Zügen, was am Vortag im Wald passiert war. Offenbar hatte Valerie gedacht, dass Anja tot oder zumindest so wie Evelyn bewusstlos gewesen war. Valerie hatte Anja ein Stück weit in den Wald gezogen und dort liegen gelassen, während sie Evelyn tiefer in den Wald hinein geschleift hatte. Dort hatte sie Evelyn in das Erdloch gestoßen, in dem sie sie hatte begraben wollen. Es war keinen Meter tief gewesen, dennoch hatte es wohl einer enormen Kraftanstrengung und einiger Zeit bedurft, es auszuheben – trotz Valeries kräftigen Körperbaus. Zum Glück war Anja währenddessen wieder zu sich gekommen und hatte sich von hinten an Valerie herangeschlichen. Sie hatte es Valerie gleichgetan und mit einem Ast mehrmals so wuchtig auf ihren Schädel eingeschlagen, dass Valerie zusammengebrochen und kurz darauf an ihren inneren Blutungen gestorben war.

Für Evelyn klang das alles so surreal. So sehr sie sich auch bemühte, sie konnte es einfach nicht verstehen. Als Brosch und sein Kollege gegen Mittag am Krankenbett ihre Aussage aufgenommen hatten, hatte Evelyn wissen wollen: »Wie konnte Valerie alleine in dieser kurzen Zeit dieses Erdloch ausheben? Und woher hatte sie die Schaufel?«

»Sie war ein starkes Mädchen. Viele hätten sie wohl als burschikos bezeichnet.«

»Aber trotzdem, das ...«

»Es muss extrem mühsam gewesen sein, keine Frage. Aber es ist möglich. Beziehungsweise war es möglich. Und da die Grube doch ein ganzes Stück von der Stelle, an der Valerie Sie bewusstlos geschlagen hat, entfernt lag, liegt es durchaus auch im Bereich des Möglichen, dass sie das Loch schon vorab ausgehoben hat. Sie dorthin zu schleifen, scheint mir jetzt weniger das Problem gewesen zu sein. Ich meine, was wiegen Sie, wenn ich Sie ganz ungeniert fragen darf, 55 Kilo, höchstens 60, richtig?«

»56«, hatte Evelyn ihm widerwillig recht gegeben.

»Wusste ich's doch.«

»Aber warum sollte sie das Loch schon vorab ausgehoben haben?«

»Das können wir zurzeit nur mutmaßen.«

»Und was denken Sie?«

»Valeries Taten waren offenbar bis ins kleinste Detail durchdacht. Es ist gut möglich, dass sie vorhatte, früher oder später jemanden dort verschwinden zu lassen.«

»Aber ...« Evelyns Hirn hatte gerattert. »Sie hatte tatsächlich eine Schaufel dabei. Sie hat doch Erde auf mich geschaufelt. Wie kam sie an die?«

»Zwei Möglichkeiten: Sie hatte die Schaufel ebenfalls schon vorab dort hinterlegt. Oder sie hat sie einfach von daheim geholt. Immerhin wohnte sie ja ganz in der Nähe. Wenn sie gelaufen ist, war sie wahrscheinlich in fünf Minuten daheim. Sie hat die Schaufel geholt und ist zurückgelaufen.«

»Aber sie musste doch fürchten, dass ich trotz meiner Verletzungen in der Zwischenzeit wieder zu mir komme.«

»Nicht unbedingt. Wir haben ganz in der Nähe ein Tuch gefunden, das in Diethylether getränkt war.«

»Worin?«

»Eine Flüssigkeit, die auch als Betäubungsmittel verwendet werden kann und in so gut wie jeder Schule für den Chemieunterricht lagernd ist. Wir klären gerade noch ab, ob sie in der Schule von Valerie und Ihrer Enkelin vielleicht ...« Er machte Anführungszeichen in die Luft. »... abhandengekommen sein kann.«

»Aber, das ... das ist doch alles ... Wie konnte sie wissen, dass ich ihr in den Wald folgen würde?«

»Das versuchen wir noch herauszufinden. Doch wie gesagt: Wir gehen davon aus, dass ihr die Grube zur Vorsorge diente. Entweder, um spontan reagieren zu können wie bei Ihnen. Oder, weil sie schon ein nächstes Opfer im Kopf hatte und sie dieses dort verschwinden lassen wollte.«

Das alles klang nicht zu 100 Prozent schlüssig für Evelyn. Aber sie war es leid, Fragen zu stellen und sich den Kopf darüber zu zermartern. Sie wollte einfach nur glücklich darüber sein, dass sie und vor allem Anja das alles überlebt hatten. Sie musste nach vorne blicken. In eine bessere Zukunft. Und deshalb schüttelte sie jetzt die düsteren Erinnerungen ab.

Anja wollte Hendrik schon aus dem Zimmer folgen. Doch auf einmal entschied sie sich anders, kam zurück zu Evelyn ans Bett, umarmte sie und flüsterte: »Danke.«

Evelyn wusste nicht so recht, wofür Anja sich bedankte. Aber es war ihr auch egal. Denn in diesem Augenblick empfand sie einfach nur pure Dankbarkeit. Dieser emotionale Lichtblitz zeigte ihr: Wenn in den letzten Tagen schon alles den Bach runtergegangen war und sie die schlimmste Zeit ihres Lebens hatte durchmachen müssen, so war sie zumindest Anja wieder nähergekommen. Dabei hatte Evelyn vor etwas mehr als 24 Stunden noch befürchtet, dass Anja tödlich verletzt worden war. Eine Anja, die sich emotional von ihr abgeschottet hatte. Und die für sie unerreichbar geworden war. Wie schnell sich alles ändern konnte.

Jetzt lag Anja in ihren Armen.

Und Evelyn konnte ihr Glück kaum fassen. »Ich hab dich lieb«, sagte sie und ihr kamen die ersten Freudentränen seit Monaten.

EINE WOCHE SPÄTER

KAPITEL 64

10:22 Uhr

Eine Woche später wurde auch Evelyn endlich aus dem Krankenhaus entlassen. Der zuständige Chefarzt hätte sie zwar lieber noch ein paar Tage zur Beobachtung dabehalten, aber Evelyn hätte es keinen Tag länger in diesem desinfektionsmitteldurchtränkten und viel zu sterilen Zimmer ausgehalten. »In Ihrem Alter ist mit solchen Verletzungen nicht zu spaßen«, hatte er sie zu überzeugen versucht. Doch sie wollte nichts als raus aus diesem deprimierenden Krankenhaus. Weg aus dieser furchtbaren Stadt. Endlich zurück nach Hause. So hoffte sie, den Schrecken der letzten Tage ein für alle Mal hinter sich zu lassen. Und endlich wieder ihren Kopf frei zu bekommen.

Die Narbe in ihrer Seite schmerzte zwar noch bei viel zu vielen alltäglichen Bewegungen, und immer wieder brummte ihr gehörig der Schädel. Aber das alles war nichts, was sich nicht mit ein paar verschreibungspflichtigen Pillen betäuben ließ. Sie war guter Dinge.

Sie brauchte Abstand, das war alles. Selbst von Manuela. Die hatte sie zwar jeden Tag im Krankenhaus besucht, doch ihre Gespräche waren distanziert und weitgehend oberflächlich gewesen. Nicht einmal hatten sie über Hendrik und die Fotos gesprochen. Und auch nicht darüber, warum Tennissand auf seinem Fahrrad geklebt hatte, unmittelbar bevor sie die Leiche der Rothaarigen dort gefunden hatte – seiner Affäre, die natürlich auch totgeschwiegen wurde. Nein, Manuela tat so, als wäre all das nie geschehen. Aber auch Evelyn war müde, darüber zu sprechen oder auch nur daran zu denken. Einmal hatten sie sogar kurz gemeinsam gelacht. Nicht nur das hatte sich falsch angefühlt. Nein, selbst das Lachen hatte nicht darüber hinwegtäuschen können, dass es nicht mehr wie früher war. Und dass es sehr wahrscheinlich niemals wieder so sein würde.

Auch Anja hatte sie täglich besucht. Vier Tage lang hatte sie auf der gleichen Abteilung gelegen. Doch auch, nachdem sie entlassen worden war, hatte sie Evelyn weiter besucht. Auch mit ihr war es nicht wie früher gewesen. Aber das war zu einem gewissen Grad auch gut so. Anja schien in diesen wenigen Tagen reifer geworden zu sein und ihren Teenager-Frust und ihre Wut abgelegt zu haben.

Sie hatte Evelyn anvertraut, dass es mit Kramer keinen Unschuldigen erwischt hatte. Der Mistkerl hatte sie über Monate hinweg unsittlich angegriffen und missbraucht. Außerdem hatte er sie unter Druck gesetzt, indem er ihr gegenüber behauptet hatte, der Killer zu sein und ihr und ihren Freundinnen Schlimmes anzutun, wenn sie nicht machte, was er von ihr wollte, oder sie zur Polizei oder ihren Eltern ging. Anja hatte davon ausgehen müssen, dass er tatsächlich der Mörder war. Sie hatte keinen Grund gehabt, an seinen Worten zu zweifeln. Immerhin war er ihr gegenüber ein Monster gewesen.

Evelyn konnte sich gar nicht vorstellen, unter welchem Druck Anja über Monate hinweg gelebt haben musste. In einer Zeit, in der ihre Mutter oft nicht da war, weil sie sich um ihren kranken Opa hatte kümmern müssen. Und ihr Vater offenbar eine Midlife-Crisis durchgemacht hatte und wahrscheinlich immer wieder unterwegs gewesen war, um sich mit einer anderen Frau zu vergnügen. Kein Wunder, dass sie sich derart verschlossen hatte.

Am Tag vor Evelyns Entlassung aus dem Krankenhaus war Anja schließlich mit einem weiteren Geständnis herausgerückt. Vor allem in den letzten Tagen, bevor alles ans Tageslicht gekommen war, hatte sie immer mehr das Gefühl gehabt, dass Kramer gelogen hatte und in Wirklichkeit nicht er, sondern Valerie hinter allem steckte. Ihre Freundin hatte immer wieder zweideutige Bemerkungen gemacht. Anja kannte sie schon seit Kindertagen. Sie wusste, dass sie sich verändert hatte. Sie wusste, dass da schon lange etwas Dunkles in ihr war, das allmählich überhandgenommen hatte. Zudem wusste sie von einem heftigen Streit zwischen Lena und ihr. Zwei Tage später war Lena verschwunden gewesen. Und Valerie noch seltsamer als zuvor.

Anja hatte Evelyn verraten, dass sie schon eher hatte Frieden mit ihr schließen wollen. Vor allem, als Evelyn ihr nach der Schule aufgelauert hatte. Sie hatte sofort geahnt, dass Valerie auch ihr etwas antun wollte. Deshalb habe sie besonders abweisend reagiert. Um Evelyn zu schützen. Aber Valerie habe sie vereinnahmt. Und das Unglück hatte seinen Lauf genommen.

Das alles war schon sehr viel. Es würde wohl noch lange Zeit dauern, bis Evelyn alles verstanden und verdaut hatte. Die Ruhe zu Hause würde ihr sicherlich dabei helfen. Der Abstand zu all dem Schrecken würde ihr guttun. Sie konnte es deshalb kaum erwarten, endlich abzureisen.

Eigentlich hatte sie Manuelas Angebot, sie zum Bahnhof zu bringen, abgeschlagen. Doch Manuela hatte nicht locker gelassen, und so hatte sie nachgegeben. Um ihr einen Gefallen zu tun. Vor allem aber, weil sie keine Kraft mehr für Diskussionen hatte. Die paar Minuten würde sie schon noch überstehen. Dann würde sie ohnehin ihre so lange ersehnte Ruhe haben.

Womit sie allerdings nicht gerechnet hatte, war, dass sie auch Hendrik und Anja erblicken würde, als sie das Krankenhaus verließ und gemeinsam mit Manuela hinaus ins Freie trat. Hendrik saß am Steuer des Wagens, den er jetzt startete. Anja winkte ihr von der Rückbank aus zu. Anjas Engagement freute sie. Und dennoch hätte sie sich über eine letzte Zweisamkeit mit Manuela gefreut. Aber da musste sie jetzt wohl oder übel durch.

Die Fahrt vom Krankenhaus zum Bahnhof dauert ja ohnehin keine fünf Minuten, sprach sie sich Mut zu. Aber selbst die hatten sich mit all dem Schweigen im Wagen verdammt lange angefühlt.

Als sie endlich den Bahnhof erreicht hatten, konnte sie es deshalb auch kaum erwarten, aus dem Wagen zu kommen. Hendrik blieb hinter dem Steuer sitzen und wünschte ihr von dort aus eine gute Heimreise. Er rang sich sogar den Ansatz eines Lächelns ab. Manuela stieg mit aus, holte den Koffer aus dem Kofferraum und umarmte Evelyn zum Abschied. Auch diese Nähe, so sehr Evelyn sie sich auch wünschte, fühlte sich falsch an.

Evelyn wollte gerade los. Da sprang Anja auf einmal völlig unerwartet aus dem Wagen und sagte: »Ich begleite dich noch auf den Bahnsteig.«

Manuela sah in diesem Moment aus, als hätte sie einen Schlag in die Magengrube bekommen. Es schien, als wollte sie etwas sagen und Anja davon abhalten. Aber sie sagte letztendlich nichts, weder zu ihr noch zu Anja. Evelyn fand diese Reaktion ein wenig seltsam. Aber was hatte das schon zu bedeuten. Da war so vieles, was sie in den letzten Tagen nicht verstanden hatte. Was kümmerte sie schon dieses letzte kleine Steinchen in dem riesigen Mosaik-Fragezeichen ihres Aufenthalts hier.

Gleich würde sie weg sein. Und sie würde all den Schrecken hinter sich lassen. Nur das zählte.

Dachte sie.

KAPITEL 65

10:44 Uhr

Den kurzen Weg zum Bahnsteig hatten Evelyn und Anja schweigend hinter sich gebracht. Evelyn fand das Schweigen zwischen ihnen zwar schade, doch sie war alleine schon über die Geste von Anja glücklich. Vor zwei oder drei Tagen noch hätte sie niemals zu hoffen gewagt, dass sie Anja wieder so nahekommen würde, dass diese sie bei ihrer Abfahrt zum Bahnhof und sogar noch bis zum Bahnsteig begleiten würde.

Das Mädchen braucht bloß ein bisschen Aufmerksamkeit, dachte Evelyn. Das ist alles.

Sie konnte nur hoffen, dass Manuela und Hendrik möglichst bald die Zeit und die Muße finden würden, Anja diese auch zu schenken. Evelyn nahm sich vor, sie schon bald zu sich einzuladen. Wenn wieder ein wenig Ruhe eingekehrt war und sie sich erholt haben würde, dann konnte Anja doch ein paar Ferientage bei ihr verbringen. Sie würden endlich wieder alte Zeiten aufleben lassen können. Und ihre Bindung stärken.

All diese Gedanken und noch viele mehr gingen ihr durch den Kopf, als der Zug einfuhr. Doch jetzt war es erst einmal Zeit für den Abschied. Trotz der Annäherung der letzten Tage war Evelyn immer noch verunsichert. Sollte sie Anja umarmen? Oder ihr gar einen Kuss auf die Stirn geben? Sollte sie ihr einfach nur die Hand geben? Oder nicht einmal das?

Weil sie auf die Schnelle keine Antwort hatte, sagte sie einfach: »Also dann ... Danke fürs Begleiten.«

Anja sagte nichts. Sie grinste bloß.

Der Zug war zum Stehen gekommen.

»Gut, dann werde ich mal einsteigen«, sagte Evelyn, weil sie die Reaktion seltsam fand.

Anjas Grinsen wurde breiter.

Etwas Dunkles dämmerte ihr. »Nicht, dass er noch ohne mich losfährt«, sagte sie.

Anja antwortete immer noch nichts.

Nein. Bitte ...

»Was ist denn los?«

Da breitete Anja auf einmal die Arme aus, machte zwei Schritte auf sie zu und umarmte sie. Evelyn wusste nicht, wie ihr geschah. Sie war überrascht und unglaublich dankbar zugleich. Auch wenn dieses seltsame Grinsen eben sie schon wieder verunsichert hatte: Es war keine Einbildung gewesen. Der Überlebenskampf hatte sie wieder zusammengeschweißt.

Evelyn fühlte eine wohlige Wärme ihren Körper durchströmen. Erst recht, als Anja auf einmal ganz nah an ihr Ohr herankam.

»Ich weiß übrigens auch, wie es klingt«, hauchte sie.

In der ersten Sekunde verstand Evelyn nicht.

Dann begriff sie.

Und sie war wie vom Blitz getroffen.

Nein! Nein! Nein!

Der Augenblick schien aus der Zeit gefallen.

»Was?«, brachte sie gerade so heraus. Dabei wusste sie ganz genau, was Anja meinte.

Bitte, bitte, bitte nicht!

Evelyn wollte sich aus der Umarmung lösen.

Aber Anja hielt sie auf einmal mit einer ungeheuren Kraft fest.

Eine eisige Kälte entsprang Evelyns Herzen. Und breitete sich schlagartig in ihrem ganzen Körper aus. Ein Zittern erfasste sie.

Erst jetzt lockerte Anja die Umarmung. Sie wich mit dem Oberkörper zurück. Sah Evelyn tief in die Augen. Und lächelte. Nicht herzlich oder heiter. Nein, eiskalt.

Evelyns Verstand raste. Ihr Herz schlug wie verrückt. Ihr Zittern wurde immer heftiger.

Anja schien ihr all das anzusehen. Ihr Grinsen wurde breiter. »Ich sehe, du verstehst.«

»Was ... was ... meinst du?«, stammelte Evelyn.

»Ach, komm schon! So blöd bist du doch nicht.«

»Was ... ich ... was ...?«

»Was ... ich ... was ...?«, äffte Anja sie nach.

Evelyn brachte kein Wort heraus.

»Ich weiß, wie es klingt, wenn Augen bluten«, sagte Anja.

Evelyn rang nach Luft.

»Klang dramatisch, was ich rief, bevor ich Valerie getötet habe, was? ›Lass gefälligst meine Oma in Ruhe!‹« Sie lachte. »So ein Scheiß. Das hast du mir echt abgenommen? Falls ja, lass mich eines klarstellen: Du bist mir scheißegal.«

All das hatte sie gesagt, während sie Evelyns Koffer gepackt, die elektrische Tür geöffnet und ihn in den Zug gehievt hatte.

Evelyn liefen die Tränen über die Wangen. Sie starb. In diesem Moment. Weil sie Anja jedes Wort glaubte. Und auf einmal alles einen Sinn ergab.

»Aber ... der ... der Angriff ... im Wald?«, stotterte sie.

»Mein Gott, das kannst du dir doch denken, oder? Ich habe einfach gewartet, bis du aus dem scheiß Zimmer kommst. Ich wusste ja, dass du mir folgen würdest, sobald ich abhaute. Ich bin in den Wald, und Vali hat dort schon auf uns gewartet. Den Schlüssel hab ich dort fallen lassen. Ich wusste ja, dass Kramer noch auftauchen würde – immerhin hatten wir ihn ja angerufen. Die Schatulle mit den Augen hat Vali dann in Kramers Haus mitgenommen. Dass du deshalb die Fotos in Papas Werkstatt gefunden hast, war ein glücklicher Zufall.

So wusste ich wenigstens, wo sie waren und konnte sie mir zurückholen.«

»Du ... du ... hast die Fotos ...?«

»Scheiße, was ist denn mit dir los? Kriegst du denn überhaupt keinen geraden Satz mehr heraus?«

Evelyn starrte sie bloß an.

»Ja, die Fotos haben Vali und ich gemacht. Hat uns irgendwie Spaß gemacht, die anderen zu beobachten. Vor allem aber zu verängstigen. Und die Fotos haben wir zur Sicherheit gemacht. Man weiß ja nie. Vielleicht braucht man die noch mal, wenn man in Geldnöten ist oder so. Du verstehst? Na, ist ja auch egal. Auf jeden Fall hatte das nichts mit Stalking oder so einem Scheiß zu tun. Es hat uns einfach Spaß gemacht.«

Ein Mann rief ihnen vom anderen Waggon aus etwas zu. Evelyn verstand erst nicht, was er wollte. Dann begriff sie, dass es der Schaffner war, der sie aufforderte, endlich einzusteigen.

»Sofort!«, rief Anja ihm zu und winkte.

»Hendrik ... Dein Papa hat ... die Fotos ...?«

»Bingo. Gratuliere, du bist ja gar nicht so blöd. Papa hat die Fotos gefunden und begriffen, dass wir Svenja gekillt hatten. Er hat sie mir weggenommen und versteckt. Und mich seitdem ständig zu bekehren versucht. Bis er irgendwann begriffen hat, dass er das nicht kann. Ich meine, das ist ja auch absurd: Ein Mann, der selber nur Scheiße baut, will mir erklären, was richtig und was falsch ist. Zum Glück hat er es irgendwann aufgegeben und ab dann nur noch versucht, meine Taten zu vertuschen. Er hat mir ständig nachspioniert. Auch ganz schön mühsam, das kannst du mir glauben. Aber immer noch besser als die ganzen Predigten.«

»So wie in der Nacht, als die Rothaarige ... Caroline ...«

»Na siehst du, geht doch. Jetzt taust du langsam wieder auf. Genau, Caroline Sommer, diese Schlampe. Sie hatte was mit Papa. Der ist also auch kein Engel, brauchst du gar nicht erst zu glauben. Ich habe ihn gewarnt und gesagt, dass sie sterben würde, wenn er nicht damit aufhören würde. Hat er dann eh. Aber sie ist durchgedreht und hat ihn immer wieder belästigt. Mama hat schon begonnen, Fragen zu stellen. Da musste ich etwas unternehmen. Ich will ja nicht, dass sich meine Eltern trennen. Sondern genau das Gegenteil. Sie sollten endlich mit den ständigen Streitereien aufhören. Also hab ich die Schlampe in den Wald hinter den Tennisplätzen gelockt, und Vali und ich haben sie gekillt. Papa hat gerochen, was wir vorhatten. Er ist mir in der Nacht gefolgt. Aber er war zum Glück zu spät dran.«

Der Schaffner rief ihnen erneut zu. Seine Worte erreichten Evelyns Verstand nicht. Aber er klang schon deutlich ungehaltener.

»Tut uns leid, gleich!«, rief Anja.

»Warum Lena? Sie ... sie war doch eure Freundin.«

Anja zuckte mit den Schultern. »Sie hat genervt.«

Es konnte wohl kaum eine absurdere Begründung geben. Aber Evelyn schaffte es nicht, sie zu hinterfragen. Ihr Verstand war völlig überfordert und machte dicht.

»Ach ja, übrigens: Alles, was ich dir über Kramer und mein Tagebuch erzählt habe, war Bullshit. Alle Einträge waren erfunden. Eigentlich wollten wir ihm ja alles in die Schuhe schieben und dann damit aufhören. Uns zur Ruhe setzen, quasi. Das kennst du ja. Es war alles auf Schiene. Aber Vali musste so blöd sein und alles zerstören, indem sie dir alles großmäulig erzählte. Ich wollte sie davon abhalten, aber sie wollte nicht auf mich hören. Mir war klar, dass unsere gesamte Geschichte nicht mehr glaubhaft sein würde, wenn du jetzt auch noch tot oder verschwunden sein würdest. Kramer war tot. Die Bullen würden doch checken, dass etwas faul ist und in Wirklichkeit jemand anders hinter den Morden steckte. Also musste ich etwas tun. Und ich begriff, dass die einzige Möglichkeit, die ich hatte, war, dass Vali starb. Sie würde als die alleinige Schuldige gelten. Vor allem, weil du ja meine Version der Geschichte bestätigt hast. Danke übrigens noch mal.«

Evelyns Gedanken wurden langsam klarer. Sie bekam im Augenwinkel mit, dass der Schaffner aus dem Zug gesprungen war und nun auf sie zustürmte. Sie begriff jetzt: Als sie kurz aus ihrer Bewusstlosigkeit aufgewacht war und über den Waldboden geschleift wurde, da hatte sie ein Stimmengewirr wahrgenommen. Dabei hatte Anja doch vorgegeben, bewusstlos und schwer verletzt zu sein. Aber das konnte nicht möglich sein. Mit wem hätte Valerie dann sprechen sollen? Nein, keine Frage: Sie hatten miteinander gesprochen. Nein, gestritten! Weil Anja mit Valeries Alleingang nicht einverstanden gewesen war. Und weil sie ihr Kartenhaus aus Lügen vor dem Einsturz gesehen hatte.

»Sie war doch ... deine Freundin!«

»Nur, weil sie auch ständig gehänselt und ausgestoßen wurde, war sie nicht meine Freundin. Wir hatten eine gemeinsame Leidensgeschichte. Und wir hatten eine gemeinsame Idee, wie wir uns daraus befreien konnten.«

»Warum?«

»Mein Gott, diese Frage habe ich schon befürchtet. Hast du nicht gehört, was ich dir gerade gesagt habe?«

»Warum Svenja?«

Sie zuckte wieder mit den Schultern. »Bei ihr war das eher aus Spaß. Vielleicht auch Interesse. Ob du es glaubst oder nicht: Ich wollte wirklich wissen, wie es klingt, wenn Augen bluten. Es hätte im Grunde jeder oder jede sein können. Aber sie hat mich beim Laufwettbewerb in der Schule geschlagen und danach blöd angegrinst. Das hat mich einfach genervt.«

Diese Worte machten Evelyn fassungslos. Svenja hatte Anja mit einem Grinsen genervt? Und deshalb hatte Anja sie bestialisch ermordet? Das war zu viel für sie. Sie konnte einfach nicht ...

»Außerdem ist mir ihr Name auf die Nerven gegangen«, fuhr Anja fort. »Weißt du, wie oft wir den am Tag hören mussten, weil sie einfach keine Ruhe geben konnte? Ständig hat sie aufgezeigt, um etwas zu fragen oder eine richtige Antwort zu geben. Immer hieß es *Svenja, ja? Svenja bitte! Svenja, Svenja, Svenja* ... An manchen Tagen war es so schlimm, dass ich ihr gleich in der Früh eine verpassen wollte.«

Evelyn verstand die Welt nicht mehr.

»Wenn Sie jetzt nicht sofort einsteigen, fahren wir ohne Sie los, haben Sie verstanden!«, fuhr der Schaffner sie an. Er baute sich vor ihr auf. »Soll ich den Koffer wieder aus dem Zug heben?«

Evelyn schüttelte bloß den Kopf. Starrte ins Leere. Und versuchte zu verstehen, was da gerade passierte.

»Nein, nein. Oma fährt schon. Tut uns leid«, sagte Anja.

»Dann steigen Sie jetzt bitte sofort ein!«

Evelyn war so perplex, dass sie das tat.

»Tschüss, Oma«, trällerte Anja.

Evelyn betrat den Zug. Hinter ihr stieg der Schaffner zu. Er gab dem Zugführer ein Zeichen. Murmelte etwas, das sie nicht verstand, und verschwand durch die Schiebetür in den Tiefen des Waggons.

Evelyn stand immer noch da. Und starrte zu Anja nach draußen. Auch dann noch, als sich die Tür mit einem Zischen vor ihrer Nase schloss. Sie musste sich am Haltegriff festhalten, weil sie fürchtete, sonst zusammenzubrechen. Sie hatte keine Kraft mehr. Keinen Willen. Nichts.

Der Zug setzte sich in Bewegung.

Anja winkte ihr. Mit einem breiten Grinsen im Gesicht.

Bis sie aus Evelyns Sichtfeld verschwand.

Der Zug fuhr am Parkplatz vorüber. Evelyn sah, wie Manuela aus dem Wagen stieg, sich davon entfernte und sich ihr Telefon ans Ohr hielt.

Da klingelte Evelyns Handy.

KAPITEL 66

10:47 Uhr

Evelyn nahm Manuelas Anruf an. Hielt das Handy aber weiter bloß in der Hand. Fassungslos stand sie da. Und starrte durch das kleine Fenster der Tür nach draußen. Anja war längst nicht mehr zu sehen. Doch ihre Worte dröhnten ihr immer noch durch den Verstand.

Auf einmal fiel es ihr auch wie Schuppen von den Augen. Als sie nach dem Besuch bei Kramer Anja gemeinsam mit dem fremden Jungen getroffen hatte, hatte sie doch gesagt, dass sie und ihre Klasse den alten Wasserpark und den See nach Lena absuchen wollten. Evelyn hatte bei der Aussage etwas gestört. Doch sie war nicht daraufgekommen, was es war. Jetzt begriff sie: Anja hatte nur von Lena gesprochen – und das, obwohl doch Valerie ebenfalls als vermisst galt. Weil sie wusste, dass sie Lena dort finden würden.

Mein Gott!

Und noch etwas wurde ihr jetzt bewusst: Bevor Valerie sich im Wald als Mörderin zu erkennen gegeben hatte, hatte sich Anja mehr als merkwürdig verhalten. Sie hatte sich zurückfallen lassen. So, als wollte sie damit absichern, dass Evelyn nicht würde fliehen können. Aber auch alles, was sie zu Valerie gesagt hatte, war äußerst seltsam gewesen. In der Aufregung und ihrem Wunsch danach, dass alles wieder gut werden würde, hatte Evelyn diese Tatsache danach völlig verdrängt. Jetzt aber war die Erkenntnis umso schrecklicher.

Draußen flogen Häuser an ihr vorüber, Bäume, Büsche, Masten, Autos und vieles mehr. Evelyn zitterte immer noch am ganzen Körper. Die Tränen wollten nicht aufhören zu laufen. Ihre Knie wurden immer weicher. Sie ahnte: Jeden Moment würde sie zusammensacken. Und einfach liegen bleiben. Weil es egal war. Weil alles egal geworden war.

Sie wollte zu Hans.

In ihrer Hand läutete und vibrierte das Handy erneut.

Erst allmählich setzten sich die Zahnräder ihres Verstandes wieder in Bewegung. Sie blickte auf das Display. Und begriff, dass Manuela offenbar aufgelegt hatte und sie erneut anrief. Wieder nahm sie ab. Abermals drifteten damit ihre Gedanken wieder ab. Sie versuchte zu verstehen. Schaffte es aber nicht. Versuchte es weiter. Bis ihr bewusst wurde, dass sie das Telefon immer noch bloß in der Hand hielt. Sie führte es zum Ohr.

»Mama?«, fragte Manuela. Es klang, als hätte sie das schon einige Male getan.

Evelyn wollte etwas sagen. Schaffte es aber einfach nicht.

»Hallo?«

Immer noch Blockade in ihrem Kopf.

»Mama? Bitte sag doch etwas!«

Erst jetzt schaffte Evelyn es endlich, einen Laut durch ihre zitternden Lippen zu pressen. Aber es kam nicht mehr als ein kaum zu hörendes »Hm« dabei heraus.

»Kannst du mich hören?«

Durch das Fenster sah sie einen einsamen Vogel über einem Maisfeld seine Kreise ziehen. Über das Feld daneben tuckerte ein Traktor und wirbelte eine Unmenge an Staub auf.

»Mama, bitte sag doch etwas!«

Ein schweres Seufzen.

»Kannst du mich hören?«

Ohne jede Kraft: »Ja?«

»Gut«, sagte Manuela bloß. Und seufzte mindestens genauso schwer, wie Evelyn das eben getan hatte.

Sekunden verstrichen.

Der Vogel und der Traktor waren längst aus ihrem Sichtfeld verschwunden. Jetzt waren nur Nadelbäume zu sehen, die dicht am Gleisbett standen.

»Anja ... sie ist ... ein gutes Mädchen«, sagte Manuela, und Evelyn konnte trotz des Lärms im Zug hören, dass sie weinte.

»Wie ...« Bei Evelyn brachen alle Dämme. Sie schluchzte bitterlich. Presste jedes Wort einzeln heraus. »Wie ... konnte ... das ... passieren?«

»Ich ... ich weiß es nicht. Ich ... Sie war so viel alleine und ... Ich weiß es einfach nicht. Es ist alles meine Schuld, ich war immer wieder viel zu lange weg.«

Evelyn weinte so heftig, dass ein Mann aus dem Waggon in den Vorraum schaute und sich erkundigte, ob alles in Ordnung mit ihr war. Sie nickte und wandte sich von ihm ab.

»Seit wann ... weißt du es?«, fragte sie, als sie sich wieder halbwegs gefangen hatte.

»Ich habe es erst am Tag nach deiner Ankunft erfahren. Hendrik hat es mir nach dem Streit vorm Haus gebeichtet. Er wusste es schon viel länger. Er hatte sich davor nur Viktor anvertraut. Die beiden haben sich heftig gestritten deswegen. Viktor wollte sofort zur Polizei. Hendrik konnte ihn nur mit Mühe davon abhalten. Aber die beiden haben seitdem kein Wort mehr miteinander gesprochen.«

Evelyn schossen Viktors Aussagen in den Kopf: »Vielleicht kennst du ihn nicht so gut, wie du denkst!«, hatte er über Hendrik gesagt. Und: »Er ist ein guter Mensch.« Viktor hatte von Hendriks Misere gewusst. Er hatte gewusst, dass er im Grunde nur seine eigene Tochter vor dem Gefängnis retten wollte. Gott, er hatte es ihr auf eine subtile Weise sogar klarzumachen versucht.

»Bist du noch da?«, wollte Manuela wissen.

»Ihr müsst sie stoppen.«

»Sie wird es nicht mehr tun. Nie wieder. Dafür werden wir sorgen! Ich kriege das hin. Auch das mit Hendrik.«

»Wie willst du sie davon abhalten?«

»Ich werde jetzt besser auf sie aufpassen.«

»Aber Manuela, du kannst doch nicht glauben, dass ...«

»Ich habe gekündigt. Ich habe jetzt Zeit für sie.«

»Sie ist eine Mörderin!«

Manuela sagte nichts.

Evelyn blickte vorsichtig um sich. Sie fürchtete, dass sie viel zu laut geworden war. Aber niemand kam aus dem Waggon.

Weil Manuela immer noch nichts gesagt hatte, wiederholte Evelyn es etwas leiser: »Anja ist eine Mörderin!«

»Was soll ich denn machen?«

»Zur Polizei gehen!«

»Damit würde ich ihr Leben zerstören.«

»Sie muss für ihre Taten büßen.«

»Sie ist meine Tochter.«

EPILOG

Drei Wochen später

Es war viel zu kalt und dunkel für einen Hochsommertag. Nicht ein einziger Sonnenstrahl hatte es bisher durch die dunkle und tiefhängende Wolkendecke hindurch geschafft. Schon seit dem frühen Morgen hatte es nach Regen ausgesehen. Bisher war er ausgeblieben. Doch jetzt konnte es wirklich nicht mehr lange dauern. Der Wind hatte aufgefrischt. Jetzt peitschte er mit voller Kraft gegen das ächzende und knarrende Haus. Bäume, Sträucher und Straßenlaternen wankten um die Wette. Das angekündigte Unwetter war im Anmarsch.

Und dennoch war es für Evelyn ein guter Tag. Der beste seit Langem. Als sie am Morgen aufgewacht war, hatte sie sich sogar richtig ausgeschlafen gefühlt.

Jetzt war es bald Mittag. Evelyn streckte ihr Kreuz durch und betrachtete das Werk der letzten Stunden. Immer wieder war sie dabei in Tränen ausgebrochen und hatte aus dem Zimmer gehen und sich ablenken müssen. Mehr als einmal hatte sie abbrechen und sich einreden wollen, dass sie doch noch nicht bereit dazu war. Aber jedes Mal aufs Neue war sie stark geblieben. Sie hatte es durchgezogen. Heute hatte sie es tatsächlich endlich geschafft, Hans' Kleiderschrank leer zu räumen. Bei fast jedem Stück, das sie dabei herausgenommen und in einen der drei Umzugskartons gepackt hatte, hatte es ihr einen Stich im Herzen gegeben. Gleichzeitig hatte sie sich mit jedem Stück auch ein klein wenig freier gefühlt. So absurd das auch klingen mochte.

Nun, da es vollbracht war, fühlte sie sich richtig gut.

Wohl auch, weil sie heute Morgen endlich einen Entschluss gefasst hatte: Sie würde die Vergangenheit hinter sich lassen. Sie würde im Hier und Jetzt leben. Die Zeit, die ihr noch blieb, genießen. Sich auf das Wiedersehen mit Hans freuen. Und bis dahin positiv in die Zukunft blicken. Sie war wirklich guter Dinge. Vor allem auch, weil die Albträume in den letzten Tagen weniger intensiv geworden waren. Und sie sich zuletzt seltener in Gedanken in Anjas Zimmer verlor. In all dem Schwarz und all der Kälte. Seit ihrer Abreise hatte sie sich immer und immer wieder gefragt, was Anja zu dem gemacht hatte, was sie schließlich geworden war: ein Monster. Wie hatte es so weit kommen können? Wie viel Wut musste sich in diesem Zimmer angestaut haben, wie viel Trauer? Wie viele Tränen mussten geflossen sein, bevor Anja ihren schrecklichen Plan zu schmieden begann. Dieses Zimmer musste ein regelrechtes Tränengrab gewesen sein.

Und Hendrik trug dabei sicher eine Hauptschuld. Denn ja, auch Manuela war lange Zeit nur selten daheim gewesen – eine Zeit, in der es Anja scheinbar immer schlechter zu gehen schien. Aber es war Hendrik, der eigentlich daheim gewesen wäre und die Zeit gehabt hätte, sich um seine Tochter zu kümmern. Doch er hatte es scheinbar für wichtiger empfunden, seine verlorene Jugend zurückzuholen und sich mit anderen Frauen zu treffen. Evelyn wurde so unfassbar wütend, wenn sie daran dachte, dass ...

Aus! Schluss!

Kaum war sie einen Moment lang nicht fokussiert gewesen, lief sie schon Gefahr, rückfällig zu werden. Dabei wollte sie doch positiv bleiben. Zumindest einen Tag lag. Und morgen würde sie den Kampf von vorne beginnen. Sie würde es schaffen! Sie würde den Schrecken hinter sich lassen!

Also gut jetzt!

Sie rieb sich das Gesicht. Atmete tief durch.

Weiter!

Sie würde jetzt nur noch die Kartons mit Klebeband verschließen und sie für die Abholung vorbereiten. Die Besitzerin eines Second-Hand-Ladens ganz in der Nähe war am Vortag da gewesen, um die Kleidungsstücke zu begutachten. Sie hatte Evelyn danach versprochen, ihr die Sachen abzukaufen und einen Mitarbeiter vorbeizuschicken, der die Kartons abholen und in den Laden bringen würde.

Evelyn sah auf die Uhr. Er würde frühestens in einer Stunde da sein. Das hieß, sie hatte noch genügend Zeit, die Kartons zu verschließen und sich danach etwas Schnelles zu Mittag zu machen. Ihr Magen knurrte ohnehin schon seit einiger Zeit und sie hatte Lust, sich zur Feier des Tages mal wieder etwas richtig Deftiges zu gönnen. Ja, sie würde das Leben wieder einmal genießen. Zumindest heute. Und morgen würde sie weitersehen. So würde sie das machen. Sie würde sich einfach von Tag zu Tag hangeln. Immer weiter und weiter. Bis sie endlich wieder mit Hans vereint sein würde.

Evelyn widmete sich also dem ersten Karton. Riss gerade den ersten Klebestreifen ab.

Da läutete es an der Tür.

Mist.

Sie blickte zur Sicherheit noch einmal auf die Uhr. Nein, sie hatte sich nicht geirrt. Für die Post war es eigentlich schon zu spät. Außerdem erwartete sie kein Paket. Und auch sonst hatte sich niemand angekündigt. Es konnte also nur der Mitarbeiter des Ladens sein, der früher als abgemacht gekommen war. Im Grunde also keine große Sache. Er würde eben kurz warten müssen, bis sie die Kartons verschlossen hatte. Aber dennoch warfen sie solche Dinge aus der Bahn. Vor allem in den letzten Wochen war es ihr wichtiger denn je gewesen, Ordnung in ihr Leben zu bringen. Regelmäßigkeiten und Sicherheit. Selbst in den kleinsten Bereichen ihres Alltags.

Es klopfte. Einmal. Zweimal. Und nach einem kurzen Zögern ein drittes Mal.

»Ich komme!«

Evelyn hetzte zur Eingangstür, sperrte sie auf und öffnete sie.

Bitte nicht!

Das Herz rutschte ihr in die Hose. Schlagartig war sie wie gelähmt. Sie brachte kein Wort heraus. Starrte den Mann vor ihrer Türschwelle einfach nur an.

»Sie erinnern sich an mich?«, fragte er.

Evelyn nickte bloß. Natürlich erinnerte sie sich an ihn. Es war ja erst ein paar Wochen her. Außerdem würde sie sein Gesicht ihr ganzes Leben lang nicht mehr vergessen. Immerhin hatte sie ihm stundenlang gegenübergesessen, nachdem sie die Leiche der Rothaarigen gefunden hatte. Am darauffolgenden Tag wieder. Und Tage später noch einmal. Sie hatte ihm unzählige Fragen beantwortet und dabei gehofft, ihn nie wieder sehen zu müssen.

Jetzt war er hier. In ihrer Welt.

Brosch.

Evelyn spürte, dass sie zitterte.

»Darf ich reinkommen?«, fragte der übergewichtige Kriminalpolizist, dem selbst an diesem viel zu kühlen Sommertag der Schweiß auf der Stirn stand.

Evelyn wollte »Nein!« sagen und ihm die Tür vor der Nase zuschmeißen. Sie wollte ihn nicht hier haben. Um nichts in der Welt. Denn ihr war klar, dass sein Auftauchen nichts Gutes bedeuten konnte.

»Es tut mir leid, falls es vielleicht gerade unpassend ist. Ich verspreche Ihnen, dass es nicht lange dauern wird.«

Sie schluckte. Zumindest versuchte sie es. Aber ihr Mund war auf einmal staubtrocken.

»Darf ich?«, fragte er.

Sie zögerte noch einen Augenblick lang. Dann seufzte sie schwer und trat einen Schritt zur Seite.

»Bitte kommen Sie herein«, sagte sie und öffnete die Tür gerade so weit, dass er sich hindurchzwängen konnte.

»Danke.« Er trat ein. Sah sich um. »Soll ich die Schuhe …?«

»Schon gut, lassen Sie sie gerne an.«

Sie führte ihn weiter in die Küche und fühlte sich dabei wie ein geprügelter Hund. Sie bot ihm einen Sessel am Esstisch an.

»Schön haben Sie es hier«, sagte er. Er sah sich übertrieben begeistert in der Küche um, hängte seinen Mantel über den Stuhl und setzte sich.

»Danke.«

»Sie haben ein Auge für Details, das merkt man.«

Ihre guten Manieren verlangten eigentlich, dass sie ihm etwas zu trinken anbot. Doch alles in ihr sträubte sich dagegen. Sie wollte einfach nur, dass er so schnell wie möglich wieder verschwand. Der Tag hatte doch so gut begonnen. Wieso musste er ausgerechnet heute auftauchen?

»Darf ich Sie etwas ganz direkt fragen?«

»Aber sicher doch«, sagte er.

»Was wollen Sie hier?«

Er lächelte kurz, merkte aber, dass es unangebracht war. Die Geste hatte dennoch genügt, um noch größeres Unbehagen in ihr auszulösen. Das hier gefiel ihr nicht. Ganz und gar nicht.

»Bitte, wollen Sie sich nicht kurz zu mir setzen?«, sagte er.

»Danke, ich bleibe lieber stehen.«

»Wie Sie möchten.«

»Also?«

»Wie geht es Ihrer Tochter?«

Sie merkte, dass ihr schwindelig wurde. Sie schob den Stuhl, der ihr am nächsten war, unter dem Tisch hervor, und setzte sich doch.

»Alles in Ordnung?«
»Ja.«
»Soll ich Ihnen ein Glas Wasser bringen?«
»Es geht schon, danke.«
»Sicher?«
»Ja.«
»Gut.«
Evelyn kratzte sich ihre Fingernägel.
Er wartete noch einen Augenblick lang. Dann fragte er: »Also, wie geht es Ihrer Tochter?«
»Gut«, log Evelyn. In Wirklichkeit hatte sie keine Ahnung. Sie hatte sie seit ihrer Abreise nicht mehr gehört. Eine Tatsache, die sie unfassbar schmerzte. Ihr gleichzeitig aber auch half, den Schrecken abzuschütteln und auf andere Gedanken zu kommen.
»Schön«, sagte er.
Evelyn sah ihn nur an. Sie ahnte, was jetzt kommen würde.
»Und Ihrer Enkelin?«
Wusste sie es doch. Sie musste schlucken.
Er starrte sie an. Wartete hartnäckig auf eine Antwort.
»Auch gut«, brachte Evelyn kraftlos heraus.
»Ein faszinierendes Mädchen«, sagte er. »Nun, im Grunde bald schon eine junge Frau. Aber faszinierend auf jeden Fall.«
Ihr gefiel das hier gar nicht. »Was ... meinen Sie?«
»Ich meine, wie sie das alles weggesteckt hat. Da können wir uns alle ein Scheibchen davon abschneiden, was?«
Sie sagte nichts.
Er wartete einen Moment lang. Dann fuhr er fort: »Ich meine, drei Mädchen aus ihrer Klasse sind tot. Eines davon war eine Mörderin, das Anja auch noch eigenhändig töten musste. Außerdem mussten auch noch ihr Mathematiklehrer und ihre Kunstlehrerin sterben. So etwas muss man erst mal verkraften. Vor allem, wenn man bedenkt, dass sie ja

selbst auch angegriffen wurde und dem Tod nur knapp entkommen konnte.«

Er legte eine Pause ein. Starrte sie emotionslos an.

Evelyn hatte das Gefühl, die Temperatur im Haus wäre schlagartig gestiegen. Der Kragen ihrer Bluse fühlte sich auf einmal so eng an. Sie hatte ihre feuchten Hände unter dem Tisch verschwinden lassen. Und kratzte dort so heftig an ihren Fingernagelbetten, dass sie Blut spürte.

»Aber Anja macht das großartig«, redete er endlich weiter. »Finden Sie nicht auch?«

Evelyns Gesichtsmuskel zuckten. Sie versuchte, es unter Kontrolle zu bringen, aber das machte es nur noch schlimmer. Der Druck hinter ihren Augen stieg an. Ein Zittern hatte ihren ganzen Körper erfasst. Sie war sich sicher, dass Brosch es mitbekam.

»Was … was … wollen Sie?«, stammelte sie.

Er faltete die Hände. Lehnte sich ein Stück vor. »Mich würde nun brennend Ihre Sicht der Dinge interessieren: Wie geht es Anja? Wie tickt sie? Warum bekommt sie das so gut hin?«

Eine erste Träne lief ihr über die Wange.

Er schien zu versuchen, ihre Gedanken zu lesen.

»Was …« Evelyn holte tief Luft, brachte aber nicht mehr heraus.

»Bitte … gehen Sie! Ich … ich habe wirklich noch viel zu tun … und … und …«, stammelte Evelyn.

Da wurde sein Blick auf einmal todernst, und er lehnte sich noch ein Stück weiter über den Tisch. »Sagen Sie mir: Hat Anja etwas mit den Morden zu tun?«

Wumms!

Sie hatte es geahnt. Vom Augenblick an, an dem sie ihm die Tür geöffnet hatte. Dennoch traf sie die Frage jetzt wie eine Abrissbirne. Mit einem Mal zitterte sie noch viel heftiger.

UNFASSBAR: TEENAGERIN (16) STECKTE HINTER DEN MORDEN!

Es war die einzige Schlagzeile, die Evelyn in einem unachtsamen Moment seit Valeries Tod untergekommen war. Sie hatte damals auf der Titelseite einer Zeitung geprangt, die im Krankenhausflur auf einem Stuhl gelegen hatte. Evelyn hatte sofort weggesehen und war zurück in ihr Zimmer geeilt – so gut das mit ihren Verletzungen eben geklappt hatte. Doch es war zu spät gewesen. Die Worte hatten sich bereits in ihren Verstand gebrannt und sie seitdem nicht mehr losgelassen. Immer wieder spukten sie ihr seitdem durch den Kopf.

So auch jetzt.

Damals hatte sie noch gedacht, dass Valerie diese Teenagerin war. Heute wusste sie die ganze schreckliche Wahrheit. Und sie war sich sicher, dass Brosch sie durchschaute.

»W... w... was?«, stotterte sie voller Unsicherheit.

»Steckt Anja hinter den Morden?«

»Wie ... wie kommen Sie ...« Sie zog die Nase hoch und wischte sich mit dem Blusenärmel das Gesicht trocken. Aber es kamen sofort noch mehr Tränen nach. »Wie kommen ... Sie darauf?«

»Ach, da gibt es gleich mehrere Punkte, die für mich nicht stimmig sind. Allen voran Anjas Verhalten.«

»Das ... ist doch ... Unsinn!«

»Das glaube ich nicht. Und ich vermute, Sie auch nicht.«

»Sie ... sie ist ein ... gutes Mädchen.«

»Das denken Sie doch nicht wirklich, oder?« Er legte eine kurze Pause ein, ehe er fortfuhr. »Sie kennen doch Anjas Tagebuch. Oder zumindest wissen Sie, dass es neben Valeries im Nachhinein mehr als unglaubwürdiger Version der Ereignisse einer der scheinbaren Beweise für Kramers Schuld ist, richtig?«

Evelyn fiel das Wort »scheinbar« auf. Sie wollte widersprechen. Aber ihr Gehirn verweigerte seinen Dienst. Sie fand einfach keine Worte.

»Haben Sie vielleicht auch nur eine einzige Seite aus diesem Tagebuch gelesen?«

Sie schüttelte kaum merkbar den Kopf. Biss sich dabei auf die Unterlippe. So sehr, dass es weh tat. Aber auch das brachte das Zittern in ihrem Gesicht nicht in den Griff.

Er kramte in der Innenseite seines Jacketts und holte einen weißen Zettel hervor, den er nun in aller Seelenruhe entfaltete. Als er ausgebreitet vor ihm auf dem Tisch lag, griff er wieder in sein Jackett und holte eine Lesebrille hervor, die er sich nun auf die Knollennase setzte. Er räusperte sich, nahm den Zettel in beide Hände und las:

»Ich glaube ganz fest daran, dass er Svenja getötet hat. Er hat es zwar nicht zugegeben, so blöd ist er nicht. Aber er hat es mehrmals angedeutet. Mit dem Hauch eines Lächelns im Gesicht. Einmal sogar, als er gerade seine dreckigen, eiskalten Finger unter meinem T-Shirt hatte. Ich bin mir sicher, dass er es wieder tun wird. Aber was soll ich machen? Ich bin so verzweifelt, dass mir das Denken schwerfällt. »Bald«, hat er mir ins Ohr gehaucht. Vor drei Tagen. Gott, wie gerne würde ich mit Mama darüber reden. Ihr alles anvertrauen und sie anflehen, mit mir gemeinsam zur Polizei zu gehen. Aber ich weiß, dass sie mir nicht glauben würde.«

Er blickte vom Zettel hoch und sah Evelyn an.

Eine drückende Stille legte sich über den Küchentisch und zwischen sie. Der Augenblick dehnte sich und schien nicht enden zu wollen.

»Was ... was ist ... damit?«, brachte Evelyn schließlich gerade so heraus. Es war nicht mehr als ein Flüstern gewesen.

Er ging nicht auf ihre Frage ein. Rückte sich stattdessen die Brille zurecht, suchte mit übertriebener Geste nach einer weiteren Textstelle.

»Oder das hier, hören Sie mal: Ich stand da wie belämmert. Ich bebte am ganzen Körper. Ich wollte nichts als weg von ihm. Aber ich schaffte es einfach nicht, mich zu rühren. Ich wollte seine Hand wegdrücken. Ich wollte davonlaufen. Ich wollte lauthals losschreien. Er genoss meine Angst. Das konnte ich ihm ansehen. »Sch...«, machte er ganz leise und öffnete den Reißverschluss meiner Jeans. »Sch...« Dann fuhr er mit seiner dreckigen Hand in mein Höschen und steckte mir seinen widerlichen, eiskalten Finger zwischen die Beine.«

Er legte den Zettel weg. Nahm die Brille ab. Verstaute beides wieder in den Innentaschen seines Jacketts. Und durchdrang Evelyn regelrecht mit seinem stechenden Blick.

Evelyn wollte schlucken. Aber es ging nicht. Ihr Mund und der Hals waren staubtrocken. Ihr Gesicht von den vielen Tränen ganz nass und die Finger ihrer rechten Hand unterm Tisch blutverschmiert. Die Küche begann zu schwanken. Sie holte tief Luft. Sie öffnete ihren Mund. Aber sie wusste immer noch nicht, was sie sagen sollte.

»So schreibt doch keine traumatisierte 17-Jährige, die missbraucht wurde und massiv verängstigt ist«, sagte er schließlich und ließ sie dabei nicht aus den Augen. »Das hat doch höchstens Schundheftchen-Charakter.«

In Evelyns Kopf war Chaos.

»Außerdem«, setzte er schließlich fort. »Ich nehme an, Sie kennen ihr Zimmer, ja?«

Das Tränengrab. Evelyn nickte.

»Anja hat dort einen Stand-Computer, einen Laptop, ein Tablet und ein Handy. Außerdem jede Menge Zubehör für jedes dieser Teile. Dafür aber kein einziges Buch und gerade mal eine Handvoll dieser *Mangas*, die sie scheinbar so sehr liebt. Sie konsumiert das alles nur online.«

»Und?«, wollte Evelyn wissen.

»Schreibt so ein Mensch wirklich ein physisches Tagebuch?«

Evelyn wusste keine Antwort darauf.

Sekunden verstrichen.

»Ich will ehrlich mit Ihnen sein. Weil ich glaube, dass Sie ein guter Mensch sind und Sie das alles nicht verdient haben.« Er legte eine kurze Pause ein, um seinen Worten Gewicht zu verleihen. Dann ließ er die Katze aus dem Sack: »Ich bin davon überzeugt, dass Anja hinter den Morden steckt.« Wieder wartete er einige Sekunden, bis er weitersprach. »Aber sie ist gut. Verdammt gut sogar. Wir haben sie schon mehrmals in die Mangel genommen. Aber egal, was wir auch versuchen, sie knickt einfach nicht ein. Auch bei ihren Eltern kommen wir nicht weiter. Und deshalb brauche ich Ihre Hilfe.«

Evelyn rang nach Luft.

Sie hatte es befürchtet. Brosch verlangte nicht weniger von ihr, als ihm Anja auszuliefern. Seltsamerweise versiegten mit dieser Erkenntnis Evelyns Tränen. Und auch ihr Zittern hatte sich schlagartig gelegt. Es war, als wäre sie in eine Art Schockstarre verfallen. Nur ihre Gedanken rasten wild durcheinander und überschlugen sich dabei.

»Sie wird es wieder tun. Das wissen Sie«, sagte er. »Es ist nur eine Frage der Zeit.«

»Bitte ...« Ihr versagte die Stimme. Sie musste mehrmals schlucken und durchatmen, bis sie sich wieder gefangen hatte. »Bitte gehen Sie!«

Er wurde lauter. »Ich muss wissen, was Sie wissen!«

»Bitte ...«

»Warum können Sie mir nicht einfach meine Frage beantworten? Sie scheinen doch überhaupt nicht entrüstet über meinen Verdacht zu sein. Also sagen Sie mir, was Sie wissen!«

»Ich bitte Sie ...«

»Ist Ihre Enkelin die Mörderin?«

»Bitte verlassen Sie jetzt mein ...«

Er wurde noch lauter und schlug mit der flachen Hand auf die Tischplatte. »Sie können sie stoppen! Mit Ihrer Aussage können wir künftige Opfer schützen! Denn eines garantiere ich Ihnen: Die wird es geben, wenn wir nichts dagegen unternehmen!«

Da war es: ihr Dilemma.

Als ob sie das alles nicht wusste.

Seit drei Wochen konnte sie kaum an etwas anderes denken. Seit drei Wochen hatte sie Albträume deswegen. Seit drei Wochen sagte sie sich immer und immer wieder in Gedanken: Sie könnte eine Mörderin stoppen. Aber dafür müsste sie nicht nur Anjas Leben, sondern vor allem auch das ihrer Tochter zerstören.

Evelyn sah ihm direkt in die Augen. Sie öffnete den Mund. Aber die Worte blieben ihr im Hals stecken. So sehr sie sich auch bemühte, sie brachte nicht eines davon über ihre Lippen. Dabei hätte sie ihm doch so gerne ihr Herz ausgeschüttet. Ihm alles erzählt. Und ihn ganz offen gefragt:

Was würden Sie tun?

DANKE

Meinen Testleserinnen und Testlesern: Ana Klementovic, Andrea Klementovic, Caroline Schwarzenberger, Jacky Vörös, Christina Bichler und Klaus Bichler. Thomas Neubauer, für die Beantwortung meiner medizinischen Fragen – eventuelle dramaturgisch bedingte Übertreibungen oder Abänderungen sind alleine auf meinem Mist gewachsen. Dirk Jäger und Denis Schmidt, für euer OK, das Aclys-Zitat am Buchanfang verwenden zu dürfen. Andreas Dörner, für deine Hilfe bei der Herstellung des Kontakts. Meinen Eltern und meiner Familie, für die Unterstützung in allen Belangen. Claudia Senghaas, für deinen Glauben an diese Geschichte und dein Vertrauen in mich.

Alle Bücher von Roman Klementovic:

Verspielt
ISBN 978-3-8392-1797-9
Immerstill
ISBN 978-3-8392-1888-4
Immerschuld
ISBN 978-3-8392-2066-5
Wenn das Licht gefriert
ISBN 978-3-8392-2770-1
Wenn die Stille schreit
ISBN 978-3-8392-0092-6
Wenn der Nebel schweigt
ISBN 978-3-8392-0313-2
Tränengrab
ISBN 978-3-8392-0737-6